COLLECTION « BEST-SELLERS »

DU MÊME AUTEUR

chez le même éditeur

LA VARIÉTÉ ANDROMÈDE, 1970
SPHÈRE, 1988
JURASSIC PARK, 1992
SOLEIL LEVANT, 1993
HARCÈLEMENT, 1994
LE MONDE PERDU, 1996

MICHAEL CRICHTON

TURBULENCES

roman

traduit de l'américain par Gerald Messadié

ROBERT LAFFONT

Titre original : AIRFRAME
© Michael Crichton, 1996
Traduction française : Éditions Robert Laffont, S.A., 1997

ISBN 2-221-08522-1
(édition originale : ISBN 0-679-44648-6 Alfred A. Knopf, New York)
Tous droits réservés

Pour Sonny Mehta

Ces fichus engins pèsent un demi-million de livres, franchissent le tiers de la Terre et transportent des passagers dans un confort et avec une sécurité supérieurs à ceux d'aucun véhicule dans l'histoire de l'humanité. Et vous, les gars, vous allez maintenant nous dire que vous savez mieux faire ? Vous allez prétendre que vous y connaissez quelque chose ? Parce qu'il me semble à moi que vous, les gars, vous excitez le public dans votre propre intérêt.

> Le légendaire aviateur Charles Norton, 78 ans, s'adressant à des reporters en 1970 après un accident aérien.

L'ironie dans cette Ère de l'Information est qu'elle prête de la respectabilité à des opinions sans fondements.

> Le reporter vétéran John Lawton, 68 ans, s'adressant à l'American Association of Broadcast Journalists en 1995.

Lundi

À bord du TPA 545

5 h 18

Emily Jansen poussa un soupir de soulagement. Le long vol approchait de son terme. Le soleil du matin filtrait par les hublots de l'avion. Assise dans son giron, la petite Sarah cligna des yeux dans cette lumière inhabituelle tandis qu'elle aspirait bruyamment le reste de son biberon, qu'elle repoussa ensuite de ses petits poings. « C'était bon, hein ? dit Emily. Bon... on se lève maintenant... »

Elle souleva le bébé, l'appuya à son épaule et commença à lui tapoter le dos. Sarah émit un rot et son corps se détendit.

Dans le siège voisin, Tim Jansen bâilla et se frotta les yeux. Il avait dormi toute la nuit, depuis Hong Kong. Emily ne dormait jamais en avion ; elle était trop nerveuse.

– Jour, dit Tim, consultant sa montre. Plus que deux heures, chérie. Le petit déjeuner n'est pas encore servi ?

– Pas encore, répondit Emily en secouant la tête.

Ils voyageaient sur TransPacific Airlines, un charter de Hong Kong. L'argent qu'ils avaient économisé leur serait utile quand ils s'installeraient à l'université du Colorado, où Tim serait professeur adjoint. Le vol avait été assez agréable – ils étaient assis à l'avant – mais les hôtesses semblaient désorganisées et les repas étaient servis à des heures erratiques. Emily avait renoncé au dîner parce que Tim s'était endormi et qu'elle ne pouvait pas manger avec Sarah sur ses genoux.

Même maintenant, Emily était étonnée par la désinvolture de l'équipage. Il avait laissé la porte de la cabine de pilotage ouverte durant le vol. Elle savait que les équipages asiatiques le faisaient souvent, mais cela lui paraissait quand même déplacé. Les pilotes circulaient la nuit dans l'avion, pour tailler une bavette avec les hôtesses. Il y en avait justement un, là, qui se dirigeait vers l'arrière de l'appareil. Bien sûr, ils se dérouillaient les jambes. Pour rester éveillés. Et ce n'était certes pas le fait que l'équipage fût chinois qui la dérangeait. Après une année en Chine, elle avait appris à admirer l'efficacité et l'attention que les Chinois portaient aux détails. Mais tout ce vol la rendait quand même nerveuse.

Emily assit l'enfant sur ses genoux. Le bébé regarda Tim et sourit.

— Hey, il faudrait que je prenne ça, dit Tim.

Fouillant dans le sac sous son siège, il en tira une caméra vidéo et la dirigea sur sa fille. Il agita sa main libre pour attirer l'attention du bébé.

— Sarah... Sarah... Fais risette à papa. Ri-sette.

Sarah sourit et émit un gargouillement.

— Tu es contente d'aller en Amérique, Sarah? Prête à voir d'où viennent tes parents?

Sarah émit un autre gargouillement. Elle agita aussi ses petites mains.

— Elle trouvera probablement que tout le monde en Amérique a l'air bizarre, dit Emily.

Leur fille était née sept mois plus tôt dans le Honan, où Tim avait étudié la médecine chinoise.

Emily vit la caméra pointée sur elle.

— Et toi, Mom? demanda Tim. Tu es contente de rentrer à la maison?

— Oh, Tim... Je t'en prie.

Elle devait avoir l'air affreuse, pensa-t-elle. Après toutes ces heures.

— Allons, Em. Qu'est-ce que tu penses?

Qu'elle avait besoin de se peigner. Qu'elle avait besoin d'aller aux toilettes.

Elle dit :

— Bon, ce que je veux vraiment – ce dont j'ai rêvé pendant des mois – est un *cheeseburger*.

— Avec de la sauce de fèves fortes Xu-xiang? demanda Tim.

— Ciel! *non*. Un cheeseburger, poursuivit-elle, avec des oignons et des tomates et de la laitue et des cornichons et de la mayonnaise. *Mayonnaise*, mon Dieu. Et de la moutarde française.

— Tu veux un cheeseburger aussi, Sarah? demanda Tim, orientant de nouveau la caméra vers sa fille.

Sarah s'étirait les orteils de sa menotte serrée. Elle se mit le pied en bouche et regarda Tim.

— C'est bon? demanda Tim en riant... Le rire fit bouger la caméra. C'est ton petit déjeuner, Sarah? Tu n'attends pas l'hôtesse sur ce vol?

Emily entendit un bruit sourd, presque une vibration, qui semblait provenir de l'aile. Elle tourna la tête. « Qu'est-ce que c'était ? »

— T'inquiètes pas, Em, dit Tim, toujours souriant.

Sarah rit aussi et gloussa avec délices.

— Nous sommes presque arrivés, chérie, la rassura Tim.

Mais alors même qu'il parlait, l'avion sembla vibrer tandis qu'il piquait du nez. Soudain, tout chavira follement. Emily sentit Sarah glisser de son giron. Elle agrippa sa fille et la serra contre elle. Il semblait que l'avion chutait à pic et soudain, il se cabra et elle se sentit l'estomac comprimé contre le dossier. Sa fille pesait contre elle comme un sac de plomb.

Tim dit :

— Qu'est-ce que c'est que ce bordel ?

Elle fut brutalement soulevée de son siège, la ceinture lui coupant les cuisses. Elle se sentit à la fois légère et nauséeuse. Elle vit Tim arraché à son siège, sa tête heurtant le compartiment à bagages au-dessus, tandis que la caméra évitait de peu son visage.

Emily entendit dans la cabine de pilotage des sonneries, des alarmes insistantes et une voix métallique qui disait : « Décrochage ! » Elle entrevit les bras des pilotes vêtus de bleu qui se déplaçaient rapidement sur les commandes ; ils criaient en chinois. Dans la cabine, les gens criaient aussi, hystériques. On entendit un bris de verre.

L'appareil piqua de nouveau du nez. Une vieille Chinoise fut catapultée dans l'allée et hurla. Un petit garçon la suivit, cul par-dessus tête. Emily chercha Tim du regard, mais il n'était plus là. Les masques à oxygène jaunes dégringolèrent du plafond. Il y en avait un qui pendait devant son visage, mais elle ne pouvait pas s'en saisir parce qu'elle agrippait son bébé.

Elle fut plaquée sur le siège tandis que l'avion plongeait, dans un sifflement incroyablement strident. Chaussures et sacs ricochaient sur les parois dans un fracas de chocs. Des corps étaient projetés contre les sièges, le sol.

Tim avait disparu. Emily se tourna pour le chercher du regard et un sac pesant lui heurta la tête. Un choc brutal, la douleur, le noir, les étoiles. Elle se sentit étourdie, défaillante. Les alarmes résonnaient encore. Les passagers continuaient à crier. L'avion continuait de plonger.

Emily pencha la tête, serrant son enfant contre sa poitrine et, pour la première fois de sa vie, elle se mit à prier.

Contrôle d'approche SOCAL

5 h 43

— Approche Socal, ici TransPacific 545. Nous avons une urgence.

Dans le bâtiment sombre qui abritait le Southern California Air Traffic Approach Control ou SOCAL, le contrôleur en chef Dave Marshall entendit l'appel du pilote et jeta un coup d'œil à son écran radar. Arrivant de Hong Kong, le TransPacific 545 se rendait à Denver. Ce vol lui avait été transmis quelques minutes plus tôt par l'Oakland ARING : un vol parfaitement normal. Marshall toucha le microphone près de sa joue et dit :

— Je vous écoute, 545.

— Demande autorisation prioritaire pour atterrissage d'urgence à Los Angeles.

Le pilote avait l'air calme. Marshall examina les lettres vertes qui défilaient devant ses yeux, identifiant chaque appareil de passage en vol. Le TPA 545 approchait de la côte californienne. Il serait bientôt au-dessus de Marina del Rey. Il était encore à une demi-heure de LAX, l'aéroport de Los Angeles.

Marshall dit :

— Okay, 545, nous enregistrons votre demande d'autorisation prioritaire pour atterrir. Précisez la nature de votre urgence.

— Nous avons une urgence passagers, dit le pilote. Nous avons besoin d'ambulances au sol. Je dirais trente ou quarante ambulances, peut-être plus.

Marshall fut abasourdi :

— TPA 545, répétez. Vous demandez *quarante* ambulances ?

— Affirmatif. Nous avons subi de violentes turbulences en vol. Nous avons des passagers et du personnel de cabine blessés.

Marshall se demanda « pourquoi, diantre, ne l'as-tu pas dit plus

16

tôt ? » Il pivota sur son fauteuil et fit signe au superviseur, Jane Levine, qui prit des écouteurs, les enclencha et écouta.

Marshall reprit :

– TransPacific, je note votre demande d'assistance au sol pour quarante ambulances.

– Au nom du ciel, dit Levine en faisant la grimace. *Quarante ?*

Le pilote était toujours calme quand il répondit :

– Ah, Roger. Approche. Quarante.

– Vous avez aussi besoin de personnel médical ? Quelle est la nature des blessures en question ?

– Je ne sais pas.

Levine fit un moulinet du doigt : Fais parler le pilote. Marshall obéit :

– Vous avez une estimation ?

– Je regrette, non. Aucune estimation n'est possible.

– Est-ce que quelqu'un est inconscient ?

– Non, je ne crois pas, mais il y a deux morts.

– Merde alors, dit Jane Levine. C'est gentil de nous prévenir. Qui est ce type ?

Marshall cliqua sur une touche de son clavier, ouvrant une fenêtre dans le coin droit supérieur de l'écran. Celle-ci donnait la fiche du TPA 545. « Le commandant de bord est John Chang. Pilote supérieur à la TransPacific. »

– Finissons-en avec les surprises, dit Levine. Est-ce que l'appareil est en état ?

Marshall dit :

– TPA 545, quel est l'état de votre appareil ?

– Nous avons des dégâts dans la cabine passagers. Dégâts mineurs seulement.

– Quel est l'état du poste de pilotage ?

– Le poste de pilotage est opérationnel. Le FDAU est neutre.

Ça, c'était le Flight Data Acquisition Unit, qui pistait les défaillances dans l'appareil. S'il déclarait l'appareil en bon état, c'était probablement vrai.

– Je note ça, 545. Quel est l'état de l'équipage ?

– Le commandant de bord et le copilote sont en bonne santé.

– Ah, 545, vous avez dit que l'équipage comptait des blessés.

– Oui. Deux hôtesses ont été blessées.

– Pouvez-vous préciser la nature des blessures ?

– Je regrette, non. Une est inconsciente. L'autre, je ne sais pas.

Marshall secoua la tête.

– Il nous a dit juste avant que personne n'était inconscient.

– Tout ça ne me plaît pas, dit Levine.

Elle s'empara du téléphone rouge :
— Mettez une équipe de pompiers en alerte niveau un. Mobilisez les ambulances. Commandez des équipes de neurologues et d'orthopédistes pour l'atterrissage et dites aux médecins de prévenir les hôpitaux de Westside. (Elle consulta sa montre.) Je vais appeler le FSDO. Ça lui fera une belle journée.

Aéroport de Los Angeles

5 h 57

Daniel Greene était l'officier de service au Flights Standards District Office de la FAA[1] sur l'Imperial Highway, à près d'un kilomètre de l'aéroport de Los Angeles. Les FSDOS locaux ou Fizdos, comme on les appelait, supervisaient les opérations de vol des transporteurs commerciaux, vérifiant tout, de l'entretien des avions à l'entraînement des pilotes. Greene était arrivé tôt pour trier la paperasse sur son bureau ; sa secrétaire avait démissionné la semaine précédente et le directeur du bureau avait refusé de la remplacer, invoquant les directives de Washington pour absorber les réductions de personnel. Greene s'était donc mis au travail en bougonnant. Le Congrès dégraissait le budget de la FAA, recommandant d'en faire plus avec moins et prétendant que le problème était la productivité et non la charge de travail. Mais le trafic de passagers augmentait de quatre pour cent par an et la flotte commerciale ne rajeunissait pas. Le résultat en était qu'il y avait plus de travail au sol. Bien sûr, les FSDOS n'étaient pas les seuls à souffrir. Même le NTSB[2] était fauché ; ce Conseil de sécurité recevait un million de dollars par an pour les accidents d'avion et...

Le téléphone rouge sur son bureau sonna ; c'était la ligne d'urgence. Il décrocha le combiné ; au bout du fil, une femme du contrôle du trafic.

— Nous venons d'être informés d'un incident sur un transporteur étranger à l'arrivée, dit-elle.

— Uh-huh.

Greene tendit la main vers un bloc-notes. « Incident » revêtait une signification spécifique pour la FAA, il désignait la catégorie

---
1. Federal Aviation Authority, équivalent de la Direction générale de l'Aviation civile.
2. National Transport Safety Board : Conseil de la sécurité aérienne.

inférieure des problèmes de vol que les transporteurs devaient signaler. Les « Accidents » impliquaient des morts ou des dommages structurels à l'appareil et ils étaient toujours sérieux, mais avec les incidents, on ne savait jamais.

— Je vous écoute.

— Le TransPacific 545 en provenance de Hong Kong à destination de Denver. Le pilote a demandé un atterrissage d'urgence à Los Angeles. Il dit qu'ils ont subi des turbulences durant le vol.

— L'avion est en bon état ?

— Ils disent que oui, répondit Levine. Ils ont des blessés et ils ont demandé quarante ambulances.

— *Quarante ?*

— Ils ont aussi deux macchabées.

— Fameux. – Greene se leva de son bureau. – Quand est-ce qu'il atterrit ?

— Dix-huit minutes.

— Dix-huit minutes... Zut, pourquoi est-ce qu'on m'informe si tard ?

— Eh, le commandant de bord vient de nous informer, nous vous informons. J'ai alerté les unités médicales et les pompiers.

— Les pompiers ? Mais j'avais cru comprendre que l'appareil n'avait rien.

— Qui sait ? dit la femme. Le pilote n'est pas très cohérent. Il se pourrait qu'il soit en état de choc. Nous passons le relais à la tour de contrôle dans sept minutes.

— Okay. J'arrive.

Greene s'empara de son insigne et de son téléphone cellulaire et gagna la porte. Quand il passa devant la réceptionniste, Karen, il lui demanda :

— Est-ce que nous avons quelqu'un au terminal international ?

— Il y a Kevin.

— Alertez-le. Dites-lui de monter sur le TPA 545 venant de Hong Kong, atterrissage dans quinze minutes. Recommandez-lui de rester à la porte et *de ne pas laisser l'équipage partir.*

— Pigé, dit-elle en s'emparant du téléphone.

Greene fonça sur Sepulveda Boulevard jusqu'à l'aéroport. Juste avant que l'autoroute s'enfonçât sous la piste, il leva les yeux et vit le gros porteur de TransPacific Airlines, reconnaissable à ses insignes jaune vif sur la queue, qui se dirigeait vers la porte d'arrivée. TransPacific était une compagnie de charters basée à Hong Kong. Nombre de problèmes de la FAA avec des transporteurs étrangers étaient causés par des charters. La plupart étaient des opérateurs à petits budgets qui ne répondaient pas aux critères rigoureux de sécurité des lignes régulières. Mais TransPacific avait une excellente réputation.

En tout cas, l'oiseau était au sol, pensa Greene. Et il ne put déceler aucun dommage structurel sur le gros porteur. L'avion était un N-22, construit par Norton Aircraft à Burbank. Cet avion était en exploitation depuis cinq ans, avec un palmarès de sécurité et de fiabilité enviable.

Greene appuya sur l'accélérateur et s'engouffra dans le tunnel, passant sous l'appareil géant.

Il arriva au pas de course au terminal international. À travers les baies, il aperçut le jet de la TransPacific qu'on remorquait à la porte et la file des ambulances sur le tarmac. La première de celles-ci quittait déjà la piste, toutes sirènes hurlantes.

À la porte, Greene montra son insigne et courut le long de la rampe. Les passagers débarquaient, pâles, effrayés. Plusieurs d'entre eux boitaient, leurs vêtements étaient déchirés et tachés de sang. De chaque côté de la rampe, des infirmiers s'affairaient autour des blessés.

Tandis qu'il approchait de l'avion, l'odeur nauséeuse du vomi devenait de plus en plus forte. Une hôtesse effrayée de Transpac le repoussa à la porte, parlant rapidement en chinois. Il lui montra son insigne et dit : « FAA ! Mission officielle ! FAA ! » L'hôtesse recula ; Greene s'effaça pour laisser passer une femme qui tenait un bébé et entra dans l'avion.

Il regarda l'intérieur et s'arrêta net. « Oh, mon Dieu ! murmura-t-il. *Qu'est-ce qui est arrivé à cet avion ?*

Glendale, Californie

6 h

— Mom ? Qui tu préfères, Mickey Mouse ou Minnie Mouse ?

Dans la cuisine de son bungalow, Casey Singleton portant encore le short de son jogging quotidien de huit kilomètres, acheva de confectionner un sandwich au thon et le plaça dans la musette de déjeuner de sa fille. Singleton avait trente-six ans et elle était vice-présidente de Norton Aircraft à Burbank. Sa fille prenait son petit déjeuner de céréales.

— Eh bien ? insista Allison. Qui tu préfères, Mickey Mouse ou Minnie Mouse ?

Elle avait sept ans et établissait des hiérarchies de tout et n'importe quoi.

— Je les aime tous les deux, répondit Casey.

— Je sais, mom, dit Allison exaspérée. Mais qui tu *préfères* ?

— Minnie.

— Moi aussi.

Elle repoussa la boîte de céréales.

Casey ajouta une banane et une Thermos de jus de fruits dans la musette et la referma.

— Finis, Allison, nous devons être bientôt prêtes.

— Qu'est-ce qu'un quart ?

— Un quart ? C'est une mesure de liquide [1].

— Non, mom, *Qua-urt*, dit Allison.

Casey regarda par-dessus son épaule et vit que sa fille s'était emparée de son nouvel insigne d'identification plastifié, qui comportait la photo de Casey et, au-dessous, C. SINGLETON, puis, en grandes lettres bleues, QA/IRT.

— Qu'est-ce que c'est Qua-urt ?

---

1. 0,946 litre dans le système non décimal américain.

— C'est mon nouveau travail à la société. Je représente l'Assistance Qualité dans l'Équipe d'Analyse des Incidents[1].

— Tu fabriques toujours des avions ?

Depuis le divorce, Allison prêtait une attention extrême aux changements. Même une modification mineure dans la coiffure de Casey soulevait des discussions répétées et répétitives pendant des jours et des jours. Il n'était donc pas étonnant qu'Allison eût remarqué le nouveau badge.

— Oui, Allie, dit-elle. Je fabrique toujours des avions. Tout est comme avant. Sauf que j'ai eu de l'avancement.

— Tu es toujours une BUM[2] ?

Allison avait été enchantée, l'année précédente, d'apprendre que Casey était une Business Unit Manager ou BUM. « Maman est une clocharde », disait-elle aux parents de ses amies, non sans quelque effet de surprise.

— Non, Allie. Mets tes chaussures. Ton papa viendra te chercher d'une minute à l'autre.

— Non, il ne viendra pas, dit Allison. Papa est toujours en retard. C'est quoi, ta promotion ?

Casey se pencha et commença à enfiler les baskets aux pieds de sa fille.

— Bon, je travaille toujours à l'Assistance Qualité, mais je ne vérifie plus les avions dans les usines. Je les contrôle après qu'ils ont quitté l'usine.

— Pour être sûr qu'ils peuvent voler ?

— Oui, ma chérie. Nous les vérifions ou nous réglons les problèmes.

— Il vaudrait mieux qu'ils volent, dit Allison, sans quoi ils s'écraseront ! – Elle se mit à rire. – Ils tomberont tous du ciel ! Et ils tomberont sur les gens dans leurs maisons pendant qu'ils mangent leurs céréales ! Ça serait fameux, n'est-ce pas, mom ?

Casey rit avec sa fille.

— Non, ça ne serait pas fameux du tout. Les gens à la société seraient *très* contrariés.

Elle acheva de nouer les lacets et balança les jambes de sa fille de côté.

— Maintenant, où est ton survêtement ?

— J'en ai pas besoin.

— Allison...

— Mom, il ne fait pas froid du tout !

---

1. En anglais : Quality Assurance representative/Incident Review Team.
2. Clocharde.

— Il se peut qu'il fasse froid plus tard dans la semaine. Va chercher ton survêtement, s'il te plaît.

Un klaxon retentit dans la rue et Casey vit la Lexus noire de Jim devant la maison. Jim fumait. Il portait un veston et une cravate. Il allait peut-être à un rendez-vous pour un poste, pensa-t-elle.

Les pas d'Allison résonnaient lourdement sur le plancher et les tiroirs claquaient. Elle revint l'air contrarié, le survêtement dépassant de son sac à dos.

— Pourquoi tu es toujours si tendue quand papa vient me chercher ?

Casey ouvrit la porte et elles se dirigèrent vers la voiture dans le soleil brumeux du matin. Allison cria :

— Hi, *daddy*! et se mit à courir.

Jim lui jeta un salut assorti d'un sourire liquoreux.

Casey alla à la portière.

— Tu ne fumes pas avec Allison dans la voiture, d'accord ?

Jim lui adressa un regard morose.

— Bonjour à toi aussi.

Sa voix était rauque. Il avait l'air tendu, bouffi, pâle.

— Nous avions un accord sur le tabac au sujet d'Allison, Jim.

— Est-ce que je fume ?

— C'est pour mémoire.

— Tu l'as déjà dit, Katherine, rétorqua-t-il. Je l'ai entendu un million de fois. Pour l'amour de Dieu.

Casey soupira. Elle était décidée à éviter les querelles en présence d'Allison. Le thérapeute avait dit que c'était la raison pour laquelle Allison avait commencé à bégayer. Le bégaiement s'était atténué et Casey faisait un effort pour ne pas se quereller avec Jim, bien qu'il ne lui rendît pas cette courtoisie. Au contraire, il semblait trouver du plaisir à rendre chaque contact aussi déplaisant que possible.

— Très bien, dit Casey, se forçant à sourire, je te verrai dimanche.

Selon leur arrangement, Allison devait passer une semaine par mois en compagnie de son père, partant le lundi et rentrant le dimanche.

— Dimanche, répéta Jim, hochant sèchement la tête. Comme toujours.

— Dimanche à six heures.

— Oh, zut.

— C'est un rappel, Jim.

— Non, ce n'est pas un rappel. Tu contrôles, comme tu le fais toujours...

— Jim, je t'en prie.
— Ça va, coupa-t-il.
Elle se pencha. « Au revoir, Allie. »
Allison dit : « Au revoir, mom », mais ses yeux étaient déjà distants et sa voix, fraîche ; elle avait reporté son allégeance vers son père, avant même d'avoir bouclé sa ceinture de sécurité. Jim appuya sur l'accélérateur et la Lexus démarra, laissant Casey seule sur le trottoir. La voiture tourna à l'angle de la rue et disparut.

Au bout de la rue, elle reconnut la silhouette voûtée de son voisin Amos, qui promenait son chien hargneux. Comme Casey, Amos travaillait chez Norton. Elle lui fit un salut et il le lui rendit.

Casey rentrait pour s'habiller et aller au travail quand elle aperçut une limousine bleue stationnée de l'autre côté de la rue. Il y avait deux hommes à l'intérieur. L'un d'eux lisait le journal, l'autre regardait par la portière. Elle s'arrêta ; sa voisine Mme Alvarez avait été récemment cambriolée. Qui étaient ces hommes ? Ce n'était pas des casseurs de gangs ; ils avaient à peine plus de vingt ans et leur apparence nette évoquait vaguement l'armée.

Casey se dit qu'elle devrait noter le numéro de leur plaque minéralogique quand sa messagerie de poche se déclencha et lâcha un glapissement. Elle la détacha de son short et lut sur le cadran :

***JM EAI 0700 SEM MTROCC

Elle soupira. Trois étoiles indiquaient un message urgent : John Marder, qui dirigeait les ateliers, demandait une réunion de l'Équipe d'Analyse des Incidents dans la salle d'état-major à 7 heures. Soit une heure avant l'appel de routine du matin : il se passait quelque chose. La notation finale le confirmait, en argot d'atelier : MTROCC.

Magne-Toi le Rond Ou Ça va Chier.

Aéroport de Burbank

6 h 32

Le trafic des heures de pointe rampait dans la pâle lumière matinale. Casey réorienta son rétroviseur et tendit le cou pour vérifier son maquillage. Avec ses cheveux sombres coupés court, elle avait une sorte de charme garçonnier, longues jambes et athlétique. Elle était centre avant dans l'équipe de *softball*[1] de l'usine. Les hommes se sentaient bien avec elle ; ils la traitaient comme une sœur cadette, ce qui l'arrangeait dans le travail.

En fait, Casey avait eu peu de problèmes à l'usine. Elle avait grandi dans les faubourgs de Detroit, unique fille d'un journaliste du *Detroit News*. Ses frères aînés étaient tous deux ingénieurs chez Ford. Sa mère était morte quand elle était enfant et elle avait donc été élevée dans une maisonnée d'hommes. Elle n'avait jamais été ce que son père appelait une « Fifillette ».

Après avoir obtenu son diplôme de journaliste à la Southern Illinois University, Casey avait rejoint ses frères chez Ford. Mais elle avait jugé que la rédaction de communiqués de presse manquait de sel et s'était servie du programme éducatif de recyclage de la compagnie pour obtenir une MBA[2] à la Wayne State University. Entre-temps, elle avait épousé Jim, ingénieur chez Ford, et elle avait eu un enfant.

Mais la naissance d'Allison avait mis fin au mariage : plutôt que d'affronter les changements de langes et les horaires de biberon, Jim avait commencé à boire et à rentrer tard. Ils avaient fini par se séparer. Quand Jim annonça qu'il partait pour la côte Ouest travailler chez Toyota, Casey décida de le suivre. Elle voulait qu'Allison grandît au contact de son père. Elle s'était lassée de la

---

1. Sorte de Base-ball « adouci ».
2. Master Bachelor of Arts, diplôme sans équivalent en France qui pourrait se rapprocher de la maîtrise.

politique chez Ford et des mornes hivers de Detroit. La Californie lui offrait une base neuve : elle s'imagina au volant d'une décapotable, vivant dans une maison ensoleillée près de la plage avec des palmiers devant la fenêtre ; elle imagina sa fille grandissant saine et hâlée.

Au lieu de cela, elle vivait à Glendale, à l'intérieur des terres et à une heure et demie de la plage. Elle avait bien acheté une décapotable, mais elle ne la décapotait jamais. Et bien que le quartier de Glendale où elle vivait fût souriant, les territoires des gangs commençaient à quelques intersections de rues de là. Parfois la nuit, quand Allison dormait, elle entendait des coups de feu assourdis. Casey se faisait du souci pour la sécurité de sa fille. Elle s'inquiétait de son éducation dans un système scolaire où l'on parlait cinquante langues. Et elle s'inquiétait aussi de l'avenir, parce que l'économie de la Californie était toujours déprimée et que les postes vacants étaient rares. Jim était au chômage depuis deux ans que Toyota l'avait renvoyé pour alcoolisme. Et Casey avait survécu à des vagues successives de dégraissages chez Norton, où la production avait baissé à cause de la récession générale.

Elle n'avait jamais imaginé qu'elle travaillerait pour une compagnie d'aviation, mais à sa surprise, elle avait constaté que son pragmatisme *middlewestern* et franc convenait parfaitement à la culture des ingénieurs qui dominaient la compagnie. Jim la trouvait rigide et tatillonne, mais son attention aux détails lui avait été bien utile chez Norton, où elle était depuis l'année dernière vice-présidente de la division Assistance de Qualité.

Elle aimait bien l'AQ, bien que cette division eût une mission presque impossible. Norton Aircraft était divisée en deux grandes unités, la production et l'ingénierie, qui étaient perpétuellement en conflit. L'Assistance de Qualité siégeait non sans peine entre les deux. L'AQ était impliquée dans tous les aspects de la production ; la division contresignait chaque étape de la fabrication et de l'assemblage. Quand un problème se présentait, c'était l'AQ qui était censée le dépiauter. Ce qui ne la rendait guère populaire auprès des mécaniciens de la chaîne de montage, ni des ingénieurs.

Parallèlement, l'AQ était censée traiter les problèmes d'assistance à la clientèle. Les clients étaient souvent mécontents de décisions qu'ils avaient eux-mêmes prises, blâmant Norton si les cuisines qu'ils avaient commandées ne se trouvaient pas au bon endroit ou s'il y avait trop peu de toilettes sur l'appareil. Il fallait de la patience et un sens diplomatique pour satisfaire tout le monde et résoudre les problèmes. Casey, négociatrice-née, y excellait.

En compensation de leurs acrobaties diplomatiques, les employés de l'AQ étaient familiers de l'usine. En tant que vice-présidente, Casey était impliquée dans tous les aspects du travail à la compagnie ; ses libertés étaient aussi grandes que ses responsabilités étaient variées.

Elle savait que son titre était plus ronflant que son travail ; Norton Aircraft était inondée de vice-présidents. Sa division seule en comptait quatre, qui ne se faisaient pas de cadeaux. Mais John Marder venait de lui confier la liaison avec l'Équipe d'Analyse des Incidents. C'était une position très en vue, qui la destinait à diriger la division. Marder ne faisait pas de telles nominations au hasard. Elle savait qu'il avait une bonne raison.

Elle sortit sa Mustang décapotable de la Golden State Freeway dans la direction d'Empire Avenue, le long de la clôture grillagée qui ceinturait le périmètre sud de l'aéroport de Burbank. Elle se dirigea vers les complexes commerciaux, Rockwell, Lockheed et Norton Aircraft. Elle distinguait de loin les rangées de hangars, chacun orné de l'emblème ailé de Norton sur le fronton.

Son téléphone de voiture bourdonna.

— Casey ? C'est Norma. Tu es au courant de la réunion ?

Norma était sa secrétaire.

— J'arrive, dit Casey. Qu'est-ce qui se passe ?

— Personne ne sait rien, mais ça doit être sérieux. Marder a gueulé après les chefs ingénieurs et il a avancé la réunion de l'EAI.

John Marder était le chef des opérations à Norton. Il avait été le directeur de programme du N-22, ce qui signifiait qu'il avait supervisé la fabrication de l'appareil. C'était un homme impitoyable et à l'occasion intrépide, mais il obtenait des résultats. Il était aussi marié à la seule fille de Charley Norton. Depuis quelques années, il avait eu son mot à dire sur les ventes. Ce qui faisait de lui l'homme le plus puissant de la compagnie après le président. C'était Marder qui avait promu Casey et c'était...

— ... faire avec ton assistant ? dit Norma.

— Mon quoi ?

— Ton nouvel assistant. Qu'est-ce que je dois faire de lui ? Il attend dans ton bureau. Tu n'as pas oublié ?

— Ah oui.

Elle avait, en effet, oublié. Un neveu de la famille Norton, qui faisait son apprentissage à travers les divisions. Marder avait assigné le gamin à la charge de Casey, ce qui signifiait qu'elle devait le pouponner pendant les six semaines à venir.

— À quoi il ressemble, Norma ?

– Bon, il ne bave pas.
– Norma.
– Il est mieux que le précédent.

Ça n'était pas très édifiant : le dernier était tombé d'une aile en cours d'assemblage et il s'était presque électrocuté dans l'atelier radio.

– Combien mieux ?
– Je regarde son curriculum vitae, dit Norma. Faculté de droit de Yale et une année à la General Motors. Mais il a été au marketing pendant trois mois et il ne sait rien de la production. Il faudra lui enseigner le B.A.-Ba.
– D'accord, dit Casey avec un soupir. (Marder s'attendrait à ce qu'elle l'emmène à la réunion.) Dis-lui de me retrouver devant l'administration dans dix minutes. Et assure-toi qu'il ne se perde pas, okay ?
– Tu veux que je l'accompagne ?
– Ouais, ça vaudrait mieux.

Casey raccrocha et consulta sa montre. Le trafic était lent. Il y en aurait pour dix minutes jusqu'à l'usine. Elle tambourina impatiemment sur le tableau de bord. Quel pouvait être l'objet de la réunion ? Il avait dû se produire un accident, un avion était tombé.

Elle tourna le bouton de la radio pour écouter les nouvelles. Elle tomba sur une radio à discours ; un auditeur appelait pour dire qu' « il n'est pas juste de forcer les enfants à porter des uniformes à l'école. C'est élitiste et discriminatoire ».

Casey poussa un bouton et changea de station.

« ... Essayer d'imposer au reste d'entre nous leur moralité personnelle. Je ne crois pas qu'un fœtus soit un être humain... »

Un autre bouton.

« ... Ces attaques des médias émanant toutes de gens qui n'admettent pas la liberté de parole... »

Où sont les *nouvelles* ? se demanda-t-elle. Est-ce qu'un avion était tombé ou non ?

Elle revit soudain son père, lisant un gros paquet de journaux de tous les coins du pays, chaque dimanche après la messe et grommelant pour lui-même : « Ce n'est pas la vraie histoire, *ce n'est pas la vraie histoire* ! » Puis il jetait les pages en un tas informe près de son fauteuil du salon. Bien sûr, son père avait été un journaliste de presse écrite dans les années soixante. Le monde avait changé. Désormais, tout était à la télévision. La télévision et les bavardages ineptes à la radio.

Elle aperçut devant elle l'entrée principale de l'usine Norton et arrêta la radio.

Norton Aircraft était l'un des grands noms de l'aviation américaine. La compagnie avait été fondée par le pionnier de l'aviation Charley Norton en 1935 ; durant la Seconde Guerre mondiale, il avait fabriqué pour l'Air Force le bombardier légendaire B-22, le chasseur P-27 Skycat et le transport de troupes C-12. Dans les dernières années, Norton avait subi les orages économiques qui avaient éliminé Lockheed du transport commercial. C'était désormais l'une des quatre compagnies qui construisaient encore des gros porteurs pour le marché international. Les autres étaient Boeing à Seattle, McDonnell Douglas à Long Beach et le consortium européen Airbus à Toulouse.

Elle traversa des hectares de parkings jusqu'à la porte 7, s'arrêtant à la barrière pour permettre aux gardes de contrôler son badge. Comme toujours, elle ressentait une excitation quand elle entrait dans l'usine, pleine de l'énergie des trois-huit et de machines de levage qui convoyaient des pièces détachées. Ce n'était pas tant une usine qu'une petite ville, avec son propre hôpital, son journal et sa police. Soixante mille personnes y travaillaient quand elle était entrée dans la société. La récession en avait réduit le nombre de moitié, mais l'ensemble des bâtiments restait immense, couvrant quelque cent kilomètres carrés. C'était ici qu'ils construisaient le biréacteur N-20, à fuselage étroit, le gros N-22 et le KC-22, l'avion-citerne de l'Air Force. Elle reconnaissait les grands bâtiments d'assemblage, chacun long de plus d'un kilomètre et demi.

Elle se dirigea vers le bâtiment vitré de l'administration, au centre du complexe. Elle se gara à l'emplacement réservé et laissa le moteur tourner. Un jeune homme d'allure universitaire, avec son veston de sport et sa cravate, son pantalon kaki et ses mocassins, lui adressa un salut réservé tandis qu'elle mettait pied à terre.

Bâtiment 64

6 h 45

— Bob Richman, se présenta-t-il. Je suis votre nouvel assistant.

Sa poignée de main était courtoise et réservée. Casey n'arrivait à se rappeler à quelle branche des Norton il appartenait, mais elle reconnut le type. Beaucoup d'argent, des parents divorcés, des résultats passables dans de bonnes écoles et un sens viscéral de ses privilèges.

— Casey Singleton, dit-elle. Montez. Nous sommes en retard.

— En retard, répéta Richman quand il se fût assis. Il n'est même pas sept heures.

— Le premier huit commence à six heures, dit Casey. La plupart d'entre nous à l'Assistance Qualité suivent l'horaire de l'usine. Ce n'est pas le cas chez General Motors ?

— Je ne sais pas. J'étais à la division juridique.

— Vous n'êtes pas passé par les ateliers ?

— Aussi peu que possible.

Casey soupira. Les six semaines avec ce type seraient bien longues, pensa-t-elle.

— Vous étiez jusqu'ici au marketing ?

— Ouais, quelques mois. – Il haussa les épaules. – Mais la vente n'est pas vraiment mon fort.

Elle se dirigea vers le bâtiment 64, l'immense hangar où l'on construisait le gros porteur.

— À propos, qu'est-ce que vous conduisez ? demanda Casey.

— Une BMW.

— Vous devriez l'échanger contre une américaine.

— Pourquoi ? Elle est fabriquée ici.

— Elle est *assemblée* ici, précisa-t-elle. Elle n'est pas fabriquée ici. La valeur est ajoutée outre-mer. Les mécaniciens de notre usine connaissent la différence; ils sont tous UAW[1]. Ils n'aiment pas voir une étrangère dans le parking.

Richman regarda par la portière.

– Vous voulez dire que quelque chose pourrait lui arriver?

– C'est garanti. Ces gars ne sont pas des rigolos.

– J'y penserai, dit Richman. – Il réprima un bâillement. – Bon Dieu, c'est tôt. Où est-ce que nous courons?

– L'EAI. On a avancé la réunion à sept heures.

– L'EAI?

– L'équipe d'analyse des incidents. Chaque fois que quelque chose advient à l'un de nos appareils, l'EAI se réunit pour essayer de savoir ce qui s'est passé et ce que nous devons faire pour y remédier.

– Quelle est la fréquence de vos réunions?

– Environ tous les deux mois.

– C'est souvent, dit le jeune homme.

Il faudra lui enseigner le B.A.-Ba.

– En fait, expliqua Casey, ce n'est pas si fréquent que cela, tous les deux mois. Nous avons trois mille appareils en exploitation autour du monde. Avec autant de joujoux en l'air, des choses adviennent. Et nous prenons au sérieux notre assistance aux clients. Alors chaque matin nous tenons une conférence en appelant tous les représentants des services dans le monde. Ils signalent tout ce qui a causé un retard de vol le jour précédent. La plupart des incidents sont mineurs, une porte de toilettes coincée ou une lampe du cockpit qui a sauté. Mais nous enregistrons cela à l'AQ, effectuons une analyse de tendances et le signalons à notre tour à l'Assistance de production.

– Uh-huh. – Il paraissait s'ennuyer.

– Puis, reprit Casey, une fois de temps à autre nous affrontons un problème qui requiert l'EAI. Il faut que ce soit sérieux, quelque chose qui affecte la sécurité en vol. Il semble que nous en ayons un aujourd'hui. Si Marder a avancé la réunion à sept heures, vous pouvez être sûr que ce n'est pas une grève des étourneaux.

– Marder?

– John Marder était le chef du programme du gros porteur avant de devenir chef des opérations. C'est donc un incident advenu à un N-22.

Elle se rangea et gara sa voiture à l'ombre du bâtiment 64. Long de près d'un kilomètre et demi, le hangar gris les dominait du haut de ses huit étages. La chaussée devant le bâtiment était

---

1. United Auto Workers, principal syndicat américain.

jonchée de boules auriculaires jetables, celles qu'utilisaient les mécaniciens pour éviter d'être assourdis par les pistolets riveteurs.

Ils franchirent des portes latérales et s'engagèrent dans un corridor qui faisait le tour du bâtiment, jalonné de groupes de distributeurs d'aliments tous les cinq cents mètres. Richman demanda :

— On a le temps d'une tasse de café ?

Elle secoua la tête.

— Le café n'est pas autorisé dans l'atelier.

— Pas de café ? grommela-t-il. Pourquoi ? Il est fabriqué à l'étranger ?

— Le café est corrosif. L'aluminium ne l'aime pas.

Casey guida Richman vers une autre porte, qui menait au niveau de production.

— Grand dieu, s'écria Richman.

Les immenses gros porteurs, partiellement assemblés, luisaient sous les lampes halogènes. Quinze appareils à des stades divers de construction étaient alignés en deux rangées sous le toit voûté. Juste en face des visiteurs, des mécaniciens installaient les portes de soutes sur des fuselages. Ceux-ci étaient surmontés par des échafaudages. Au-delà du fuselage se dressait une forêt de potences d'assemblage, immenses outils peints en bleu. Richman s'avança sous l'une d'elles et l'examina, bouche bée. Elle était aussi grande et haute qu'une maison de six étages.

— Incroyable !

Il pointa le doigt vers une grande surface.

— C'est une aile ?

— Le stabilisateur vertical, répondit Casey.

— Le quoi ?

— La queue, Bob.

— Ça c'est la *queue* ?

Elle hocha la tête.

— L'aile est là-bas, dit-elle le doigt tendu vers une autre aire de l'atelier. Elle mesure soixante mètres de long, presque autant qu'un terrain de football.

Un klaxon retentit. Une des grues au-dessus d'eux commença à se mouvoir. Richman se retourna pour l'examiner.

— Votre première visite dans un atelier ?

— Ouais... (Il tournait la tête dans toutes les directions.) Formidable.

— C'est grand, dit Casey.

— Pourquoi ce vert citron ?

— Nous enduisons d'époxy les éléments de structure, pour prévenir la corrosion. Et les revêtements d'aluminium sont protégés

33

pour ne pas être ternis durant l'assemblage. Les revêtements sont hautement polis et coûtent très cher. Nous laissons donc cet enduit en place jusqu'à l'atelier de peinture.

— Ça ne ressemble certes pas à la General Motors, commenta Richman.

— C'est vrai. Comparés à ces avions, les voitures sont des plaisanteries.

Richman se tourna vers elle, surpris.

— Une plaisanterie ?

— Pensez, une Pontiac compte cinq mille éléments et on peut en construire une en deux tournées. Seize heures. Ce n'est rien. Mais ces choses, et elle indiqua les avions au-dessus, sont un bétail tout à fait différent. Un gros porteur compte un million d'éléments et se construit en soixante-quinze jours. Aucun autre produit manufacturé au monde ne présente la complexité d'un avion de ligne. Rien n'en approche même. Et rien n'est construit pour durer aussi longtemps. Prenez une Pontiac, faites-la rouler toute la journée sans arrêt et voyez ce qui arrive. Elle se délinguera en quelques mois. Mais nous concevons nos jets pour qu'ils puissent assurer le service sans problème pendant vingt ans, et nous les construisons pour qu'ils durent le double de ce temps.

— Quarante ans ? répéta Richman, incrédule. Vous les construisez pour qu'ils durent quarante ans ?

Casey hocha la tête.

— Nous avons encore beaucoup de N-5 en service dans le monde, et nous avons cessé de les construire en 1946. Certains de nos avions ont accumulé quatre fois leur temps de service, l'équivalent de quatre-vingts ans. C'est ce que font les avions Norton. Et les Douglas. Mais il n'y a pas d'autres oiseaux qui fassent cela. Vous comprenez ce que je dis ?

— *Wow*, fit Richman, ravalant sa salive.

— Nous appelons cet endroit le poulailler, dit Casey. Les avions sont si grands qu'il est difficile d'avoir un sens des proportions.

Elle indiqua un avion à leur droite, où de petits groupes d'ouvriers travaillaient dans des positions diverses, leurs lampes portables se réfléchissant sur le métal.

— Ils n'ont pas l'air nombreux, non ?

— Non, pas vraiment.

— Il y a probablement deux cents mécaniciens qui travaillent sur cet avion, presque autant que sur une chaîne automobile tout entière. Mais ce n'est là qu'une position sur la chaîne d'assemblage et nous avons quinze positions en tout. Il y a cinq mille personnes dans ce bâtiment en ce moment.

Le jeunot secouait la tête, épaté.
— Ça a l'air un peu vide.
— Malheureusement, c'est en effet un peu vide, confirma Casey. La chaîne des gros porteurs tourne à soixante pour cent de sa capacité, et trois de ces oiseaux sont des queues blanches.
— Queues blanches ?
— Des avions que nous construisons sans clients. Nous fonctionnons à un rythme minimal, pour garder la chaîne en service et nous n'avons pas reçu toutes les commandes qu'il nous faut. Le bassin du Pacifique est un secteur en croissance, mais avec le Japon en récession, les gens ne font pas de commandes. Et tous les autres font voler leurs appareils plus longtemps. Le marché est donc très compétitif. Par ici.

Elle gravit un escalier métallique, d'un pas vif. Richman la suivit, leurs pas résonnaient sur le métal. Ils parvinrent à un palier, puis à un autre.
— Je vous dis tout cela, précisa-t-elle, pour que vous compreniez la réunion à laquelle nous allons. Nous faisons de fichus bons avions. Les gens ici sont fiers de ce qu'ils font. Et ils n'aiment pas que quelque chose aille de travers.

Ils parvinrent à une passerelle au-dessus du niveau d'assemblage et se dirigèrent vers une pièce aux cloisons de verre qui semblait suspendue à la voûte. Casey en ouvrit la porte : « Et ceci est la salle d'état-major. »

La salle d'état-major

7 h 01

Elle vit le lieu à travers ses yeux, comme pour la première fois : une vaste salle de conférence tapissée de gris, une table ronde de Formica, des chaises tubulaires. Les murs étaient couverts de tableaux d'affichage, de cartes et de bleus ingénierie. Le mur en face était de verre et dominait la chaîne d'assemblage.

Cinq hommes en manches de chemise, mais cravatés, une secrétaire munie d'un bloc et John Marder se trouvaient autour de la table. Elle fut surprise de trouver Marder là ; le chef des opérations présidait rarement les réunions de l'Équipe d'Analyse des Incidents. Brun, quarante-cinq ans, coiffé en sauterelle, il était tendu. Il évoquait un cobra qui se prépare à frapper.

Casey lui dit : « Voici mon nouvel assistant, Bob Richman. »

Marder se leva : « Soyez le bienvenu, Bob », et serra la main du jeunot. Il sourit même, ce qui était rare. Apparemment, son sens aiguisé de la politique des corporations, Marder était disposé à choyer n'importe quel membre de la famille Norton, même un neveu de passage. Ce qui fit que Casey se demanda si le garçon n'était pas plus important qu'elle ne le pensait.

Marder présenta Richman aux autres personnes présentes. « Doug Doherty, responsable de la structure et de la mécanique... » Il indiqua un homme de quarante-cinq ans, avec une bedaine, un teint brouillé et des lunettes épaisses. Doherty entretenait une morosité perpétuelle ; il parlait d'un ton monocorde et lugubre et l'on pouvait compter sur lui pour annoncer que tout allait mal et irait encore plus mal. Il portait ce jour-là une chemise à carreaux et une cravate rayée ; il avait dû partir de chez lui avant que sa femme l'eût vu. Doherty adressa à Richman un salut pensif et triste.

« Nguyen Van Trung, avionique... » Trung avait trente ans, il était net, calme et réservé. Casey l'aimait bien. Les Vietnamiens étaient les plus travailleurs de l'usine. Les gars de l'avionique étaient des spécialistes de MIS, qui s'occupaient des programmes informatiques des avions. Ils représentaient la nouvelle vague chez Norton ; plus jeunes, plus instruits et avec de meilleures manières.

« Ken Burne, les moteurs... » Kenny, roux avec des taches de rousseur, pointait du menton, prêt à la bagarre. On le savait grossier, prompt à l'insulte, et on le surnommait Soupe au lait.

« Ron Smith, l'électricité... » Chauve et réservé, Ron tripotait les crayons dans sa poche. Il était extrêmement compétent ; il paraissait souvent avoir les plans de l'avion gravés dans sa tête. Mais il était affreusement timide ; il vivait à Pasadena avec sa mère invalide.

« Mike Lee, qui représente le transporteur... » Un quinquagénaire élégant, cheveux coupés en brosse, en blazer avec une cravate rayée ; ancien pilote de l'Air Force et général à une étoile en retraite, c'était le représentant de la TransPacific à l'usine.

« Et Barbara Ross, avec son bloc. » La secrétaire de l'EAI avait quarante ans et des kilos en trop. Elle lança à Casey un regard franchement hostile. Casey l'ignora.

Marder indiqua un siège au garçon et Casey s'assit près de lui. « Premier point, dit Marder. Casey assure actuellement la liaison entre l'AQ et l'EAI. Étant donné la manière dont elle a géré le DA à DFW, elle sera désormais notre porte-parole avec la presse. Des questions ? »

Richman parut ahuri. Marder se tourna vers lui et expliqua : « Singleton a fait un bon travail avec la presse, le mois dernier, à propos d'un décollage avorté à Dallas-Fort Worth. Elle sera donc chargée de répondre aux questions éventuelles de la presse. Okay ? On est tous à la même page ? On commence, Barbara ? »

La secrétaire distribua des liasses de papiers agrafés.

– Vol TransPacific 545, dit Marder. Un N-22, numéro de série 271. Vol parti de Kaitak Hong Kong hier à 22 h. Décollage sans incident, vol sans incident non plus jusqu'à 5 h environ ce matin, quand l'avion est entré dans ce que le pilote décrit comme de fortes turbulences...

Des rumeurs s'élevèrent. « Turbulences ! » Les ingénieurs secouèrent la tête.

– ... de fortes turbulences, produisant des tangages extrêmes durant le vol.

– Putain ! dit Burne.

– L'appareil, poursuivit Marder, a atterri en urgence à Los Angeles où des unités médicales l'attendaient. Notre rapport préliminaire fait état de cinquante-six blessés et trois morts.

37

— Oh, ça c'est très mauvais, se lamenta Doug Doherty d'un ton morne et monocorde, en clignant des yeux derrière ses lunettes. Je suppose que ça signifie que nous avons le NTSB sur le dos.

Casey se pencha vers Richman et murmura : « Le National Transportation Safety Board qui surveille la sécurité aérienne est habituellement alerté quand il y a des accidents mortels. »

— Pas dans ce cas-ci, dit Marder. C'est un transporteur étranger et l'incident s'est produit dans l'espace international. Le NTSB est déjà débordé par l'incident colombien. Nous pensons qu'ils passeront sur celui-ci.

— Turbulences, répéta Kenny Burne avec un grognement. On en a eu confirmation ?

— Non, répondit Marder. L'avion était à trente-sept mille pieds quand l'incident s'est produit. Aucun autre appareil à cette altitude et dans cette position n'a signalé de problèmes météo.

— Les cartes météo satellite ? demanda Casey.

— Elles arrivent.

— Et les passagers ? continua-t-elle. Est-ce que le commandant a averti les passagers ? Est-ce que le signal des ceintures était allumé ?

— Personne n'a encore interrogé les passagers. Mais des informations préliminaires donnent à penser qu'aucune annonce n'a été faite.

Richman avait de nouveau l'air ahuri. Casey griffonna une note sur son bloc jaune et l'inclina pour qu'il pût lire : *Pas de turbulences.*

Trung prit la parole :

— Avons-nous interrogé le pilote ?

— Non, dit Marder. L'équipage a pris une correspondance et a quitté le pays.

— Fameux, râla Kenny Burne en jetant son crayon sur la table. Vraiment fameux. Nous avons un foutu délit de fuite.

— Attendez un peu, intervint Mike Lee d'un ton froid. Au nom du transporteur, je pense que nous devons admettre que l'équipage s'est comporté de manière responsable. Ici, ils n'ont à répondre de rien, mais ils encourent des poursuites éventuelles des autorités de l'aviation civile à Hong Kong, et ils sont rentrés chez eux pour y faire face.

Casey écrivit : *Équipage non disponible.*

— Est-ce que, euh, nous savons qui était le commandant ? demanda timidement Ron Smith.

— Oui, répondit Mike Lee. Il consulta un calepin de cuir. Son nom est John Chang. Quarante-cinq ans, résident de Hong Kong, six mille heures de vol. Il est le pilote ancien et confirmé de la TransPacific pour le N-22. Très expérimenté.

— Oh ouais? dit Burne en se penchant sur la table. Et quand a-t-il été recertifié pour la dernière fois?
— Il y a trois mois.
— Où?
— Ici même. Sur les simulateurs de vol de la Norton, par des instructeurs de Norton.

Burne se radossa, reniflant d'un air mécontent.
— Est-ce que nous savons comment il a été noté? demanda Casey.
— Au-dessus de la moyenne, répondit Lee. Vous pouvez consulter vos dossiers.

Casey écrivit : *Pas d'erreur humaine (?)*
Marder demanda à Lee :
— Pensez-vous que nous puissions l'interroger, Mike? Est-ce qu'il parlerait à nos représentants de service à Kaitak?
— Je suis certain que l'équipage coopérera avec vous. Surtout si vous leur soumettez des questions écrites... Je suis sûr que je peux obtenir des réponses dans les dix jours.
— Hmmm, fit Marder, contrarié. C'est long...
— Si nous n'obtenons pas d'interview du pilote, dit Van Trung, nous pourrions avoir un problème. L'incident s'est produit une heure avant l'atterrissage. L'enregistreur de voix du cockpit ne conserve que les vingt-cinq dernières minutes de conversation. Dans ce cas, donc, le CVR [1] ne servira à rien.
— C'est vrai. Mais vous aurez toujours le FDR.

Casey écrivit : *Flight Data Recorder*, enregistreur de données en vol.
— Oui, nous avons le FDR, dit Trung.

Mais cela ne calmait visiblement pas ses appréhensions, et Casey savait pourquoi. Les enregistreurs de vol étaient notoirement peu fiables. Dans les médias, c'étaient les mystérieuses boîtes noires qui révélaient tous les secrets d'un vol. Mais en réalité, ils ne marchaient pas toujours.
— Je ferai de mon mieux, promit Mike Lee.

Casey demanda :
— Qu'est-ce que nous savons de l'appareil?
— Il est tout neuf, répondit Marder. Trois ans de service. Il a quatre mille heures et neuf cents cycles.

Casey écrivit : *Cycles = décollages et atterrissages.*
— Et les inspections? demanda Doherty d'un ton lugubre. Je suppose qu'il nous faudra attendre les données...
— L'avion a passé un contrôle C en mars.

---

1. Cockpit Voice Recorder : enregistreur de cockpit.

— Où ?
— Aéroport de Los Angeles.
— Donc la maintenance était probablement bonne, dit Casey.
— Correcte, confirma Marder. À première vue, nous ne pouvons attribuer l'incident au temps, à des facteurs humains ou à la maintenance. Nous sommes donc dans un trou. Remontons les possibilités de défaillance. Est-ce que quoique ce soit dans cet avion a pu causer quelque chose qui ressemble à une turbulence ? Structurellement ?
— Sûr, dit Doherty d'un ton lamentable. Une extension des becs pourrait le causer. On vérifiera l'hydraulique sur toutes les gouvernes.
— L'avionique ?
Trung griffonnait des notes.
— Maintenant, je me demande pourquoi le pilote automatique n'a pas pris le dessus. Dès que nous aurons la transcription de l'enregistreur de données, j'en saurai davantage.
— Électricité ?
— Il est possible qu'un circuit pété ait déclenché un déploiement des becs, dit Ron Smith en secouant la tête. Je veux dire que c'est possible...
— Les moteurs ?
— Ouais, les moteurs pourraient être en cause, répondit Burne, en se passant la main dans ses cheveux roux. Les inverseurs de poussée auraient pu se déclencher en vol. Cela ferait que l'avion piquerait du nez et roulerait. Mais si les inverseurs s'étaient déployés, il y aurait des dommages résiduels. Nous vérifierons les habillages.

Casey jeta un coup d'œil sur son bloc-notes. Elle avait écrit :
Structure — déploiement des becs
Hydraulique — déploiement des becs
Avionique — pilote automatique
Électricité — circuit défectueux
Moteurs — inverseurs de poussée

— Vous avez un vaste terrain de recherches, conclut Marder en se levant et en ramassant ses papiers. Je ne veux pas gaspiller votre temps.
— Et merde, dit Burne. On débrouillera ça en un mois, John. Je ne suis pas inquiet.
— Moi je le suis, dit Marder. Parce que ce n'est pas un mois que nous avons. C'est une semaine.
Des protestations jaillirent autour de la table.
— Une semaine !

40

— Tu charries, John !

— Allons, John, tu sais bien qu'une telle enquête met toujours un mois !

— Pas cette fois-ci, dit Marder. Jeudi dernier, notre président, Hal Edgarton, a reçu une promesse d'achat du gouvernement de Pékin, pour cinquante N-22, avec une option pour trente autres. Première livraison dans dix-huit mois.

La stupéfaction fit régner le silence.

Les hommes se regardèrent. Cela faisait des mois qu'on parlait d'une grosse vente à la Chine. Le contrat avait été qualifié d'imminent par divers médias. Mais personne à Norton n'y croyait vraiment.

— C'est vrai, reprit Marder. Et je n'ai pas besoin de vous dire ce que cela signifie. C'est une commande de huit milliards de dollars du marché aérien à la croissance la plus rapide du monde. Cela représente quatre ans de production à plein. Cela mettra cette compagnie sur une plate-forme financière solide jusque dans le XXIe siècle. Cela financera le développement des versions rallongées du N-22 et du gros-porteur avancé N-XX. Hal et moi sommes d'accord : cette vente représente pour la compagnie la différence entre la vie et la mort.

Marder glissa les papiers dans sa serviette et referma celle-ci avec un bruit sec.

— Je pars pour Pékin dimanche pour rejoindre Hal et signer la lettre d'intention avec le ministre des Transports. Il va vouloir savoir ce qui est arrivé au vol 545. Et il vaut mieux que je sois capable de le lui dire, ou bien il se tournera vers Airbus. Auquel cas je serai dans la merde, et cette compagnie sera dans la merde, et tout le monde à cette table sera au chômage. L'avenir de Norton Aircraft dépend de cette enquête. Je ne veux donc rien entendre d'autre que des réponses. Et je les veux dans une semaine. À demain.

Il tourna sur ses talons et quitta la pièce.

À l'administration

9 h 12

Harold Edgarton, le nouveau président de Norton Aircraft, regardait par la fenêtre de son bureau au dixième étage quand John Marder entra. Edgarton était un ancien trois-quarts centre, au sourire prompt et au regard attentif et froid. Il venait de chez Boeing et était entré chez Norton trois mois plus tôt pour en améliorer le marketing.

Il se retourna et fronça les sourcils.
— C'est un foutu bordel, dit-il à Marder. Combien de morts ?
— Trois.
— Merde. (Edgarton secoua la tête.) C'était vraiment le moment ! Est-ce que vous avez informé l'équipe d'enquête sur la promesse de vente ? Vous leur avez dit combien c'est urgent ?
— Je les ai informés.
— Et vous aurez clarifié l'affaire cette semaine ?
— Je dirige moi-même l'équipe. Ça sera fait, dit Marder.
— Et la presse ? (Edgarton restait inquiet.) Je ne veux pas que les Relations Médias s'occupent de ça. Benson est un ivrogne, tous les reporters le détestent. Et les ingénieurs ne peuvent pas le faire à sa place. Ils ne parlent même pas anglais, nom de nom...
— Je m'en occupe, Hal.
— Oui ? Je ne veux pas que vous parliez à cette foutue presse. Vous êtes hors jeu.
— Je comprends, dit Marder. J'ai fait en sorte que Singleton s'occupe de la presse.
— Singleton ? Cette femme de l'AQ ? demanda Edgarton. J'ai écouté cet enregistrement que vous m'avez donné, là où elle parle aux reporters à propos de l'affaire de Dallas. Elle est assez jolie, mais elle est quand même bien directe.
— Eh bien, c'est ce que nous voulons, non ? Nous voulons

quelqu'un d'honnête, bien américain, qui ne fasse pas de blabla. Et elle a les pieds sur terre, Hal.

— C'est bien le moins. Si ça commence à chier, il faudra qu'elle soit efficace.

— Elle le sera, assura Marder.

— Je veux que rien ne compromette ce contrat avec la Chine.

— Personne ne le compromettra.

Edgarton regarda pensivement Marder pendant un moment. Puis il dit :

— Il faut que vous ayez les idées bien claires. Parce que je me fous complètement de la femme à laquelle vous êtes marié. Si cette affaire n'aboutit pas, il y aura une charrette. Pas moi seulement. Et d'autres têtes tomberont.

— Je comprends.

— Vous avez choisi cette femme. Vous en êtes responsable. Le conseil le sait. Si elle ou l'EAI font une bêtise, vous êtes cuit.

— Rien n'arrivera, dit Marder. Tout est sous contrôle.

— Ça vaut foutrement mieux, asséna Edgarton, et il se tourna de nouveau vers la fenêtre.

Marder quitta la pièce.

Le hangar d'entretien 21

9 h 48

La mini-fourgonnette bleue traversa la piste et fila vers la série de hangars de maintenance à l'aéroport de Los Angeles. De l'arrière du hangar le plus proche, la queue jaune du gros porteur de la TransPacific dépassait, son emblème jaune étincelant au soleil.

Dès qu'ils aperçurent l'avion, les ingénieurs se lancèrent dans une conversation excitée. La mini-fourgonnette pénétra dans le hangar et s'arrêta sous une aile ; les ingénieurs en déboulèrent. L'équipe du RAMS[1], la maintenance, était déjà au travail, une demi-douzaine de mécaniciens portant des harnais étaient à quatre pattes sur l'aile.

— Allons-y ! cria Burne en gravissant l'échelle qui menait à l'aile, comme s'il donnait l'assaut. Les autres ingénieurs grimpèrent après lui. Doherty monta le dernier, l'air battu.

Casey descendit de la mini-fourgonnette avec Richman.

— Ils sont tous sur l'aile, observa Richman.

— En effet. L'aile est la partie la plus importante d'un avion et c'est la structure la plus complexe. Ils commencent par l'examiner, puis ils feront une inspection visuelle du reste de l'extérieur. Par ici.

— Où allons-nous ?

— À l'intérieur.

Elle se dirigea vers l'avant de l'avion et gravit une échelle rétractable qui menait à la porte de la cabine, juste derrière le poste de pilotage. Dès l'entrée, elle perçut l'odeur nauséabonde du vomi.

— Merde, dit Richman sur ses talons.

Casey entra.

---

1. Recovery And Maintenance Systems.

Elle savait que la cabine avant serait celle qui aurait subi le moins de dommages, mais même là, quelques-uns des dossiers de sièges étaient cassés. Les accoudoirs avaient été arrachés et pendaient dans les allées. Les casiers à bagages supérieurs étaient démantibulés et leurs portes étaient béantes. Les masques à oxygène pendaient du plafond et quelques-uns manquaient. Il y avait du sang sur la moquette et du sang sur le plafond. Des flaques de vomi sur les sièges.

— Mon Dieu, dit Richman, livide, en se voilant le nez. C'est arrivé à cause d'une *turbulence* ?

— Non, presque certainement pas.

— Alors pourquoi le pilote...

— Nous ne savons pas encore.

Casey pénétra dans le cockpit. La porte était déverrouillée et le poste de pilotage paraissait normal. Tous les papiers et livres de bord étaient absents. Une chaussure de petit enfant traînait par terre. En se penchant pour la regarder, Casey remarqua une masse de métal noir froissé bloquée sous la porte du cockpit. Une caméra vidéo. Elle la délogea et l'appareil se disloqua dans ses mains, en un paquet informe de circuits imprimés, de moteurs argentés et une pelote de bande vidéo qui s'échappait d'une cassette cassée. Elle la tendit à Richman.

— Qu'est-ce que je dois en faire ?

— Gardez-la.

Casey se dirigea vers l'arrière, sachant que là, ce serait pire. Elle se faisait déjà une image de ce qui s'était passé sur ce vol.

— Ce n'est pas discutable : cet appareil a subi des oscillations de tangage sévères. C'est quand l'avion pique du nez et remonte, expliqua-t-elle.

— Comment le savez-vous ? demanda Richman.

— Parce que c'est ce qui fait vomir les passagers. Ils peuvent supporter les mouvements en lacet et le roulis. Mais le tangage les fait vomir.

— Pourquoi est-ce qu'il manque des masques à oxygène ?

— Les gens les ont agrippés quand ils sont tombés. (Ça avait dû se passer comme ça.) Et les dossiers des sièges sont cassés : vous savez quelle force il faut pour casser un dossier de fauteuil d'avion ? Ils sont conçus pour soutenir un impact de seize G. Les gens dans cette cabine ont sauté comme des dés dans un cornet. Et d'après les dégâts, ça a l'air d'avoir duré un moment.

— Combien de temps ?

— Au moins deux minutes, dit-elle.

Une éternité pour un incident tel que celui-là, songea-t-elle.

Passant une kitchenette dévastée, ils arrivèrent à la cabine centrale. Là, les dégâts étaient bien pires. Plusieurs sièges étaient cassés. Une large traînée de sang s'étendait au plafond. Les allées étaient jonchées de débris, chaussures, vêtements déchirés, jouets d'enfants.

Une équipe de nettoyage aux uniformes bleus portant l'inscription NORTON EAI ramassait les objets personnels, les jetant dans de grands sacs de plastique. Casey s'adressa à une femme :

— Vous avez trouvé des appareils photo ?

— Cinq ou six jusqu'ici, dit la femme. Deux caméras vidéo. Il y a des tas de trucs, ici.

Elle se pencha sous un siège et ramassa un diaphragme de caoutchouc marron.

— Comme je vous le disais.

Enjambant soigneusement les débris dans les allées, Casey continua vers l'arrière. Elle passa une autre cloison et se retrouva dans la cabine près de la queue.

Richman retint son souffle.

On eût cru qu'une main de géant avait broyé l'intérieur. Les sièges étaient aplatis. Les casiers à bagages pendaient presque jusqu'au sol ; les panneaux du plafond s'étaient disloqués, exposant les câbles et les isolations argentées. Il y avait du sang partout. Certains sièges étaient trempés d'un liquide marron foncé. Les toilettes de l'arrière étaient démantibulées, les miroirs cassés et les tiroirs d'aciers ouverts et tordus.

L'attention de Casey fut attirée par la gauche de la cabine, où six infirmiers s'affairaient à soutenir quelque chose de pesant qui pendait dans un filet de nylon blanc près d'un casier à bagages. Les infirmiers ajustèrent leurs positions, le filet de nylon se déplaça et soudain la tête d'un homme en sauta, le visage gris, la bouche ouverte, les yeux aveugles, des mèches hagardes autour.

— Oh mon Dieu ! dit Richman. Il tourna sur ses talons et prit la fuite.

Casey alla vers les infirmiers. Le cadavre était celui d'un Chinois d'âge moyen.

— Quel est votre problème ? demanda-t-elle.

— Désolé, dit l'un des infirmiers. Mais nous n'arrivons pas à le sortir. Nous l'avons trouvé bloqué là et il est sacrement vissé. Sa jambe gauche.

L'un des infirmiers dirigea une torche électrique vers le haut. La jambe gauche était fichée à travers le casier à bagages dans les câbles isolés au-dessus de la fenêtre. Casey essaya de se rappeler quels câbles couraient à cet endroit et s'ils étaient critiques pour le vol.

— Faites seulement attention en le sortant, dit-elle.

De l'allée, elle entendit une des chargées du nettoyage : « La chose la plus sacrément bizarre que j'aie jamais vue. »

Une autre femme demanda :

— Comment il est arrivé là ?

— Que je sois pendue si je le sais.

Casey alla voir de quoi elles parlaient. Une femme tenait une casquette bleue de pilote. Et celle-ci portait une trace de pied sanglante.

Casey s'en empara.

— Où avez-vous trouvé ça ?

— Ici même, dit la femme. À l'extérieur de l'allée arrière. C'est joliment loin du cockpit, non ?

— Oui.

Casey retourna la casquette. Des ailes d'argent sur le bandeau et le médaillon jaune de TransPacific au centre. C'était une casquette de pilote avec la bande du grade de commandant, et elle appartenait donc à quelqu'un de l'équipe de relais. Si cet avion transportait une équipe de relais ; elle n'en était pas encore informée.

— Oh, pauvre de moi, c'est affreux, c'est vraiment affreux.

Elle reconnut le ton monocorde caractéristique et leva les yeux vers Doug Doherty, l'ingénieur des structures, qui avançait dans la cabine arrière.

— Qu'est-ce qu'ils ont fait à mon bel avion ? gémissait-il. Puis il aperçut Casey. Vous savez ce que c'est, n'est-ce pas. Ce n'est pas une turbulence. Ils *marsouinaient*.

— Peut-être, dit Casey.

« Marsouiner » était le terme pour les alternances de piqués et de remontées. Comme ceux du marsouin dans l'eau.

— Oh oui, insista lugubrement Doherty. C'est ce qui s'est passé. Ils ont perdu le contrôle. Terrible, vraiment terrible.

L'un des infirmiers demanda : « M. Doherty ? »

Doherty leva les yeux.

— Oh, ne me dites pas. C'est là que le type a été coincé ?

— Oui, monsieur...

— Je te demande, dit-il sombrement en s'approchant. Il fallait que ce soit dans le complexe arrière. Juste là où tous les systèmes critiques se retrouvent pour... Bon, faites-moi voir. Qu'est-ce que c'est que ça ? Son pied ?

— Oui, monsieur.

Ils éclairèrent l'endroit. Doherty poussa le corps, qui se balança dans le harnais.

— Vous pouvez le tenir ? Bon... quelqu'un a un couteau ou quelque chose ? Vous n'en avez probablement pas, mais...

L'un des infirmiers lui tendit une paire de ciseaux et Doherty commença à couper. Des bouts d'isolants tombèrent par terre. Doherty coupait toujours, d'une main rapide. À la fin, il s'arrêta. « Okay. Il a manqué le câble 59. Et le câble 47. Il est à la gauche des lignes hydrauliques, près du faisceau des avioniques... Okay, il ne me semble pas qu'il ait endommagé l'avion de quelque façon. »

Les infirmiers qui portaient le cadavre regardèrent Doherty. L'un d'eux demanda : « On peut couper pour le dégager ? »

Doherty avait toujours le regard fixe. « Quoi ? Oh ouais. Coupez. »

Il recula et les infirmiers insérèrent de grandes tenailles à la partie supérieure de l'avion. Ils introduisirent les mâchoires entre le plafond et les casiers à bagages et les écartèrent. Le plastique craqua dans un fracas.

Doherty se détourna.

— Je ne peux pas voir ça. Je ne peux pas les voir détruire mon bel avion.

Il se dirigea vers l'avant. Les infirmiers le suivirent des yeux tandis qu'il s'éloignait.

Richman revint, l'air un peu gêné. Il montra les hublots.

— Qu'est-ce que ces types font sur l'aile ?

Casey se pencha.

— Ils inspectent les becs, dit-elle. Les surfaces de contrôle du bord d'attaque.

— Et à quoi servent les becs ?

Il faudra lui apprendre le B.A-Ba.

— Vous avez des notions d'aérodynamique ? demanda Casey. Non ? Bien, un avion vole à cause de la forme de l'aile. L'aile a l'air simple, expliqua-t-elle, mais c'est en fait la partie la plus complexe de l'avion et celle qui prend le plus de temps à construire. »

En comparaison, le fuselage était simple, rien qu'une série de panneaux ronds rivetés ensemble. Et la queue n'était qu'un panneau vertical fixe, avec des contrôles de surface. Mais l'aile était une œuvre d'art. Longue de près de soixante mètres, elle était incroyablement forte, capable de soutenir le poids de l'avion. Mais en même temps, elle était conçue avec une précision au centième de centimètre près.

— La forme, expliqua encore Casey, est cruciale : l'aile est courbe au-dessus et plate au-dessous. Ce qui signifie que l'air qui passe par-dessus doit aller plus vite et en vertu du principe de Bernoulli...

— C'est du droit que j'ai fait, lui rappela-t-il.

— Le principe de Bernoulli stipule que la pression d'un gaz est fonction de sa vélocité. La pression dans un courant est donc inférieure à celle de l'air qui l'entoure. Étant donné que l'air circule plus vite au-dessus de l'aile, il crée un vide qui aspire l'aile vers le haut. L'aile est assez forte pour soutenir le fuselage et c'est donc tout l'avion qui est poussé vers le haut. C'est pourquoi un avion vole.

— Okay...

— Bien. Deux facteurs déterminent la poussée verticale, la vitesse à laquelle l'aile se meut dans l'air et l'indice de courbure. Plus grande est la courbure, plus forte est la poussée.

— Okay.

— Quand l'aile va vite, en vol, jusqu'à environ mach 0,8 elle n'a pas besoin d'une grande courbure. En fait, elle peut être presque plate. Mais quand l'avion va moins vite, durant les décollages et les atterrissages, elle a besoin d'une plus grande courbure pour maintenir la poussée. À ces moments-là, nous augmentons donc la courbure en déployant des sections de l'avant et de l'arrière, des volets à l'arrière et des becs à l'avant.

— Les becs sont comme les volets, mais à l'avant ?

— C'est ça.

— Je ne les avais jamais remarqués auparavant, dit Richman, regardant par le hublot.

— Les petits avions n'en ont pas, dit Casey. Mais cet appareil à pleine charge pèse près de trois cent soixante-quinze tonnes. Il faut avoir des becs sur un avion de cette dimension.

Sous leurs yeux, le premier des becs avança, puis se rabaissa. Les hommes sur l'aile mirent les mains dans les poches et observèrent.

Richman demanda : « Pourquoi les becs sont-ils tellement importants ? »

— Parce que l'une des causes possibles de turbulence est une extension des becs en vol. Rappelez-vous, en vitesse de croisière, l'aile doit être presque plate. Si les becs se déploient, l'avion peut devenir instable.

— Et qu'est-ce qui ferait que les becs se déploient ?

— Une erreur du pilote, dit Casey. C'est la cause ordinaire.

— Mais cet avion était censé avoir un très bon pilote.

— Juste. Censé.
— Et si ce n'était pas une erreur du pilote ?
Elle hésita.
— Il y a un cas de figure appelé déploiement spontané des becs. Ils se déploient d'eux-mêmes, à l'improviste.
Richman fronça les sourcils.
— Ça peut se produire ?
— Ça s'est produit. Mais nous ne croyons pas que ce soit possible sur cet avion.
Elle n'allait pas entrer dans les détails avec ce jeunot. Pas maintenant.
Richman fronçait toujours les sourcils.
— Si ce n'est pas possible, pourquoi est-ce qu'ils vérifient ?
— Parce qu'il se peut que ce soit arrivé et que notre travail est de tout vérifier. Il y a peut-être un problème avec cet avion particulier. Peut-être que les câbles de commande ne sont pas bien attachés. Peut-être qu'il y a un problème électrique dans les commandes hydrauliques. Peut-être y a-t-il une défaillance dans les détecteurs de proximité. Peut-être qu'il y a un virus dans le code des avioniques. Nous vérifierons tous les systèmes jusqu'à ce que nous comprenions ce qui s'est passé et pourquoi.
Et pour l'instant, nous n'avons aucun indice.

Quatre hommes s'étaient serrés dans le cockpit, penchés sur les commandes. Van Trung, qui était certifié pour l'appareil, était assis à la place du commandant de bord ; Kenny Burne était à celle du copilote, à droite. Trung actionnait les commandes de vol l'une après l'autre, volets, becs, ailerons, empennage. À chaque test, les instruments du poste de pilotage étaient vérifiés visuellement.
Casey se tenait à l'extérieur du cockpit avec Richman. Elle demanda :
— Vous avez trouvé quelque chose, Van ?
— Rien encore.
— Nous enfilons des perles, dit Kenny Burne. Cet oiseau est tout propre. Il n'y a aucun défaut.
— Alors, c'est peut-être la turbulence qui est en cause, après tout, émit Richman.
— Turbulence mon cul, rugit Burne. Qui a dit ça ? C'est le gamin ?
— Oui, dit Richman.
— Informe le bleu, Casey, jeta Burne par-dessus son épaule.
— Turbulence, dit Casey à Richman, est un mot passe-partout

pour tout ce qui va de travers dans un poste de pilotage. Il y a certainement des turbulences, et autrefois, les avions y passaient de sales quarts d'heure. Mais de nos jours, des turbulences assez fortes pour causer des blessures sont exceptionnelles.

— Pourquoi ? demanda Richman.

— Le radar, mon pote, lâcha Burne. Les avions commerciaux sont tous équipés d'un radar météo. Les pilotes peuvent voir les formations nuageuses devant eux et les évitent. Ils ont aussi une bien meilleure communication radio entre eux. Si un avion rencontre du mauvais temps à votre altitude à deux cents milles devant vous, vous recevrez un signal météo et vous changerez de cap. Donc l'époque des fortes turbulences est passée.

Richman était agacé par le ton de Burne.

— Je ne sais pas... J'ai fait des vols où les turbulences étaient assez fortes...

— Vous avez jamais vu quelqu'un de tué sur un de ces vols ?

— Non, mais...

— Vous avez vu des gens éjectés de leurs sièges ?

— Non...

— Vous avez vu des blessures quelconques ?

— Non.

— Et voilà, conclut Burne.

— Mais il reste quand même possible que...

— Possible ? rétorqua Burne. Vous voulez dire comme dans un tribunal, où tout est possible ?

— Non, mais...

— Vous êtes avocat, n'est-ce pas ?

— Oui, je le suis, mais...

— Bon, eh bien il faut que vous compreniez quelque chose tout de suite. Nous ne faisons pas de droit, ici. Le droit est un tas de conneries. Ceci est un *avion*. C'est une *machine*. Et ou bien quelque chose est advenu à cette machine ou non. Ce n'est pas une affaire d'*opinion*. Alors pourquoi vous ne fermez pas votre clapet pour nous laisser travailler ?

Richman fit la grimace, mais ne se le tint pas pour dit.

— Très bien, mais si ce n'était pas une turbulence, il y a une preuve...

— Exact, dit Burne, le signal lumineux qui enjoint d'attacher sa ceinture. Quand le pilote entre dans une turbulence, la première chose qu'il fait est d'allumer ce signal et de faire une annonce. Tout le monde attache ses ceintures, personne n'est blessé. Or, ce type n'a jamais fait d'annonce.

— Peut-être que le signal ne marche pas.

– Regardez.
Sur un tintement, le signal s'alluma au-dessus de leurs têtes.
– Peut-être que le haut-parleur ne marche pas...
La voix amplifiée de Burne retentit :
– Il marche, il marche, je vous prie de croire qu'il marche.
Le haut-parleur cliqueta et s'arrêta.
Dan Greene, un type joufflu, inspecteur des opérations de vol à la FSDO, monta à bord, haletant d'avoir gravi l'échelle métallique.
– Hé les gars, j'ai votre certificat pour emmener l'appareil à Burbank. Je pensais que vous voudriez l'envoyer aux ateliers.
– Ouais, c'est ce qu'on veut, dit Casey.
– Hé Dan, cria Kenny Burne, c'est gentil de nous avoir gardé l'équipage ici.
– Va te faire foutre, dit Greene, j'avais posté un type à la porte une minute après l'arrivée de l'avion. L'équipage était déjà parti. (Il se tourna vers Casey.) Ils ont dégagé le macchabée ?
– Pas encore, Dan. Il est sacrément coincé.
– Nous avons sorti les autres cadavres et envoyé les blessés graves à l'hôpital de Westside. Voici la liste. (Il tendit une feuille à Casey.) Il n'en reste plus que quelques-uns à l'infirmerie de l'aéroport.
– Combien sont-ils ? demanda Casey.
– Six ou sept. Y compris deux hôtesses.
– Je peux leur parler ? demanda encore Casey.
– Je ne vois pas pourquoi vous ne pourriez pas, répondit Greene.
– Van ? Vous en avez pour combien de temps encore ?
– Une heure au moins.
– Okay. Je prends la voiture.
– Et prends le foutu Clarence Darrow[1] avec toi, dit Burne.

---

1. Clarence Darrow (1857-1938) fut un avocat américain extrêmement célèbre.

53

LAX

10 h 42

Une fois dans la fourgonnette, Richman poussa un long soupir.
— Oh la la, ils sont toujours aussi gracieux ?
Casey haussa les épaules.
— Ce sont des ingénieurs...
Elle se demandait : à quoi s'était-il attendu ? Sans doute à des ingénieurs comme ceux de la General Motors.
— Émotionnellement, ils ont tous treize ans, ils sont bloqués à l'âge où les garçons arrêtent de s'amuser avec des jouets parce qu'ils ont découvert les filles. Mais ils s'amusent toujours avec des jouets. Ils ne sont pas très sociables et s'habillent mal, mais ils sont extrêmement intelligents et sont très expérimentés, et à leur façon, ils sont très arrogants. Ils ne jouent certainement pas avec des étrangers.
— Surtout des avocats...
— N'importe qui. Ils sont comme des maîtres d'échecs. Ils ne perdent pas de temps avec des amateurs. Et ils sont maintenant soumis à une forte pression.
— Vous êtes ingénieur ?
— Moi ? Non. Et je ne suis qu'une femme. Et j'appartiens à l'AQ. Trois raisons pour lesquelles je ne compte pas. Maintenant, Marder m'a nommée officier de liaison avec la presse, ce qui est un autre handicap. Tous les ingénieurs détestent la presse.
— La presse va s'occuper de ça ?
— Probablement pas, dit-elle. C'est un transporteur étranger, ce sont des étrangers qui sont morts et l'incident ne s'est pas produit aux États-Unis. Et de toute façon, ils n'ont pas d'images. Ils n'y feront pas attention...
— Mais ça a l'air tellement sérieux...
— Sérieux n'est pas un critère. L'année dernière, il y a eu vingt-

cinq accidents ayant entraîné de gros dommages de structure. Vingt-trois se sont produits à l'étranger. Desquels vous souvenez-vous ?

Richman fronça les sourcils.

— Le crash à Abou Dhabi qui a tué cinquante-six personnes ? demanda Casey. Celui en Indonésie, qui en a tué deux cents ? Celui de Bogota, qui en a tué cent cinquante-trois ? Vous vous rappelez l'un de ceux-là ?

— Non, répondit Richman, mais est-ce qu'il n'y a pas eu quelque chose à Atlanta ?

— Juste, dit-elle. Un DC-9 à Atlanta. Combien de morts ? Aucun. Combien de blessés ? Aucun. Pourquoi vous le rappelez-vous ? Parce qu'il y avait un reportage à onze heures.

La fourgonnette quitta la piste, passa le portail grillagé et s'engagea sur l'avenue. Ils bifurquèrent vers Sepulveda Boulevard et se dirigèrent vers les formes arrondies du Centinela Hospital.

— De toute façon, dit Casey, nous avons maintenant d'autres chats à fouetter.

Elle lui tendit un magnétophone, accrocha un microphone à son revers et lui expliqua ce qu'ils allaient faire.

Centinela Hospital

12 h 06

« Vous voulez savoir ce qui s'est passé ? » demanda le barbu avec irritation. Il s'appelait Bennett, il avait quarante ans et il était distributeur des jeans Guess ; il était allé à Hong Kong visiter l'usine ; il y allait quatre fois par an et il voyageait toujours sur TransPacific. Maintenant, il était assis dans un lit, à l'infirmerie, dans une des cabines voilées par un rideau. Sa tête et son bras droit étaient bandés.

— L'avion s'est presque écrasé, voilà ce qui s'est passé.
— Je vois, dit Casey, je me demandais si...
— Mais qui diable êtes-vous tous les deux ?

Elle lui tendit sa carte et se présenta de nouveau.

— Norton Aircraft ? Qu'est-ce que vous avez à voir avec ?
— Nous construisons l'avion, M. Bennett.
— Ce tas de merde ? Allez vous faire foutre, madame. (Il lui lança la carte.) Foutez-le camp, tous les deux !
— M. Bennett...
— Allez, sortez ! Sortez !

À l'extérieur de la cabine, Casey lança un regard à Richman. « J'ai vraiment le sens du contact », dit-elle avec dépit.

Elle alla à la cabine voisine et s'arrêta. Derrière le rideau, on parlait chinois avec vivacité, d'abord une voix de femme, puis celle d'un homme.

Elle décida de passer au lit suivant. Elle ouvrit le rideau et vit une Chinoise qui dormait, équipée d'une minerve. L'infirmière près d'elle mit son doigt sur ses lèvres.

Casey passa à la cabine suivante.

C'était l'une des hôtesses, elle avait vingt-huit ans et s'appelait

Kay Liang. Elle portait une vaste éraflure rouge et luisante sur le visage et le cou. Elle était assise dans un fauteuil près du lit vide, feuilletant un numéro de *Vogue* vieux de six mois. Elle expliqua qu'elle était restée à l'hôpital pour ne pas quitter une autre hôtesse, Sha-Yan Hao, qui se trouvait dans la cabine voisine.

— C'est ma cousine, dit-elle, je crains qu'elle ait été grièvement blessée. Ils ne m'ont pas permis de rester près d'elle dans sa chambre.

Elle parlait un bon anglais, avec l'accent britannique.

Quand Casey se présenta, Kay Liang parut troublée.

— Vous représentez le constructeur? Mais il y avait tout à l'heure un homme...

— Quel homme?

— Un Chinois. Il était là il y a quelques minutes.

— Je ne suis pas au courant, dit Casey, fronçant les sourcils. Mais nous voudrions vous poser quelques questions.

— Bien sûr.

Elle posa le magazine près d'elle et croisa les mains sur son giron, calmement.

— Il y a combien de temps que vous êtes chez TransPacific? demanda Casey.

— Trois ans, répondit Kay Liang. Et avant cela, trois ans chez Cathay Pacific.

Elle avait toujours servi sur des vols internationaux, expliqua-t-elle, parce qu'elle parlait plusieurs langues, l'anglais et le français de même que le chinois.

— Et où étiez-vous quand l'incident s'est produit?

— Dans la kitchenette de la cabine centrale. Juste derrière la classe affaires. Le personnel préparait le petit déjeuner. Il était près de cinq heures du matin, peut-être passées de quelques minutes.

— Et qu'est-ce qui est arrivé?

— L'appareil a commencé à monter. Je le sais parce que je servais les boissons et qu'elles ont commencé à glisser sur le chariot et à tomber. Puis presque immédiatement, il y a eu une descente très abrupte.

— Qu'est-ce que vous avez fait?

Elle n'avait rien pu faire, expliqua-t-elle, sinon se cramponner. La descente avait été raide. Tous les plats et boissons étaient tombés. Elle pensait que la descente avait duré dix secondes, mais elle n'en était pas sûre. Et puis il y a eu une autre montée, extrêmement raide, et encore une descente également raide. À la deuxième descente, sa tête avait heurté le plafond.

— Vous avez perdu conscience ?

— Non. Mais c'est à ce moment-là que je me suis éraflée. Elle montra son visage.

— Et qu'est-ce qui est arrivé ensuite ?

Elle dit qu'elle n'en était pas sûre. Elle était troublée parce que la seconde hôtesse dans la kitchenette, Mlle Jiao, était tombée contre elle et qu'elles avaient toutes deux été jetées par terre. « Nous entendions les cris des passagers. Et évidemment, nous les avons vus dans les allées. »

Après, dit-elle, l'avion avait retrouvé son niveau horizontal. Elle avait pu se lever et secourir les passagers. La situation était très difficile, surtout à l'arrière.

— Il y avait beaucoup de blessés et de gens qui saignaient et qui souffraient. Et Mlle Hao, ma cousine, était inconsciente. Elle était dans l'allée arrière. Cela avait désorienté les autres hôtesses. Et trois passagers étaient morts. La situation était très pénible.

— Qu'est-ce que vous avez fait ?

— J'ai ouvert la pharmacie d'urgence pour soigner les passagers. Puis je suis allée dans la cabine de pilotage. Je voulais voir si les pilotes allaient bien. Et je voulais leur dire que le commandant avait été blessé dans l'allée arrière.

— Le commandant de bord était dans l'allée arrière quand l'incident s'est produit ? demanda Casey.

Kay Liang cligna des yeux.

— Le commandant de l'équipage de relais, oui.

— Pas celui de l'équipage en charge ?

— Non. Celui de l'équipage de relais.

— Vous aviez deux équipages à bord ?

— Oui.

— À quelle heure le relais a-t-il eu lieu ?

— Peut-être trois heures plus tôt. Durant la nuit.

— Quel était le nom du commandant qui a été blessé ? demanda Casey.

Elle hésita de nouveau.

— Je... je ne suis pas sûre. Je n'avais pas volé auparavant avec l'équipage de relais.

— Je vois. Et quand vous êtes entrée dans la cabine de pilotage ?

— Le commandant Chang avait maîtrisé l'avion. L'équipage était secoué, mais pas blessé. Le commandant Chang m'a dit qu'il avait demandé un atterrissage d'urgence à Los Angeles.

— Vous avez volé auparavant avec le commandant Chang ?

— Oui. C'est un très bon commandant. Excellent commandant. Je l'aime beaucoup.

Voilà beaucoup de protestations, pensa Casey. L'hôtesse, qui avait auparavant été calme, semblait mal à l'aise. Liang leva les yeux vers Casey, puis les détourna.

— Est-ce qu'il y avait des dommages visibles dans la cabine de pilotage, demanda Casey.

L'hôtesse fronça les sourcils pour réfléchir.

— Non. Le poste de pilotage semblait tout à fait normal.

— Est-ce que le commandant Chang a dit quelque chose d'autre ?

— Oui. Il a dit qu'ils avaient eu un déploiement spontané des becs. Il a dit que c'est ce qui avait causé l'incident et que la situation était désormais sous contrôle.

Euh-euh, se dit Casey. Ça n'allait pas faire plaisir aux ingénieurs. Mais Casey était gênée par le discours technique de l'hôtesse. Elle trouva improbable qu'un membre du personnel de cabine sût ce qu'était un déploiement spontané de becs. Mais peut-être ne faisait-elle que répéter ce que le commandant avait dit.

— Est-ce que le commandant Chang a dit pourquoi les becs s'étaient déployés ?

— Il a seulement dit, déploiement spontané des becs.

— Je vois. Et vous savez où se trouve la commande des becs ?

Kay Liang hocha la tête.

— C'est un levier dans le pilier central, entre les sièges.

C'était exact.

— Est-ce que vous avez examiné le levier à ce moment ? Quand vous étiez dans le cockpit ?

— Oui. Il était dans la position relevée et verrouillé.

Casey nota la terminologie une fois de plus. Un pilote aurait dit, relevé et verrouillé, en effet ; mais un membre du personnel de cabine ?

— Il a dit autre chose ?

— Il était préoccupé par le pilote automatique. Il a dit que le pilote automatique essayait sans cesse de prendre le contrôle de l'avion. Il a dit : « J'ai dû me battre avec le pilote automatique pour le contrôle. »

— Je vois. Et quel était le comportement du commandant Chang à ce moment-là ?

— Il était calme, comme toujours. C'est un très bon commandant.

Les paupières de la jeune femme battirent nerveusement. Elle se tordit les mains. Casey décida d'attendre un moment. C'était un vieux truc des enquêteurs : laisser l'interrogé rompre le silence.

— Le commandant Chang vient d'une famille connue de pilotes, dit Kay Liang, ravalant sa salive. Son père était pilote durant la guerre et son fils aussi est pilote...

— Je vois...

L'hôtesse redevint silencieuse. Un moment passa. Elle regarda ses mains, puis leva les yeux.

— Voilà, est-ce qu'il y a autre chose ?

À l'extérieur de la cabine, Richman demanda :

— Est-ce que ce n'est pas la chose dont vous disiez qu'elle ne peut pas se produire ? Un déploiement spontané des becs ?

— Je n'ai pas dit qu'elle ne peut pas se produire. J'ai dit que je ne croyais pas que ce soit possible sur cet avion. Et si ça s'est produit, ça pose plus de questions que ça n'offre de réponses.

— Et à propos du pilote automatique...

— C'est trop tôt pour en parler, le coupa-t-elle, et elle entra dans la cabine suivante.

— Il devait être près de six heures, dit Émily Jansen, secouant la tête.

C'était une mince jeune femme de trente ans, avec une ecchymose pourpre sur la joue. Un bébé dormait dans son giron. Son mari était couché dans le lit derrière elle ; une attelle métallique allait de ses épaules à sa mâchoire. Elle dit que sa mâchoire était fracturée.

— Je venais de donner le biberon à la petite. Je parlais à mon mari. Et puis j'ai entendu un bruit.

— Quel bruit ?

— Une sorte de grondement ou de grincement. J'ai pensé qu'il venait de l'aile.

Pas bon, pensa Casey.

— Alors j'ai regardé par le hublot. L'aile.

— Vous avez remarqué quelque chose d'anormal ?

— Non. Tout avait l'air normal. J'ai pensé que le bruit venait peut-être du moteur, mais le moteur aussi avait l'air normal.

— Où était le soleil, ce matin ?

— De mon côté. Il brillait de mon côté.

— Il y avait donc du soleil sur l'aile ?

— Oui.

— Qui se réfléchissait sur vous ?

Émily Jansen secoua la tête.

— Je ne me rappelle pas vraiment.

— Est-ce que le signal d'attache des ceintures était allumé ?

— Non. À aucun moment.
— Est-ce que le commandant a fait une annonce ?
— Non.
— À propos de ce bruit, vous le décrivez comme un grondement ?
— Quelque chose comme ça. Je ne sais pas si je l'ai entendu ou si je l'ai senti. C'était presque comme une vibration.
Comme une vibration.
— Combien de temps a duré cette vibration ?
— Plusieurs secondes.
— Cinq secondes ?
— Plus. Je dirais dix ou douze secondes.
Description classique d'un déploiement de becs en vol, pensa Casey.
— Okay, dit-elle, et alors ?
— L'avion a commencé à descendre. (Émily Jansen fit une démonstration de la main.) Comme ça.

Casey prenait toujours des notes, mais elle n'écoutait plus vraiment. Elle essayait de reconstituer la succession des événements, essayant de déterminer la manière dont les ingénieurs devraient procéder. Il était indiscutable que la description des deux témoins corroborait un déploiement des becs. D'abord, le grondement de douze secondes, exactement le temps qu'il fallait pour ce déploiement. Puis la montée de l'avion, qui devait suivre. Et puis le marsouinage, tandis que l'équipage essayait de stabiliser l'appareil.

Quel bordel ! pensa-t-elle.

Émily Jansen continuait :
— Étant donné que la porte du cockpit était ouverte, je pouvais entendre toutes les alarmes. Il y avait les sonneries et des voix en anglais qui paraissaient enregistrées...
— Vous rappelez-vous ce qu'elles disaient ?
— Ça avait l'air d'être quelque chose comme « Décollage... Décollage... », quelque chose comme ça.

C'était l'alarme du décrochage, pensa Casey. Et l'enregistrement disait : « Décrochage...Décrochage... »

Merde.

Elle resta avec Émily quelques minutes de plus et sortit.

Dans le couloir, Richman demanda :
— Est-ce que ce grondement signifie que les becs se sont déployés ?
— C'est possible, répondit-elle.

Elle était tendue et nerveuse. Elle voulait retourner à l'avion et parler aux ingénieurs.

D'une des cabines fermées par des rideaux, plus loin dans le couloir, elle vit sortir un homme massif aux cheveux gris. Elle fut surprise de reconnaître Mike Lee. Elle ressentit une bouffée d'irritation. Qu'est-ce que le représentant du transporteur avait à dire aux passagers ? C'était tout à fait déplacé. Lee n'avait pas à être là.

Elle se souvint de ce que Kay Liang lui avait dit : *Un Chinois était là il y a quelques minutes.*

Lee vint vers elle, secouant la tête.

— Mike, dit-elle, je suis étonnée de vous trouver ici.

— Pourquoi ? Vous devriez me décerner une médaille. Il y avait deux passagers qui pensaient vous intenter un procès. Je les en ai dissuadés.

— Mais Mike, reprit-elle, vous avez parlé avant nous à des membres de l'équipage. Ce n'est pas correct.

— Qu'est-ce que vous pensez ? Que je leur ai dicté une histoire ? Peste, ce sont eux qui m'ont donné *à moi* leur version. Et il n'y a guère de doute sur ce qui s'est passé. (Il posa sur elle un regard insistant.) Je regrette, Casey, mais le vol 545 a subi un déploiement inopiné des becs et ça signifie que vous avez toujours des problèmes sur le N-22.

En retournant vers la fourgonnette, Richman demanda :

— Qu'est-ce qu'il voulait dire par « Vous avez toujours des problèmes » ?

Casey soupira. Ce n'était plus la peine de le dissimuler.

— Nous avons eu quelques incidents de déploiement des becs sur le N-22.

— Attendez, vous voulez dire que ça s'est déjà produit ? demanda Richman.

— Pas comme ça, répondit-elle. Nous n'avons jamais eu de blessures graves. Mais c'est vrai, nous avons eu des problèmes avec les becs.

Pendant le trajet

13 h 05

– Le premier épisode s'est produit il y a quatre ans, sur un vol vers San Juan, dit Casey au volant. Les becs se sont déployés en plein vol. Nous avons d'abord cru que c'était une anomalie, puis dans les deux mois qui ont suivi, il y a eu deux autres incidents. À l'enquête, nous avons trouvé que dans chaque cas les becs s'étaient déployés durant une période d'activité du personnel de bord : tout de suite après un changement d'équipage, ou bien lorsqu'ils avaient introduit les coordonnées pour le segment de vol suivant ou quelque chose de ce genre. Nous nous sommes finalement avisés que le levier des becs était déverrouillé par les équipages, parce qu'il était heurté par les cahiers de bord, qu'il était accroché par les manches des uniformes...

– Vous plaisantez, dit Richman.

– Non. Nous avons installé une encoche de verrouillage pour le levier, comme pour le levier des boîtes automatiques d'autos. Mais en dépit de l'encoche, il advenait que le levier fût déplacé accidentellement.

Richman l'observait, l'air sceptique, comme un procureur.

– Le N-22 a donc bien des problèmes.

– C'était un nouvel avion, et tous les nouveaux avions ont des problèmes au début. Vous ne pouvez pas construire une machine d'un million de pièces et ne pas avoir de pépins. Nous faisons tout ce que nous pouvons pour les éviter. D'abord, nous concevons, puis nous mettons la conception à l'essai. Puis nous construisons et mettons le résultat à l'essai en vol. Mais il y aura toujours des problèmes. Reste à les résoudre.

– Comment les résolvez-vous ?

– Chaque fois que nous apprenons qu'il y a un problème, nous adressons aux opérateurs un avertissement appelé Bulletin Service, qui précise la solution que nous recommandons. Certains transporteurs en tiennent compte, d'autres pas. Si les problèmes persistent, la FAA entre en lice et adresse aux transporteurs une Consigne de Navigabilité ou CN, exigeant qu'ils mettent les appareils en état dans un délai donné. Mais il y a constamment des CN pour tous les modèles d'avions. Chez Norton, nous nous enorgueillissons d'en avoir moins que tous les autres.

– C'est ce que vous dites.
– Allez vérifier. Toutes les CN sont enregistrées à Oak City.
– Où?
– Toutes les CN diffusées sont enregistrées au Centre technique de la FAA à Oklahoma City.
– Une de vos Consignes de Navigabilité concernait donc le N-22? C'est ce que vous voulez dire?
– Nous avons diffusé un Bulletin Service recommandant que les transporteurs installent un capot à charnière sur le levier. Cela implique que le pilote soulève le capot pour déployer les becs, mais cela a résolu le problème. Comme d'habitude, certains transporteurs ont effectué la modification, d'autres pas. C'était il y a quatre ans. Il n'y a eu qu'un incident depuis, mais il concernait un transporteur indonésien qui n'avait pas installé le capot. Dans ce pays, la FAA exige que les transporteurs appliquent les consignes, mais ailleurs... (Elle haussa les épaules.) Les transporteurs font ce qu'ils veulent.

– C'est ça? C'est toute l'affaire?
– C'est toute l'affaire. L'EAI a fait une enquête, les capots ont été installés sur l'ensemble de la flotte et il n'y a plus eu de problèmes de becs sur le N-22.
– Jusqu'ici, dit Richman.
– Exact. Jusqu'ici.

Le hangar de maintenance à l'aéroport de Los Angeles

13 h 22

— Un *quoi* ? cria Kenny Burne, du cockpit du TransPacific 545. Ils ont dit que c'était quoi ?

— Déploiement spontané de becs, répondit Richman.

— Aw, la peste m'étouffe. (Burne se leva du siège.) Quel tas de *conneries* ! Hey ! Clarence, venez voir. Vous voyez ce siège ? C'est celui du copilote. Asseyez-vous.

Richman hésitait.

— Allons, Clarence, asseyez-vous dans ce foutu siège.

Maladroitement, Richman se glissa entre les autres hommes dans le cockpit et s'installa dans le siège du copilote, à droite.

— Okay, dit Burne. À l'aise, Clarence ? Vous n'êtes pas pilote, par hasard ?

— Non.

— Okay, bon. Vous voilà, tout prêt à piloter cet avion. Maintenant, regardez droit devant vous. (Il indiqua la console des commandes directement en face de Richman, qui comportait trois écrans vidéo, chacun de douze centimètres de côté.) Vous avez vos trois écrans qui vous montrent le tableau primaire de vol, le tableau de navigation et à gauche, le tableau des systèmes. Chacun de ces petits demi-cercles représente un système différent. Au-dessus de votre tête, vous avez le panneau des instruments. Toutes les lumières sont éteintes, ce qui signifie que tout va bien. Elles ne s'allument que s'il y a un problème. À votre gauche, vous avez ce que nous appelons le piédestal.

Burne indiqua une sorte de boîte entre les deux sièges. Une demi-douzaine de leviers y étaient plantés dans des fentes.

— Ici, de gauche à droite, les becs et volets, deux manettes pour les moteurs, les *spoilers* [1], les freins, les accélérateurs de poussée. Les volets et les becs sont contrôlés par le levier le plus proche de vous, celui qui porte un petit capot de métal dessus. Vous voyez ?

— Je le vois, dit Richman.

— Bien. Relevez le capot et engagez les becs.

« Engagez-les... »

— Abaissez le levier des becs, ordonna Burne.

Richman releva le capot et s'efforça pendant un moment de mobiliser le levier.

— Non, non. Saisissez-le bien, soulevez-le, à droite et puis poussez-le en bas, dit Burne. Comme un levier de vitesses sur une auto.

Richman referma les doigts sur la poignée. Il souleva le levier, le fit basculer de côté et puis l'abaissa. On entendit un bourdonnement.

— Bon, dit Burne. Maintenant, regardez votre tableau. Vous voyez cet indicateur orange BECS DEP ? Il vous annonce que les becs sortent du bord d'attaque. Okay ? Cela prend douze secondes. Maintenant, ils sont sortis et l'indicateur dit BECS.

— Je vois.

— Okay. Ramenez les becs.

Richman répéta ses gestes en sens inverse, tirant le levier vers le haut, le faisant glisser à gauche et le ramenant à sa position de blocage, puis rabattant le capot.

— Cela, dit Burne, est un déploiement commandé de becs.

— Okay.

— Maintenant, effectuons un déploiement *spontané*.

— Comment je fais ça ?

— De la manière qui vous arrange, mon vieux. Pour commencer, donnez-lui un coup de la tranche de la main.

Richman se pencha, heurtant le levier de la main gauche. Mais le capot était abaissé. Rien ne se produisit.

— Allons, bousculez cet idiot.

Richman secoua le levier d'avant en arrière, en donnant des coups sur le métal. Il y allait de plus en plus fort, mais rien ne se produisait. Le capot protégeait le levier des becs, qui restait droit et verrouillé.

— Peut-être pourriez-vous lui donner un coup de coude, suggéra Burne. Ou bien, tenez, donnez-lui un coup avec le tableau que voici.

Et il tira d'entre les sièges le tableau sur lequel était agrafé le journal de bord et le tendit à Richman.

---

1. Le terme *spoilers* est souvent utilisé en français. Il désigne les « destructeurs de portance » ou déflecteurs.

— Allez, donnez-lui un bon coup. Je cherche à provoquer un accident.

Richman heurta le levier avec le tableau. Il obtint un bruit métallique. Puis il tint le tableau comme une lame et poussa le levier du bord. Rien ne se produisit.

— On continue ? demanda Burne. Ou bien vous commencez à comprendre ? *Ce n'est pas faisable,* Clarence. Pas avec le capot rabattu.

— Peut-être que le capot n'était pas rabattu.

— Hey, s'écria Burne, c'est une idée, ça. Peut-être que vous pouvez relever le capot accidentellement. Essayez avec votre tableau, Clarence.

Richman balança le tableau sur le capot. Mais celui-ci était doucement arrondi et le tableau glissa dessus. Le capot resta rabattu.

— Ce n'est pas possible, dit Burne. Pas accidentellement. Voilà. Hypothèse suivante ?

— Peut-être que le capot était déjà relevé.

— Bonne idée. On n'est pas supposé voler avec le capot relevé, mais le diable seul sait ce qu'ils ont fait. Allez, relevez le capot.

Richman s'exécuta. Le levier était exposé.

— Okay, Clarence, allez-y.

Richman donna des coups secs de son tableau, mais même quand il s'y prenait latéralement, le capot relevé exerçait toujours sa protection. Plusieurs fois, même, le capot se rabattit sur le levier. Richman devait s'arrêter pour relever le capot avant de recommencer à mettre le levier à l'épreuve.

— Peut-être que vous pourriez vous servir de votre main, proposa Burne.

Richman essaya de faire dévier le levier de sa main. Au bout d'un moment, la paume de sa main était rouge et le levier restait droit et verrouillé.

— Bon, dit-il en se radossant. Je comprends.

— C'est impossible, répéta Burne. Ça ne peut tout simplement pas advenir. Un déploiement spontané de becs est impossible sur cet avion. Point final.

De l'extérieur du cockpit, Doherty appela :

— Bon les gars, vous avez fini de déconner ? Parce que je veux retirer les enregistreurs et rentrer chez moi.

En sortant du cockpit, Burne mit la main sur l'épaule de Casey et lui demanda :

— Vous avez une minute ?

— Sûr, répondit-elle.

Il l'entraîna à l'arrière de l'appareil, où les autres ne pouvaient les entendre. Il se pencha vers elle :

— Qu'est-ce que vous savez de ce type ?

Casey haussa les épaules.

— C'est un parent des Norton.

— Quoi d'autre ?

— Marder me l'a confié.

— Vous l'avez vérifié ?

— Non. Si Marder l'a envoyé, je suppose qu'il n'y a pas de problème.

— Bon, j'en ai parlé à mes copains du marketing, dit Burne. Ils disent que c'est un furet. Ils disent, méfiez-vous de ce qu'il peut faire dans votre dos.

— Kenny...

— Moi je vous dis qu'il y a quelque chose de tordu dans ce type, Casey. Vérifiez-le.

Dans le vrombissement métallique des tournevis mécaniques, les panneaux du plancher se détachèrent, exposant sous le cockpit des écheveaux de câbles et des boîtes.

— Seigneur, s'écria Richman à leur vue.

Ron Smith dirigeait l'opération, se passant nerveusement la main sur son crâne dégarni.

— Parfait, dit-il, maintenant, le panneau à gauche.

— Combien de boîtes avons-nous sur ce coucou ? demanda Doherty.

— Cent cinquante-deux, répondit Smith.

N'importe qui d'autre, Casey le savait, eût dû fourrager dans une épaisse liasse de plans avant de répondre. Mais Smith connaissait le système électrique par cœur.

— Qu'est-ce qu'on sort ?

— Les CVR [1], les DFDR et le QAR s'ils en avaient un, énuméra Smith.

— Vous ne savez pas s'il y a un QAR ? demanda Doherty, taquin.

— C'est une option, répondit Smith. À la volonté du client. Je ne crois pas qu'ils en aient installé un. D'habitude, sur le N-22, il est dans la queue, mais j'ai cherché et je ne l'ai pas trouvé.

Richman se tourna vers Casey, une fois de plus désorienté.

— Je croyais qu'ils sortaient les boîtes noires ?

---

1. Cet acronyme, de même que ceux qui suivent, sont couramment employés par les pilotes internationaux. Ils ont donc été laissés ici tels quels. *(N.d.T.)*

– C'est ce qu'on fait, confirma Smith.
– Il y a *cent cinquante-deux* boîtes noires ?
– Oui, elles sont réparties dans tout l'appareil. Mais nous ne cherchons ici que les principales, les dix ou douze NVM qui comptent.
– NVM, répéta Richman.
– Comme vous dites, dit Smith, qui s'en retourna examiner les panneaux.

Ce fut Casey qui fournit les explications. L'image publique d'un avion est celle d'une grande mécanique avec des leviers et des poulies qui montent et descendent les surfaces de contrôle. Au milieu de cette mécanique se trouveraient deux grandes boîtes noires magiques, enregistrant les péripéties du vol. C'étaient les boîtes noires dont on parlait toujours dans les bulletins d'information. Le CVR ou Cockpit Voice Recorder était en gros un enregistreur très solide ; il enregistrait la dernière demi-heure de conversations dans le cockpit sur une bande magnétique continue. Puis il y avait le DFDR ou Digital Flight Data Recorder, qui enregistrait les détails du comportement de l'avion, afin que les enquêteurs pussent comprendre ce qui s'était passé après un accident.

Mais cette image d'un avion, poursuivit Casey, était fausse quand il s'agissait d'un gros transporteur commercial. Les gros avions de ligne avaient très peu de leviers et de poulies, en fait, ils comportaient très peu de systèmes mécaniques d'aucune sorte. Presque tout était hydraulique et électrique. Le pilote dans son cockpit ne soulevait pas les ailerons ou les volets par la force musculaire. Le système en jeu était comparable à celui de la conduite assistée dans une auto : quand le pilote manœuvrait les pédales et le manche de contrôle, il envoyait des impulsions électriques qui activaient des systèmes hydrauliques, qui, à leur tour, mobilisaient les gouvernes.

En fait, un avion de ligne était commandé par un réseau électronique étonnamment complexe, des douzaines de systèmes informatiques réunis par des centaines de kilomètres de câblages. Il y avait des ordinateurs pour la conduite du vol, pour la navigation, pour les communications. C'étaient encore des ordinateurs qui contrôlaient les réacteurs, les gouvernes, l'environnement de la cabine.

Chaque système informatique principal contrôlait une vaste gamme de sous-systèmes. C'est ainsi que le système de navigation contrôlait l'ILS ou Instrument Landing System ; le Distance Measuring Equipment pour la mesure des distances ; Air Traffic

Control pour le contrôle du trafic aérien ; le Traffic Collision Avoidance System pour l'évitement des collisions ; le Ground Proximity Warning System pour avertir du rapprochement avec le sol.

Dans cet ensemble électronique complexe, il était relativement facile d'installer un enregistreur digital des données de vol. Étant donné que toutes les commandes étaient déjà électroniques, elles étaient simplement convoyées par le relais du DFDR qui les enregistrait magnétiquement.

– Un DFDR moderne enregistre quatre-vingts paramètres de vol distincts toutes les secondes.

– Toutes les secondes ? Mais quelle est la dimension de ce bidule ? demanda Richman.

– Le voici, dit Casey en montrant du doigt une boîte que Ron retirait des casiers radio ; peinte de rayures orange et noir, elle était de la taille d'une grande boîte à chaussures. Ron la posa sur le sol et la remplaça par une nouvelle, pour le vol de retour à Burbank.

Richman se pencha et la souleva par une de ses poignées chromées.

– Lourd.

– C'est l'encastrage antichoc, dit Ron. Le truc même pèse peut-être deux cents grammes.

– Et les autres boîtes ? À quoi elles servent ?

À faciliter la maintenance, expliqua Casey. Les systèmes électroniques de l'avion étant très complexes, il était nécessaire de surveiller le comportement de chacun d'entre eux en cas d'erreurs ou de défaillances pendant le vol. Chaque système contrôlait ses propres performances sur des enregistrements permanents, dans ce qu'on appelait les Non Volatile Memory. « Voilà ce qu'est un NVM », dit Casey.

Ils déchargeraient ce jour-là sur papier huit systèmes NVM, le Flight Management Computer, qui enregistrait les données sur le plan de vol et les repères d'itinéraire sélectionnés par le pilote ; le Digital Engine Controller, qui surveillait les moteurs et la consommation de carburant ; le Digital Air Data Computer, qui enregistrait la vitesse en vol, l'altitude et les avertissements de survitesse...

– Okay, l'interrompit Richman, je crois que je comprends.

– Rien de tout ça ne serait nécessaire, remarqua Ron Smith, si nous avions le QAR.

– QAR ?

– C'est un autre outil de maintenance, dit Casey. Les équipes de maintenance doivent monter à bord après que l'appareil a atterri et grâce à lui elles peuvent passer rapidement en revue tout ce qui aurait été défectueux pendant le vol.

— Ils n'interrogent pas les pilotes ?

— Les pilotes signaleront leurs problèmes, mais dans un appareil complexe, il y a des défaillances qui peuvent leur échapper, surtout que ces appareils sont conçus avec des systèmes redondants. Pour n'importe quel système important, comme l'hydraulique, il y a toujours une doublure et même un troisième système de relais. Une défaillance dans le deuxième ou le troisième système peut ne pas se manifester dans le cockpit. Les équipes de maintenance, quand elles montent à bord, vont droit au Quick Access Recorder, qui leur transmet tous les éléments du vol écoulé. Cela leur fournit un rapport rapide et ils effectuent les réparations sur place.

— Et il n'y a pas de Quick Access Recorder sur cet avion ?

— Apparemment pas. Il n'est pas requis. Les règlements de la FAA requièrent un CVR et DFDR. Le Quick Access Recorder est une option. Il semble que le transporteur n'en ait pas installé sur cet avion.

— Du moins, je ne le trouve pas, précisa Ron. Mais il pourrait se trouver quelque part.

Il était à quatre pattes, penché sur un ordinateur portable connecté aux panneaux électriques. Des données s'alignèrent sur l'écran.

A/S PWR TEST	00000010000
AIL SERVO COMP	00001001000
AOA INV	10200010001
CFDS SENS FAIL	00000010000
EL SERVO COMP	00000000010
EPR/ NI TRA-1	00000010000
FMS SPEED INV	00000040000
PRESS ALT INV	00000030000
G/S SPEED ANG	00000010000
SLAT XSIT T/O	00000000000
G/S DEV INV	00100050001
GND SPD INV	00000021000
TAS INV	00001010000

— Ça ressemble aux données de l'ordinateur de contrôle de vol, dit Casey. La plupart des défaillances ont eu lieu pendant un segment du parcours, celui où l'incident s'est produit.

— Comment interprétez-vous cela ? demanda Richman.

— Ce n'est pas notre affaire, déclara Ron Smith. Nous déchargeons et nous apportons le papier à Norton. Les gars du Digital le fourniront à leurs grilles et le transformeront en une vidéo du vol.

— Espérons, soupira Casey avant de reprendre : Combien de temps encore, Ron ?

— Dix minutes max, répondit Smith.

— Tu parles, intervint Doherty du cockpit. Dix minutes max, tu parles. Évidemment, ça n'a pas d'importance. Je voulais éviter les bouchons de l'heure de pointe, mais je crois que c'est perdu. C'est l'anniversaire de mon gosse et je n'y serai pas. Ma femme va m'assaisonner.

Ron Smith commença à rire.

— Tu peux penser à quelque chose d'autre qui ira de travers, Doug ?

— Pour sûr. Des tas de choses. La salmonelle dans le cake. Tous les gosses intoxiqués, dit Doherty.

Casey jeta un coup d'œil par la porte. Tous les gens de la maintenance avaient quitté l'aile. Burne finissait l'inspection des moteurs. Trung chargeait le DFDR dans la fourgonnette.

Il était temps de rentrer chez elle.

Comme elle descendait l'échelle, elle remarqua trois fourgonnettes du service de sécurité de Norton parquées dans un coin du hangar. Une vingtaine d'agents de la sécurité se tenaient autour de l'avion et dans divers points du hangar.

Richman le remarqua aussi.

— C'est pourquoi ? demanda-t-il, indiquant les gardes.

— Nous mettons toujours des agents de la sécurité autour des avions, jusqu'à ce qu'ils soient retournés à l'usine.

— Ça fait beaucoup de gardes.

— Ouais, bon, dit Casey en haussant les épaules. C'est un avion important.

Mais elle remarqua que tous les gardes étaient armés. Elle ne se rappelait pas avoir vu auparavant des gardes armés. Un hangar à LAX était un lieu sûr. Il n'y avait aucun besoin d'armer les gardes.

Ou bien y en avait-il ?

Bâtiment 64

16 h 30

Casey longeait le coin nord-est du bâtiment 64, passant les gigantesques machines-outils sur lesquelles on construisait l'aile, des échafaudages d'acier peints de croisillons bleus et qui s'élevaient à quelque six mètres. Bien qu'ils fussent de la taille d'une petite maison d'habitation, ces outils étaient ajustés au millième de millimètre. Là-haut, sur la plate-forme constituée par ces machines, quatre-vingts personnes s'affairaient à monter l'aile.

À droite, Casey remarqua des équipes qui chargeaient des outils dans de grandes caisses de bois.

— Qu'est-ce que c'est que tout ça ? demanda Richman.

— Ça a l'air d'être des pièces de roulement, répondit Casey.

— Pièces de roulement ?

— Des outils de rechange que nous insérons dans la chaîne de montage s'il y a un problème avec la première chaîne. C'est pour nous préparer à la vente à la Chine. L'aile est la partie qui prend le plus de temps à construire ; alors le plan consiste à construire les ailes dans nos ateliers d'Atlanta et à les expédier ici.

Un homme en chemise et cravate, les manches retroussées, se tenait parmi les ouvriers qui effectuaient le chargement en caisses. C'était Don Brull, le président de la section locale du syndicat UAW. Il vit Casey, l'appela et se dirigea vers elle. Il fit un geste de la main et elle comprit ce qu'il voulait dire.

Elle dit à Richman :

— Donnez-moi quelques instants. Je vous verrai au bureau.

— Qui est-ce ? demanda Richman.

— Je vous verrai au bureau.

Richman ne bougeait pas tandis que Brull s'approchait.

— Peut-être que vous voulez que je reste et...

— Bon. Rompez.

73

À regret, Richman se dirigea vers le bureau tout en regardant par-dessus son épaule.

Brull lui serra la main. Le président du syndicat était solide et trapu, un ancien boxeur au nez cassé. Il parlait posément.
— Vous savez, Casey, j'ai toujours eu de la sympathie pour vous.
— Merci, Don. C'est réciproque.
— Pendant ces années où vous étiez à l'atelier, je gardais toujours un œil sur vous. Pour vous éviter les ennuis.
— Je le sais, Don.
Elle attendit. Don était connu pour ses longs préambules.
— J'ai toujours pensé, Casey n'est pas comme les autres.
— Qu'est-ce qui se passe, Don? demanda-t-elle.
— Nous avons des problèmes avec cette vente à la Chine.
— Quel genre de problèmes?
— Des problèmes avec l'export.
— Qu'est-ce qu'il y a? Vous savez qu'il y a toujours des exports dans les gros contrats.
Dans les années écoulées, les constructeurs avaient été obligés de concéder aux pays d'outre-mer qui commandaient des avions la fabrication de segments de l'appareil. Un pays qui commandait cinquante appareils espérait participer à l'entreprise. C'était devenu une procédure standard.
— Je sais, dit Brull. Mais dans le passé, les gars envoyaient une partie de la queue, peut-être du nez, peut-être de l'intérieur de la cabine. Rien que des parties.
— C'est exact.
— Mais ces outils que nous mettons en caisse, reprit-il, sont pour l'aile. Et les Teamsters [1] au port d'embarquement nous disent que ces caisses ne vont pas à Atlanta, elles vont en fait à Shanghai. La compagnie va donner l'aile à la Chine.
— Je ne connais pas les détails de l'accord, dit-elle. Mais je doute que...
— *L'aile*, Casey. C'est de la technologie fondamentale. Personne ne donne jamais l'aile. Pas Boeing, personne. Donnez l'aile aux Chinois et vous leur donnez la boutique. Ils n'ont plus besoin de nous. Ils peuvent construire tout seuls la génération suivante d'avions. D'ici dix ans, personne ici n'aura plus de travail.
— Don, je vais vérifier ça, mais je ne peux pas croire que l'aile fasse partie de l'arrangement d'export.
Brull étendit les mains.

---

1. Autre grand syndicat américain avec United Auto Workers.

– Je vous dis qu'elle l'est.
– Bon, je vais vérifier pour vous. Mais là maintenant, je suis très occupée par l'incident du 545 et...
– Vous n'écoutez pas, Casey. L'agence locale a un problème avec la vente à la Chine.
– Je le comprends, mais...
– Un *gros problème*. Il s'interrompit et la regarda. Pigé ?
Elle comprenait. Les gens d'UAW à l'atelier avaient un contrôle absolu sur la production. Ils pouvaient la ralentir, tomber malades, casser les outils et créer des centaines d'autres problèmes insolubles.
– J'en parlerai à Marder. Je suis sûre qu'il n'a pas besoin d'un problème sur la chaîne.
– Marder *est* le problème.
Casey soupira. Mésinformation typique des syndicats, pensa-t-elle. La vente à la Chine avait été réalisée par Hal Edgarton et l'équipe de marketing. Marder n'avait rien à voir dans les ventes.
– Je vous en reparlerai demain, Don.
– Très bien, dit Brull. Mais je vous le dis, Casey. Personnellement je serais catastrophé qu'il advienne quelque chose.
– Don, est-ce que vous me menacez ?
– Non, non, répondit Brull d'emblée, l'air offensé. Ne vous méprenez pas. Mais j'entends dire que si l'affaire du 545 n'est pas éclaircie rapidement, la vente à la Chine pourrait être annulée.
– C'est vrai.
– Et vous parlez au nom de l'EAI.
– C'est également vrai.
Brull haussa les épaules.
– Je vous le dis. L'opinion est fortement hostile à ce marché. Il y a des gars assez allumés à ce sujet. Si j'étais vous, je prendrais une semaine de vacances.
– Je ne peux pas. Je suis en plein dans l'enquête.
Brull la regarda.
– Don, je parlerai de l'aile à Marder, assura-t-elle. Mais il faut que je fasse mon travail.
– Dans ce cas, dit Brull en posant la main sur le bras de Casey, faites vraiment attention, ma petite.

À l'administration

16 h 40

— Non, non, martela Marder, arpentant son bureau. Ça ne tient pas debout, Casey. Il est absolument exclu que nous envoyions l'aile à Shanghai. Qu'est-ce qu'ils croient, que nous sommes fous ? Ça serait la fin de la compagnie.

— Mais Brull dit que...

— Les Teamsters font des magouilles avec l'UAW, c'est tout. Vous savez comment les rumeurs se propagent dans l'usine. Rappelez-vous quand ils ont tous décidé que les composites rendaient stérile ? Les foutus cons ne sont pas venus travailler pendant un mois. Mais ce n'était pas vrai. Et cette rumeur-ci est également infondée. Ces outils vont à Atlanta. Et pour une excellente raison. Nous ficelons l'aile à Atlanta pour que le sénateur de Géorgie cesse de nous casser les pieds chaque fois que nous allons demander un gros prêt à l'Ex-Im Bank. C'est un programme d'emplois pour le grand sénateur de Géorgie, pigé ?

— Alors il faudrait que quelqu'un le fasse savoir.

— Seigneur, grommela Marder. Ils le savent. Les représentants des syndicats assistent à tous les conseils d'administration. C'est d'habitude Brull lui-même.

— Mais il n'assistait pas aux négociations avec la Chine.

— Je lui parlerai, dit Marder.

Casey insista :

— J'aimerais voir l'accord d'export.

— Vous le verrez dès qu'il sera finalisé.

— Qu'est-ce que nous leur donnons ?

— Une partie du nez et l'empennage, répondit Marder. Comme nous l'avons fait pour la France. Nom de Dieu, on ne peut rien leur donner d'autre, ils ne sont pas compétents pour le construire.

— Brull parlait de gêner l'EAI. Pour arrêter la vente à la Chine.

— La gêner comment ? demanda Marder, les sourcils froncés. Est-ce qu'il vous a menacée ?

Casey haussa les épaules.

— Qu'est-ce qu'il a dit ?

— Il a suggéré une semaine de vacances.

— Oh, pour l'amour de Dieu ! s'écria Marder, levant les bras. C'est ridicule. Je lui parlerai ce soir pour lui remettre les idées en place. Ne vous faites pas de souci. Concentrez-vous sur le travail. Okay ?

— Okay.

— Merci pour l'information. Je m'en occuperai pour vous.

À l'Assistance Qualité

16 h 53

Casey emprunta l'ascenseur pour aller du neuvième étage à ses bureaux au quatrième. Elle repassa dans sa mémoire la conversation avec Marder et décida qu'il ne mentait pas. Son exaspération n'avait pas été feinte. Et ce qu'il avait dit était vrai, les rumeurs couraient tout le temps dans la compagnie. Quelque deux ans auparavant, les gars du syndicat étaient tous venus la voir, demandant avec compassion : « Comment vous sentez-vous ? » Quelques jours plus tard, une rumeur lui avait appris qu'elle aurait eu un cancer.

Rien qu'une rumeur. Une de plus.

Elle longea le corridor et passa devant les photos des fameux avions Norton du passé, devant lesquels posait chaque fois une célébrité : Franklin Delano Roosevelt devant le B-22 qui l'avait emmené à Yalta ; Errol Flynn en compagnie de filles souriantes aux Tropiques, devant un N-5 ; Henry Kissinger sur le N-12 qui l'avait conduit en Chine en 1972. Les photos avaient été tirées en sépia, pour donner le sentiment de l'ancienneté et de la stabilité de la compagnie.

Elle ouvrit la porte de ses bureaux : du verre dépoli garni de la mention « Division de l'Assistance Qualité », avec des lettres en relief. Elle parvint à une large pièce où les secrétaires travaillaient dans leurs cubicules ; les portes des bureaux directoriaux se succédaient le long des murs.

Norma était assise près de la porte ; c'était une femme corpulente d'âge incertain, les cheveux rincés au bleu et une cigarette au coin des lèvres. Les règlements interdisaient de fumer dans le bâtiment, mais Norma faisait ce qui lui plaisait. Elle travaillait là du plus loin qu'on se souvînt ; on racontait qu'elle était l'une des filles qui posaient avec Errol Flynn sur la photo du corridor, et qu'elle avait entretenu une liaison torride avec Charley Norton dans les années cinquante. Vrai ou non, elle connaissait tous les secrets de la compagnie. On l'y traitait avec une déférence voisine de la peur. Même Marder la ménageait.

— Quoi de neuf, Norma ? demanda Casey.

— La panique ordinaire. Les fax pleuvent. (Elle en tendit une liasse à Casey.) Le Fizer à Hong Kong t'a demandée trois fois au téléphone, mais il est maintenant rentré chez lui ! Le Fizer à Vancouver a appelé il y a une demi-heure. Tu peux probablement le joindre encore.

Casey hocha la tête. Il n'était guère étonnant que les représentants des services de vol, les FSR ou Fizers comme on les appelait, des grands centres aériens se soient manifestés. C'était des employés de Norton détachés aux transporteurs et les transporteurs étaient alarmés par l'incident.

— Ah voyons, dit Norma. Le bureau de Washington est dans tous ses états, parce qu'ils ont entendu dire que la JAA allaient exploiter ça au bénéfice d'Airbus. Parlez d'une surprise. Le Fizer de Düsseldorf veut une confirmation que c'était une erreur du pilote. Le Fizer de Milan veut des informations. Le Fizer d'Abou Dhabi veut aller passer une semaine à Milan. Le Fizer de Bombay a entendu parler d'une défaillance des moteurs. Je lui ai redressé les idées. Et ta fille m'a priée de te dire qu'elle n'avait pas besoin de son survêtement.

— Parfait.

Casey emporta les fax dans son bureau. Elle trouva Richman assis à sa place. Il leva la tête, surpris, et quitta rapidement le fauteuil.

— Excusez-moi.

— Norma ne vous a pas trouvé un bureau ? demanda Casey.

— Oui, j'en ai un, dit Richman, faisant le tour du bureau. J'étais en train, euh, de me demander ce que vous voulez que je fasse de ça.

Il tenait un sac en plastique contenant la caméra vidéo qu'ils avaient trouvée dans l'avion.

— Donnez-le-moi.

Il le lui tendit.

— Bon. Et maintenant ?

Elle jeta la liasse de fax sur son bureau.

— Je dirai que vous en avez fini pour la journée. Soyez ici demain à sept heures.

Il sortit et elle s'assit. Tout semblait intact. Mais elle remarqua que le second tiroir de son bureau n'était pas tout à fait fermé.

Est-ce que Richman l'avait fouillé? Elle l'ouvrit. Les boîtes de disquettes, le papier à lettres, les ciseaux, les pointes feutre dans leur plateau semblaient dans leur ordre habituel. Pourtant...

Elle écouta Richman s'en aller et retourna vers le bureau de Norma.

— Ce type était assis à mon bureau.

— Pas vrai, dit Norma. Cette petite andouille m'a demandé d'aller lui chercher du café.

— Je m'étonne que le marketing ne l'ait pas dressé. Ils ont eu trois mois pour ça.

— À propos, dit Norma, je parlais à Jean, qui travaille dans ce service, et elle m'a dit qu'ils ne l'avaient presque jamais vu. Il était toujours en mission.

— En mission? Un gamin qui vient d'arriver, un parent des Norton? Le marketing ne l'enverrait jamais en mission. Où est-ce qu'il allait?

Norma secoua la tête.

— Jean ne savait pas. Tu veux que j'appelle le Bureau des voyages pour leur demander?

— Ouais, dit Casey, fais-le.

De retour dans son bureau, elle saisit le sac de plastique contenant la vidéo, l'ouvrit, tira la bande vidéo de la caméra cassée et la mit de côté. Puis elle appela chez Jim, espérant parler à Allison, tomba sur le répondeur et ne laissa pas de message.

Elle feuilleta les fax. Le seul qui l'intéressât était du FSR de Hong Kong. Comme toujours, il était en retard d'une guerre.

**DE LA PART DE : RICK RAKOSKI, FSR HK
À L'ATTENTION DE : CASEY SINGLETON, AQ : EAI NORTON BBK**

TRANSPACIFIC AIRLINES RAPPORTE AUJOURD'HUI QUE LE VOL 545, UN N-22, FUSE 271, REGISTRE ÉTRANGER 098/443/ HB09 ALLANT DE HK À DENVER A SUBI UNE TURBULENCE DURANT LE VOL 370 À ENVIRON 0524 UTC POSITION 30 NORD/ 170 EST. QUELQUES PASSAGERS ET L'ÉQUIPAGE ONT ÉTÉ LÉGÈREMENT BLESSÉS. L'APPAREIL A FAIT UN ATTERRISSAGE D'URGENCE À LAX.

PLAN DE VOL, LISTE DES PASSAGERS ET DE L'ÉQUIPAGE CI-JOINTS. ATTENDONS INFORMATIONS AU PLUS TÔT SVP.

Le fax était suivi par quatre pages, la liste des passagers et de l'équipage. Casey jeta un coup d'œil sur celle de l'équipage :

JOHN ZHEN CHANG, COMMANDANT DE BORD	7/5/51
LEU ZAN PING, COPILOTE	11/3/59
RICHARD YONG, COPILOTE	9/9/61
GERHARD REIMANN, COPILOTE	23/7/49
HENRI MARCHAND, INGÉNIEUR NAVIGANT	25/4/69
THOMAS CHANG, INGÉNIEUR NAVIGANT	29/6/70
ROBERT CHENG, INGÉNIEUR NAVIGANT	13/6/62
HARRIET CHANG, PERS. CABINE	12/5/77
LINDA CHING, PERS. CABINE	18/5/76
NANCY MORLEY, PERS. CABINE	19/7/75
KAY LIANG, PERS. CABINE	4/6/67
JOHN WHITE, PERS. CABINE	30/1/70
M.V. CHANG, PERS. CABINE	1/4/77
SHA YAN HAO, PERS. CABINE	13/3/73
YEE JIAO, PERS. CABINE	18/11/76
HARRIET KING, PERS. CABINE	10/10/75
B. CHOI, PERS. CABINE	18/11/76
YEE CHANG, PERS. CABINE	8/1/74

C'était un équipage international, comme on en voyait souvent sur les vols des compagnies de charters. Les équipages de Hong Kong avaient souvent volé pour la Royal Air Force et étaient extrêmement bien entraînés.

Elle compta les noms : dix-huit en tout, y compris les sept membres d'équipage. Un si nombreux équipage n'était pas vraiment nécessaire. Le N-22 avait été conçu pour être piloté par un commandant et un copilote en tout et pour tout. Mais les transporteurs asiatiques se développaient et ils emportaient souvent des équipages plus nombreux pour leur donner des heures d'entraînement supplémentaire.

Casey poursuivit : le fax suivant était du représentant de Vancouver.

DE LA PART DE : S. NIETO, FSR VANC.
À L'ATTENTION DE : C. SINGLETON, AQ/EAI

ÉQUIPAGE DE VOL FYI DU VOL TPA 545 EMBARQUÉ GRATIS SUR TPA 832, DE LAX À VANCOUVER, COPILOTE LEU ZAN PING DÉBARQUÉ DE L'AVION VERS LES URGENCES MÉDICALES DE VANCOUVER EN RAISON D'UNE BLESSURE À LA TÊTE PRÉCÉDEMMENT

PASSÉE INAPERÇUE. COPI EN COMA AU VANC GEN HOSP, DÉTAILS A/S. RESTE DE ÉQUIPAGE DU TPA 545 EN TRANSIT AUJOURD'HUI VERS HONG KONG.

Donc le copilote avait bien été blessé. Il avait dû être à l'arrière quand l'incident s'était produit. L'homme dont on avait trouvé la casquette.

Casey dicta un fax au représentant de Vancouver pour lui demander d'interroger le copilote dès que possible. Elle en dicta un autre pour celui de Hong Kong, suggérant une entrevue avec le commandant Chang dès son retour.

Norma lui téléphona.

— Pas de chance pour l'info sur le gamin, dit-elle.

— Pourquoi ?

— J'ai parlé à Maria du Bureau des voyages. Ce ne sont pas eux qui ont fait les réservations de Richman. Ses voyages ont été pris en charge par un compte spécial de la compagnie, un compte à part pour les affaires à l'étranger, hors budget. Mais elle a entendu dire que le gamin a envoyé une facture d'enfer.

— Combien ? demanda Casey.

— Elle ne savait pas, dit Norma avec un soupir. Mais je déjeune demain avec Evelyn de la comptabilité. Elle me dira tout.

— Okay, merci, Norma.

Casey retourna aux fax sur son bureau. Ils traitaient tous d'affaires.

Steve Young du Bureau de certification de la FAA demandant les résultats des traitements antifeu sur les coussins de sièges en décembre.

Une question de Mitsubishi sur des pannes de leurs écrans d'affichage de quinze centimètres dans la section de première classe des N-22 américains.

Une liste des révisions du Manuel de maintenance du N-20 (MP. 06-62-02).

Une révision des prototypes d'unités d'affichage supérieur virtuel qui devaient être livrés dans deux jours.

Un mémo de Honeywell conseillant le remplacement du central électrique D-2 sur toutes les unités de FDAU numérotées de A-505/9 à A-609/8.

Casey soupira et se mit au travail.

Glendale

19 h 40

Quand elle rentra chez elle, elle était lasse. Sans le bavardage animé d'Allison, la maison semblait vide. Trop fatiguée pour faire de la cuisine, Casey alla prendre un yaourt à la cuisine et l'entama. Les dessins coloriés d'Allison étaient collés à la porte du réfrigérateur. Casey pensa l'appeler ; mais c'était l'heure du coucher et elle ne voulait pas interrompre Jim s'il la mettait au lit.

Elle ne voulait pas non plus donner à penser à Jim qu'elle le surveillait. C'était un point de friction entre eux. Il croyait toujours qu'elle le surveillait.

Elle passa à la salle de bains et fit couler la douche. Elle entendit sonner le téléphone et alla à la cuisine pour répondre. C'était probablement Jim. Elle décrocha le combiné.

– Hello, Jim...
– Ne sois pas stupide, salope, dit une voix. Si tu cherche des ennuis, tu les auras. Les accidents arrivent. Nous te surveillons en ce moment même.

Click.

Elle resta là, le combiné en main. Casey s'était toujours fait d'elle l'image d'une femme de sang-froid, mais son cœur battait. Elle se força à respirer profondément avant de raccrocher. Elle savait que des appels de ce genre n'étaient pas rares. Elle avait entendu dire que d'autres vice-présidents avaient reçu des menaces la nuit. Mais ça ne lui était jamais arrivé et elle était étonnée de sa propre frayeur. Elle respira encore et essaya de surmonter son émotion. Elle reprit son yaourt, le considéra et le reposa. Elle s'avisa soudain qu'elle était seule dans une maison dont tous les stores étaient relevés.

Elle alla les baisser dans le living. Quand elle parvint devant la fenêtre donnant sur la rue, elle jeta un coup d'œil dehors. Dans la clarté des lampadaires, elle vit une limousine bleue garée quelques mètres devant sa maison.

Il y avait deux hommes dedans.

Elle voyait clairement leurs visages à travers le pare-brise. Et eux la regardaient.

Merde.

Elle alla à la porte d'entrée et la verrouilla puis accrocha la chaîne de sécurité. Puis elle enclencha l'alarme antivol, les doigts tremblants tandis qu'elle composait le code. Elle éteignit les lumières du living, s'adossa au mur et regarda par la fenêtre.

Les hommes étaient toujours dans la voiture. Ils parlaient. Et tandis qu'elle les observait, l'un d'eux montra la maison du doigt.

Elle alla à la cuisine, fouilla dans son sac et trouva son vaporisateur de poivre. Elle en souleva le cran de sécurité. De l'autre main, elle saisit le téléphone et tira le long cordon jusqu'à la salle à manger. Gardant l'œil sur les hommes, elle appela la police.

— *Glendale police.*

Elle donna son nom et son adresse.

— Il y a deux hommes garés devant ma maison. Ils sont là depuis ce matin. Je viens de recevoir des menaces par téléphone.

— Okay, ma'am. Verrouillez votre porte et enclenchez votre alarme si vous en avez une. Une voiture de patrouille part vers vous.

— Dépêchez-vous, dit-elle.

Dans la rue, les hommes sortaient de la voiture.

Et ils marchaient vers la maison.

Ils étaient habillés de manière décontractée, pantalon et polo, mais ils avaient l'air sombre et dur. Tandis qu'ils avançaient, ils se séparèrent, l'un allant vers la pelouse, l'autre vers l'arrière de la maison. Casey sentit son cœur faire des bonds dans sa poitrine. Avait-elle verrouillé la porte de l'arrière ? Serrant le vaporisateur de poivre, elle retourna à la cuisine, éteignit la lumière, puis atteignit la porte de l'arrière en passant par la chambre à coucher. Par la fenêtre de cette porte, elle vit l'un des hommes debout dans l'allée. Il regardait soigneusement autour de lui. Puis son regard alla à la porte. Elle s'accroupit et accrocha la chaîne.

Elle entendit le son amorti de pas qui s'approchaient de la maison. Elle regarda le mur au-dessus d'elle. Il y avait un commutateur d'alarme et un grand bouton rouge marqué URGENCE. Si elle donnait un coup dessus, une sirène assourdissante se déclencherait. Le tiendrait-elle en respect ? Elle n'en était pas sûre. Et où était cette damnée police, à propos ? Depuis combien de temps cela durait-il ?

Elle s'avisa qu'elle n'entendait plus de pas. Elle leva la tête avec précaution jusqu'à ce qu'elle pût atteindre le coin inférieur de la fenêtre.

L'homme était dans l'allée et s'éloignait de la maison. Puis il fit demi-tour, contournant la maison. Retournant vers la rue.

Toujours penchée, Casey courut vers la salle à manger, de l'autre côté de la maison. L'homme n'était pas sur la pelouse. Elle fut prise de panique : où était-il ? L'autre homme apparut sur la pelouse, plissa les yeux en examinant la façade, puis retourna vers la voiture. Le premier homme s'y était installé, sur le siège près du conducteur. L'autre ouvrit la porte et se mit derrière le volant. Quelques instants plus tard, une voiture de police blanc et noir se gara derrière la limousine bleue. Les hommes dans la voiture parurent surpris, mais ils ne bougèrent pas. La voiture de patrouille alluma son projecteur et un policier mit pied à terre, s'avançant prudemment. Il parla pendant un moment aux hommes dans la voiture. Puis ceux-ci sortirent et ils vinrent tous trois vers le porche d'entrée, le policier et les deux hommes de la voiture.

Elle entendit la sonnette et alla ouvrir.

Un jeune officier de police demanda :

– *Ma'am,* est-ce que vous vous appelez Singleton ?

– Oui.

– Vous travaillez pour Norton Aircraft ?

– Oui...

– Ces messieurs travaillent pour le service de sécurité de Norton. Ils disent qu'ils assurent votre protection.

– Quoi ? dit Casey.

– Voulez-vous voir leurs papiers ?

– Oui, je veux bien.

Le policier alluma une torche électrique tandis que les deux hommes tendaient leurs portefeuilles vers elle. Elle reconnut les passes des services de sécurité de Norton.

– Nous sommes désolés, *ma'am,* s'excusa l'un des gardes. Nous pensions que vous étiez au courant. Nous avons été chargés de contrôler la maison toutes les heures. Est-ce que cela vous convient ?

– Oui, dit-elle. C'est parfait.

Le policier lui demanda :

– Il y a autre chose ?

Elle fut embarrassée ; elle bredouilla des remerciements et fit un pas en arrière.

– N'oubliez pas de verrouiller la porte, *ma'am,* recommandèrent poliment les gardes.

— Ouais, ils sont garés aussi devant chez moi, dit Kenny Burne quand elle l'appela. Ils ont foutu une trouille d'enfer à Mary. Qu'est-ce qui se passe, à propos ? Les négociations avec les syndicats n'auront lieu que dans deux ans.

— Je vais appeler Marder, décida-t-elle.

— Tout le monde est gardé, lui dit Marder au téléphone. Le syndicat menace l'un de nous, nous envoyons des gardes. Ne vous en faites pas.

— Avez-vous parlé à Brull ? demanda-t-elle.

— Ouais, je l'ai rassuré. Mais il faudra quelque temps pour que l'information parvienne aux échelons inférieurs. Jusqu'alors, tout le monde aura des gardes.

— Okay.

— C'est une précaution. Rien de plus.

— Okay.

— Dormez bien, dit Marder et il raccrocha.

Mardi

Glendale

5 h 45

Elle se réveilla mal à l'aise, avant que le réveil-matin sonnât. Elle enfila une robe de chambre, alla préparer le café à la cuisine et regarda par la fenêtre. La limousine bleue était toujours garée dans la rue avec les deux hommes à l'intérieur. Elle pensa d'abord aller faire son jogging, parce qu'elle avait besoin de cet exercice pour commencer sa journée, mais elle y renonça. Elle savait qu'elle ne devait pas se sentir intimidée. Mais il était inutile de prendre des risques.

Elle se versa une tasse de café et l'emporta au living. Tout lui paraissait différent ce jour-là. La veille, son bungalow était confortable ; et là, il lui apparaissait petit, isolé, sans défense. Elle fut contente qu'Allison passât la semaine avec Jim.

Casey avait déjà connu des périodes de tension avec les syndicats ; elle savait que les menaces n'aboutissaient généralement à rien. Mieux valait toutefois être prudent. Une des premières leçons qu'elle avait apprises à Norton était que l'atelier était un monde très dur, beaucoup plus dur même que les chaînes de montage chez Ford. Norton était l'une des dernières entreprises où un jeune diplômé frais émoulu pouvait gagner 80 000 dollars par an, et avec des heures supplémentaires. Des postes comme ceux-là étaient rares et le devenaient de plus en plus. On se battait pour les obtenir et pour les garder. Si le syndicat pensait que la vente à la Chine allait entraîner du chômage, il était bien capable de la bloquer sans scrupules.

Elle s'assit avec la tasse sur les genoux et se rendit compte qu'elle n'avait pas du tout envie d'aller travailler. Mais il n'était évidemment pas question de ne pas y aller. Elle posa la tasse et se rendit dans la chambre à coucher pour s'habiller.

Une fois dans la rue et quand elle fut montée dans sa Mustang, elle vit une deuxième voiture se garer derrière la première. Et quand elle s'engagea dans la rue, la première se mit en marche, pour la suivre.

Donc Marder avait prévu deux équipes de gardes, une pour surveiller sa maison et l'autre pour la suivre.

Les choses devaient aller plus mal qu'elle croyait.

Elle entra dans l'usine avec un sentiment inhabituel de malaise. Le premier huit venait de commencer, les parkings étaient pleins, des hectares de voitures. La limousine bleue resta derrière elle tandis que Casey se présentait à la sécurité de la porte 7. Le garde releva la barrière et, obéissant à un signal invisible, laissa passer la limousine bleue. Celle-ci la suivit jusqu'à ce qu'elle se fût garée à l'emplacement réservé à l'administration.

Elle sortit de la voiture. Un des gardes se pencha par la portière.

— Bonne journée, *ma'am,* dit-il.

— Merci.

Le garde lui fit un salut. La voiture démarra.

Casey jeta un regard aux immenses bâtiments gris : le bâtiment 64 au sud, le 57 à l'est, où l'on construisait le bi-réacteur, le 121, qui était l'atelier de peinture. Les hangars de maintenance s'alignaient à l'ouest, éclairés par le soleil qui se levait au-dessus des montagnes de San Fernando. Le paysage était familier ; elle le connaissait depuis cinq ans. Mais ce jour-là, elle en découvrait sans plaisir l'immensité et la solitude dans le petit matin. Deux secrétaires entraient dans l'immeuble de l'administration. Personne d'autre. Elle se sentit seule.

Elle haussa les épaules et secoua ses anxiétés. Elle était bête, se dit-elle. Il était temps d'aller travailler.

Norton Aircraft

6 h 34

Rob Wong, le jeune programmeur du centre de données digitales de Norton, se détourna des écrans vidéo :
— Je regrette, Casey. Nous avons bien les données de vol, mais il y a un problème.
— Pas vrai, dit-elle en soupirant.
— Ouais. Un problème.

Elle n'en était pas vraiment surprise. Les enregistreurs de vol donnaient rarement satisfaction. Dans la presse, les défaillances des « boîtes noires » étaient attribuées aux conséquences des chocs. Quand un avion a heurté le sol à huit cents kilomètres à l'heure, il est raisonnable de penser que ses enregistreurs en soient affectés.

Mais dans l'industrie aéronautique, on avait d'autres idées. Tout le monde savait que les taux de défaillances des enregistreurs étaient très élevés, même quand il n'y avait pas eu d'accident. La raison en était que la FAA n'avait pas requis qu'ils fussent contrôlés avant chaque vol. En pratique, leur fiabilité était d'habitude testée environ une fois par an. La conséquence était prévisible : les enregistreurs marchaient rarement.

Tout le monde connaissait le problème : la FAA, le NTSB, les transporteurs et les constructeurs. Quelques années auparavant, Norton avait entrepris une étude sur des enregistreurs en service, choisis au hasard. Casey avait fait partie du comité d'études. La conclusion avait été qu'un sur six fonctionnait correctement.

La raison pour laquelle la FAA imposait l'installation de tels appareils sans exiger également qu'ils fussent en état de marche avant chaque vol était un sujet fréquent de discussions nocturnes tardives dans les bars des travailleurs de l'industrie aérospatiale, de Seattle à Long Beach. L'explication cynique était que ces dysfonctionnements convenaient aux intérêts de tout le monde. Dans un pays assiégé par des avocats féroces et une presse avide de sensationnalisme, l'industrie ne voyait guère d'intérêt à offrir une version objective et fiable de ce qui avait éventuellement été de travers.

— Nous faisons de notre mieux, Casey, dit Rob Wong. Mais l'enregistreur est anormal.

— Ce qui signifie ?

— On dirait que la bobine numéro trois a sauté environ vingt heures avant l'incident, alors il n'y a pas de synchronisations entre les cadres des données ultérieures.

— Synchronisation de cadres ?

— Ouais. Regardez, le DFDR enregistre tous les paramètres en défilement, dans des blocs de données qu'on appelle les cadres. Vous avez des données par exemple pour la vitesse en vol et vous avez les données suivantes quatre cadres plus loin. Les données sur la vitesse en vol devraient être continues au travers des cadres. Si elles ne le sont pas, c'est que les cadres ne sont pas synchro et nous ne pouvons pas reconstruire le vol. Je vais vous montrer.

Il se tourna vers l'écran, cliquant sur des touches.

— Normalement, nous prenons le DFDR et nous produisons une image de l'avion sur trois axes. Voilà l'avion, prêt à partir.

Une image squelettique du N-22 apparut sur l'écran. Et sous les yeux de Casey, le squelette se remplit jusqu'à ce que l'image finale fût celle d'un avion en vol.

— Okay, maintenant, on introduit les données de votre enregistreur...

L'avion parut onduler. Il disparaissait de l'écran, puis réapparaissait. Puis il disparaissait et quand il réapparaissait, l'aile gauche semblait détachée du fuselage. L'aile s'inclinait à quatre-vingt-dix degrés tandis que le reste de l'avion penchait à droite. Puis l'empennage disparaissait. Et le reste de l'avion disparaissait aussi, réapparaissait, disparaissait.

— Voyez, la structure essaie de dessiner l'avion, dit Rob, mais elle se heurte sans cesse à des interruptions. Les données de l'aile ne correspondent pas à celles du fuselage, qui à leur tour ne correspondent pas à celles de la queue. Alors l'avion se désintègre.

— Qu'est-ce qu'on fait ? demanda-t-elle.

— On resynchronise les cadres, mais ça prendra du temps.

— Combien de temps ? J'ai Marder sur le dos.

— Un bout de temps, Casey. Les données sont assez mal fichues. Et le QAR ?

— Il n'y en a pas.

— Bon, si vous êtes coincée, je vais emmener ces données à la Simulation de vol. Ils ont quelques programmes de pointe et ils pourraient reconstituer les manques et vous dire ce qui s'est passé.
— Mais Rob...
— Pas de promesses, Casey, dit-il. Pas avec ces données. Navré.

Bâtiment 64

6 h 50

Casey retrouva Richman à l'extérieur du bâtiment 64. Ils y allèrent ensemble dans la lumière du petit matin. Richman baillait.

— Vous étiez au marketing, n'est-ce pas ?

— En effet, dit Richman. Nous n'avions certainement pas ces horaires.

— Qu'est-ce que vous y faisiez ?

— Pas grand-chose. Edgarton avait mis tout le département sur le contrat avec la Chine. Très secret, pas d'étrangers dans la confidence. Ils m'ont confié un petit travail juridique sur les négociations avec Iberian.

— Des voyages ?

Richman sourit avec affectation.

— Pour mon compte seulement.

— Comment se fait-il ?

— Eh bien, étant donné que le marketing ne me donnait rien à faire, j'allais skier.

— Ça a l'air marrant. Où alliez-vous ?

— Vous skiez ? demanda Richman. Personnellement, je pense que les meilleures pistes en dehors de Gstaad sont à Sun Valley. C'est mon endroit préféré. Du moins si vous devez skier aux États-Unis.

Elle remarqua qu'il n'avait pas répondu à sa question. À ce moment-là, ils avaient passé la porte latérale qui donnait dans le bâtiment 64. Casey s'avisa que les gens étaient ouvertement hostiles et l'atmosphère franchement glaciale.

— Qu'est-ce qu'il y a ? demanda Richman. Nous sommes pestiférés, aujourd'hui ?

— Le syndicat pense que nous les trahissons en faveur de la Chine.

– Que nous les trahissons ? Comment ?

– Ils pensent que la direction expédie l'aile à Shanghai. J'ai posé la question à Marder. Il dit que c'est faux.

Un klaxon résonna, éveillant des échos dans le bâtiment. Au-dessus d'eux, la grande grue jaune se mit en mouvement et la première des caisses géantes contenant les outils de l'aile s'éleva à un mètre cinquante du sol, au bout de câbles épais. La caisse était en latté renforcé, grande comme une maison et pesant dans les cinq tonnes. Une douzaine d'ouvriers la suivaient, comme des croque-morts. Les mains levées, ils la maintenaient tandis qu'elle se dirigeait vers une des portes latérales où un camion l'attendait.

– Puisque Marder dit que ce n'est pas vrai, demanda Richman, où est le problème ?

– Ils ne le croient pas.

– Vraiment ? Et pourquoi ?

Casey jeta un coup d'œil à sa gauche, où d'autres outils étaient mis en caisse pour l'expédition. Les immenses outils bleus étaient d'abord enveloppés dans de la mousse synthétique, puis stabilisés et enfin mis en caisse. Elle savait que ce mode d'emballage était essentiel, parce que en dépit de leurs dimensions, une dizaine de mètres de longueur, les outils étaient ajustés avec une précision de l'ordre du millième de millimètre. Leur transport était un art à part entière. Elle regarda la caisse, qui se mouvait au bout des câbles.

Il ne restait personne des hommes qui se trouvaient au-dessous.

La caisse se déplaçait latéralement, à trois mètres d'eux.

– Oh-oh, dit-elle.

– Quoi ? demanda Richman.

Elle le poussait déjà.

– Filez ! dit-elle, propulsant Richman à droite, vers l'abri constitué par l'échafaudage au-dessous d'un fuselage partiellement assemblé.

Richman résistait ; il ne semblait pas comprendre que...

– *Courez !* cria-t-elle. Elle va tomber !

Il courut. Derrière elle, Casey entendit craquer le bois, puis un *twang !* métallique quand le premier des câbles céda, et l'énorme caisse s'écrasa sur le sol de béton. Des éclats de bois jaillirent dans toutes les directions. Puis la caisse bascula sur le côté dans un *whomp !* formidable. Le bruit se répercuta dans tout le hangar.

– Seigneur Dieu, dit Richman en se tournant vers Casey. Qu'est-ce que c'était que *ça* ?

– Ça, c'est ce que nous appelons une action de terrain.

Des hommes couraient vers eux, leurs silhouettes estompées par le nuage de poussière. Il y eut des cris, puis des appels à l'aide. L'alarme médicale retentit dans tout le bâtiment. À l'autre extrémité du hangar, Casey vit Doug Doherty secouant tristement la tête.

Regardant par-dessus son épaule, Richman retira du dos de sa veste une écharde longue d'une douzaine de centimètres. « Putain ! » dit-il. Il enleva le veston, examina la déchirure et mit son doigt dedans.

— C'est un avertissement, dit Casey. Et ils ont également bousillé l'outil. Maintenant, il faudra le sortir de la caisse et le refaire. Ça représente des semaines de retard.

Les contremaîtres en chemises blanches et cravates coururent vers le groupe qui s'était formé autour de la caisse fracassée.

— Et maintenant ? s'enquit Richman.

— Ils vont faire des listes de noms et prendre des sanctions, dit Casey. Mais ça ne servira à rien. Il y aura un autre incident demain. On n'y peut rien.

— C'était un avertissement ? demanda Richman en remettant son veston.

— À l'équipe d'analyse des incidents, dit-elle. Un signal bien clair : faites attention à vos fesses et à vos têtes. Il va pleuvoir des clefs à molette et d'autres outils chaque fois que nous serons à l'atelier. Faites gaffe.

Deux ouvriers se détachèrent du groupe autour de la caisse et vinrent vers Casey. L'un était un gros type en jeans et chemise rouge à carreaux, l'autre, plus grand, portait une casquette de base-ball. Le premier balançait dans sa main un étançon en acier comme si c'était une massue.

— Euh, Casey, bredouilla Richman.

— Je les vois.

Elle n'allait pas se laisser impressionner par deux gorilles d'atelier.

Ils se dirigeaient vers elle. Soudain, un contremaître apparut devant eux, tenant son cahier d'atelier et il leur demanda de montrer leurs badges. Ils s'arrêtèrent pour lui parler, jetant de mauvais regards à Casey.

— Ils ne nous embêteront plus, dit-elle. Ils seront partis dans une heure.

Elle retourna à l'échafaudage et prit sa serviette.

— Venez, nous sommes en retard.

Bâtiment 64 / EAI

7 h

Les chaises grincèrent sur le sol tandis que chacun s'installait à la table de Formica.

– Okay, dit Marder, on y va. Il y a une agitation syndicale, destinée à freiner cette enquête. Ne vous laissez pas impressionner. Gardez l'œil sur le but. Premier point : les données météo.

La secrétaire distribua des feuilles. C'était un rapport du centre de contrôle du trafic à Los Angeles sur un formulaire intitulé « Federal Aviation Administration / RAPPORT SUR UN ACCIDENT D'AVION ».

Casey lut :

DONNÉES MÉTÉO
CONDITIONS DANS LA RÉGION AU MOMENT DE L'ACCIDENT
JAL054 un B747/R était à 15 minutes en avance sur TPA545 sur la même route et à 1000 pieds au-dessus. JAL054 n'a signalé aucune turbulence.
RAPPORT JUSTE AVANT L'ACCIDENT
UAL829, un B747/R a signalé une turbulence modérée au FIR 40.00 nord/165.00 est au FL[1] 350. C'était à 120 milles au nord et à 14 minutes en avance sur TPA545. UAL829 n'a signalé aucune autre turbulence.
PREMIER RAPPORT APRÈS L'ACCIDENT
AAL722 a signalé une légère turbulence constante à 30 nord/ 170 est au FL350. AAL722 était sur la même route, à 2 000 pieds au-dessous et à environ 29 minutes après TPA545. AAL722 n'a signalé aucune autre turbulence.

---

1. Flight Level, niveau de vol, altitude. *(N.d.T.)*

– Nous attendons toujours les données des satellites, mais je pense que l'évidence est là. Les trois appareils les plus proches en temps et lieu du TransPacific ne rapportent rien d'autre qu'une légère turbulence. J'exclus donc la turbulence comme cause de cet accident.

Chacun hocha la tête, tout le monde était d'accord.

– Autre chose à signaler ?

– Oui, dit Casey. Les réponses des passagers et de l'équipage concordent, le signal des ceintures n'a jamais été allumé.

– Okay. Nous en avons donc fini avec la météo. Ce qui est arrivé à cet avion n'était pas une turbulence. Les enregistreurs de vol ?

– Les données sont anormales. On travaille dessus.

– Inspection visuelle de l'avion ?

– L'intérieur était fortement endommagé, dit Doherty, mais l'extérieur était parfait. Impec.

– Bord d'attaque ?

– Pas de problème décelable. Nous aurons l'avion ici aujourd'hui et je contrôlerai les sillons d'entraînement et les verrouillages. Mais jusqu'ici, rien.

– Vous avez testé les gouvernes ?

– Pas de problème.

– L'instrumentation ?

– Bravo Zoulou.

– Combien de fois les avez-vous testées ?

– Après que nous avons entendu le récit des passagers de Casey, nous avons effectué dix extensions. On a essayé d'obtenir un pépin. Mais tout est normal.

– Quel récit ? Casey ? Vous avez obtenu quelque chose des entrevues ?

– Oui, répondit-elle. Un passager a rapporté un léger grondement venant de l'aile et durant de dix à douze secondes...

– *Merde,* dit Marder.

– ... suivi par une petite remontée, puis un piqué...

– Merde de *merde !*

– ... et puis une série de violents tangages.

Marder la regarda d'un air furieux.

– Est-ce que vous me dites que ce sont encore les becs ? On a toujours un problème de becs sur cet avion ?

– Je ne sais pas, dit Casey. Une des hôtesses a rapporté que le commandant avait dit qu'il avait un problème de déploiement de becs spontané et qu'il avait des problèmes avec le pilote automatique.

— Seigneur. *Et* des problèmes avec le pilote automatique ?
— Qu'il aille se faire foutre, dit Burne. Ce commandant change son histoire toutes les cinq minutes. Il dit au Contrôle du trafic qu'il a rencontré des turbulences et il dit à l'hôtesse qu'il a un problème de becs. Et à l'heure qu'il est, il raconte sans doute une tout autre histoire au transporteur. Le fait est que nous ne savons pas ce qui s'est passé dans ce cockpit.
— C'est visiblement les becs, dit Marder.
— Non, ce ne sont pas les becs, répliqua Burne. La passagère à laquelle Casey a parlé a dit que le grondement venait de l'aile ou des moteurs, n'est-ce pas ?
— Exact, confirma Casey.
— Mais quand elle a regardé l'aile, elle n'a pas vu les becs déployés, parce qu'ils étaient hors de son angle de vision. Il est possible que les inverseurs de poussée se soient enclenchés. En vitesse de croisière, cela produirait à coup sûr un grondement. Suivi par une soudaine perte de vitesse et probablement un roulis. Le pilote s'affole, essaie de compenser, réagit trop fort et patatras !
— Est-ce qu'il y a une confirmation que les inverseurs se soient enclenchés ? demanda Marder. Des dommages aux manchons ? Des traînées anormales ?
— Nous avons vérifié hier, et nous n'avons rien trouvé. Nous utiliserons les ultrasons et les rayons X aujourd'hui. S'il y a quelque chose, nous le trouverons.
— Okay, dit Marder.
— Nous vérifions les becs et les accélérateurs et nous avons besoin d'encore plus de données. Et les enregistrements permanents, Ron ? Est-ce que les anomalies suggèrent quelque chose ?

Ils se tournèrent vers Ron Smith. Sous le feu de leurs regards, il s'affaissa dans son fauteuil, comme s'il essayait de rentrer sa tête dans les épaules. Il s'éclaircit la voix.
— Eh bien ? demanda Marder.
— Euh, ouais, John. Nous avons un problème de becs sur les tirages du FDAU.
— Donc les becs se *sont* déployés.
— Eh bien, en fait...
— Et l'avion a commencé à marsouiner, esquintant les passagers et en tuant trois. C'est ça que vous me dites ?

Personne ne répondit.
— Seigneur, dit Marder, mais qu'est-ce qui se passe avec vous, les mecs ? Ce problème était censé être résolu depuis quatre ans ! Maintenant, vous me dites qu'il *ne l'était pas* ?

Le groupe resta silencieux, regardant la table, intimidé par la rage de Marder.

— Nom de Dieu ! s'écria Marder.

— John, ne nous emportons pas.

C'était Trung, le chef de l'avionique, qui avait calmement pris la parole.

— Nous n'avons pas pris en compte un facteur très important. Le pilote automatique.

Un long silence suivit.

Marder lança à Trung un regard courroucé.

— Qu'est-ce qu'il a ?

— Même si les becs se déploient en vol, expliqua Trung, le PA assure une parfaite stabilité. Il est programmé pour compenser des erreurs telles que celle-là. Les becs se déploient ; le pilote automatique compense ; le commandant voit l'alarme et les rétracte. Pendant ce temps, l'avion poursuit sa route sans problème.

— Peut-être qu'il n'y avait pas de PA.

— C'est ce qui s'est produit à coup sûr. Mais pourquoi ?

— Peut-être que votre pilote automatique est foutu, dit Marder. Peut-être que vous avez un virus dans le code.

Trung parut sceptique.

— C'est arrivé, insista Marder. Il y a eu un problème de pilote automatique sur ce vol USAir sur Charlottesville l'année dernière. Il a fait faire à l'avion un tangage incontrôlé.

— Oui, dit Trung, mais ce n'était pas causé par un virus dans le code. La maintenance avait retiré l'ordinateur de contrôle de vol A pour le réparer, et quand elle l'a réinstallé, elle ne l'a pas poussé assez à fond dans sa niche pour engager les pitons connecteurs. Le machin faisait des connections électriques intermittentes, c'est tout.

— Mais sur le vol 545, l'hôtesse a dit que le commandant avait dû se battre avec le pilote automatique pour contrôler l'avion.

— Et je m'y serais attendu, dit Trung. Une fois que l'avion sort des paramètres de vol, le PA essaie activement de prendre les commandes. Il voit un comportement erratique et considère que personne ne pilote l'avion.

— Est-ce que ça apparaît sur les enregistrements ?

— Oui. Ils indiquent que le PA a essayé d'intervenir toutes les trois secondes. Je suppose que le commandant a essayé de le dominer, insistant pour piloter l'avion lui-même.

— Mais c'est un pilote expérimenté.

— C'est la raison pour laquelle je crois que Kenny a raison, dit Trung. Nous n'avons aucune idée de ce qui s'est passé dans le cockpit.

Ils se tournèrent tous vers Mike Lee, le représentant du transporteur.

— Qu'est-ce que vous en pensez, Mike ? demanda Marder. Pouvons-nous obtenir une entrevue avec le pilote ou non ?

Lee soupira philosophiquement.

— Vous savez, j'ai assisté à pas mal de réunions telles que celle-ci. Et la tendance est toujours de reporter la faute sur les absents. C'est la nature humaine. Je vous ai déjà expliqué pourquoi l'équipage a quitté le pays. Vos propres dossiers confirment que le commandant de bord est un pilote de premier ordre. Il est possible qu'il ait fait une erreur. Mais étant donné l'histoire des problèmes sur cet avion, des problèmes de becs, j'examinerais d'abord l'avion. Et je l'examinerais très attentivement.

— Nous allons le faire, dit Marder. Bien sûr que nous allons le faire, mais...

— Parce que ce n'est dans l'intérêt de personne, poursuivit Lee, de se lancer dans un championnat de pipi. Vous êtes polarisés par votre contrat imminent avec Pékin. Très bien, je comprends. Mais je voudrais vous rappeler que TransPacific est aussi un client de choix de cette compagnie. Nous avons acheté jusqu'ici dix appareils et nous en avons commandé douze autres. Nous développons nos routes et nous négocions des accords avec un transporteur national. Nous n'avons aucun besoin de mauvaise presse en ce moment. Ni pour les avions que nous vous avons achetés, ni pour nos pilotes. J'espère que je suis clair.

— Foutrement clair, dit Marder. Je ne l'aurais pas dit autrement moi-même. Les mecs, vous avez vos ordres de route. Allez-y. Je veux des *réponses*.

Bâtiment 202/Simulation de vol

7 h 59

— Le vol 545 ? dit Felix Wallerstein. Il est très troublant. Vraiment très troublant.

Wallerstein était un Munichois courtois aux cheveux argentés. Il dirigeait le simulateur de vol Norton et le programme d'entraînement des pilotes avec une efficacité germanique.

— Pourquoi dites-vous que le 545 est troublant ? lui demanda Casey.

— Parce que. Comment cela pourrait-il se produire ? Ça ne semble pas possible.

Ils traversèrent la grande salle principale du bâtiment 202. Deux simulateurs de vol, l'un pour chaque modèle d'avion en service, se trouvaient au-dessus d'eux. Ils semblaient être les sections tronquées des nez des appareils, tenues par un réseau de câbles de transmission hydraulique.

— Vous avez eu les données de l'enregistreur de vol ? Rob a dit que vous pourriez le déchiffrer.

— J'ai essayé. En vain. J'hésite à dire que c'est sans espoir. Et le QAR ?

— Il n'y avait pas de QAR, Felix.

— Ah ! dit Wallerstein dans un soupir.

Ils parvinrent à la console de commande, une série d'écrans vidéo et de claviers le long d'un mur.

Les instructeurs, assis, surveillaient les pilotes qu'on entraînait dans les simulateurs.

Casey dit :

— Felix, nous nous demandons si ce ne sont pas les becs qui se sont déployés pendant le vol. Ou si ce seraient les inverseurs de poussée.

— Et si c'était le cas ? Quelle serait l'importance ?

— Nous avons déjà eu des problèmes avec les becs...
— Oui, mais ils ont été réglés depuis longtemps, Casey. Et les becs ne peuvent pas expliquer un accident aussi terrible. Avec des morts ? Non, non. Ça ne vient pas des becs, Casey.
— Vous êtes certain ?
— Absolument. Je vais vous montrer.
Il se tourna vers un des instructeurs à la console.
— Qui est en ce moment sur le N-22 ?
— Ingram. Copilote à la Northwest.
— Bon ?
— Moyen. Il a une trentaine d'heures.
Sur l'écran de la vidéo en circuit fermé, Casey vit un homme de trente-cinq ans installé dans le siège du pilote du simulateur.
— Et où se trouve-t-il en ce moment ? demanda Felix.
— Euh, voyons, dit l'instructeur, consultant ses indicateurs. À mi-chemin au-dessus de l'Atlantique, niveau de vol trois-trente, mach zéro huit.
— Bon, il est donc à trente-trois mille pieds et à huit dixièmes de la vitesse du son. Il y a un moment qu'il s'y trouve et tout a l'air d'aller bien. Il est détendu, peut-être un peu paresseux.
— Oui monsieur.
— Bon. Déployez les becs de M. Ingram.
L'instructeur se pencha et poussa un bouton.
Felix se tourna vers Casey :
— Regardez bien, je vous prie.
Sur l'écran vidéo, le pilote était serein, sans souci. Mais quelques secondes plus tard, soudain alarmé, il se pencha sur ses commandes, fronçant les sourcils.
Felix indiqua la console de l'instructeur et la batterie d'écrans.
— Vous pouvez voir ce qui se passe. Sur les cadrans du contrôle de vol, l'indicateur des becs scintille. Et il l'a remarqué. Là, vous pouvez voir que l'avion monte légèrement...
Les commandes hydrauliques bourdonnèrent et le grand cône du simulateur se releva de quelques degrés.
— M. Ingram contrôle maintenant le levier des becs, comme il se doit. Il le trouve relevé et verrouillé, ce qui est singulier, étant donné que ça signifie qu'il a un déploiement de becs spontané...
Le simulateur resta relevé.
— Alors M. Ingram réfléchit. Il a tout le temps qu'il lui faut pour décider de la marche à suivre. L'avion est bien stable sur pilote automatique. Voyons ce qu'il va faire. Ah ! Il décide de se servir de ses commandes. Il rabaisse le levier des becs, puis le remonte... Il essaie de se débarrasser du signal d'alarme. Mais ça ne change rien. Bon. Il comprend maintenant qu'il a une défail-

lance de système sur son avion. Mais il reste calme. Il réfléchit toujours... Qu'est-ce qu'il va faire ?... Il change les paramètres du pilote automatique... il diminue l'altitude et réduit la vitesse... parfaitement correct... Il est toujours en position cabrée, mais dans des conditions d'altitude et de vitesse plus favorables. Il décide d'essayer de nouveau le levier des becs...

— Je le sors du piège ? demanda l'instructeur.

— Pourquoi pas ? Je crois que la démonstration est faite.

L'instructeur appuya sur un bouton. Le simulateur redevint horizontal.

— Et comme ça, dit Felix, M. Ingram retrouve des conditions de vol normales. Il prend des notes sur son problème pour les équipes de maintenance et il poursuit son vol jusqu'à Londres.

— Mais il est resté sur pilote automatique, dit Casey. Qu'est-ce qui se passerait s'il le déconnectait ?

— Pourquoi le ferait-il ? Il est en vitesse de croisière ; le PA commande l'avion depuis au moins une demi-heure.

— Mais supposons qu'il le fasse.

Felix haussa les épaules.

— Bloquez son pilote automatique.

— Oui monsieur.

Une alarme sonore retentit. Sur l'écran vidéo, ils virent le pilote regarder ses cadrans et prendre le manche. L'alarme sonore s'arrêta ; le cockpit redevint silencieux. Le pilote tenait toujours le manche.

— C'est lui qui pilote maintenant ? demanda Felix.

— Oui monsieur, répondit l'instructeur. Il est à vingt-neuf mille pieds, mach zéro sept, avec le PA déconnecté.

— Okay, dit Felix. Déployez ses becs.

L'instructeur poussa un bouton.

Sur le moniteur de systèmes de la console d'entraînement, l'alarme des becs scintilla, d'abord orange, puis blanche. Casey regarda l'écran de vidéo voisin et vit le pilote se pencher. Il avait remarqué l'alarme dans le cockpit.

— Maintenant, dit Felix, une fois de plus nous voyons l'appareil monter, mais cette fois-ci, M. Ingram doit contrôler lui-même l'appareil... Il tire donc le manche en arrière... très légèrement, très délicatement... Bon... et maintenant il est stable.

Il se tourna vers Casey.

— Vous voyez ? (Il haussa les épaules.) C'est très troublant. Quoi qu'il se soit passé sur ce vol de la TransPacific ça ne peut pas être à cause des becs. Et pas des inverseurs non plus. Dans les deux cas, le pilote compense et garde le contrôle. Je vous le dis, Casey, ce qui est arrivé à cet appareil est un mystère.

Ils sortirent dans le soleil. Felix alla vers sa Jeep. Il avait une planche de surf sur le toit.

— J'ai une nouvelle planche, une Henley. Vous voulez la voir ?

— Felix, coupa Casey, Marder commence à gueuler.

— Et alors ? Laissez-le faire. Il aime ça.

— Selon vous, qu'est-ce qui est arrivé au 545 ?

— Bon. Soyons clairs. Les caractéristiques de vol du N-22 sont telles que si les becs se déploient à la vitesse de croisière et que le pilote aux commandes est sans PA, l'avion est assez sensible. Vous vous rappelez, Casey. Vous avez fait une étude sur ce point il y a trois ans. Tout de suite après, nous avons fait les ajustements finaux sur les becs.

— C'est exact, dit-elle en y repensant. Nous avons constitué une équipe spéciale pour passer en revue les problèmes de stabilité de vol sur le N-22. Mais nous avons conclu qu'il n'y avait pas de problème de sensibilité, Felix.

— Et vous aviez raison, dit Felix. Il n'y a pas de problème. Tous les avions modernes maintiennent leur stabilité de vol grâce à des ordinateurs. Un avion de chasse ne peut pas voler du tout sans ordinateurs. Les chasseurs sont par essence instables. Les avions de ligne sont moins sensibles, mais quand même, les ordinateurs règlent les transferts de carburant, l'attitude, la poussée des moteurs. D'une minute à l'autre, les ordinateurs font de petits changements en continu pour stabiliser l'appareil.

— Oui, mais les avions peuvent quand même voler sans pilote automatique.

— C'est tout à fait exact, dit Felix. Et nous y entraînons nos équipages. Parce que l'appareil est sensible, quand le nez monte, le pilote doit *très doucement* le rabaisser. S'il le corrige trop fortement, l'avion va plonger. Dans ce cas, il doit le redresser et toujours très doucement, sinon il risque de surréagir, ce qui fera que l'avion remontera brutalement, puis piquera une fois de plus. Et c'est exactement ce qui s'est passé sur le vol de la TransPacific.

— Vous voulez dire que c'était une erreur du pilote ?

— Normalement, c'est ce que je penserais, sauf que le pilote était John Chang.

— C'est un bon pilote ?

— Non, dit Felix. John Chang est un pilote *superbe.* J'en vois beaucoup ici et il en est qui sont vraiment doués. C'est plus qu'une question de rapidité de réflexes, de connaissances et d'expérience. C'est plus que de l'adresse. C'est une sorte d'instinct. John Chang est l'un des cinq ou six meilleurs que j'aie entraînés sur cet avion, Casey. Donc, quoi qu'il se soit passé sur le vol 545, ce ne peut pas être une erreur du pilote. Pas avec John Chang aux commandes. Je regrette, mais dans ce cas, ce doit être un problème de l'avion, Casey. Il ne *peut* pas en être autrement.

Vers le hangar 5

9 h 15

Casey restait absorbée dans ses réflexions tandis qu'ils retournaient vers le vaste parking.
– Et alors ? demanda Richman. Où en sommes-nous ?
– Nulle part.
De quelque manière qu'elle agençât les faits, c'était la conclusion. Ils n'avaient jusque là rien de solide. Le pilote avait dit que la cause était une turbulence, mais ce n'était pas une turbulence. Une passagère avait fait un récit qui suggérait un déploiement de becs, mais un déploiement de becs ne pouvait expliquer les terribles violences subies par les passagers. L'hôtesse avait dit que le commandant se débattait avec le pilote automatique, mais Trung avait dit que seul un pilote incompétent aurait agi ainsi et Felix avait dit que c'était un commandant émérite qui était aux commandes.
Nulle part.
Ils n'étaient nulle part.
Richman marchait à ses côtés sans rien dire. Il avait été sage toute la matinée. C'était comme si le puzzle du vol 545, qui l'avait tant intrigué la veille, lui paraissait désormais trop difficile.
Mais Casey n'était pas découragée. Elle s'était déjà trouvée dans cette situation plusieurs fois auparavant. Il n'était pas surprenant que les premiers éléments parussent se contredire. Parce que les accidents d'avion étaient rarement causés par un événement ou une erreur unique. L'équipe d'analyse des incidents s'attendait à trouver des enchaînements d'événements ; un fait menait à un autre et puis encore à un autre. À la fin, l'histoire reconstituée serait complexe ; un système avait souffert d'une défaillance ; un pilote était intervenu ; l'appareil avait réagi de manière imprévisible et s'était trouvé en difficulté.

Toujours un enchaînement.
Une longue série de petites erreurs et de défaillances mineures.
Elle entendit le sifflement d'un jet. Levant les yeux, elle vit un gros porteur Norton se découper sur le soleil. Quand il fut passé, elle reconnut l'insigne jaune de TransPacific sur l'empennage. Il venait de l'aéroport de Los Angeles. Le gros jet atterrit doucement, ses roues dégagèrent de la fumée et il se dirigea vers le hangar de maintenance 5.

Sa messagerie sonna. Elle la décrocha de sa ceinture.

... ROTOR N-22 EXPLOSE MIAMI TV MAINTENANT MTROCC

— Merde, dit-elle, trouvons une télé.
— Pourquoi ? Qu'est-ce qui se passe ? demanda Richman.
— Nous avons un pépin.

Bâtiment 64 / EAI

9 h 20

« Il y a quelques minutes à l'aéroport international de Miami un jet de Sunstar Airlines a pris feu, après que son moteur de tribord gauche a explosé soudainement, faisant pleuvoir sur la piste une grêle de shrapnels mortels. »

— Aou, le diable m'emporte ! cria Kenny Burne.

Une demi-douzaine d'ingénieurs étaient agglutinés autour de la télé, empêchant Casey de voir l'image quand elle entra dans la salle.

« Miraculeusement, aucun des deux cent soixante-dix passagers à bord n'a été blessé. Le gros porteur N-22 de Norton avait mis ses moteurs en route pour décoller quand des passagers ont vu des nuages de fumée noire sortir du moteur. Quelques secondes plus tard, l'appareil a été secoué par une explosion quand le moteur de tribord gauche a littéralement volé en éclats et a été dévoré par les flammes.

L'écran ne montrait rien de tel, il montrait simplement un N-22 vu de loin, avec une fumée noire dense qui s'échappait d'en dessous de l'aile.

— Le moteur de tribord gauche, ricana Burne. Celui qui est opposé au moteur de tribord droite, espèce de crétin[1] ?

La télé passait maintenant des gros plans de voyageurs encombrant le terminal. C'étaient des plans courts. Un garçonnet de sept ou huit ans dit : « Les gens se sont tous excités à cause de la fumée. » L'image suivante était celle d'une petite fille qui secouait la tête, rejetant ses cheveux en arrière, et disait : « C'était vément, vément effrayant. J'ai seulement vu la fumée et quoi, j'étais vément effrayée. » Le journaliste demanda : « Qu'est-ce que tu as

---

1. Le moteur de tribord est sur le côté droit de l'avion. (N.d.T.)

pensé quand tu as entendu l'explosion ? – J'avais vrément peur, dit la fillette. – Est-ce que tu as pensé que c'était une bombe ? – Absolument, répondit-elle, une bombe terroriste. »

Kenny Burne tourna sur ses talons, levant les bras.

– Non mais je rêve ! Ils demandent à des *gamin*s ce qu'ils *pensaient*. Voilà l'information. « Qu'est-ce que tu as pensé ? » – « Sapisti, j'ai avalé ma sucette. » (Il ricana.) Des avions qui tuent et les passagers qui les aiment !

Sur l'écran, on voyait maintenant une vieille dame qui disait : « Oui, j'ai pensé que j'allais mourir. Bien sûr, on ne peut s'en empêcher. » Puis un homme d'âge moyen : « Ma femme et moi nous avons prié. Toute notre famille s'est agenouillée dans l'allée et a remercié le Seigneur. » – « Aviez-vous peur ? demanda le reporter. » – « Nous croyions que nous allions mourir, répondit l'homme. La cabine était pleine de fumée... C'est un miracle que nous en soyons sortis vivants. »

Burne se mit à crier de nouveau :

– Espèce de con ! Dans une *voiture,* tu serais mort. Dans un *night-club,* tu serais mort. Mais pas dans un gros porteur Norton ! Nous l'avons conçu pour que tu puisses en réchapper avec ta foutue vie de minable !

Une très belle femme de type latino-américain dans un tailleur beige Armani faisait face à la caméra, un micro à la main. « Bien que les passagers semblent se remettre de leur épreuve, leurs destinées étaient loin d'être certaines au début de cet après-midi, quand un gros porteur Norton a explosé sur la piste, tandis que des flammes orange s'élevaient haut dans le ciel... »

La télé montra de nouveau la précédente image de l'appareil sur la piste, avec la fumée qui surgissait de l'aile. Il semblait aussi dangereux qu'un feu de camp qu'on vient d'éteindre.

– Attendez un peu ! Attendez un peu ! dit Kenny. *Un gros porteur Norton* a explosé ? *Un moteur de merde Sunstar* a explosé. (Il pointa le doigt vers l'image.) C'est un foutu rotor qui a explosé et les fragments des ailettes ont traversé la soufflante exactement comme je le leur avais prédit !

– Vous les aviez prévenus ? s'étonna Casey.

– Merde oui, dit Kenny. Je connais toute l'affaire. Sunstar a acheté six moteurs d'Aerocivicas l'année dernière. J'étais le consultant de Norton dans ce marché. J'ai fait une analyse métallique des moteurs et j'ai trouvé une flopée de dégâts, des fissures dans les pieds de pales et des fractures dans les ailettes. Alors j'ai dit à Sunstar de les refuser. (Kenny agitait les mains.) Mais voilà, c'était une occasion ! Alors Sunstar les a reconstruits. En les mettant à plat, nous avions trouvé beaucoup de corrosion, et les fiches d'entretien à l'étranger étaient probablement falsifiées. Je leur ai dit de nouveau : foutez-les à la casse. Mais Sunstar les a montés sur nos avions. Alors, un rotor explose, quelle surprise n'est-ce pas, et les fragments finissent dans l'aile, ce qui fait que le liquide hydraulique non inflammable se met à fumer. Il n'a pas flambé, parce que ce fluide ne brûle pas. Et c'est *notre* faute ?

Il pivota sur lui-même, désignant l'écran.

« ... Créant une forte peur chez les deux cent soixante-dix passagers de l'avion. Heureusement, il n'y a pas eu de blessés... »

– C'est exact, dit Burne. Pas de perforation du fuselage, madame. Aucun blessé. L'aile a encaissé, notre aile !

« ... Et nous attendons une entrevue avec les représentants de la compagnie aérienne sur cette effrayante tragédie. Nous vous tiendrons informés. À vous, Ed. »

L'image revint au studio, où un présentateur élancé disait : « Merci, Alicia, pour ces nouvelles toutes récentes sur la stupéfiante explosion qui s'est produite à l'aéroport de Miami. Nous aurons plus de détails au fur et à mesure. Et maintenant, nous retournons à notre programme habituel. »

Casey soupira, soulagée.

– Quel paquet de *conneries* ! cria Kenny Burne.

Il fit demi-tour, quitta la salle à grands pas et claqua la porte derrière lui.

– Qu'est-ce qui lui prend ? demanda Richman.

– Pour une fois, je dirais qu'il a raison, déclara Casey. Le fait est que, s'il y a un problème de moteur, ce n'est pas la faute de Norton.

– Qu'est-ce que vous voulez dire ? Il a dit qu'il était le consultant...

– Écoutez. Vous devez savoir que nous construisons des carrosseries. Nous ne construisons pas de moteurs et nous ne les réparons pas. Nous n'avons rien à voir avec ce moteur.

– Rien ? Je ne crois pas que...

– Nos moteurs sont fournis par d'autres compagnies, General Electrics, Pratt and Whitney, Rolls-Royce. Mais les journalistes ne comprennent pas cette différence.

Richman paraissait sceptique.

– C'est apparemment une distinction subtile...

– Pas du tout. Si vous avez un court-circuit chez vous, est-ce que vous appelez la compagnie du gaz ? Si vos pneus explosent, est-ce que vous attaquez le fabricant de votre auto ?

– Certainement pas, concéda Richman, mais c'est quand même votre avion, moteurs y compris.

– Non, ça ne l'est pas, rétorqua Casey. Nous construisons l'avion et puis nous installons le type de moteur que demande le client. De la même manière que vous pouvez choisir entre différentes marques de pneus pour votre voiture. Mais si Michelin fabrique un lot de pneus défectueux et qu'ils explosent, ce n'est pas la faute de Ford. Si vous laissez vos pneus devenir lisses et que vous avez un accident, ce n'est pas la faute de Ford. Et c'est exactement la même chose pour nous.

Richman ne paraissait toujours pas convaincu.

– Tout ce que nous pouvons faire, dit Casey, est de garantir que nos avions volent en sécurité avec les moteurs que nous installons. Mais ne pouvons pas forcer les transporteurs à entretenir correctement ces moteurs durant toute la vie de l'avion. Ce n'est pas notre travail, et si on n'a pas compris ça, on n'a rien compris. En fait, le journaliste a tout compris à l'envers.

– À l'envers ? Comment ?

– Cet appareil a souffert d'une explosion de compresseur, expliqua Casey. Les pales du compresseur ont cassé le disque et le capot autour du moteur n'a pas retenu les fragments. Le compresseur a explosé parce qu'il n'était pas correctement entretenu. Ça n'aurait jamais dû se produire. Mais notre aile a absorbé les éclats du moteur, protégeant les passagers dans la cabine. La véritable morale de cet incident est que les appareils Norton sont si bien construits qu'ils ont protégé deux cent soixante-dix passagers d'un moteur défectueux. Nous sommes en réalité des héros, mais les titres Norton baisseront demain. Et des gens auront peur de voler sur des appareils Norton. Est-ce que c'est la bonne réaction à ce qui s'est produit ? Non. Mais c'est la bonne réaction à ce qu'on a rapporté. C'est vexant pour nous.

– Bon, dit Richman, au moins ils n'ont pas mentionné Trans-Pacific.

Casey hocha la tête. Ç'avait été son premier souci et la raison pour laquelle elle s'était précipitée du parking vers l'écran de télé. Elle voulait savoir si le bulletin d'information rapprocherait l'explosion du rotor à Miami de l'incident en vol survenu la veille à TPA. Le rapprochement n'avait pas été fait. Du moins pas encore. Mais tôt ou tard, il le serait.

– Nous allons commencer à recevoir des appels, maintenant, dit-elle, le loup est dans la bergerie.

Hangar 5

9 h 40

Une douzaine d'agents de sécurité se tenaient à l'extérieur du hangar 5, où l'on examinait le jet de la TransPacific. C'était la procédure de routine chaque fois qu'une équipe de maintenance, les RAMS, entrait dans l'usine. Les équipes RAMS parcouraient la Terre pour résoudre les problèmes d'avions en difficulté ; elles détenaient un agrément de la FAA pour réparer ceux-ci sur-le-champ. Mais comme leurs membres étaient choisis pour leur expérience et non par rang d'ancienneté, ils n'étaient pas syndiqués, et des accrochages se produisaient parfois quand ils pénétraient dans l'usine.

À l'intérieur du hangar, le jet de la TransPacific baignait dans la lumière intense des halogènes, à demi caché par une batterie d'échafaudages à élévateurs. Des techniciens s'affairaient sur toutes les parties de l'avion. Casey vit Kenny Burne occupé à examiner les moteurs et accablant son équipe de sarcasmes. Ils avaient ouvert les deux manchons des inverseurs de poussée qui avançaient à l'extérieur de la nacelle et effectuaient des tests de fluorescence et de conductivité sur les capots de métal cylindriques.

Ron Smith et l'équipe d'électriciens se tenaient sur une plate-forme à mi-hauteur de la carlingue. Plus haut, elle reconnut à travers les fenêtres du cockpit Van Trung, dont l'équipe testait l'avionique de l'appareil.

Et Doherty se tenait sur l'aile, dirigeant les techniciens de structure. À l'aide d'une grue, son groupe avait détaché une section d'aluminium de deux mètres et demi de long, l'un des becs de bord d'attaque.

– Grosse affaire, dit Casey à Richman. Ils inspectent d'abord les plus grands composants.

113

— Ils ont l'air de le démantibuler, remarqua Richman.

Une voix derrière eux dit :

— Cela s'appelle détruire les preuves.

Casey se retourna. Ted Rawley, l'un des pilotes d'essai, avança. Il portait des bottes de cow-boy, une chemise californienne, des lunettes fumées. Comme la plupart de ses collègues, Teddy cultivait un air de séduction dangereuse.

— C'est notre pilote d'essai en chef, le présenta Casey. Teddy Rawley. On l'appelle Ted le Tortionnaire.

— Hey, protesta Teddy. Je n'ai même pas causé encore une éraflure. De toute façon, c'est mieux que d'être appelé Casey et les Sept Nains.

— C'est son surnom ? demanda Richman, soudain intéressé.

— Ouais. Casey et ses nains. (Rawley désigna les ingénieurs d'un geste vague.) Les petits potes. Heigh-ho, heigh-ho.

Il se détourna de l'avion et planta son index dans l'épaule de Casey.

— Alors, comment tu vas, petite ? Je t'ai appelée l'autre jour.

— Je sais. J'avais à faire.

— Je te crois, dit Teddy. Je parie que Marder a mis la pression sur tout le monde. Alors. Qu'est-ce que les ingénieurs ont trouvé ? Attends un instant, laisse-moi deviner...Ils n'ont absolument rien trouvé, n'est-ce pas ? Leur merveilleux avion est *parfait*. Donc, ça doit être une erreur du pilote, n'est-ce pas ?

Casey ne répondit pas. Richman parut gêné.

— Hey, dit Teddy. Ne soyez pas timides. J'ai déjà entendu tout ça. Admettons-le, les ingénieurs sont tous membres du Club Nique les Pilotes. C'est pourquoi ils conçoivent des avions pratiquement automatiques. Ils détestent l'idée que quelqu'un pourrait en fait les *piloter*. Ça fait désordre d'avoir un corps chaud dans le siège. Ça les rend fous. Et bien sûr, s'il se produit quelque chose de mal, ça doit être le pilote. C'est inévitablement le pilote. J'ai raison ?

— Allons, Teddy, répliqua-t-elle. Tu connais les statistiques. L'écrasante majorité des accidents est causée par...

Ce fut alors que Doug Doherty, à plat ventre sur l'aile au-dessus d'eux, se pencha et dit d'une voix funèbre :

— Mauvaises nouvelles, Casey. Il faut que tu voies ça.

— Qu'est-ce que c'est ?

— Je suis à près sûr de ce qui s'est passé sur le vol 545.

Elle escalada l'échafaudage et s'avança sur l'aile. Doherty était couché sur le bord d'attaque. Les becs avaient été démontés et l'on pouvait apercevoir les entrailles de la structure de l'aile.

Elle se mit à genoux près de lui et regarda.

Le compartiment des becs comportait une série de rainures d'entraînement, de petits rails espacés d'un mètre sur lesquels les becs glissaient poussés par des vérins hydrauliques. À l'avant de chaque rail se trouvait un axe à bascule, qui permettait aux becs de se déployer vers le bas. À l'arrière du compartiment, Casey aperçut les vérins qui, quand les becs avaient été enlevés, n'étaient plus que des bras de métal s'avançant dans le vide. Comme toujours, chaque fois qu'elle entrevoyait les entrailles d'un avion, elle en éprouvait un sentiment de grande complexité.

– Qu'est-ce que c'est ? demanda-t-elle.

– Là, dit Doug.

Il se pencha sur l'un des vérins, indiquant un petit tube à boudin métallique à l'arrière, à l'extrémité recourbée en crochet. La pièce n'était pas plus grande que son pouce.

– Oui ?

Doherty se pencha, poussa le tube avec sa main ; la pièce revint en place.

– C'est le pêne de blocage du bec, expliqua-t-il. Le ressort est activé par un solénoïde à l'intérieur. Quand les becs se rétractent, le pêne se rabat et les maintient en place.

– Oui ?

– Regardez-le, dit-il en secouant la tête. Il est courbé.

Elle fronça les sourcils. Si le pêne était courbé, elle ne pouvait pas le voir. Il lui paraissait droit.

– Doug...

– Non. Regardez.

Il aligna une règle contre le tube, lui montrant que celui-ci déviait de quelques millimètres à gauche.

– Et ce n'est pas tout. Regardez la surface de travail de la charnière. Elle est usée. Vous voyez ?

Il lui tendit une loupe. À trente pieds au-dessus du sol, elle se pencha par-dessus le bord de l'aile et examina la charnière. On y reconnaissait des traces d'usure, en effet. Casey vit bien une surface inégale sur le crochet de verrouillage. Mais on pouvait s'attendre à une certaine usure, là où le pêne s'engageait dans les becs.

– Doug, vous pensez vraiment que c'est significatif ?

– Oh oui, répondit-il du même ton funèbre. Vous avez là peut-être deux ou trois millimètres d'usure.

– Combien de pênes tiennent le bec ?

– Un seul.

– Et s'il est en mauvais état ?

— Les becs peuvent se libérer en vol. Ils ne se déploieraient peut-être pas entièrement. Ce ne serait pas nécessaire. Rappelez-vous, ce sont des surfaces de contrôle des basses vitesses. À la vitesse de croisière, l'effet est démultiplié ; une petite extension suffit à changer l'aérodynamique.

Casey fronça de nouveau les sourcils, examinant la petite pièce à la loupe.

— Mais pourquoi est-ce que le pêne se relâcherait soudain aux deux tiers du chemin ?

Il secoua la tête.

— Regardez les autres pênes, dit-il en indiquant le reste de l'aile. Il n'y a pas d'usure sur la surface de travail.

— Peut-être que les autres ont été changés et pas celui-ci ?

— Non, dit-il. Je pense que les autres sont d'origine. C'est celui-ci qui a été changé. Regardez l'autre pêne plus bas. Vous voyez le timbre gravé à sa base ?

Elle distingua un petit dessin en bossage, un H dans un triangle, suivi d'une série de chiffres. Tous les fabricants de pièces détachées les marquaient de leur symbole et de numéros de série.

— Oui...

— Maintenant, regardez ce pêne. Vous voyez la différence ? Sur celui-ci, le triangle est inversé. C'est une pièce de contrefaçon, Casey.

Pour les constructeurs d'avion, la contrefaçon était le plus grand problème à l'aube du XXIe siècle. Les médias s'intéressaient aux contrefaçons de produits de consommation, comme les montres, les disques laser et les logiciels. Mais les affaires faisaient florès dans bien d'autres secteurs de la contrefaçon, y compris les pièces de rechange d'autos et d'avions. Là, le problème prenait un tour nouveau et menaçant. À la différence d'une fausse montre Cartier, une pièce de rechange d'avion pouvait être mortelle.

— Okay, dit-elle, je vais vérifier les manuels d'entretien et trouver d'où elle vient.

La FAA exigeait des transporteurs des manuels d'entretien extrêmement détaillés. Chaque fois qu'une pièce était changée, elle était enregistrée dans un cahier. De plus et bien qu'ils n'y fussent pas obligés, les constructeurs conservaient la liste exhaustive de toutes les pièces montées sur un avion dès l'origine et de leurs fabricants. Cette documentation permettait de retrouver l'origine de chacune du million de pièces montées sur un avion. Si une pièce était échangée d'un avion à l'autre, on le savait. Si elle était démontée et réparée, on le savait aussi. Chaque pièce d'un avion avait son histoire. Avec assez de temps, il était possible de retrouver son origine exacte, son monteur et la date de son installation.

Elle indiqua du doigt le tube à boudin.

— Vous l'avez photographié ?

— Pour sûr. On est amplement documentés.

— Alors retirez-la. Je vais l'emporter au Département des métaux. À propos, est-ce que ça pourrait déclencher un signal de dysfonctionnement des becs ?

Doherty consentit pour une fois à sourire.

— Oui, c'est possible. Vous avez là une pièce qui n'est pas réglementaire, Casey, et elle a trahi l'avion.

En descendant de l'aile de l'avion, Richman était volubile.

— Alors, qu'est-ce que c'est ? C'est une pièce défectueuse ? Est-ce que c'est ça la cause ? Est-ce que c'est résolu ?

Il lui tapait sur les nerfs.

— Chaque chose en son temps. Il faut d'abord faire des vérifications.

— Vérifier ? Qu'est-ce que nous devons vérifier ? Et comment ?

— D'abord, il nous faut savoir d'où vient cette pièce, répondit-elle. Allez au bureau. Dites à Norma de vérifier que les manuels d'entretien viendront bien de Los Angeles. Et dites-lui aussi de s'assurer que le Fizer de Hong Kong obtiendra les manuels du transporteur. Qu'elle lui dise que la FAA les a demandés et que nous voulons d'abord les consulter.

— Okay, dit Richman.

Il se dirigea vers la sortie du hangar 5 et le soleil. Il marchait avec une sorte de déhanchement, comme s'il était en possession d'informations précieuses.

Mais Casey n'était pas du tout sûre de savoir quoi que ce fût.

Du moins, pas encore.

À l'extérieur du hangar 5

10 h

Elle sortit aussi et cligna des yeux dans le soleil du matin. Elle vit Don Brull descendre de sa voiture, près du bâtiment 121. Elle se dirigea vers lui.

— Hello Casey, dit-il en claquant la portière. Je me demandais quand vous me rappelleriez.

— J'ai parlé à Marder. Il jure que l'aile n'est pas en export à la Chine.

Brull hocha la tête.

— Il m'a téléphoné hier soir. Il a dit la même chose. Il paraissait mécontent.

— Marder assure que c'est une rumeur.

— Il ment. L'aile est en export.

— Ce n'est pas possible. Ça n'a pas de sens.

— Écoutez, dit Brull. Ça ne me concerne pas personnellement. S'ils ferment l'usine dans dix ans, je serai à la retraite. Mais ça sera l'époque où votre gosse entrera à l'université. Vous encourrez ces gros frais de scolarité et vous n'aurez pas de travail. Vous avez pensé à ça?

— Don, reprit-elle, vous l'avez dit vous-même, ça n'a pas de sens d'exporter l'aile. Ce serait de la folie que de...

— Marder est une tête brûlée. (Il plissa des yeux en la regardant dans le soleil.) Vous le savez. Vous savez ce dont il est capable.

— Don...

— Écoutez, je sais ce que je dis. Ces outils ne sont pas expédiés à Atlanta, Casey. Ils vont à San Pedro, au port. Et à San Pedro, ils sont en train de construire des conteneurs marins spéciaux pour l'expédition.

Voilà donc les déductions du syndicat, pensa-t-elle.

— Ce sont des outils énormes, Don, dit-elle. Nous ne pouvons pas les expédier par la route ou le rail. Les gros outils sont toujours expédiés par bateau. Ils construisent des conteneurs pour les acheminer par le canal de Panama. C'est la seule manière de les faire parvenir à Atlanta.

Brull secouait la tête.

— J'ai vu les bordereaux d'expédition. Ils ne mentionnent pas Atlanta. Ils disent Séoul, Corée.

— Corée? dit-elle en fronçant les sourcils.

— C'est exact.

— Don, ça n'a vraiment aucun sens...

— Si, ça a un sens. Parce que c'est une couverture, dit Brull. Ils les enverront en Corée, puis les transborderont vers Shanghai.

— Vous avez des copies des bordereaux? demanda-t-elle.

— Pas sur moi.

— Je voudrais les voir.

Brull soupira.

— Je peux le faire, Casey. Je peux les obtenir pour vous. Mais vous me mettez ici dans une situation très délicate. Les gars ne vont pas laisser cette vente se faire. Marder me dit de les calmer, mais que puis-je faire? Je suis le chef de la branche locale, pas de l'usine.

— Que voulez-vous dire?

— Je suis sans pouvoir.

— Don...

— Je vous aime bien, Casey, mais si vous restez ici, je ne peux rien pour vous.

Et il s'en fut.

À l'extérieur du hangar 5

10 h 04

Le soleil brillait, l'usine autour d'elle était animée, les ouvriers circulaient en vélo d'un bâtiment à l'autre. Aucune menace, ni trace de danger. Mais Casey savait ce que Brull avait voulu dire : elle se trouvait maintenant dans un territoire sauvage. Saisie d'anxiété, elle décrocha son téléphone cellulaire pour appeler Marder, quand elle reconnut l'épaisse silhouette de Jack Rogers qui se dirigeait vers elle.

Jack assurait la rubrique aéronautique pour le *Telegraph-Star*, un journal de l'Orange County [1]. Arrivant au bout de la cinquantaine, c'était un bon reporter, sérieux, appartenant à cette génération de journalistes de la presse écrite qui en savaient autant sur leurs sujets que les gens qu'ils interviewaient. Il lui adressa un salut désinvolte.

– Hi, Jack, dit-elle. Quelles nouvelles ?

– Je suis venu à propos de cet accident de l'outil de l'aile, qui s'est produit ce matin dans le bâtiment 64. Celui que la grue a laissé tomber.

– Sale coup.

– Il y a eu un autre accident ce matin. Un outil a été chargé sur un camion, mais le conducteur a pris un virage trop serré près du bâtiment 94. L'outil a glissé et est tombé sur la chaussée. Gros bordel.

– Euh-euh.

– C'est visiblement une action de terrain, attaqua Rogers. Mes sources me disent que le syndicat est opposé à la vente à la Chine.

– J'ai entendu ça, dit-elle, hochant la tête.

---

[1]. Comté de Californie, au sud-est de Los Angeles, à prédominance de retraités. *(N.d.T.)*

120

– Parce que l'aile va être cédée à Shanghai dans le cadre de l'accord de vente ?

– Allons, Jack, c'est ridicule.

– Vous en êtes sûre ?

Elle recula d'un pas.

– Jack, vous savez que je ne peux pas parler de la vente. Personne ne le peut jusqu'à ce que l'acte soit signé.

– Okay. (Il tira un bloc-notes de sa poche.) Ça a l'air d'une rumeur délirante. Aucune compagnie ne céderait l'aile en export. Ce serait du suicide.

– Exactement, dit-elle.

À la fin, Casey retombait toujours sur la même question : pourquoi est-ce qu'Edgarton céderait l'aile ? Quelle compagnie le ferait ? C'était absurde.

Rogers leva les yeux.

– Je me demande pourquoi le syndicat pense que l'aile va être cédée à l'étranger ?

Elle haussa les épaules.

– Demandez-le-leur.

Il avait ses informateurs au syndicat. Brull, à coup sûr. Mais d'autres aussi, sans doute.

– Il semblerait qu'ils aient des documents qui le prouvent.

– Ils vous les ont montrés ? demanda Casey.

– Non.

– Je me demande pourquoi, s'ils les ont.

Rogers sourit et prit d'autres notes.

– C'est embêtant, ce rotor qui a explosé à Miami.

– Tout ce que j'en sais est ce que j'ai vu à la télé.

– Vous pensez que ça va nuire à l'idée que le public se fait du N-22 ?

La plume en l'air, il s'apprêtait à coucher ce qu'elle allait répondre.

– Je ne vois pas pourquoi. Le problème était dans la propulsion, pas la structure. Je pense qu'ils vont découvrir que c'est un disque de compresseur défectueux qui a explosé.

– Je n'en doute pas. Dan Peterson, avec qui j'en parlais à la FAA, m'a dit que l'incident avait été causé par l'explosion d'un disque de compresseur du sixième étage. Le disque comportait de petites inclusions cassantes d'azote.

– Des inclusions alpha ? demanda-t-elle.

– C'est ça, dit Jack. Et il y avait aussi la fatigue.

Casey hocha la tête. Les éléments des moteurs fonctionnaient à des températures de 1 390 °C, bien au-dessus de la température de fusion de la plupart des alliages métalliques, qui se ramollissaient à 1 220 °C. Ils étaient donc fabriqués en alliages de titane selon des techniques de pointe. La fabrication de certaines pièces était un art et les pales de compresseur étaient essentiellement produites par accrétion, de manière à ne former qu'un seul cristal du métal, ce qui les rendait phénoménalement résistantes. Quant à la fatigue, c'était l'état où le titane des disques de rotor s'agrégeait cette fois en paquets de microstructures qui le rendaient vulnérable aux criques d'usure.

— Et le vol de la TransPacific, demanda Rogers, c'était aussi un problème de moteur ?

— L'incident s'est produit hier, Jack. Nous venons de commencer notre enquête.

— Vous représentez l'Assistance Qualité à l'EAI, n'est-ce pas ?

— Exact.

— Vous êtes satisfaite de l'évolution de l'enquête ?

— Jack, je ne peux pas faire de commentaires. C'est beaucoup trop tôt.

— Pas trop tôt toutefois pour les hypothèses, observa Rogers. Vous savez comment ça se passe, Casey. On parle beaucoup. Des informations erronées qui peuvent être difficiles à démentir par la suite. J'aimerais mettre les choses au point. Est-ce que vous avez exclu les moteurs ?

— Jack, je ne peux pas faire de commentaires.

— Alors, vous n'avez pas exclu les moteurs ?

— Pas de commentaire, Jack.

Il prit des notes. Sans lever les yeux, il dit :

— Et je suppose que vous vérifiez les becs aussi.

— Nous vérifions tout, Jack.

— Étant donné que le 22 a une histoire de becs...

— De la vieille histoire, rectifia-t-elle. Nous avons réglé ce problème il y a des années. Vous avez écrit un article là-dessus, si je me souviens bien.

— Mais là vous avez eu deux incidents en deux jours. Est-ce que vous ne craignez pas que les passagers commencent à penser que le N-22 est un avion à problèmes ?

Elle pouvait voir l'orientation de son article. Elle ne voulait pas faire de commentaires, mais il lui indiquait ce qu'il écrirait si elle n'en faisait pas. C'était une forme classique, bien que mineure, de chantage de la presse.

— Jack, répondit-elle, nous avons trois cents N-22 en service dans le monde. Cet avion bénéficie d'un palmarès de sécurité hors pair.

En fait, en cinq années de service, il n'y avait eu aucune fatalité rattachée à l'avion jusqu'à la veille. Il y avait de quoi en être fier, mais elle décida de ne pas en faire état, parce qu'elle pouvait imaginer le titre de l'article : *Les premiers décès imputables à un N-22 sont advenus hier...*

Au lieu de cela, elle dit :

— Le meilleur service qu'on puisse rendre au public est de l'informer correctement. Et pour le moment, nous n'avons pas d'information à donner. Il serait déraisonnable de se livrer à des spéculations.

Ce fut efficace ; il rempocha son stylo.

— Okay. Vous voulez me parler officieusement ?

— Bien sûr. (Elle savait qu'elle pouvait lui faire confiance.) Officieusement, le 545 a subi un tangage sévère. Nous pensons que l'avion a marsouiné. Nous ne savons pas pourquoi. L'enregistreur de vol est anormal. Il faudra plusieurs jours pour reconstituer les données. Nous travaillons aussi vite que nous pouvons.

— Est-ce que cela affectera la vente à la Chine ?

— J'espère que non.

— Le pilote était chinois, non ? Chang ?

— Il était de Hong Kong. Je ne connais pas sa nationalité.

— Est-ce que c'est embarrassant si c'est une erreur du pilote ?

— Vous savez comment se déroulent ces enquêtes, Jack. Quelle que soit la cause, ce sera embarrassant pour quelqu'un. Nous ne pouvons pas nous soucier de cela. Nous laisserons les dés retomber là où ils retomberont.

— Bien sûr, dit-il. À propos, est-ce que la vente à la Chine est ferme ? J'entends dire qu'elle ne l'est pas.

Elle eut un geste d'incertitude.

— Honnêtement, je ne sais pas.

— Marder vous en a-t-il parlé ?

— Pas à moi personnellement, répondit-elle.

Sa réponse était soigneusement formulée ; elle espéra qu'il ne la relèverait pas. Il ne le fit pas.

— Okay, Casey, je n'en parlerai pas, mais qu'est-ce que vous avez à me dire ? Je dois donner de la copie aujourd'hui.

— Comment se fait-il que vous ne parliez pas d'Air Camelote ? demanda-t-elle, se servant de l'expression convenue pour désigner une des compagnies de transport à bon marché. Personne n'a encore fait d'article là-dessus.

— Vous plaisantez ? s'écria Rogers. Tout le monde et sa mère les protègent, ceux-là.

— Ouais, et personne n'écrit la vérité, dit-elle. Les compagnies super-bon marché sont une magouille boursière.

123

— Une magouille boursière ?

— Bien sûr, répondit Casey. Vous achetez quelques appareils tellement vieux et mal entretenus qu'aucun transporteur qui se respecte n'en tirerait même des pièces de rechange. Puis vous sous-traitez la maintenance pour limiter vos responsabilités. Et vous offrez des billets à prix réduits et vous utilisez l'argent pour acheter de nouvelles routes. C'est une escroquerie du type pyramide, mais sur le papier, ça paraît superbe. Le chiffre d'affaires monte, les bénéfices aussi et Wall Street vous adore. Vous faites tellement d'économies sur la maintenance que vos bénéfices s'envolent. Le prix des actions double et puis quadruple. Quand les cadavres commencent à s'accumuler, comme c'est inévitable, vous avez fait votre fortune en Bourse et vous pouvez vous offrir les meilleurs avocats. C'est l'esprit de la dérégulation, Jack. Quand la facture se présente, personne ne paie.

— Sauf les passagers.

— Exactement, dit Casey. La sécurité aérienne a toujours été un système basé sur l'honneur. La FAA a été créée pour guider les transporteurs, pas pour faire leur police. Si la dérégulation change les règles, nous devrions alerter le public. Ou bien tripler le budget de la FAA. L'un ou l'autre.

Rogers hocha la tête.

— Barry Jordan au *LA Times* m'a dit qu'il allait traiter le problème de la sécurité. Mais ça demande beaucoup de ressources, du temps pour les enquêtes, des avocats pour revoir le texte. Mon journal ne peut pas se le permettre. J'ai besoin de quelque chose dont je puisse me servir ce soir.

— Officieusement, j'ai une bonne histoire, mais vous ne pouvez pas citer vos sources.

— Sûr, promit Rogers.

— Le moteur qui a explosé est l'un des six que Sunstar a achetés à Aerocivicas. Kenny Burne était notre consultant. Il a examiné les moteurs et trouvé beaucoup de dégâts.

— Quel genre de dégâts ?

— Fissures sur les pieds de pales et criques dans les ailettes.

— Criques de fatigue sur les *ailettes* de la soufflante ? demanda Rogers.

— C'est exact, répondit Casey. Kenny leur a dit de refuser les moteurs, mais Sunstar les a reconstruits et les a montés sur les avions. Quand ce moteur a explosé, Kenny était furieux. Il vous indiquerait les gens à voir chez Sunstar. Mais nous ne pouvons pas être cités comme source, Jack. Nous travaillons avec ces gens.

— Je comprends, dit Rogers. Merci. Mais mon rédacteur en

chef va vouloir avoir des informations sur les accidents d'atelier d'aujourd'hui. Alors dites-moi. Croyez-vous que les histoires d'export avec la Chine n'ont aucune base ?

– On reparle officiellement ? demanda-t-elle.

– Oui.

– Ce n'est pas à moi qu'il faut poser la question. Il faudra voir Edgarton.

– Je lui ai téléphoné, mais son bureau dit qu'il est en voyage. Où est-il ? À Pékin ?

– Je ne peux pas faire de commentaires.

– Et Marder ? demanda Rogers.

– Quoi, Marder ?

Rogers leva les bras.

– Tout le monde sait que Marder et Edgarton sont à couteaux tirés. Marder espérait être nommé président, mais le conseil d'administration l'a rejeté. Mais ils ont donné à Edgarton un mandat d'un an, ce qui fait qu'il n'a que douze mois pour faire ses preuves. Et j'entends dire que Marder tire dans les jambes d'Edgarton de toutes les manières possibles.

– Je ne suis pas au courant, dit Casey.

Elle avait évidemment entendu ces rumeurs. Ce n'était pas un secret que Marder était amèrement déçu de la nomination d'Edgarton. Ce que Marder pouvait manigancer était une autre affaire. La femme de Marder contrôlait onze pour cent des actions de la compagnie. Avec ses relations, Marder pouvait probablement obtenir cinq pour cent de plus. Mais seize pour cent ne le rendaient pas maître de la situation, d'autant plus qu'Edgarton était fortement soutenu par le conseil d'administration.

La plupart des gens à l'usine pensaient donc que Marder n'avait pas d'autre choix que de suivre le programme d'Edgarton, du moins pour le moment. Marder était sans doute mécontent, mais il n'y pouvait rien. La compagnie avait un problème de liquidités. Elle construisait déjà des avions sans en avoir les acheteurs. Et il lui fallait des milliards de dollars pour construire la génération suivante d'avions et assurer son avenir.

La situation était donc claire : la compagnie avait besoin de la vente. Et tout le monde le savait. Y compris Marder.

– Vous n'aviez pas entendu dire que Marder essaie de torpiller Edgarton ? demanda Rogers.

– Pas de commentaire, répondit Casey. Officieusement, ça n'a pas de sens. Tout le monde dans la compagnie attend cette vente, Jack. Marder aussi. Là, maintenant, Marder nous harcèle pour trouver l'explication de l'incident du 545, afin que la vente se fasse.

— Croyez-vous que l'image de la compagnie sera ternie par la rivalité entre deux hauts responsables ?
— Je n'en sais rien.
— Okay, dit-il, refermant son bloc-notes. Appelez-moi si vous avez des informations sur le 545, okay ?
— Comptez sur moi.
— Merci, Casey.

En s'éloignant de lui, elle se rendit compte que l'effort de l'interview l'avait éprouvée. Parler à des journalistes ces temps-ci était comme une partie d'échecs mortelle : il fallait prévoir plusieurs mouvements à l'avance ; il fallait imaginer toutes les façons possibles dont un journaliste pourrait déformer une déclaration. Les rapports étaient irrémédiablement antagonistes.

Il n'en avait pas toujours été ainsi. Jadis, quand les journalistes voulaient de l'information, leurs questions se rapportaient à un événement donné. Ils voulaient un tableau exact de la situation, et pour cela ils devaient faire l'effort de voir les choses de votre façon, pour comprendre ce que vous en pensiez. Ils pouvaient ne pas être d'accord avec vous en fin de compte, mais ils tiraient fierté d'avoir exactement rapporté votre point de vue avant de le rejeter. L'interview était peu teintée de rapports personnels, parce qu'elle était centrée sur l'événement qu'ils essayaient de comprendre.

Mais aujourd'hui les journalistes venaient avec leur titre déjà fait dans leur tête ; ils considéraient que leur travail consistait à faire la preuve de ce qu'ils savaient déjà. Ce n'était pas tant de l'information qu'ils recherchaient que la preuve d'une malversation. Dans cette optique, ils étaient ouvertement sceptiques à l'égard de votre point de vue, étant donné qu'ils vous tenaient d'avance pour évasif. Ils partaient d'une hypothèse de culpabilité universelle, dans une présomption d'hostilité sourde et de soupçon. Cette nouvelle tendance était, elle, intensément personnalisée : ils voulaient vous piéger, vous harponner dans une petite erreur ou une déclaration irréfléchie, ou bien vous arracher une phrase qui, prise hors de son contexte, paraîtrait sotte ou hargneuse.

Leur but étant donc tellement subjectif, les journalistes demandaient sans relâche ce que vous pensiez. Croyez-vous qu'un événement sera dommageable ? Croyez-vous que la compagnie en subira les conséquences ? La précédente génération avait tenu ce genre de spéculations pour déplacé, car elle s'intéressait, elle, aux faits. Le journalisme moderne était intensément subjectif, « interprétatif », nourri de spéculations. Casey le trouvait épuisant.

Et encore Jack Rogers, pensa-t-elle, était-il l'un des meilleurs. Les journalistes de la presse écrite étaient tous meilleurs. C'étaient ceux de la télé dont il fallait se méfier. Ceux-là étaient vraiment dangereux.

À l'extérieur du hangar 5

10 h 15

Pendant qu'elle traversait l'usine, elle tira son téléphone cellulaire de son sac et appela Marder. L'assistant de celui-ci, Eileen, lui répondit qu'il était en rendez-vous à l'extérieur.

— Je viens de quitter Jack Rogers, dit Casey. Je crois qu'il prépare un article disant que nous expédions l'aile en Chine et qu'il y a des querelles à la direction.

— Oh-oh, c'est embêtant.

— Edgarton ferait mieux de le recevoir et de le calmer.

— Edgarton ne reçoit pas la presse. Vous voulez parler à Marder dans ce cas ?

— Je crois que ça vaudrait mieux.

— Je vous inscris, dit Eileen.

Au banc d'essai

10 h 19

Cela ressemblait à un terrain de casse d'aviation : il était encombré de vieux fuselages, d'empennages et de sections d'ailes hissées sur des échafaudages rouillés. Mais l'air était empli du bourdonnement régulier des compresseurs et des conduits épais étaient fichés dans ces segments d'avion, comme des tubes de perfusion dans un malade. C'était le fameux banc d'essai, également connu comme le Tord-et-crie, domaine de l'infâme Amos Peters.

Casey l'aperçut à droite, une silhouette voûtée en bras de chemise, penchée sur un banc de cadrans, sous une section arrière d'un gros porteur Norton.

— Amos, cria-t-elle, agitant un bras tandis qu'elle se dirigeait vers lui.

Il se retourna, lui lança un regard et répondit « Allez-vous en ».

Amos était une légende chez Norton. Sauvage et têtu, il avait presque soixante-dix ans, c'est-à-dire bien plus que l'âge obligatoire de la retraite, mais il continuait à travailler parce qu'il était indispensable à la compagnie. Sa spécialité était le domaine mystérieux de la tolérance aux dommages, les tests de fatigue. Et ces tests étaient beaucoup plus importants qu'ils l'avaient été dix ans auparavant.

Depuis la dérégulation, en effet, les transporteurs conservaient leurs avions bien plus longtemps qu'on l'avait jamais imaginé. Trois mille appareils de la flotte commerciale américaine avaient plus de vingt ans. Et le nombre doublerait dans cinq ans. Personne ne savait vraiment ce qui adviendrait à tous ces avions tandis qu'ils continueraient à vieillir.

Sauf Amos.

C'était Amos qui avait été désigné comme consultant sur le fameux accident de l'Aloha 737, en 1988. Aloha était une ligne de liaison inter-îles des Hawaii. L'un de leurs appareils volait à 24 000 pieds quand soudain une section de plus de cinq mètres de la « peau » extérieure du fuselage se décolla, de la porte de la cabine à l'aile ; la cabine se dépressurisa et une hôtesse fut aspirée à l'extérieur et mourut. En dépit de la dépressurisation explosive, l'appareil parvint à atterrir en sécurité à Maüï, où il fut sur-le-champ envoyé à la casse.

Toute la flotte Aloha fut examinée, pour recherche de corrosion et de dommages de fatigue. Les trois appareils souffraient de fissures de la « peau » et d'autres dommages dus à la corrosion. Quand la FAA lança une Consigne de Navigabilité ordonnant des inspections du reste de la flotte des 737, quarante-neuf avions exploités par dix-huit transporteurs différents se révélèrent affectés de fissures étendues.

Les observateurs de l'industrie furent intrigués par l'accident, parce que Boeing, Aloha et la FAA étaient tous censés avoir surveillé la flotte des 737. Les fissures de corrosion étaient un problème repéré sur quelques-uns des premiers 737 ; Boeing avait déjà averti Aloha que l'air salin et humide des Hawaii constituait un milieu de corrosion « sévère ».

L'enquête indiqua plus tard des causes multiples pour cet accident. Il se révéla qu'Aloha, qui faisait des sauts d'île en île, accumulait des cycles de décollage et d'atterrissage à un taux plus rapide que celui que la maintenance était censée gérer. Ce stress s'ajoutant à la corrosion de l'air océanique avait produit une série de petites fissures dans les peaux des avions. Celles-ci étaient passées inaperçues d'Aloha, faute de personnel qualifié. Le fait était également passé inaperçu de la FAA, qui avait trop de travail et pas assez de personnel. Son principal inspecteur de maintenance à Honolulu était chargé de surveiller neuf compagnies aériennes et gérait sept stations de réparations tout autour du Pacifique, de la Chine à Singapour et aux Philippines. Ce fut ainsi qu'il y eut un vol où les fissures s'étendirent et la structure céda.

À la suite de cet accident, Aloha, Boeing et la FAA constituèrent un peloton d'exécution circulaire. Les dommages structuraux inaperçus de la flotte d'Aloha furent alternativement attribués à une direction médiocre, une maintenance médiocre, une inspection médiocre de la FAA, une ingénierie médiocre. Les accusations ricochèrent de part et d'autre pendant des années.

Mais le vol fatidique d'Aloha avait aussi attiré l'attention de l'industrie sur le problème du vieillissement des avions et il avait rendu Amos célèbre chez Norton. Celui-ci avait, en effet, convaincu la direction d'acheter de vieux appareils pour faire de leurs ailes et de leurs fuselages des objets de banc d'essai. Jour après jour, ses installations de tests appliquèrent des pressions répétées à des appareils âgés, les soumettant à l'épreuve de décollages et d'atterrissages simulés, de cisaillement du vent et de turbulence, afin qu'il pût étudier où ils se fissuraient et comment.

— Amos, dit-elle en se rapprochant de lui, c'est moi, Casey Singleton.

Il cligna des yeux comme un myope.

— Oh Casey. Vous avais pas reconnue. (Il plissa les yeux en la regardant.) Le docteur m'a prescrit de nouvelles lunettes... Oh. Euh. Comment allez-vous ?

Il l'invita du geste à l'accompagner vers un petit bâtiment à quelques mètres de là.

Personne chez Norton ne comprenait comment Casey parvenait à s'entendre avec Amos, mais ils étaient voisins ; il vivait seul avec son carlin et elle avait pris l'habitude de l'inviter à dîner chez elle une fois par mois environ. En retour, Amos la régalait d'histoires d'accidents d'avion sur lesquels il avait travaillé, à commencer par les premiers accidents des Comets de la BOAC dans les années cinquante. Amos avait une connaissance encyclopédique des avions. Elle en avait appris des tonnes avec lui et il était devenu une sorte de conseiller.

— Je ne vous ai pas vue l'autre matin ? demanda-t-il.

— Oui. Avec ma fille.

— J'avais pensé. Café ?

Il ouvrit la porte d'un placard et elle huma l'odeur âcre de grains trop torréfiés. Son café était toujours épouvantable.

— Bonne idée, Amos.

Il lui versa une tasse.

— J'espère que vous l'aimez noir. Je suis à court de cette espèce de crème.

— Noir me va, Amos.

Il n'avait plus de crème depuis un an.

Il se versa une tasse dans un gobelet malpropre et lui fit signe de s'asseoir sur une chaise fatiguée en face de son bureau. Celui-ci était encombré de piles de rapports épais. *Symposium international FAA/NASA sur l'intégrité structurelle maximale. Durée et tolérance des structures aux altérations des structures. Techniques d'examen thermographique. Contrôle de la corrosion et technologie des structures.*

Il mit ses pieds sur le bureau et déblaya une vallée entre les journaux, afin de pouvoir la voir.

— Je vous le dis, Casey. C'est assommant de travailler avec ces vieux rafiots. J'aspire au jour où nous pourrons voir ici un autre T2.

— T2 ?
— Bien sûr, vous ne savez pas, dit Amos. Vous êtes ici depuis cinq ans et nous n'avons pas produit un nouveau modèle pendant tout ce temps. Mais quand il y a un nouveau modèle, le premier de la chaîne s'appelle T1. Sujet de Test 1. Il passe au test statique : nous le mettons sur le lit de test et le secouons jusqu'à ce qu'il tombe en morceaux. Pour trouver où sont les points faibles. Le second appareil est le T2. Il est utilisé pour les tests de fatigue, un problème plus difficile. Avec le temps, le métal perd de sa tensilité, il devient cassant. Alors nous prenons le T2, le mettons dans une machine et accélérons les tests de fatigue. Jour après jour, année après année, nous simulons des décollages et des atterrissages. La politique de Norton est que nous poursuivions les tests de fatigue au double de la vie programmée de l'appareil. Si les ingénieurs conçoivent un avion qui doit durer vingt ans, à raison de, mettons, cinquante mille heures et vingt mille cycles, nous faisons le double de ça dans le cirque avant de jamais livrer un exemplaire à un client. Nous savons que les avions tiendront. Comment est votre café ?

Elle en but une gorgée et se garda de faire la grimace. Amos passait de l'eau à travers les mêmes vieux grains, toute la journée. C'était comme ça que son café prenait sa saveur particulière.

— Bon, Amos.
— Demandez-en si vous voulez. Il y en a encore. De toute façon, la plupart des constructeurs testent pour le double de la vie programmée. Nous, nous testons jusqu'à quatre fois le prototype. C'est pourquoi nous disons toujours : « Les autres compagnies font des tartines, Norton fait des croissants. »

Casey ajouta :
— Et John Marder dit : « C'est pour ça que les autres font de l'argent et nous pas. »
— Marder, ricana Amos. L'argent est tout pour lui, c'est son seul but. Autrefois, le bureau d'en haut nous disait : « Faites le meilleur avion que vous pouvez. » Maintenant, ils disent : « Faites le meilleur avion que vous pouvez pour tel prix. » Directives différentes, vous voyez ce que je veux dire ? (Il sirota son café.) Alors, qu'est-ce qu'il y a, Casey, le 545 ?

Elle hocha la tête.
— Peux pas vous aider, là, dit-il.
— Pourquoi ?
— L'avion est neuf. La fatigue n'est pas un facteur.
— Il est question d'une pièce, Amos, dit-elle.
Elle lui montra le tube, dans un sac de plastique.

– Hmmm.

Il le retourna dans ses mains et le tint à la lumière.

– Ça serait, ne me dites pas, ça serait le tube de verrouillage pour le second bec de bord d'attaque.

– C'est exact.

– Bien sûr que c'est exact. (Il fronça les sourcils.) Mais cette pièce est défectueuse.

– Oui, je sais.

– Alors quelle est votre question ?

– Doherty pense qu'elle a mis l'avion en difficulté. C'est possible ?

– Eh bien... (Amos regarda le plafond, réfléchissant.) Non. Je parie cent dollars qu'elle *n'a pas* mis l'avion en difficulté.

Casey soupira. Elle était de retour à la case départ. Ils n'avaient pas de fil conducteur.

– Découragée ? demanda Amos.

– Franchement, oui.

– Alors ne faites pas attention. C'est une piste très précieuse.

– Mais pourquoi ? Vous l'avez dit vous-même. Elle n'a pas mis l'avion en difficulté.

– Casey, Casey, dit Amos en secouant la tête. Réfléchissez.

Elle essaya de réfléchir, assise là à humer ce mauvais café. Elle essaya de comprendre où Amos voulait en venir. Mais elle avait l'esprit vide. Elle lui lança un regard par-dessus le bureau.

– Dites-moi simplement. Qu'est-ce que je ne vois pas ?

– Est-ce que les autres tubes de verrouillage ont été remplacés ?

– Non.

– Rien que celui-là ?

– Oui.

– Pourquoi celui-là seulement, Casey ? demanda-t-il.

– Je ne sais pas.

– Trouvez.

– Pourquoi ? À quoi ça va servir ?

Amos leva les bras.

– Casey, allons. Réfléchissez bien. Vous avez un problème avec les becs sur le 545. C'est un problème d'aile.

– Exact.

– Maintenant vous avez trouvé une pièce qui a été remplacée sur l'aile.

– Exact.

– Pourquoi a-t-elle été remplacée ?

– Je ne sais pas...

– Est-ce que cette aile a été endommagée dans le passé ? Est-ce qu'il est advenu quelque chose qui a nécessité le remplacement de cette pièce ? Est-ce que d'autres pièces ont été également remplacées ? Est-ce qu'il reste des dommages résiduels sur l'aile ?

– Pas qu'on puisse voir.

Amos secoua la tête avec impatience.

– Laissez tomber ce que vous pouvez voir, Casey. Regardez les registres de cet avion et les manuels d'entretien. Retracez l'origine de cette pièce et reconstituez l'histoire de l'aile. Parce qu'il y a quelque chose d'autre de défectueux. Mon intuition est que vous trouverez d'autres pièces contrefaites.

Amos se leva et soupira.

– Il y a de plus en plus d'avions qui ont des pièces contrefaites ces temps-ci. Je suppose qu'il fallait s'y attendre. Ces temps-ci, tout le monde croit au Père Noël.

– Comment ça ?

– Parce qu'il croient qu'on rase gratis, répondit Amos. Vous savez : le gouvernement déréglemente les compagnies aériennes et tout le monde se réjouit. Nous obtenons des billets meilleur marché : tout le monde se réjouit. Mais les transporteurs doivent réduire les coûts. Alors la nourriture est épouvantable. Ça va. Il y a moins de vols directs et plus d'escales. Ça va. Les avions ont l'air fatigué, parce qu'on en refait moins souvent l'intérieur. Ça va. Mais les transporteurs doivent encore réduire les coûts. Alors ils font voler les avions plus longtemps et en achètent moins de neufs. La flotte vieillit, ça va pour quelque temps. À un moment donné ça n'ira plus. Et entre-temps, la pression sur les coûts se maintient. Alors, sur quoi rogne-t-on ? La maintenance ? Les pièces de rechange ? Quoi ? Ça ne peut pas continuer indéfiniment. Ça n'est pas possible. Bien sûr, le Congrès les soutient en réduisant les prérogatives de la FAA, de telle sorte qu'il y aura moins de surveillance. Les transporteurs peuvent relâcher la maintenance, parce que personne ne les surveille. Et le public s'en fiche, parce que pendant trente ans, ce pays a eu les meilleurs résultats de sécurité aérienne au monde. Mais le fait est que nous avons payé pour ça. Nous avons payé pour avoir des avions neufs et sûrs, et nous avons payé pour la surveillance, afin d'être certains qu'ils étaient bien entretenus. Mais cette époque est révolue. Maintenant, tout le monde croit qu'on rase gratis.

– Et où cela va-t-il finir ? demanda-t-elle.

– Je parie cent dollars, qu'ils vont re-réguler d'ici dix ans. Il y aura une série d'accidents et ils le feront. Les partisans du libre marché gueuleront, mais le fait est que les marchés libres n'assurent pas la sécurité. Il n'y a que la réglementation qui le fasse. Vous voulez une nourriture saine, il vaut mieux que vous ayez des inspecteurs. Vous voulez de l'eau potable, il vaut mieux que vous ayez une agence de protection de l'environnement. Vous voulez un marché des valeurs sûr, il vaut mieux que vous ayez une commission des opérations boursières. Et si vous voulez des compagnies aériennes sûres, il vaut mieux que vous les réglementiez. Croyez-moi, ils le feront.

– Et sur le 545...

Amos haussa les épaules.

– Les transporteurs étrangers opèrent avec une réglementation beaucoup moins exigeante. C'est assez pépère chez eux. Regardez les manuels d'entretien et cherchez bien la fiche de n'importe quelle pièce sur laquelle vous avez des soupçons.

Elle s'apprêta à partir.

– Mais Casey...

Elle se retourna.

– Oui ?

– Vous comprenez la situation, n'est-ce pas ? Pour vérifier cette pièce, il vous faudra commencer par le registre de l'avion.

– Je sais.

– C'est dans le bâtiment 64. Je n'irais pas maintenant, si j'étais vous. Du moins, je n'irais pas seule.

– Allons Amos, j'ai travaillé à l'atelier, tout ira bien.

Amos secouait la tête.

– Le vol 545 est une pomme de terre chaude. Vous savez ce que pensent les gars. S'ils peuvent bousiller cette enquête, ils le feront, de toutes les manières possibles. Soyez prudente.

– Je le serai.

– Soyez très, très prudente.

Bâtiment 64

11 h 45

Au centre du bâtiment 64 se trouvait une série de cages grillagées d'un étage de haut qui abritaient les pièces de la chaîne de montage et des ordinateurs de montage. Ceux-ci étaient logés dans des cubicules contenant chacun un lecteur de microfiches, un ordinateur pour les pièces et un autre relié au système central.

Dans une des cages, Casey se pencha sur un lecteur de microfiches, passant en revue les photocopies du registre de l'avion pour le fuselage 271, désignation originelle de l'usine pour l'appareil de la TransPacific.

Jerry Jenkins, le directeur de la circulation des pièces pour l'atelier, se tenait derrière elle, tapotant nerveusement la table de son crayon et répétant :

— Vous l'avez trouvé ? Vous l'avez trouvé ?

— Jerry, calmez-vous.

— Je suis calme, dit-il, jetant un coup d'œil sur l'atelier. Je pense que, vous savez, vous auriez pu faire ça entre les huit. Cela aurait moins attiré l'attention.

— Jerry, répondit-elle, nous sommes plutôt pressés.

Il tapota encore son crayon.

— Tout le monde est assez excité à propos de la vente à la Chine. Qu'est-ce que je vais dire aux gars ?

— Vous direz aux gars que si nous perdons la vente à la Chine, cette chaîne s'arrêtera et tout le monde aura perdu son travail.

Jerry ravala sa salive.

— C'est vrai ? Parce que j'entends dire...

— Jerry, laissez-moi regarder le registre, voulez-vous ?

Ce registre consistait en une masse de documentation, un million de feuilles, une pour chaque pièce de l'avion. Cette paperasse et la documentation encore plus exhaustive nécessaire à la certification du type par la FAA, renfermait des informations exclusives à Norton. La FAA n'enregistrait pas ces données, parce que, dans ce cas, les rivaux auraient pu l'obtenir en vertu de la loi sur la liberté de l'information. Norton entreposait donc deux tonnes et demie de papier, couvrant vingt-quatre mètres d'étagères, pour chaque avion, dans un vaste bâtiment à Compton. Le tout avait été copié sur microfiches pour que les gens de l'atelier pussent le consulter commodément. Mais trouver les données pour une seule pièce prenait beaucoup de temps, pensa-t-elle, et...

– Vous l'avez trouvé ? Vous l'avez trouvé ?

– Oui, dit-elle enfin. Je l'ai.

Elle examinait la photocopie d'un document de Hoffman Metal Works à Montclair, en Californie. Le tube de verrouillage des becs était défini par un code correspondant aux dessins d'ingénieur : A/908/B-21117L (2) Ant Bc Ver. SS/HT. Une date imprimée de fabrication, un timbre daté de livraison et une date d'installation. Et deux tampons, l'un signé par le mécanicien qui avait installé la pièce sur l'appareil et l'autre par l'inspecteur de l'Assistance Qualité qui avait approuvé le travail.

– Bon, dit-il, c'est le FOE ou quoi ?

– Oui, c'est le FOE.

Hoffman était le fabricant original de l'équipement. La pièce était venue directement de chez eux. Sans l'entremise d'un distributeur.

Jerry regardait l'atelier à travers le grillage. Personne ne semblait faire attention à eux, mais Casey savait qu'on les épiait.

Jerry demanda :

– Vous partez, là ?

– Oui, Jerry. Je pars.

Elle traversa l'atelier en suivant l'allée le long des cages. Loin des grues qui pivotaient au-dessus. Elle regardait les passerelles en hauteur pour s'assurer qu'il n'y avait personne. Non, personne. Jusqu'ici, ils la laissaient tranquille.

Ce qu'elle avait appris était clair : la pièce d'origine installée sur le TPA 545 était venue directement d'un fournisseur respecté. Cette pièce originelle était bonne ; la pièce que Doherty avait trouvée ne l'était pas.

Donc Amos avait raison.

Quelque chose était advenu à cette aile, imposant des réparations à un moment donné dans le passé.

Mais quoi ?

Elle avait encore du pain sur la planche. Et très peu de temps.

À l'Assistance Qualité

12 h 30

Si la pièce était mauvaise, d'où venait-elle ? Casey avait besoin des manuels d'entretien et ils n'étaient pas encore arrivés. Où était Richman ? De retour dans son bureau, elle feuilleta une liasse de fax. Tous les FSR autour du monde demandaient des informations sur le N-22. L'un d'eux, le représentant du service de vol à Madrid était typique :

DE LA PART DE : S. RAMONES, FSR MADRID
À : C. SINGLETON, AQ/EAI

SELON DES RAPPORTS PERSISTANTS TRANSMIS PAR MON CONTACT IBERIA B. ALONSO, LA JAA ANNONCERAIT UNE PROLONGATION DU DÉLAI DE CERTIFICATION DU N-22, INVOQUANT DES PROBLÈMES DE FIABILITÉ EN VOL.

ATTENDS INSTRUCTIONS

Elle soupira. Ce que ce représentant rapportait était prévisible. La JAA ou Joint Aviation Authorities était l'équivalent européen de la FAA. Les constructeurs américains venaient d'avoir pas mal de problèmes avec elle. La JAA exerçait ses nouveaux pouvoirs de régulation et elle comptait de nombreux bureaucrates qui ne savaient pas faire la distinction entre les avantages commerciaux négociés et les problèmes de fiabilité en vol. Depuis quelque temps, la JAA s'appliquait à forcer les constructeurs américains à utiliser des moteurs européens. Les Américains résistaient et il était donc logique que la JAA prît prétexte de l'explosion de compresseur à Miami pour augmenter la pression sur Norton en suspendant la certification.

Mais en fin de compte, c'était un problème politique qui n'était pas de son ressort. Elle prit le fax suivant :

DE LA PART DE : S. NIETO, FSR VANCOUVER
À : C. SINGLETON, AQ/EAI

COPILOTE LEU ZAN PING A SUBI UNE INTERVENTION CHIRURGICALE URGENTE POUR UN HÉMATOME SUBDURAL AU VANC GEN HOSPITAL 0400H AUJOURD'HUI. COPI PAS EN ÉTAT D'ÊTRE INTERROGÉ PENDANT AU MOINS 48 H. PLUS DE DÉTAIL AS.

Casey avait espéré que l'entrevue avec le copilote aurait lieu avant cela. Elle voulait savoir pourquoi il était à l'arrière de l'appareil et pas dans le cockpit. Mais il semblait que la réponse à cette question ne viendrait pas avant la fin de la semaine.
Le fax suivant la laissa étonnée.

DE LA PART DE : RICK RAKOSKI, FSR HONG KONG
À : CASEY SINGLETON AQ/EAI

REÇU VOTRE DEMANDE POUR REGISTRES DE MAINTENANCE TPA VOL 545, FUSE 271, REGISTRE ÉTRANGER 098/443/HB 09 ET L'AI TRANSMISE AU TRANSPORTEUR.

EN RÉPONSE AUX DEMANDES DE LA FAA TRANSPACIFIC A TRANSMIS TOUS LES REGISTRES DES STATIONS DE RÉPARATION KAITAK HK, SINGAPOUR, MELBOURNE. REGISTRES TRANSMIS AU SYSTÈME ON-LINE DE NORTON À 22 H 10 HEURE LOCALE. M'EFFORCE TOUJOURS D'OBTENIR INTERVIEWS ÉQUIPAGE. BEAUCOUP PLUS DIFFICILE.
DÉTAILS AS.

Réaction habile du transporteur, pensa-t-elle. Étant donné qu'ils ne voulaient pas accorder d'interviews de l'équipage, ils avaient décidé de fournir tout le reste, pour faire semblant de coopérer.
Norma entra dans son bureau.
— Les registres de Los Angeles arrivent maintenant, dit-elle. Et ceux de Hong Kong ont déjà été transmis.
— Je vois ça. Tu as l'adresse de messagerie ?
— Là.
Elle lui tendit un bout de papier et Casey tapa la référence dans

l'ordinateur derrière son bureau. Il y eut une attente pour la transmission aux services centraux, puis l'ordinateur s'éclaira.

REG MAINT N-22 / FUSE 271 / FR 098/443/HB09

DD 5/14   AS 6/19   MOD 8/12
< RS KAITAK   –   REG MAINT (A-C)
< RS SINGPR   –   REG MAINT (B SEULEMENT)
< RS MELB   –   REG MAINT (A, B SEULEMENT)

— Très bien, dit-elle.
Elle se mit au travail.

Il fallut presque une heure avant que Casey obtînt ses réponses. Mais au terme de ce délai, elle avait une bonne image de ce qui était advenu au tube de verrouillage des becs sur l'appareil Trans-Pacific.

Le 10 novembre de l'année précédente, au cours d'un vol de Bombay à Melbourne, l'appareil avait souffert d'un problème de transmissions radio. Le pilote avait fait une escale hors programme à Java, en Indonésie. Là, la radio avait été réparée sans difficulté (un circuit imprimé défaillant avait été remplacé) et les équipes javanaises de l'aéroport avaient refait le plein de l'avion pour le vol jusqu'à Melbourne.

Quand l'appareil avait atterri à Melbourne, les équipes au sol avaient relevé que l'aile droite était endommagée.

Merci, Amos.

L'aile était endommagée.

Les mécaniciens à Melbourne avaient aussi remarqué que le couple d'alimentation des réservoirs de l'aile droite était tordu et que le tube de verrouillage voisin était légèrement endommagé. Ces altérations furent attribuées aux équipes de Java.

Les couples d'alimentation du N-22 se trouvaient sous l'aile. Un personnel au sol inexpérimenté avait utilisé un Fenwick inadapté et avait heurté de la plate-forme de cet appareil le tuyau d'alimentation pendant que celui-ci était abouché à l'aile. Cela avait tordu le manchon du tuyau engagé dans le couple, déformé la plaque du couple et endommagé le tuyau de verrouillage des becs voisin.

Les tubes de verrouillage des becs n'étaient pas une pièce qu'on changeait souvent et la station de réparation de Melbourne n'en avait pas en stock. Plutôt que de retenir l'appareil en Australie, il fut décidé de laisser l'avion continuer jusqu'à Singapour et d'y changer cette pièce. Cependant, un membre du service de maintenance à Singapour avait l'œil aigu : il avait remarqué que le bordereau de la pièce de remplacement avait l'air suspect. Les équipes de maintenance n'étaient pas certaines que la pièce était d'origine.

Étant donné que cette pièce fonctionnait normalement, il fut toutefois décidé à Singapour de ne pas la remplacer et l'appareil poursuivit jusqu'à Hong Kong, terminal domestique de la Trans-Pacific, où un tube de verrouillage authentique fut obtenu. La station de réparation de Hong Kong, tout à fait consciente de ce que cette ville était un centre mondial de contrefaçons, prenait des précautions exceptionnelles pour s'assurer que ses pièces de rechange étaient authentiques. Elle les commandait directement aux fabricants originels aux États-Unis. Le 13 novembre de l'année précédente, un tube de verrouillage des becs flambant neuf fut installé sur l'avion.

Les papiers de cette pièce semblaient conformes ; une photocopie en parvint sur l'écran de Casey. La pièce était venue de Hoffman Metal Works à Montclair, en Californie, le fournisseur originel de Norton. Mais Casey savait que ce bordereau était faux, puisque la pièce même était fausse. Elle en retracerait plus tard l'origine et trouverait d'où cette pièce était réellement venue.

Mais là, la question qui se posait était celle d'Amos : *d'autres pièces ont-elles été remplacées ?*

Assise devant son ordinateur, Casey consulta les résumés de maintenance de la station de Hong Kong pour le 13 novembre, afin de savoir quels autres travaux avaient été effectués sur l'avion ce jour-là.

C'était lent ; elle devait parcourir les photocopies des fiches de maintenance, et des notations gribouillées sous chaque état de vérifications. Mais à la fin, elle trouva une liste des travaux qui avaient été effectués sur l'aile.

Il y avait trois mentions.

CHANG FUS 7 PHA ATT DT. Changer le fusible 7 du phare d'atterrissage droit.

CHANG TUB VERR BCS DT. Changer tube de verrouillage de becs droit.

VER BLC ÉQ ASS. Vérifier bloc d'équipements associés. Ceci était suivi de la mention NRML. Ce qui signifiait que ça avait été vérifié et que c'était normal.

Le bloc d'équipements associés était un sous-groupe de parties interconnectées qui devait être vérifié chaque fois qu'un des éléments était défectueux. Par exemple, si les bouchons des lignes de fuel droites étaient usés, c'était une routine que de vérifier les bouchons des lignes de gauche étant donné qu'ils faisaient partie du même bloc d'équipements.

Le changement du tube de verrouillage avait motivé une vérification de maintenance de l'équipement associé.

Mais quel équipement ?

Elle savait que les blocs d'équipements étaient spécifiés par Norton. Mais elle ne parvint pas à en obtenir la liste sur son ordinateur de bureau. Pour le faire, il lui fallait retourner à l'ordinateur de l'atelier.

Elle recula son fauteuil.

Bâtiment 64

14 h 40

Le bâtiment 64 était presque vide, la chaîne de montage des gros porteurs apparemment abandonnée entre les changements d'équipe. Une heure séparait le premier et le deuxième de ces changements, parce qu'il fallait à peu près ce délai pour vider les parkings. La première équipe finissait à 14 h 30. La suivante prenait le relais à 15 h 30.

C'était le moment où Jerry Jenkins avait dit à Casey qu'elle devrait consulter les registres, parce qu'il n'y avait pas de témoins. Elle dut convenir qu'il avait raison : il n'y avait personne alentour.

Casey alla directement à la cage des pièces, cherchant Jenkins ; mais il n'était pas là. Elle vit le directeur de section de l'AQ et lui demanda où était Jenkins.

– Jerry ? Il est rentré chez lui.
– Pourquoi ?
– Il a dit qu'il ne se sentait pas bien.

Casey fronça les sourcils. Jenkins n'aurait pas dû partir avant cinq heures. Elle alla à l'ordinateur pour en tirer elle-même les informations.

Tapant les indications sur le clavier, elle eut vite fait d'obtenir la messagerie des données de maintenance des équipements associés. Elle tapa RT BECS LK TUBE et vit s'afficher la réponse :

```
RT BECS RAILS ENT      (22/RW/2-5455/SLS)
RT BECS LEV            (22/RW/2-5769/SLS)
RT BECS COM HYD        (22/RW/2-7334/SLS)
RT BECS VÉR            (22/RW/2-3444/SLS)
RT BECS COUPL POUS     (22/RW/2-3445/SLC)
RT SENS PROX           (22/RW/4-0212/PRC)
RT ACCR SENS PROX      (22/RW/4-0445/PRC)
```

RT PLQ SENS PROX   (22/RW/4-0343/PRC)
RT PRX BRANC SENS   (22/RW/4-0102/PRW)

C'était logique. L'ensemble des pièces associées comportait cinq autres éléments de l'entraînement des becs : les rails, le levier, la commande hydraulique, le vérin et le couple pousseur.

De plus, la liste recommandait aux mécaniciens de vérifier le plus proche senseur de proximité, son accrochage, sa plaque de protection et son branchement.

Elle savait que Doherty avait déjà examiné le rail d'entraînement. Si Amos avait vu juste, ils devraient examiner aussi très soigneusement ce senseur de proximité. Elle ne pensait pas que personne l'eût encore fait.

Le senseur de proximité. Il était logé dans les profondeurs de l'aile. Difficile d'y accéder. Difficile de l'examiner.

Est-ce que cela aurait pu causer un problème ?

Oui, pensa-t-elle. C'était possible.

Elle éteignit l'ordinateur et traversa l'atelier pour retourner à son bureau. Elle devait appeler Ron Smith pour lui dire de vérifier le senseur. Elle marchait le long de l'avion abandonné vers les portes ouvertes au nord du bâtiment.

Comme elle approchait de ces portes, elle vit entrer deux hommes. Leurs silhouettes se découpaient dans la lumière de la mi-journée, mais elle pouvait voir que l'un d'eux portait une chemise rouge à carreaux. Et que l'autre portait une casquette de base-ball.

Casey se retourna pour demander au directeur de l'AQ d'appeler la sécurité. Mais il était parti : la cage était vide. Casey regarda autour d'elle et se rendit soudain compte que l'atelier était désert. Elle n'aperçut qu'une vieille femme noire à l'autre bout du bâtiment, qui balayait. À près de sept cent cinquante mètres.

Casey consulta sa montre. Un quart d'heure s'écoulerait avant que des gens arrivent.

Les deux hommes se dirigeaient vers elle.

Casey commença à s'éloigner d'eux, rebroussant chemin. Elle pouvait s'en sortir, pensa-t-elle. Calmement, elle ouvrit son sac et prit son téléphone cellulaire pour appeler la sécurité.

Mais le téléphone était muet. Elle n'obtint pas de tonalité. Elle s'avisa qu'elle était au centre du bâtiment, dont le toit était tendu d'un grillage de cuivre pour bloquer les transmissions radio parasites pendant qu'on essayait les systèmes de l'avion.

Elle ne pourrait pas utiliser son téléphone avant d'avoir atteint l'autre extrémité du bâtiment.

À sept cent cinquante mètres donc.

Elle accéléra le pas. Ses talons résonnaient sur le béton. Le son semblait se répercuter à travers le bâtiment. Était-il possible qu'elle fût vraiment seule ? Certes pas. Il y avait plusieurs centaines de gens dans le bâtiment avec elle à ce moment même. Elle ne pouvait tout simplement pas les voir. Ils étaient à l'intérieur des avions ou près des grands outils autour des avions. Elle les apercevrait d'un moment à l'autre.

Elle regarda par-dessus son épaule.

Les hommes la rattrapaient.

Elle accéléra le pas, empruntant presque le rythme du jogging, le pied incertain sur ses talons bas. Et soudain elle pensa : « C'est ridicule. Je suis une dirigeante de Norton Aircraft et je suis en train de courir à travers cet atelier *en plein jour.* »

Elle reprit une allure normale.

Elle respira profondément.

Elle regarda derrière elle : ils se rapprochaient.

Devrait-elle leur faire face maintenant ? Non, pensa-t-elle. Pas à moins qu'il y eût des gens à proximité.

Elle marcha plus vite.

À sa gauche se trouvait un espace de tri des pièces. D'habitude, il y avait là des douzaines d'hommes, choisissant des ensembles de pièces, fouillant dans les caisses. Mais la cage était vide.

Déserte.

Elle regarda derrière elle. Les hommes étaient à cinquante mètres.

Elle savait que si elle se mettait à crier, une douzaine de mécaniciens apparaîtraient soudain. Les malfrats disparaîtraient derrière les outils et les échafaudages et elle aurait l'air d'une idiote. Elle ne se le pardonnerait jamais. La fille qui a disjoncté à l'atelier.

Elle ne crierait pas. Non.

Où diable étaient les alarmes d'incendie ? Les alarmes médicales ? Les alarmes pour les matériaux dangereux ? Elle savait qu'elles étaient disséminées dans le bâtiment. Elle avait travaillé là pendant des années. Elle devait pouvoir se rappeler où elles étaient situées.

Elle en déclencherait une et dirait que c'était par accident.

Mais elle ne vit pas d'alarmes.

Les hommes étaient maintenant à trente mètres d'elle. S'ils se mettaient à courir, ils la rejoindraient en quelques secondes. Mais ils étaient prudents ; apparemment, eux aussi s'attendaient à voir des gens apparaître d'un moment à l'autre.

Mais elle ne voyait personne.

À droite, elle aperçut une forêt de poutrelles bleues, les grands étaux industriels qui maintenaient les sections du fuselage en place pendant qu'on les rivetait ensemble. Le dernier endroit où elle pourrait se cacher.

Je suis une dirigeante de Norton Aircraft. Et c'est...
Au diable.

Elle tourna à droite, se faufilant parmi les poutrelles qu'elle enjambait. Elle passa des escaliers et des lampes suspendues. Les hommes derrière poussèrent une exclamation de surprise et lui emboîtèrent le pas. À ce moment-là, elle s'avançait parmi les poutrelles dans une quasi-obscurité. Et vite.

Casey connaissait les lieux. Elle se déplaçait agilement, avec assurance, levant tout le temps la tête dans l'espoir d'apercevoir quelqu'un. Il y avait habituellement sur les échafaudages vingt ou trente hommes assemblant les sections sous le jour livide des lampes fluorescentes. Mais là, personne.

Derrière elle, elle entendait les hommes haleter et jurer quand ils se heurtaient aux longerons.

Elle commença à courir, évitant les longerons bas, sautant par-dessus des câbles et des caisses, et soudain elle arriva dans un espace dégagé. Poste quatorze : un avion se trouvait là sur son train d'atterrissage, à une grande hauteur. Et à vingt mètres plus haut, au-dessus de la queue, elle aperçut les jardins suspendus.

Elle examina l'appareil et distingua la silhouette de quelqu'un à l'intérieur. Quelqu'un au hublot.

Quelqu'un dans l'avion.

Enfin ! Casey grimpa l'échelle jusqu'à l'avion, ses semelles résonnant sur les barreaux de métal. Elle monta deux étages, puis s'arrêta pour regarder autour d'elle. Plus haut, dans les jardins suspendus, elle vit trois mécaniciens râblés, coiffés de casques de protection. Ils n'étaient qu'à trois mètres de la voûte, travaillant sur la plus haute charnière du gouvernail de direction ; elle reconnut le bourdonnement accéléré et les crachotements des perceuses.

Elle regarda en bas et vit au sol les deux hommes qui la suivaient. Ils s'étaient dégagés de la forêt des poutrelles bleues ; ils levèrent les yeux, la virent et reprirent leur poursuite.

Elle continua à monter.

Elle atteignit la porte arrière de l'appareil et y entra. Le gros porteur inachevé était vaste et vide, une succession d'arceaux vaguement luisants ; c'était comme le ventre d'une baleine métallique. Au milieu, une femme seule, une Asiatique, fixait aux parois de l'isolant argenté. La femme regarda Casey avec timidité.

— Est-ce que quelqu'un d'autre travaille ici ? demanda Casey.

La femme secoua la tête. Non. Elle avait l'air d'avoir peur, comme si elle avait été surprise en train de faire quelque chose de mal.

Casey fit demi-tour et courut vers la porte.

Au-dessous, les hommes n'étaient qu'à un étage de distance. Elle refit demi-tour et poursuivit son escalade.

Dans les jardins suspendus.

L'échelle métallique avait mesuré à la base plus de trois mètres de large. Maintenant, les barreaux s'étaient réduits à une soixantaine de centimètres. Et l'angle était plus raide, comme une échelle qui monterait vers le ciel, entourée d'un lacis vertigineux d'échafaudages. Des lignes de haute tension pendaient de tous les côtés comme des lianes ; au cours de son ascension, elle heurtait de l'épaule les boîtes de jonction. L'échelle oscilla sous ses pieds. Tous les dix échelons environ, elle tournait à angle droit de façon abrupte. Casey était maintenant à une douzaine de mètres du sol, au-dessus de la calotte brune du fuselage. L'empennage se dressait au-dessus d'elle.

Elle fut soudain saisie par la panique. Fixant les trois hommes qui travaillaient sur le gouvernail de direction, elle cria : « Eh ! Eh ! »

Ils l'ignorèrent.

Au-dessous, les deux hommes la talonnaient, apparaissant et disparaissant à travers les échafaudages au fur et à mesure qu'ils montaient.

— Eh ! Eh !

Mais elle n'eut pas davantage de réponse. Alors qu'elle reprenait l'escalade, elle comprit pourquoi ils ne répondaient pas. Ils portaient des oreillettes de plastique noir à travers lesquelles ils ne pouvaient rien entendre.

Elle grimpa.

À une quinzaine de mètres au-dessus du sol, l'échelle bifurqua de nouveau à droite, contournant les plates-formes noires des gouvernails de profondeur, perpendiculaires au gouvernail de direction. Ceux-ci lui cachaient les hommes au-dessus. Elle les contourna donc ; les surfaces en étaient noires parce qu'ils étaient en résine composite et elle se rappela qu'elle ne devait pas les toucher de ses mains nues.

Elle eût pourtant voulu s'y appuyer, car l'échelle n'était pas conçue pour courir : elle oscillait vertigineusement et les pieds de Casey dérapaient ; elle s'agrippa de ses mains moites à la main

147

courante après avoir glissé de près d'un mètre et demi, puis retrouva son équilibre.

Elle reprit sa montée.

Elle ne pouvait plus voir le sol, masqué par le réseau des échafaudages. Elle ne pouvait donc pas voir si l'équipe de relais avait pris le travail.

Elle montait toujours.

Pendant ce temps, elle commençait à sentir l'air humide et chaud accumulé sous la voûte du bâtiment 64. Elle se rappela qu'on appelait ces hauteurs le bain turc.

Elle poursuivit son escalade.

Elle atteignit enfin les gouvernails de profondeur et, tandis qu'elle les dépassait, l'échelle suivit un nouvel angle, cette fois vers la vaste surface verticale de la gouverne de direction qui dérobait à sa vue les hommes travaillant de l'autre côté. Elle n'osait plus regarder en bas; elle aperçut les poutres en bois du toit au-dessus d'elle. Encore un mètre et demi... un autre virage de l'échelle... elle contournerait le gouvernail... et alors, elle serait...

Elle s'arrêta et regarda : ils n'y avait plus d'ouvriers.

Elle regarda plus bas : les trois casques jaunes descendaient sur une plate-forme motorisée vers le sol de l'atelier.

— Eh! Eh!

Ils ne levèrent pas la tête.

Au bruit des pas qui résonnaient sur l'échelle derrière elle, elle se retourna et aperçut ses poursuivants. Elle sentait dans l'échelle la vibration de leurs pas. Elle sut qu'ils étaient près.

Et nulle part où aller.

Juste au-dessus d'elle, les marches aboutissaient à une plate-forme de soixante centimètres de côté près du gouvernail. Seule une main courante y protégeait du vide alentour.

Elle se trouvait à dix-huit mètres du sol sur une minuscule plate-forme contre l'immense voilure du gouvernail.

Les hommes arrivaient.

Et elle n'avait plus d'issue.

Elle n'aurait jamais dû monter, pensa-t-elle. Elle aurait dû rester au sol. Maintenant, elle n'avait pas le choix.

Elle passa une jambe par-dessus la main courante et agrippa l'échafaudage. Le métal était chaud. Elle passa l'autre jambe. Et puis elle commença à descendre l'échafaudage, en s'agrippant aux poignées.

Presque immédiatement, elle s'avisa de son erreur. L'échafaudage était construit avec des longerons entrecroisés et où qu'elle mît les mains, elles glissaient jusqu'aux intersections, ce qui lui faisait très mal. Ses pieds dérapaient sur les surfaces anguleuses. Les bords des longerons étaient tranchants et difficiles à saisir. Au bout de quelques instants, elle haleta. Elle joignit les bras par-dessus les longerons et reprit son souffle.

Elle ne regarda pas plus bas.

Mais à sa gauche, elle aperçut les deux hommes sur la petite plate-forme. Celui à la chemise rouge et celui à la casquette de base-ball. De là-haut, ils l'observaient, essayant de décider ce qu'ils allaient faire. Elle était à un mètre et demi au-dessous d'eux, accrochée aux longerons.

Elle vit que l'un d'eux enfilait d'épais gants de travail.

Elle se rendit compte qu'elle devait quitter l'endroit où elle se trouvait. Elle dénoua ses bras prudemment et reprit sa descente. Un mètre, puis un autre. Maintenant, elle se trouvait au niveau des gouvernails de profondeur, qu'elle apercevait à travers les croisillons des longerons.

Mais les longerons vibraient.

Levant les yeux, elle vit l'homme à la chemise rouge qui descendait à sa poursuite. Il était costaud et se déplaçait rapidement. Elle savait qu'il la rattraperait.

L'autre homme, lui, descendait l'échelle, s'arrêtant de temps à autre pour regarder Casey.

L'homme à la chemise rouge était à trois mètres d'elle.

Elle descendit.

Ses bras lui faisaient mal. Elle avait le souffle court. L'échafaudage était graisseux là où on ne s'y attendait pas et ses mains glissaient sans cesse. Elle sentait l'homme qui arrivait. Levant les yeux, elle vit ses grosses bottes de travail orange. D'épaisses semelles de crêpe.

Dans quelques instants, il lui écraserait les doigts.

Tandis que Casey continuait à descendre, quelque chose heurta son épaule gauche. Elle tourna la tête et reconnut un câble de haute tension qui descendait du plafond. D'un diamètre de quelque six centimètres, il était recouvert d'un isolant gris. Quel poids pouvait-il supporter ?

Et l'homme descendait toujours.

Au diable.

Elle tendit le bras et tira sur le câble. Il tenait bon. Elle regarda au-dessus d'elle et ne vit pas de boîte de jonction. Elle tira le câble près d'elle et l'enserra de son bras. Puis des jambes. Juste au moment où les bottes de l'homme arrivaient, elle repoussa l'échafaudage et se balança sur le câble.

149

Et elle commença à glisser.

Elle tenta d'abord de descendre main après main, mais elle était trop faible pour cela. Elle glissa donc et ses paumes la brûlèrent.

Elle descendait vite.

Elle ne pouvait pas contrôler sa glissade.

La douleur causée par le frottement était intense. Elle descendit trois mètres. Puis encore trois. Elle perdit le sens de la distance. Ses pieds heurtèrent une boîte de jonction et elle s'arrêta, se balançant dans l'air. Elle passa les pieds par-dessus la boîte de jonction, agrippa le câble entre ses pieds et se laissa glisser.

Elle sentit le câble qui cédait.

Une gerbe d'étincelles jaillit de la boîte de jonction et les sonneries d'alarme retentirent bruyamment dans tout le bâtiment. Le câble se balançait largement. Des cris. Baissant les yeux, elle se rendit compte qu'elle n'était qu'à deux mètres du sol environ. Des mains se tendaient vers elle. Des gens criaient.

Elle lâcha prise et tomba.

Elle fut surprise de la promptitude avec laquelle elle se remit de l'épreuve et se retrouva sur pied, embarrassée, rajustant sa tenue.

— Tout va bien, disait-elle aux gens autour d'elle. Je vais très bien. Réellement.

Les infirmiers accouraient ; elle les remercia.

— Je vais très bien.

Mais les ouvriers avaient vu son badge, ils avaient reconnu la bande bleue et ils étaient confondus : qu'est-ce qu'un dirigeant avait à pendre ainsi à un câble ? Ils ne savaient que faire, s'écartant un peu, indécis.

— Je vais très bien. Tout va très bien. Vraiment. Continuez... ce que vous étiez en train de faire.

Les infirmiers protestèrent, mais elle fendit la foule et s'en allait quand soudain Kenny Burne fut à ses côtés ; il avait posé son bras autour des épaules de Casey.

— Qu'est-ce qui se passe ?

— Rien.

— Ce n'est pas le moment d'être à l'atelier, Casey. Vous le savez ?

— Oui, je sais.

Elle laissa Kenny l'accompagner à l'extérieur du bâtiment, dans le grand soleil de l'après-midi. Elle cligna des yeux. L'immense parking était rempli des voitures de l'équipe de relais. Le soleil étincelait sur les rangées de pare-brise.

Kenny se tourna vers elle.

— Vous devriez être plus prudente, Casey. Vous voyez ce que je veux dire ?
— Ouais, dit-elle. Je vois.
Elle regarda ses vêtements. Une grande traînée de graisse barrait son chemisier et sa jupe.
Burne demanda :
— Vous avez d'autres vêtements ici ?
— Non, il faut que je rentre me changer.
— Je ferais mieux de vous reconduire.
Elle allait protester, mais s'en retint.
— Merci, Kenny.

À l'administration

18 h

John Marder leva les yeux de son bureau.

— Il paraît qu'il y a eu un petit incident au 64. Qu'est-ce que c'était ?

— Rien. Je vérifiais quelque chose.

Il hocha la tête.

— Je ne veux pas que vous vous trouviez seule à l'atelier, Casey. Pas après cette connerie de la grue aujourd'hui. Si vous avez besoin d'aller là-bas, faites-vous accompagner par Richman ou l'un des ingénieurs.

— Okay.

— Ce n'est pas le moment de prendre des risques.

— Je comprends.

— Maintenant, dit-il en changeant de position dans son fauteuil, qu'est-ce que c'est que cette histoire de journaliste ?

— Jack Rogers prépare un article qui pourrait être vilain. Des allégations du syndicat selon lesquelles nous envoyons l'aile à l'étranger. Des fuites de documents prétendant que nous cédons l'aile. Et il rapporte aussi des fuites sur, euh, des frictions au niveau de la direction.

— Des frictions ? demanda Marder. Quelles frictions ?

— On lui a dit que vous et Edgarton étiez à couteaux tirés. Il a demandé si je pensais que des conflits à la direction affecteraient la vente.

— Oh, nom de Dieu, s'écria Marder. (Il paraissait contrarié.) C'est ridicule. Je suis à cent pour cent avec Hal dans cette affaire. Elle est essentielle pour la compagnie. Et il n'y a jamais eu de fuites. Qu'est-ce que vous lui avez dit ?

— Je l'ai désamorcé. Mais si nous voulons en finir avec cette affaire, il faudra lui fournir quelque chose de meilleur. Une interview avec Edgarton ou une exclusivité sur la vente à la Chine. C'est la seule manière de s'en sortir.

— Parfait, dit Marder. Mais Hal ne verra pas de journalistes. Je peux lui demander, mais je sais qu'il ne le fera pas.

— Bon, il faudra que quelqu'un le fasse, insista Casey. Peut-être le devriez-vous.

— Ça pourrait être difficile, répondit Marder. Hal m'a recommandé d'éviter les médias jusqu'à ce que la vente soit effective. Il faut que je sois prudent là-dessus. Est-ce qu'on peut faire confiance à ce type ?

— D'après mon expérience, oui.

— Si je lui donne quelque chose d'officieux, il ne citera pas ses sources ?

— Sûr. Il a simplement besoin de fournir quelque chose sur le sujet.

— Très bien. Alors je le verrai. (Marder griffonna une note.) Il y avait quelque chose d'autre ?

— Non, c'est tout.

Elle se prépara à sortir.

— À propos, comment s'en tire Richman ?

— Très bien. Il manque seulement d'expérience.

— Il a l'air intelligent, dit Marder. Servez-vous de lui. Donnez-lui quelque chose à faire.

— Très bien.

— C'était son problème au marketing. Ils ne lui donnaient rien à faire.

— Okay, fit-elle.

Marder se leva.

— Je vous verrai demain à l'EAI.

Quand Casey fut partie, une porte latérale s'ouvrit. Richman entra.

— Espèce de con, lui jeta Marder. Elle a failli être blessée au 64 cet après-midi.

— Mais, j'étais...

— Pige bien ça, dit Marder. Je ne veux pas qu'il arrive *quoi que ce soit* à Singleton, tu comprends ? Nous avons besoin d'elle à tout prix. Elle ne peut pas faire ce travail d'un lit d'hôpital.

— J'ai compris, John.

— Tu as intérêt, mon vieux. Je veux que tu restes près d'elle tout le temps, jusqu'à ce que nous ayons fini cette affaire.

À l'Assistance Qualité

18 h 20

Elle retourna à ses bureaux du quatrième étage. Norma était toujours à son bureau, une cigarette au bec.

— Tu as une autre liasse qui t'attend sur ta table.
— Okay.
— Richman est rentré chez lui.
— Okay.
— Il avait l'air pressé de rentrer, de toute façon. Mais j'ai parlé à Evelyn, à la compta.
— Et?
— Les voyages de Richman au marketing ont été facturés au service clientèle du bureau des programmes. C'est une caisse noire qu'ils utilisent pour les bakchichs. Et le gamin a dépensé une fortune.
— Combien?
— Assieds-toi. Deux cent quatre-vingt-quatre mille dollars.
— Wow, fit Casey. En trois mois?
— Exact.
— Ça fait beaucoup de vacances de ski, observa Casey. Comment les factures ont-elles été libellées?
— Invitations. Client non spécifié.
— Mais qui a approuvé les dépenses?
— C'est un compte de production, expliqua Norma. Ce qui fait qu'il est contrôlé par Marder.
— Marder a approuvé ces dépenses?
— Apparemment. Evelyn vérifie pour moi. J'en saurai davantage plus tard. (Norma remua des papiers sur son bureau.) Pas grand chose d'autre...la FAA aura du retard dans sa transcription de l'enregistreur du cockpit. On parlait beaucoup chinois et les traducteurs essaient de comprendre le sens. Le transporteur fait aussi sa propre traduction, alors...

Casey soupira.
– Quoi d'autre de neuf? demanda-t-elle.
Dans des incidents tels que celui-là, les enregistreurs de voix du cockpit étaient adressés à la FAA, qui produisait une transcription sur papier des conversations, étant donné que les voix des pilotes étaient la propriété du transporteur. Mais les désaccords sur les traductions étaient routinières sur les vols étrangers. Elles étaient même inévitables.
– Est-ce qu'Allison a appelé?
– Non. Le seul appel personnel que tu aies reçu était de Teddy Rawley.
Casey soupira.
– Tant pis.
– C'est ce que je dirais, dit Norma.

Une fois dans son bureau, elle feuilleta les dossiers sur son bureau. Ils se rapportaient pour la plupart au TransPacific 545. Le premier feuillet résumait la liasse au-dessous.

FORM. 8020-9 FAA, NOTE PRÉLIMINAIRE ACCIDENT/INCIDENT
FORM. 8020-6 FAA, RAPPORT SUR UN ACCIDENT D'AVION
FORM. 8020-6-1 FAA, RAPPORT SUR UN ACCIDENT D'AVION (SUITE)
FORM. 7230-10 FAA, REGISTRES DE POSITION
    HONOLULU ARINC
    LOS ANGELES ARTCC
    SOUTHERN CALIFORNIA ATAC
REGISTRE AUTOMATIQUE
    SOUTHERN CALIFORNIA ATAC
FORM. 7230-4 FAA RAPPORT JOURNALIER DES INSTALLATIONS
    LOS ANGELES ARTCC
    SOUTHERN CALIFORNIA ATAC
FORM. 7230-8 DONNÉES D'ÉVOLUTION DE VOL
    LOS ANGELES ARTCC
    SOUTHERN CALIFORNIA ATAC
PLAN DE VOL, OACI

Elle trouva une douzaine de pages d'itinéraires de vol, de transcriptions d'enregistrements vocaux du contrôle du trafic aérien et des rapports météo supplémentaires. Venait ensuite du matériel de Norton, y compris des enregistrements de défaillances, les seules données sérieuses et utilisables jusqu'alors.

Elle décida d'emporter le tout. Elle était fatiguée; elle pouvait lire tout ça chez elle.

Glendale

22 h 45

Il s'assit soudain dans le lit, se tourna et mit les pieds par terre.

— Alors. Écoute, poulette, dit-il sans la regarder.

Elle contempla les muscles de son dos nu. La ligne de sa colonne vertébrale. Le dessin vigoureux de ses épaules.

— C'était formidable. C'est formidable de te voir.

— Euh-euh, répondit-elle.

— Mais tu sais, demain est un autre jour.

Elle aurait préféré qu'il restât. Elle se sentait mieux quand il était là pendant la nuit. Mais elle savait qu'il devait partir. Il partait toujours. Elle dit :

— Je comprends. Ne t'en fais pas, Teddy.

Cela fit qu'il se retourna. Il lui sourit de son sourire ambigu et charmant.

— Tu es la meilleure, Casey.

Il se pencha et l'embrassa, longuement. Elle savait que c'était parce qu'elle ne le suppliait pas de rester. Elle lui rendit son baiser et décela une légère haleine de bière. Elle lui caressa la nuque, s'attardant sur les fins cheveux.

Presque immédiatement, il se détacha de nouveau.

— Bon. Je suis navré de devoir m'en aller.

— Sûr, Teddy.

— À propos, dit-il, j'ai appris que tu as fait une excursion dans les jardins, entre les huit...

— Ouais, c'est vrai.

— Il ne faudrait pas contrarier les gens qu'il ne faut pas.

— Je sais.

Il sourit.

— Je suis sûr que tu sais.

Il l'embrassa sur la joue, puis se pencha, à la recherche de ses chaussettes.

— Voilà. De toute façon, je devrais être parti...

— Sûr, Teddy. Tu veux du café avant d'y aller ?

Il enfilait ses bottes de cow-boy.

— Euh, non, poulette. C'était formidable. C'est formidable de te voir.

Ne voulant pas rester seule au lit, elle se leva aussi. Elle enfila un grand t-shirt, l'accompagna à la porte et l'embrassa rapidement avant qu'il s'en allât. Il lui toucha le bout du nez et sourit.

— Formidable, dit-il.

— Bonne nuit, Teddy.

Elle verrouilla la porte et enclencha l'alarme.

En revenant vers l'intérieur de la maison, elle éteignit la stéréo et regarda alentour pour voir s'il avait oublié quelque chose. Les autres hommes laissaient d'habitude quelque chose, pour avoir un prétexte pour revenir ; Teddy jamais. Toute trace de sa présence avait disparu. Il n'y avait que la bière inachevée sur la table de la cuisine. Elle la jeta à la poubelle et essuya le cercle mouillé.

Voilà des mois qu'elle se disait qu'il fallait en finir (en finir avec quoi ? Avec *quoi* ? demandait une voix intérieure), mais d'une manière ou de l'autre, elle ne s'était jamais résolue à dire les mots. Elle était tellement prise par son travail et c'était un tel effort que de rencontrer des gens. Six mois plus tôt, elle avait accompagné Eileen, l'assistante de Marder, dans un bar Country and Western de Studio City. L'établissement était fréquenté par les jeunes du cinéma, des animateurs de chez Disney, des gens rigolos, disait Eileen. Casey avait trouvé ça insupportable. Elle n'était pas jolie et elle n'était pas jeune ; elle ne possédait pas cette séduction spontanée des filles qui circulaient autour en jeans serrés et avec des cheveux coupés en brosse.

Les hommes étaient tous trop jeunes pour elle et leurs visages lisses n'étaient pas encore formés. Elle ne pouvait pas bavarder avec eux. Elle se sentait trop sérieuse pour cet environnement. Elle avait un travail, un enfant et elle courait vers la quarantaine. Elle n'était plus jamais sortie avec Eileen.

Ce n'était pas qu'elle manquât de l'envie de rencontrer quelqu'un. Mais c'était tellement difficile. Elle n'avait jamais assez de temps ou d'énergie. À la fin, elle y était devenue indifférente.

Alors, quand Teddy téléphonait pour dire qu'il était dans le voisinage, elle allait déverrouiller la porte pour lui et passait sous la douche. Pour se préparer.

C'était comme ça depuis un an.

Elle se fit du thé et retourna au lit. Elle s'adossa, tendit la main vers la liasse de documents et commença à réviser les données des enregistreurs de défaillances.

TEST A/S PWR	00000010000
SERVO ORD AIL	00001001000
INV AOA	10200010001
DEF SENS CFDS	00000010000
CRZ CMD MON INV	10000020100
SERVO ORD EL	00000000010
PER/N1 TRA-1	00000010000
INV VIT FMS	00000040000
INV PRESS ALT	00000030000
ANG VIT G/S	00000010000
SORT BECS T/O	00000000000
INV DEV G/S	00100050001
INV VIT SOL	00000021000
INV TAS	00001010000
INV TAT	00000010000
AUX 1	00000000000
AUX 2	00000000000
AUX 3	00000000000
AUX COA	01000000000
A/S ROX-P	00000010000
RDR PROX-1	00001001000

Il y avait neuf pages de plus de données abstruses. Elle n'était pas certaine de ce qu'elles représentaient, particulièrement les relevés d'erreurs AUX. Une était probablement l'unité auxiliaire d'énergie, la turbine à gaz à l'arrière du fuselage, qui fournissait de l'énergie quand l'avion était au sol, ainsi que la puissance d'appoint en cas de défaillance électrique durant le vol. Mais qu'étaient les autres ? Des vérifications de circuits auxiliaires ? Des vérifications de circuits redondants ? Et que représentait la mention AUX COA ?

Il faudrait qu'elle le demande à Ron.

Elle passa directement à la liste DEU, qui recensait les défaillances par section de vol. Elle les parcourut rapidement, bâilla et puis s'arrêta soudain :

REVUE DES DÉFAILLANCES DEU

SECTION 4   1 DEFAILLANCE

```
        D/G SIB ERREUR SENS PROX
    8 AVRIL        00 H 36
    FLT 180        FC052606H
    ALT 37000
    A/S 320
```

Elle fronça les sourcils.

Elle pouvait à peine croire ce qu'elle lisait.

Une erreur dans le senseur de proximité.

Exactement ce que sa liste de points de maintenance lui disait de rechercher.

Après plus de deux heures de vol, une erreur du senseur de proximité avait été relevée par l'enregistreur électrique de bord. L'aile comportait plusieurs senseurs de proximité, de petites plaquettes électroniques qui détectaient la présence de métal à proximité. Les senseurs servaient à s'assurer que les volets et les becs étaient dans leurs positions normales sur l'aile, étant donné que les pilotes ne pouvaient pas les voir.

Selon cette donnée, une divergence était apparue entre les senseurs des côtés droit et gauche. Si c'était la centrale électrique du fuselage qui avait eu un problème, les erreurs auraient été signalées sur les deux ailes. Mais ce n'était que l'aile droite qui avait déclenché la divergence. Elle chercha plus loin pour voir si la défaillance se répétait.

Elle parcourut les listes rapidement, fourrageant dans la liasse. Elle ne vit rien du premier coup. Mais une défaillance isolée dans un senseur signifiait qu'il fallait le vérifier. Là aussi, elle devrait demander à Ron.

Il était si difficile de se faire une idée du vol d'après ces fragments. Elle avait besoin des données continues de l'enregistreur de vol. Elle appellerait Rob Wong le lendemain matin et lui demanderait ce qu'il en pensait.

Entre-temps...

Casey bâilla, s'inclina un peu plus sur ses coussins et continua à travailler.

Mercredi

Glendale

6 h 12

Le téléphone sonnait. Elle se réveilla et roula sur elle-même, froissant du papier sous son coude. Elle vit que c'étaient les feuilles de données éparpillées sur le lit.
Le téléphone continua à sonner. Elle le décrocha.
– Mom.
Solennelle, au bord des larmes.
– Bonjour, Allie.
– *Mom*. Dad veut que je porte la robe rouge et je veux porter la bleue avec les fleurs.
Elle soupira.
– Qu'est-ce que tu portais hier ?
– La bleue. Mais elle n'est pas sale *ni rien*.
C'était une vieille bataille. Allison aimait porter les vêtements de la veille. Une sorte de conservatisme inné d'une fillette de sept ans.
– Ma chérie, tu sais que je veux que tu portes des vêtements propres à l'école.
– Mais elle *est* propre, Mom. Et je *déteste* la robe rouge.
Le mois précédent, la robe rouge avait été sa favorite. Allison s'était battue pour la porter tous les jours.
Casey s'assit sur le lit, bâilla, regarda les papiers, les épaisses colonnes de données. Elle entendait les lamentations de sa fille au téléphone et se demandait : ai-je mérité cela ? Elle se demanda pourquoi Jim ne réglait pas ce problème. Tout était tellement difficile au téléphone. Jim n'assumait pas son rôle, il n'était pas assez ferme avec sa fille, et la tendance naturelle de l'enfant d'opposer l'un des parents à l'autre créait une interminable série de conflits à distance.
Problèmes insignifiants, jeux de pouvoir enfantins.

— Allison, interrompit-elle sa fille, si ton père dit que tu dois porter la robe rouge, tu obéis.
— Mais mom...
— C'est lui qui dirige maintenant.
— Mais mom...
— C'est tout vu, Allison. Plus de discussions. La robe rouge.
— Oh mom...

Elle commença à pleurer.
— Je te déteste.

Et elle raccrocha.

Casey envisagea de la rappeler puis renonça. Elle bâilla, sortit du lit, alla à la cuisine et mit la machine à café en route. Son fax bourdonnait dans le coin du salon. Elle alla regarder le papier qui en sortait.

C'était une copie d'un communiqué de presse diffusé par une entreprise de relations publiques à Washington. Bien que l'entreprise en question eût une appellation neutre, Institut pour la recherche en aviation, elle savait que c'était une société représentant le consortium européen qui fabriquait Airbus. Le communiqué était rédigé de façon à avoir l'air d'une dépêche d'agence, complète avec le titre en tête. Il était ainsi libellé :

LA JAA SUSPEND LA CERTIFICATION DU GROS PORTEUR N-22 EN RAISON DE PROBLÈMES PERSISTANTS DE FIABILITÉ EN VOL.

Elle soupira.
Ça allait être une foutue journée.

La salle d'état-major

7 h

Casey grimpa l'escalier de métal qui menait à la salle d'état-major. Quand elle atteignit la passerelle, John Marder y faisait les cent pas en l'attendant.

— Casey.

— Bonjour, John.

— Vous avez vu ce truc de la JAA ? (Il tenait le fax en main.)

— Oui, je l'ai vu.

— C'est n'importe quoi, bien sûr, mais Edgarton en a fait un monde. Il est très contrarié. D'abord, deux incidents sur le N-22 en deux jours et maintenant ça. Il a peur que nous nous fassions assaisonner par la presse. Et il ne pense pas que l'équipe de Benson soit capable de gérer correctement cette histoire.

Bill Benson était un des vétérans de Norton ; il s'occupait des relations avec les médias depuis l'époque où la compagnie vivait de contrats militaires et ne lâchait pas une information à la presse. Têtu et tranchant, Benson ne s'était jamais adapté au monde d'après Watergate, où les journalistes étaient des personnalités qui faisaient chuter des gouvernements. Il était fameux pour ses querelles avec les reporters.

— Ce fax peut éveiller l'attention de la presse, Casey. Surtout des journalistes qui ne sont pas au fait des combines de la JAA. Et puis, disons-le tout net, ils ne s'adresseront pas aux porte-parole. Ils voudront un responsable de la compagnie. C'est pourquoi Hal veut que toutes les questions sur la JAA soient traitées par vous.

— Par moi..., dit-elle.

Elle réfléchissait. Laisse tomber. Tu as déjà ton travail.

— Benson ne sera pas très content si vous faites ça...

— Hal lui a parlé personnellement. Benson est au courant.

— Vous êtes certain ?

— Je pense aussi, dit Marder, que nous devrions préparer un dossier de presse sur le N-22. Quelque chose de mieux que la camelote ordinaire des relations publiques. Hal suggère que vous constituiez un dossier complet pour réfuter les histoires de la JAA, vous savez, les heures de service, le palmarès de sécurité, les données de fiabilité de fonctionnement, les SDR, tout ça...

— Okay...

Ça représentait beaucoup de travail et...

— J'ai dit à Hal que vous étiez occupée et que c'était une charge de plus, continua Marder. Il a approuvé une promotion de deux grades dans votre CE.

La Compensation d'Encouragement, qui entrait dans le système des bonus de la compagnie, représentait une grosse part du revenu de chaque cadre. Une augmentation de deux grades équivaudrait pour Casey à beaucoup d'argent.

— D'accord.

— Le but est d'obtenir une bonne réaction à ce fax, une réaction charpentée. Et Hal veut en être sûr. Est-ce que je peux compter sur vous ?

— Bien sûr.

— Bon, dit Marder, et il monta l'escalier vers la salle.

Richman y était déjà, l'air estudiantin en veston sport avec une cravate. Casey s'installa dans un siège. Marder embraya d'emblée en troisième, agitant le fax de la JAA et haranguant les ingénieurs. « Vous avez probablement déjà remarqué que la JAA joue au plus fin avec nous. Elle a choisi son moment pour mettre en péril la vente à la Chine. Mais si vous lisez ce poulet, vous saurez tous que c'est à propos du moteur à Miami et pas du tout à propos de TransPacific. Du moins pas encore... »

Casey essaya de faire attention, mais l'esprit ailleurs, elle calculait ce que représentait le changement de CE. Un saut de deux grades valait... elle fit des calculs mentaux... quelque chose comme une augmentation de vingt pour cent. Seigneur, pensa-t-elle. Vingt pour cent. Elle pourrait envoyer Allison dans une école privée. Et elles pourraient prendre ensemble des vacances dans un endroit charmant, les Hawaii par exemple. Elles descendraient dans un bon hôtel. Et l'année suivante, elles déménageraient dans une maison plus grande, avec un grand jardin, pour qu'Allison pût s'y ébattre, et...

Tout le monde la regardait.

— Casey ? dit Marder. L'enregistreur ? Quand pouvons-nous en avoir les données ?

— Je regrette. J'en ai parlé à Rob ce matin. Le calibrage est lent. Il en saura davantage demain.
— Okay. La structure ?
Doherty commença de son ton misérable.
— John, c'est très difficile, vraiment très difficile. Nous avons trouvé un mauvais tube de verrouillage sur le deuxième bec. C'est une contrefaçon et...
— Nous le vérifierons au test en vol, coupa Marder. L'hydraulique ?
— Les essais se poursuivent, mais jusqu'ici ça va. Les câbles correspondent aux spécifications.
— Quand aurez-vous fini ?
— Fin de la première tranche demain.
— L'électricité ?
— Nous avons vérifié les principaux circuits, dit Ron. Rien jusqu'ici. Nous devrions programmer un Test de cycle électrique pour tout l'appareil.
— D'accord. Est-ce que nous pouvons le faire la nuit, pour gagner du temps ?
Ron eut un geste dubitatif.
— Bien sûr. C'est cher, mais...
— Au diable les dépenses. Autre chose ?
— Eh bien, il y a un truc bizarre, oui, répondit Ron. Les erreurs sur le DEU indiquent qu'il y aurait eu un problème avec les senseurs de proximité dans l'aile. S'il y a eu défaillance des senseurs, il a pu y avoir un signalement erroné des becs dans le cockpit.
C'était ce que Casey avait remarqué la veille. Elle avait une note pour se rappeler d'en parler plus tard à Ron. Et il y avait aussi le problème des mentions AUX sur les tirages.
Son esprit dériva de nouveau vers l'augmentation. Allison pourrait maintenant aller dans une vraie école. Elle la vit à un petit bureau, dans une petite classe...
Marder demanda :
— Les moteurs ?
— Nous ne sommes toujours pas certains qu'il n'y ait pas eu enclenchement des inverseurs de poussée, dit Kenny Burne. Il faudra encore un jour.
— Continuez jusqu'à ce que vous en ayez le cœur net. L'avionique ?
— Elle va jusqu'ici, répondit Trung.
— Cette histoire de pilote automatique...
— On n'est pas encore arrivé au PA. C'est le dernier point que nous vérifierons dans la séquence. Nous le testerons au cours du vol d'essai.

— Très bien, dit Marder. Donc : nouvelle question concernant les senseurs de proximité, à vérifier aujourd'hui. Enregistrement de vol, moteurs et avionique en attente. On a tout vu ?

Tout le monde hocha la tête.

— Je ne vous retiens pas. J'ai besoin de réponses. (Marder tendit le fax de la JAA.) Ce n'est que le bout de l'iceberg, les potes. Je n'ai pas à vous rappeler ce qui est arrivé au DC-10. L'avion le plus perfectionné de son temps, une merveille d'ingénierie. Mais il a eu deux incidents, de mauvaises images et bang, le DC-10 appartient à l'histoire. L'histoire. Alors trouvez-moi ces réponses !

Norton Aircraft

9 h 31

En allant vers le hangar 5, Richman dit :
— Marder avait l'air pas mal excité, non ? Est-ce qu'il croyait tout ça ?
— À propos du DC-10 ? Oui. Un seul accident a tué l'avion.
— Quel accident ?
— C'était le vol American Airlines de Chicago à Los Angeles, répondit Casey. En mai 1979. Belle journée, bonne météo. Tout de suite après le décollage, le moteur gauche est tombé de l'aile. L'avion a perdu de la vitesse et s'est écrasé près de l'aéroport, tout le monde est mort. Tragique. Ça a duré trente secondes. Deux personnes avaient filmé l'accident et toutes les chaînes de télé avaient donc le film à onze heures. Les médias se sont emballés et ont appelé l'avion un cercueil volant. Les agences de voyages ont été inondées de coups de téléphone annulant des réservations sur le DC-10. Douglas n'en a plus jamais vendu un exemplaire.
— Pourquoi est-ce que le moteur est tombé ?
— Mauvaise maintenance. American n'avait pas suivi les instructions de Douglas sur la manière de détacher le moteur de l'appareil. Douglas leur avait recommandé d'enlever d'abord le moteur, et ensuite le pylône qui rattache le moteur à l'aile. Mais pour gagner du temps, American avait enlevé le tout, moteur et pylône ensemble. Ça représente sept tonnes sur un chariot de levage. Un des chariots est tombé en panne sèche durant l'opération et a fêlé le pylône. Mais on n'a pas repéré la fêlure et à la fin, le moteur est tombé de l'aile. C'était donc entièrement causé par la maintenance.
— Sans doute, mais est-ce qu'un avion n'est pas censé pouvoir voler même avec un moteur en moins ?
— Si, répondit Casey. Le DC-10 était conçu pour survivre à ce

genre d'accident. L'avion était parfaitement fiable. Si le pilote avait maintenu sa vitesse, il s'en serait sorti. Il aurait pu poser l'avion.

— Pourquoi ne l'a-t-il pas fait ?

— Parce que, comme d'habitude, il y a eu une cascade d'événements qui a mené à la catastrophe finale, expliqua Casey. Dans ce cas-là, l'énergie électrique des commandes du commandant de bord dans le cockpit était fournie par le moteur gauche. Quand celui-ci est tombé, les instruments du commandant sont morts, y compris l'alarme de décrochage du cockpit et l'alarme de secours dite « vibreur de manche ». C'est un mécanisme qui fait vibrer le levier pour prévenir le pilote que l'avion est proche du décrochage. Le copilote avait toujours, lui, la vitesse et les instruments, mais le poste du copilote ne disposait pas du vibreur de manche. Celui-ci est une option à décider par le client, et American ne l'avait pas commandée. Et Douglas n'avait pas installé de système redondant pour l'alarme de perte de vitesse dans le cockpit. Ce qui fit que lorsque le DC-10 commença à décrocher, le copilote n'avait pas compris qu'il devait augmenter la poussée.

— Okay, dit Richman, mais pour commencer, le commandant n'aurait pas dû perdre son énergie électrique.

— Non, c'était une caractéristique de sécurité prévue d'avance, répondit Casey. Douglas avait conçu et réalisé l'avion pour surmonter pareilles défaillances. Quand le moteur gauche s'est détaché, il y a eu coupure délibérée du circuit de puissance du commandant pour prévenir d'autres coupures dans le système général. Rappelez-vous, tous les systèmes d'un avion sont redondants. S'il y en a un qui fait défaut, un autre prend le relais. Et il était facile de rétablir le fonctionnement des instruments du commandant ; tout ce que l'ingénieur navigant avait à faire était de déclencher un relais ou l'énergie de secours. Mais il n'a fait ni l'un ni l'autre.

— Pourquoi ?

— Personne ne le sait. Et le copilote, faute des informations nécessaires sur ses cadrans, a intentionnellement réduit sa vitesse, ce qui causa le décrochage et la chute de l'avion.

Ils marchèrent en silence pendant un moment.

— Imaginez toutes les manières dont cela aurait pu être évité, dit Casey. Les équipes de maintenance auraient pu vérifier les pylônes pour détecter des dommages structurels encourus après un montage incorrect. Mais ils ne l'ont pas fait. Continental avait déjà fissuré deux pylônes en se servant de chariots de levage, et ils auraient pu informer American que cette procédure était dangereuse. Mais ils ne l'ont pas fait. Douglas avait prévenu American des problèmes de Continental, mais American n'y avait pas prêté attention.

Richman secouait la tête.

— Et après l'accident, Douglas ne pouvait pas dire que c'était un problème de maintenance, parce qu'American était un client privilégié. Douglas n'allait donc pas diffuser son explication. Dans tous ces incidents, c'est toujours la même histoire, la vérité n'apparaît jamais, à moins que les médias n'aillent la déterrer. Mais l'histoire est complexe, et c'est difficile pour la télévision... alors ils se contentent de projeter le film. Le film de l'accident qui montre le moteur gauche tombant de l'aile et l'avion virant à gauche et piquant du nez. Les images laissent croire que l'avion avait été mal conçu, que Douglas n'avait pas prévu une défaillance de pylône et n'avait pas construit l'avion pour y survivre. Ce qui était complètement faux. Mais Douglas n'a jamais plus vendu un autre DC-10.

— Bon, dit Richman, je ne crois pas que vous puissiez le reprocher aux médias. Ils ne créent pas les nouvelles, ils ne font que les rapporter.

— C'est ce que je voulais dire. Ils n'ont pas rapporté les nouvelles, ils n'ont fait que montrer le film. L'accident de Chicago a été une sorte de charnière dans notre industrie. C'était la première fois qu'un bon avion était détruit par une mauvaise presse. Le coup de grâce a été un rapport du NTSB. Il est paru le 21 décembre. Personne n'y a fait attention.

« Alors, poursuivit Casey, quand Boeing présente son nouveau 777, ils organisent une campagne de presse complète qui coïncide avec le lancement, clôturée par une série de six émissions sur la télévision publique. Et un livre accompagne le tout. Ils font tout ce qu'ils peuvent imaginer pour créer à l'avance une bonne image de l'avion. Parce que les enjeux sont trop élevés.

Richman, toujours à ses côtés, dit :

— Je ne peux pas croire que les médias aient tellement de pouvoir.

Casey secoua la tête.

— Marder a raison de se faire du souci. Si quelqu'un des médias s'occupe du vol 545, alors il se révélera que le N-22 a eu deux incidents en deux jours. Et nous serons dans une belle panade.

Newsline / New York

13 h 54

Au centre de Manhattan, à un vingt-troisième étage et dans le quartier éditorial de l'émission hebdomadaire d'informations télévisées *Newsline,* Jennifer Malone repassait la bande d'une interview avec Charles Manson. Son assistante Deborah entra, posa un fax sur le bureau et dit d'un ton désinvolte :

— Pacino a fait faux bond.

Jennifer appuya sur la touche « pause ».

— Quoi ?

— Al Pacino vient de faire faux bond.

— Quand ?

— Il y a dix minutes. Il a engueulé Marty et il est parti.

— *Quoi ?* Nous avons passé quatre jours à tourner des arrière-plans sur le plateau à Tanger. Son film commence ce week-end et il est prévu pour les douze pleines.

Un épisode de douze minutes sur *Newsline,* l'émission d'informations la plus suivie, était de ce genre de publicité que l'argent ne peut pas acheter. Toutes les stars d'Hollywood y aspiraient.

— Qu'est-ce qui s'est passé ?

— Marty bavardait avec lui durant le maquillage et a dit au passage que Pacino n'avait pas eu de grand succès depuis quatre ans. Et je crois que celui-ci s'en est offensé et il est parti.

— Devant la caméra ?

— Non, avant.

— Seigneur, dit Jennifer. Pacino ne peut pas faire ça. Son contrat exige qu'il fasse de la publicité. Tout ça avait été organisé il y a des mois.

— Ouais, bon. Il l'a fait.

— Qu'est-ce que dit Marty ?

— Marty est vexé. Marty dit : « Qu'est-ce qu'il croit, c'est une émission d'informations, nous posons des questions pointues. » Tu sais, du Marty typique.

Jennifer poussa un juron.

— C'est exactement ce que tout le monde craignait.

Marty Reardon était un journaliste notoirement agressif. Bien qu'il eût quitté le département des informations deux ans auparavant pour travailler à *Newsline,* à un salaire beaucoup plus élevé, il se considérait toujours comme un journaliste de choc, dur mais honnête, sans inhibitions ; en fait, il aimait embarrasser les gens qu'il interviewait, les mettant sur la sellette avec des questions qui relevaient strictement de leur vie privée, même si ces questions n'avaient aucun rapport avec le sujet de l'interview. Personne n'avait voulu de Marty pour le film sur Pacino, parce qu'il n'aimait ni les célébrités, ni faire de « pièces montées ». Mais Frances, qui couvrait d'habitude les célébrités, était à Tokyo pour interviewer la princesse.

— Est-ce que Dick en a parlé à Marty ? Est-ce que nous pouvons rattraper ça ?

Dick Shenk était le directeur de production de *Newsline.* En trois ans, il avait transformé une émission qui n'avait été qu'un bouche-trou estival en un succès bien établi de *prime time.* Shenk prenait toutes les décisions importantes et il était le seul à avoir assez de poigne pour tenir tête à une prima donna comme Marty.

— Dick est en train de déjeuner avec M. Early.

Les déjeuners de Shenk avec Early, le président de la chaîne, duraient jusque fort avant dans l'après-midi.

— Dick n'est donc pas informé ?

— Pas encore.

— Parfait, dit Jennifer.

Elle consulta sa montre ; il était deux heures de l'après-midi. Pacino les ayant laissés tomber, ils avaient un trou de douze minutes à remplir et moins de soixante-douze heures pour le faire.

— Qu'est-ce que nous avons en réserve ?

— Rien. On est en train de remonter Mère Teresa. Mickey Mantle n'est pas encore arrivé. Tout ce que nous avons est cette histoire de jeune footballeur en chaise roulante.

Jennifer émit un grommellement.

— Dick n'acceptera jamais ça.

— Je sais, dit Deborah, c'est sinistre.

Jennifer saisit le fax que son assistante avait déposé sur la console. C'était un communiqué de presse d'une boîte de relations publiques, un des centaines que tous les programmes de télé recevaient chaque jour. Comme les autres, ce fax était présenté de façon à avoir l'air d'un article révélateur, avec un titre journalistique :

LA JAA SUSPEND LA CERTIFICATION DU GROS PORTEUR N-22 EN RAISON DE PROBLÈMES PERSISTANTS DE FIABILITÉ EN VOL.

— Qu'est-ce que c'est que ça ? demanda-t-elle, sans gaieté.
— Hector a dit de te le donner.
— Pourquoi ?
— Il pense qu'il pourrait y avoir quelque chose là-dedans.
— Pourquoi ? Qu'est-ce que c'est la JAA ?

Jennifer parcourut le texte en diagonale ; il abondait en jargon d'aéronautique, dense et impénétrable. Elle se dit qu'il n'y avait pas là d'illustration.

— Apparemment, expliqua Deborah, c'est le même avion qui a pris feu à Miami.
— Oh. Hector veut faire quelque chose sur la sécurité ? Bonne chance. Tout le monde a vu la séquence de l'avion en train de brûler. Et ça n'avait même pas d'intérêt pour commencer. (Jennifer mit le fax de côté.) Demande-lui s'il a autre chose.

Deborah s'en fut. Demeurée seule, Jennifer considéra l'image figée de Charles Manson sur l'écran en face d'elle. Puis elle l'effaça et décida de réfléchir un peu.

Jennifer Malone avait vingt-neuf ans et elle était la plus jeune productrice de sujets dans l'histoire de *Newsline*. Sa promotion avait été rapide. Elle avait témoigné de son talent dès le début ; alors qu'elle était encore en train de faire ses études à l'université Brown, travaillant comme vacataire durant les vacances à l'instar de Deborah, elle avait fait des recherches jusqu'à une heure avancée de la nuit, sollicitant les terminaux Nexis, passant les dépêches d'agence au peigne fin. Puis, tout émue, elle était allée voir Dick Shenk pour lui proposer une émission sur cet étrange nouveau virus apparu en Afrique et le courageux médecin d'Atlanta qui se trouvait sur les lieux. Cela avait produit l'épisode fameux sur le virus Ebola, le plus grand coup de l'année pour *Newsline* et un autre Peabody Award pour le palmarès mural de Dick Shenk.

Puis à un rythme soutenu, elle avait produit le sujet Darryl Strawberry, le sujet sur l'exploitation minière à ciel ouvert dans le Montana et celui sur le casino iroquois. Aucun vacataire n'avait de mémoire d'homme réalisé un sujet qui eût été diffusé ; Jennifer, elle, en comptait quatre. Shenk lui annonça qu'il aimait son cran et lui offrit un poste. Le fait qu'elle était brillante et jolie et une Ivy Leaguer [1] de surcroît ne gâtait rien. Le mois de juin suivant, quand elle eut obtenu son diplôme, elle alla travailler pour *Newsline*.

L'émission comptait quinze producteurs qui réalisaient des épisodes. Chacun était assigné à un réalisateur de talent et était censé produire un sujet toutes les deux semaines. Un sujet moyen prenait quatre semaines à réaliser. Après deux semaines de recherches, les producteurs se réunissaient avec Dick pour obtenir le feu vert. Puis ils allaient sur les lieux, tournaient des arrière-plans et faisaient les interviews subsidiaires. Le sujet était bâti par le producteur et raconté par le présentateur vedette, qui venait une journée, se soumettait aux prises d'images et aux interviews majeures puis repartait pour une autre mission, laissant le montage au producteur. Quelquefois, il advenait que cette star vînt dans le studio, lût le script que le producteur avait préparé et fît la voix off pour les images.

Quand l'épisode était enfin diffusé, le présentateur endossait le personnage d'un vrai enquêteur. *Newsline* protégeait jalousement la réputation de ses vedettes. Mais en fait les vrais journalistes étaient les producteurs ; c'étaient ces derniers qui choisissaient les sujets, faisaient les recherches et les montaient, écrivaient les scénarios et réalisaient le montage. Le présentateur faisait ce qu'on lui disait de faire.

Jennifer appréciait ce système. Elle jouissait, en effet, d'un pouvoir considérable et elle aimait travailler en coulisses, dans l'anonymat. Celui-ci lui était utile. Souvent, quand elle faisait des interviews, on la prenait pour une sous-main et les interviewés parlaient librement, alors que la bande d'enregistrement tournait. À un moment donné, l'interviewé demandait : « Quand est-ce que je vais rencontrer Marty Reardon ? » Elle répondait alors d'un ton solennel que cela n'avait pas encore été décidé et elle poursuivait ses interrogations. Et pendant ce temps-là, l'andouille parlait toujours, croyant que ce n'était qu'une répétition.

C'était en fait elle qui réalisait le sujet. Elle se moquait de ce que le mérite revînt aux vedettes. « Nous ne disons jamais que c'est eux qui font l'enquête, renchérissait Shenk. Nous ne laissons jamais entendre qu'ils interviewent quelqu'un qu'ils n'ont pas réellement interrogé dans cette émission, ce n'est pas le talent qui a la

---

[1]. Ligue des joueurs de football et d'autres sports d'équipe des principales universités américaines du Nord-Est : Cornell, Harvard, Yale, Princeton, Columbia, Brown, Colgate, Dartmouth, université de Pennsylvanie. Les Ivy Leaguers représentent une élite universitaire. *(N.d.T.)*

vedette. La vedette, c'est le sujet. Le présentateur n'est qu'un guide qui introduit le public au sujet. Le présentateur est quelqu'un en qui il a confiance et avec qui il se sent assez à l'aise pour l'inviter chez lui ».

C'était vrai, pensa-t-elle. Et de toute façon, on n'avait pas le temps de faire autrement. Une star telle que Marty Reardon avait un agenda plus chargé que celui du président des États-Unis et même, pouvait-on dire, était plus fameux, plus reconnaissable dans la rue. On ne pouvait pas s'attendre à ce que quelqu'un comme Marty perdît un temps précieux à faire des enquêtes, suivant de fausses pistes, et à monter un sujet.

On n'avait simplement pas le temps.

C'était la télévision : on n'avait jamais assez de temps.

Elle consulta de nouveau sa montre. Dick ne reviendrait pas de son déjeuner avant trois heures ou trois heures et demie. Marty Reardon n'allait pas présenter ses excuses à Al Pacino. Donc, quand Dick reviendrait, il piquerait une colère, il passerait un savon à Reardon et chercherait désespérément un bouche-trou.

Jennifer avait une heure pour en trouver un.

Elle se tourna vers son poste de télé et commença à zapper nonchalamment de chaîne en chaîne. Et elle regarda de nouveau le fax sur son bureau.

LA JAA SUSPEND LA CERTIFICATION DU GROS PORTEUR N-22 EN RAISON DE PROBLÈMES PERSISTANTS DE FIABILITÉ EN VOL.

Attends un peu, pensa-t-elle. Des problèmes persistants ? Est-ce que ça voulait dire qu'il y avait un problème de sécurité permanent ? Si c'était le cas, il y avait peut-être là un sujet. Pas la sécurité aérienne, ça avait été déjà traité un million de fois. Ces interminables histoires de contrôle du trafic aérien, du fait qu'ils utilisaient des ordinateurs des années soixante et des risques d'un système démodé. Des histoires de ce genre ne faisaient que rendre les gens anxieux. Le public ne pouvait pas s'y intéresser parce qu'il n'y pouvait rien. Mais un avion particulier avec un problème ? N'achetez pas ce produit. Ne volez pas sur cet avion.

Ça pourrait être très, *très* efficace, pensa-t-elle.

Elle saisit le téléphone et composa un numéro.

Hangar 5

11 h 15

Casey trouva Ron Smith la tête enfouie dans le compartiment des accessoires, juste à l'arrière du train d'atterrissage avant. Autour de lui, son équipe d'électriciens était absorbée dans son travail.

— Ron, dit-elle, expliquez-moi cette liste de défaillances.

Elle avait apporté les dix pages avec elle.

— Qu'est-ce qu'elle a ?

— Il y a quatre données AUX ici. Lignes un, deux, trois et COA. À quoi servent-elles ?

— C'est important ?

— C'est ce que j'essaie de savoir.

— Bon. (Ron soupira.) AUX 1 est le générateur auxiliaire de puissance, la turbine dans la queue. AUX 2 et 3 sont des lignes redondantes, pour le cas où le système devrait assumer un effort supplémentaire et aurait plus tard besoin de leur énergie. AUX COA est une ligne auxiliaire pour les options demandées par le client. Elle sert par exemple pour des installations telles que le QAR. Que cet avion n'a pas.

— Ces lignes accusent des valeurs zéro. Est-ce que ça signifie qu'elles sont en service ?

— Pas nécessairement. À zéro défaillance, il faudrait les tester.

— Okay. (Elle plia les feuilles de données.) Et les défaillances des senseurs de proximité ?

— Nous sommes là-dessus. Il se peut que nous découvrions quelque chose. Mais bon. Les relevés de défaillances sont des instantanés. Nous ne reconstituerons jamais avec des instantanés ce qui s'est passé sur cet avion. Nous avons besoins des données de l'enregistreur de vol. Il faut que vous nous les obteniez, Casey.

— Je talonne Rob Wong...

— Talonnez-le encore plus. L'enregistreur de vol est la clef.
À l'arrière de l'appareil retentit un cri désolé :
— Nom de nom ! C'est pas croyable !
C'était Kenny Burne.

Il se tenait sur la plate-forme derrière le moteur gauche, agitant les bras avec colère. Les autres ingénieurs autour de lui secouaient la tête.

Casey alla voir.

— Vous avez trouvé quelque chose ?

— Je fais le compte, dit Burne, pointant le doigt vers le moteur. D'abord, les embouts des tuyères sont mal installés. Un idiot d'une maintenance les a mis à l'envers.

— Ça affecte le vol ?

— Tôt ou tard, oui. Mais ce n'est pas tout. Regardez ce capot sur les inverseurs.

Casey grimpa sur l'échafaudage à l'arrière du moteur, où les ingénieurs inspectaient les capots ouverts des inverseurs.

— Montrez-lui, les gars, dit Burne.

Ils dirigèrent le faisceau d'une torche électrique sur l'intérieur d'un capot. Casey vit une surface d'acier massif, incurvée avec précision et couverte de la fine suie du moteur. Ils éclairèrent le logo de Pratt and Whitney, qui était estampé près du bord d'attaque du manchon métallique.

— Vous voyez ? demanda Kenny.

— Quoi ? Vous voulez dire la marque de la pièce ? répondit Casey.

Le logo de Pratt and Whitney était un aigle cerclé orné des initiales P et W.

— C'est ça. La marque.

— Qu'est-ce qu'elle a ?

Burne secoua la tête.

— Casey, l'aigle est inversé. Il regarde du mauvais côté.

— Oh !

Elle ne l'avait pas remarqué.

— Maintenant, vous croyez que Pratt and Whitney ont dessiné leur aigle à l'envers ? Pas question. C'est une foutue contrefaçon, Casey.

— Okay, admit-elle. Mais est-ce que ça affecte le vol ?

C'était le point critique. Ils avaient déjà trouvé des pièces de contrefaçon sur l'appareil. Amos avait dit qu'il y en aurait d'autres et il avait indiscutablement raison. Mais la question demeurait : est-ce qu'une d'entre elles avait affecté de quelque manière le comportement de l'avion durant l'accident ?

— C'est possible, dit Burne, avançant d'un pas lourd. Mais je ne peux pas démonter ce moteur, pour l'amour de Dieu. Ça nous prendrait deux semaines.
— Et alors, comment saurons-nous ?
— Nous avons besoin de cet enregistreur de vol, Casey. Il nous faut ces données.

Richman demanda :
— Vous voulez que j'aille au centre de données ? Voir où en est Wong ?
— Non, répondit Casey. Ça ne servira à rien.
Rob Wong avait ses humeurs. Si on le harcelait, ça n'aboutirait à rien ; il était capable de disparaître pendant deux jours.
Son téléphone cellulaire sonna. C'était Norma.
— Ça commence, dit-elle. Tu as des appels de Jack Rogers, de Barry Jordan au *LA Times*, d'un type qui s'appelle Winslow au *Washington Post*. Et une demande de matériel officieux sur le N-22 de *Newsline*.
— *Newsline* ? Cette émission de télé ?
— Ouais.
— Ils font un sujet ?
— Je ne pense pas, répondit Norma. Ça ressemblait plutôt à une recherche préliminaire d'informations.
— Okay, je te rappellerai.
Casey s'assit dans un coin du hangar et sortit son bloc-notes. Elle dressa une liste de documents à inclure dans un dossier de presse. Sommaire des procédures de certification de la FAA pour un nouvel avion. Annonce de la certification du N-22 par la FAA. Norma devrait chercher ces documents vieux de cinq ans. Rapport de l'année précédente de la FAA sur la sécurité aérienne. Rapport interne de la compagnie sur la sécurité du N-22 depuis 1991 – le palmarès était remarquable. La liste des consignes de navigabilité adressées par la compagnie à ce jour : il y en avait très peu. Les résumés d'un feuillet sur l'avion, statistiques de base sur la vitesse et le rayon d'action, les dimensions et le poids. Elle ne voulait pas en envoyer trop. Mais ça assurerait déjà les arrières.
Richman l'observait.
— Et maintenant ? demanda-t-il.
Elle arracha le feuillet et le lui tendit.
— Donnez ceci à Norma. Dites-lui de préparer un dossier de presse et de l'envoyer à qui le demandera.
— Okay. (Il considéra la liste.) Je ne suis pas sûr de pouvoir lire...
— Norma saura. Donnez-le-lui.

— Okay.

Richman s'en fut, chantonnant gaiement.

Le téléphone sonna. C'était Jack Rogers, qui l'appelait directement.

— J'entends tout le temps dire que l'aile est en export. On me dit que Norton expédie les outils en Corée, mais qu'ils seront transbordés vers Shanghai.

— Est-ce que Marder vous a parlé ?

— Non. Nos appels se sont croisés.

— Parlez-lui, avant de faire quoi que ce soit.

— Est-ce que Marder acceptera de parler officiellement ?

— Parlez-lui.

— Okay, dit Rogers. Mais il démentira, non ?

— Parlez-lui.

Rogers soupira.

— Écoutez, Casey. Je ne veux pas garder une bonne information sous le coude et puis la lire dans deux jours dans le *LA Times*. Aidez-moi, là. Est-ce qu'il y a un fondement à l'histoire des outils de l'aile ou non ?

— Je ne peux rien dire.

— Je vais vous dire, moi. Si j'écrivais que plusieurs sources autorisées de chez Norton nient que l'aile est en export à la Chine, je suppose que vous n'auriez pas de problèmes avec ça ?

— Je n'en aurais pas, non.

Réponse prudente à question prudente.

— Okay, Casey, merci. Merci. J'appellerai Marder.

Il raccrocha.

Newsline

14 h 25

Jennifer Malone composa le numéro indiqué sur le fax et demanda un certain Alan Price. M. Price était en train de déjeuner et elle parla à son assistante, Mme Weld.
— J'apprends qu'il y a un retard dans la certification européenne de l'avion Norton. Quel est le problème ?
— Vous voulez dire le N-22 ?
— C'est cela.
— Bon, c'est un sujet de controverses, alors je préférerais ne pas m'exprimer officiellement.
— Comment, alors ?
— Officieusement.
— Okay.
— Dans le passé, les Européens acceptaient la certification d'un nouvel avion par la FAA parce qu'ils pensaient que cette approbation était très sérieuse. Mais depuis quelque temps, la JAA met en cause les méthodes de certification américaines. Ils estiment que l'agence américaine, la FAA, a partie liée avec les constructeurs américains et pourrait avoir relâché ses critères.
— Vraiment ?
Chouette, pensa Jennifer. Bureaucratie américaine inepte. Dick Shenk aimait beaucoup ces sujets. Et la FAA était critiquée depuis des années ; il devait y avoir plein de squelettes dans ce placard.
— Quels sont les faits ? demanda-t-elle.
— Eh bien, les Européens trouvent que l'ensemble du système laisse à désirer. Par exemple, la FAA n'archive même pas les documents de certification. Elle laisse les compagnies aériennes le faire pour elle. C'est vraiment beaucoup de complicité.
— Euh-euh.
Elle écrivit : *FAA cul et chemise avec constr. Corrompue !*

— De toute façon, dit la femme, si vous voulez d'autres informations, je suggère que vous appeliez directement la JAA ou Airbus. Je peux vous donner leurs numéros.

Elle appela au lieu de cela la FAA. On lui passa au bureau des relations publiques un nommé Wilson.

— J'apprends que la JAA refuse de valider la certification du N-22.

— Oui, répondit Wilson. Ça fait quelque temps qu'ils traînent les pieds.

— La FAA a déjà certifié le N-22 ?

— Bien sûr. Vous ne pouvez pas construire un avion dans ce pays sans l'approbation et la certification de la FAA de la conception et du mode de fabrication de A à Z.

— Et vous avez les documents de certification ?

— Non. Ils sont conservés par le constructeur. C'est Norton qui les a.

Aha, se dit-elle. C'était donc vrai.
Norton conserve la certification, pas la FAA.
Le renard qui garde le poulailler ?

— Ça ne vous préoccupe pas que Norton conserve la certification ?

— Non, pas du tout.

— Et vous êtes certain que le processus de certification était conforme ?

— Oh, bien sûr. Et comme je l'ai dit, l'avion a été certifié il y a cinq ans.

— J'entends dire que les Européens ne sont pas contents du processus de certification.

— Bon, vous savez, répondit Wilson sur un ton diplomatique, la JAA est une organisation relativement nouvelle. À la différence de la FAA, ils n'ont pas d'autorité statutaire. Je pense donc qu'ils sont en train de se demander de quelle manière ils vont procéder.

Elle appela le service d'information d'Airbus Industrie à Washington et on lui passa quelqu'un du marketing qui s'appelait Samuelson. Il confirma, non sans répugnance, qu'il était informé du retard de certification de la JAA, mais qu'il n'en avait pas les détails.

— Mais Norton a beaucoup de problèmes ces temps-ci, dit-il. Par exemple, je pense que la vente à la Chine n'est pas aussi certaine qu'ils le prétendent.

C'était la première fois qu'elle entendait parler de la vente à la Chine. Elle écrivit :

Vente à la Chine N-22 ?
— Euh-euh, fit-elle.
— Je veux dire, regardons les faits, poursuivit Samuelson, l'Airbus A-340 est un avion supérieur à tous égards. Il est plus récent que le gros porteur Norton. Il a un plus grand rayon d'action. Nous avons expliqué cela aux Chinois et ils commencent à comprendre notre point de vue. De toute façon, si je devais faire une prévision, je dirais que la vente de Norton à la République populaire va échouer. Et bien sûr, les problèmes de sécurité font partie de cette décision. Officieusement, je crois que les Chinois sont très inquiets de la sécurité de l'avion.
La Chine pense que l'appareil n'est pas sûr.
— Avec qui devrais-je en parler ? demanda-t-elle.
— Bon, comme vous savez, en général les Chinois répugnent à parler de négociations en cours, dit Samuelson. Mais je connais quelqu'un au Commerce qui pourrait vous tuyauter. Il travaille à l'Ex-Im Bank, qui assure le financement à long terme des ventes outre-mer.
— Quel est son nom ?

Il s'appelait Robert Gordon. Il fallut quinze minutes à l'opératrice du Département du commerce pour le trouver. Jennifer faisait des crayonnages. À la fin, la secrétaire répondit :
— Je regrette, M. Gordon est en réunion.
— J'appelle de *Newsline*.
— Oh ! (Un temps.) Un instant, s'il vous plaît.
Jennifer sourit. Ça ne ratait jamais.
Gordon vint au bout du fil et elle l'interrogea sur la certification de la JAA et la vente de Norton à la République populaire.
— Est-il vrai que la vente est compromise ?
— Toutes les ventes d'avions sont compromises jusqu'à ce qu'elles aient été signées, madame Malone, dit Gordon. Mais pour autant que je sache, la vente à la Chine est en bonne voie. J'ai, en effet, entendu des rumeurs selon lesquelles Norton a des problèmes avec la certification de la JAA pour l'Europe.
— Quel est le problème ?
— Bon, je ne suis pas un expert aéronautique, mais la compagnie a eu pas mal d'ennuis.
Norton a des ennuis.
— Il y a cette affaire à Miami hier. Et bien sûr vous avez entendu parler de cet incident à Dallas.
— Qu'est-ce que c'était ?
— L'année dernière, ils ont eu un moteur qui a pris feu sur la

piste de décollage. Et tout le monde a sauté de l'avion. Des tas de gens se sont cassé la jambe en sautant du haut des ailes...
Incident de Dallas-moteur/jambes cassées. Bande magn.?
— Euh-euh, fit-elle.
— Je ne sais pas ce que vous en pensez, mais je n'aime pas beaucoup prendre l'avion et, Bon Dieu, quand des gens sautent de l'aile, ce n'est pas un avion sur lequel je voudrais être.
Sauter de l'avion YOW!
Avion pas sûr.
Et dessous, elle écrivit en grandes majuscules :
PIÈGE MORTEL.
Elle appela Norton Aircraft pour avoir leur version du sujet. Elle obtint un type des relations publiques nommé Benson. Ça semblait être l'un de ces cadres somnolents et à la diction pâteuse. Elle décida de lui assener un direct du droit.
— Je veux vous parler de l'incident de Dallas.
— Dallas ?
Il avait l'air surpris.
Bon.
— L'année dernière, dit-elle. Vous avez eu un moteur qui a pris feu et des gens qui ont sauté de l'avion se sont cassé les jambes.
— Ah, oui. Cet incident est survenu à un 737.
Incident avec 737.
— Euh, euh. Bon, qu'est-ce que vous pouvez m'en dire ?
— Rien, répondit Benson, ce n'était pas un avion à nous.
— Oh, allons, répliqua-t-elle. Écoutez, je suis déjà au courant de l'incident.
— C'est un Boeing.
Elle soupira.
— Seigneur. Écoutez-moi.
C'était tellement fastidieux, la manière dont ces gens des relations publiques faisaient les idiots. Comme si un bon reporter d'enquête ne trouvait pas toujours la vérité. Ils avaient l'air de croire que s'ils ne la lui disaient pas, personne d'autre ne le ferait.
— Je regrette, madame Malone, mais nous ne fabriquons pas cet avion.
— Bon, si c'est vraiment vrai, dit-elle d'un ton ouvertement sarcastique, je suppose que vous pouvez me dire comment le vérifier ?
— Oui m'ame, répondit Benson. Vous composez le 206 et vous demandez Boeing. Ils vous renseigneront.
Click.
Seigneur ! Quel con ! Comment est-ce que ces compagnies

pouvaient traiter les médias de cette manière ? Vous vexez un reporter, il vous le rendra à coup sûr. Est-ce qu'ils ne comprenaient pas ça ?

Elle appela Boeing et demanda le département des relations publiques. Elle obtint un enregistrement, une conne qui récitait un numéro de fax et disait que les questions devaient être faxées et que Boeing se mettrait en rapport avec elle. Incroyable, pensa Jennifer. Une des grandes firmes américaines et ils ne répondaient même pas au téléphone.

Elle raccrocha avec irritation. Ce n'était pas la peine d'attendre. Si l'incident de Dallas était survenu à un Boeing, elle n'avait pas de sujet.

Pas de foutue histoire.

Elle tambourina des doigts sur le bureau, se demandant quoi faire.

Elle rappela Norton, disant qu'elle voulait parler à quelqu'un de la direction, pas des relations publiques. On l'orienta vers le bureau du président, puis on la transféra vers une femme qui s'appelait Singleton.

– Que puis-je faire pour vous ? demanda celle-ci.

– J'apprends qu'il y a eu un délai dans la certification du N-22. Quel est le problème de l'avion ?

– Il n'y a pas de problème du tout, répondit Singleton. L'avion vole dans ce pays depuis cinq ans.

– Bon, certaines sources me disent que ce n'est pas un appareil sûr, reprit Jennifer. Vous avez eu un moteur qui a pris feu sur la piste à Miami hier...

– En fait, c'est la soufflante du moteur qui a explosé. Une enquête est en cours.

La femme parlait posément, avec calme, comme si c'était la chose la plus normale du monde qu'un moteur explose.

Explosion de moteur !

– Mouais. Je vois. Mais s'il est vrai que votre avion n'a pas de problème, pourquoi est-ce que la JAA retarde la certification ?

La femme à l'autre bout de la ligne observa un silence.

– Je ne peux vous donner sur cela qu'un point de vue officieux, dit-elle.

Elle semblait contrariée, tendue.

Bon. On allait quelque part.

– Il n'y a pas de problème avec l'avion, madame Malone. Le

problème concerne la propulsion. Dans ce pays, l'appareil vole avec des moteurs Pratt and Whitney. Mais la JAA nous dit que si nous voulons vendre l'avion en Europe, nous devrons l'équiper de moteurs IAE.
— IAE ?
— C'est un consortium européen qui fabrique des moteurs. Comme Airbus. Un consortium.
— Mouais, fit Jennifer.
IAE = consortium Europe.
— Maintenant, poursuivit Singleton, en principe la JAA voudrait que nous équipions l'appareil avec le moteur IAE pour nous conformer aux normes européennes de bruit et de pollution, qui sont plus contraignantes que celles des États-Unis. Mais la réalité est que nous fabriquons les carrosseries, pas les moteurs, et que nous croyons que la décision du choix du moteur devrait être laissée au client. Nous installons le moteur que demande le client. S'il veut un IAE, nous montons un IAE. S'il veut un Pratt and Whitney, nous montons un Pratt and Whitney. Ils veulent un General Electrics, nous montons un GE. C'est comme ça qu'il en a toujours été dans cette industrie. Le client choisit le moteur. Nous considérons donc que c'est une intrusion régulatrice injustifiée de la JAA. Nous serons contents de monter des moteurs IAE si la Lufthansa ou la Sabena nous le demandent. Mais nous ne croyons pas que la JAA devrait dicter les termes d'une autorisation de marché. En d'autres termes, le problème n'a rien à voir avec la fiabilité en vol.

Jennifer fit une moue.
— Vous dites que c'est un problème de règlements ?
— Exactement. C'est un problème entre des blocs commerciaux. La JAA essaie de nous forcer à monter des moteurs européens. Mais si c'est leur but, nous pensons que c'est aux compagnies européennes qu'ils devraient l'imposer, pas à nous.
Dispute à propos de règlements !!
— Et pourquoi ne l'ont-ils pas imposé aux Européens ?
— Il faudrait le demander à la JAA. Mais franchement, je crois qu'ils ont essayé et que les compagnies européennes les ont envoyés promener. Les avions sont construits sur mesure aux spécifications du transporteur. Ce sont les transporteurs qui choisissent les moteurs, l'électronique, la configuration des cabines. C'est leur choix.

Jennifer crayonnait. Elle écoutait la femme au bout du fil, s'efforçant d'y définir l'émotion. Mais la femme avait l'air de s'ennuyer un peu, comme une maîtresse d'école en fin de journée. Jennifer n'y décela ni tension, ni hésitation, ni dissimulation.

Elle fit un dernier essai ; elle appela le National Transportation Safety Board à Washington. On lui passa un nommé Kenner aux affaires publiques.

— J'appelle à propos de la certification du N-22 par la JAA.

Kenner parut surpris.

— En fait, vous savez, ce n'est pas vraiment notre domaine. C'est probablement quelqu'un de la FAA qu'il vous faudrait.

— Est-ce que vous pouvez me donner des informations officieuses ?

— D'accord, la certification d'un avion par la FAA est extrêmement rigoureuse et elle a servi de modèle aux bureaucraties équivalentes étrangères. Du plus loin que je me rappelle, les agences étrangères dans le monde entier ont accepté la certification de la FAA comme suffisante. Maintenant, la JAA a rompu cette tradition et je ne crois pas que la raison en soit mystérieuse. C'est une raison politique, madame Malone. La JAA veut que les Américains se servent de moteurs européens, alors ils menacent de suspendre la certification. Et bien sûr, Norton est sur le point de vendre des N-22 à la Chine et Airbus veut ce marché.

— La JAA débine donc l'avion ?

— Bon. Ils suscitent des doutes, à coup sûr.

— Des doutes légitimes ?

— Pas autant que j'en sache. Le N-22 est un bon avion. Un avion qui a fait ses preuves. Airbus dit qu'ils ont un appareil tout neuf ; Norton dit qu'ils ont un avion qui a fait ses preuves. Les Chinois vont probablement prendre ce dernier. Il est par ailleurs moins cher.

— Mais l'avion est sûr ?

— Oh ! absolument.

NTSB dit que l'avion est sûr.

Jennifer le remercia et raccrocha. Elle s'adossa dans son fauteuil et soupira. Pas de sujet.

Rien.

Point final.

La fin.

— Merde, dit-elle.

Elle appuya sur le bouton d'intercom.
— Deborah, à propos de cette histoire d'avion...
— *Tu regardes ?* glapit Deborah.
— Regarder quoi ?
— CNN. C'est *foutrement* in-cro-yable.
Jennifer s'empara de sa télécommande.

Restaurant El Torito

12 h 05

L'El Torito offrait une nourriture mangeable à un prix raisonnable, et cinquante-deux marques de bières ; c'était un des établissements favoris des ingénieurs. Les membres de l'EAI étaient tous assis à une table au centre de la salle principale, juste devant le bar. La serveuse avait pris leurs commandes et quittait la table quand Kenny Burne dit :

— J'apprends donc qu'Edgarton a quelques problèmes.
— Et nous autres alors, observa Doug Doherty, tendant la main vers les pommes chips et la salsa.
— Marder le déteste.
— Et alors ? dit Ron Smith. Marder déteste tout le monde.
— Mais le fait est que j'entends dire que Marder ne va pas...
— Oh Seigneur ! *Regardez !*

Doug Doherty tendait le doigt vers le bar.

Ils se tournèrent tous vers la télévision montée au-dessus du bar. Le son était bas, mais l'image était indiscutablement celle de l'intérieur d'un gros porteur Norton, telle que le verrait une caméra vidéo salement secouée. Les passagers volaient littéralement dans l'air, rebondissant sur les casiers à bagages et les parois, basculant dans leurs sièges.

— Nom de Dieu ! jura Kenny.

Ils se levèrent de table et coururent vers le bar en criant : « Le son ! Montez le son ! » Les images atroces défilaient toujours.

Quand Casey arriva, la séquence vidéo s'était achevée. On voyait sur l'écran un homme mince, avec une moustache, en costume bleu soigneusement coupé qui évoquait vaguement un uniforme. Elle reconnut Bradley King, un avocat qui se spécialisait dans les accidents d'avion.

— Pigé, ricana Burne, c'est le Roi du Ciel.

« Je pense que ce film est éloquent, disait Bradley King. Mon client, M. Song, nous l'a fourni et le document décrit avec réalisme la terrible épreuve à laquelle les passagers ont été soumis sur ce vol malheureux. Cet avion a plongé de façon spontanée, sans contrôle... et il était à cinq cents pieds de s'écraser dans l'océan Pacifique ! »

— *Quoi ?* cria Kenny Burne. Il a fait *quoi ?*

« Comme vous le savez, je suis moi-même pilote et je peux dire avec une conviction absolue que ce qui est arrivé est le résultat de vices bien connus du jet N-22. Norton connaissait ces vices depuis des années et n'a rien fait. Des pilotes, des transporteurs et des spécialistes de la FAA se sont tous plaints amèrement de l'appareil. Je connais des pilotes qui refusent de piloter le N-22 parce qu'il est trop peu sûr. »

— Surtout ceux que tu paies, dit Burne.

King poursuivait :

« Et pourtant, la Norton Aircraft Company n'a rien fait de sérieux pour pallier ces problèmes de sécurité. C'est réellement inexplicable qu'ils aient pu connaître ces problèmes et ne rien faire. Étant donné leur négligence criminelle, il était inévitable qu'un accident pareil se produisît. Maintenant, trois personnes sont mortes, deux passagers sont paralysés et le copilote est dans le coma pendant que je vous parle. Au total, cinquante-sept passagers ont dû être hospitalisés. C'est un déshonneur pour l'aviation. »

— Ce sac de salive, dit Kenny Burne, il *sait* que ce n'est pas vrai !

Mais la télévision projetait de nouveau le film de CNN, cette fois-ci au ralenti, avec les corps qui tournoyaient dans l'air, tantôt flous et tantôt nets. Casey fut saisie de sueurs froides. Elle eut un vertige et fut oppressée. Le restaurant autour d'elle se brouilla et devint vert pâle. Elle se laissa tomber sur un tabouret du bar et inspira profondément.

Le poste montrait maintenant un barbu à l'air professoral, debout près d'une des pistes de l'aéroport de Los Angeles. Des avions roulaient lentement en arrière-plan. Elle ne pouvait pas entendre ce qu'il disait, parce que les ingénieurs autour d'elle hurlaient à l'adresse de son image.

— Trou du cul !
— Tête de nœud !
— Merde sèche !
— Échappé de bidet !
— Voulez-vous vous taire les gars ? dit-elle.

Le barbu sur l'écran était Frederick Barker, un ancien fonctionnaire de la FAA, qui n'avait plus de rapport avec l'agence. Barker avait plusieurs fois témoigné au tribunal contre la compagnie dans les dernières années. Tous les ingénieurs le détestaient.

Barker disait : « Oh oui, je crains qu'il n'y ait aucun doute sur le problème. »

Quel problème ? pensa-t-elle, mais l'émission s'était transférée au studio de CNN à Atlanta ; la présentatrice se tenait devant une photo du N-22. Sous la photo on lisait en énormes lettres rouges : DANGEREUX ?

– Seigneur, je n'en crois pas mes yeux, éructa Burne. Le Roi du Ciel et puis ce tas de merde de Barker. Ils ne savent pas que Barker *travaille* pour King ?

L'écran montrait à présent un immeuble bombardé au Moyen-Orient. Casey se détourna, descendit du tabouret et respira profondément une fois de plus.

– Nom de nom, je veux une bière, dit Kenny Burne.

Il retourna à la table. Les autres le suivirent, invectivant Fred Barker.

Casey saisit son sac, en tira son téléphone cellulaire et appela le bureau.

– Norma, appelle CNN et demande une copie du film qu'ils viennent de passer sur le N-22.

– J'allais justement sortir pour...

– Maintenant. Tout de suite.

Newsline

15 h 06

— Deborah ! cria Jennifer, les yeux sur la télé. Appelle CNN et demande une copie de la bande Norton !

Elle regardait, écarquillée. Ils repassaient le film, cette fois-ci au ralenti, six images/seconde. Et ça tenait ! Fantastique !

Elle vit un malheureux bouler dans l'air comme un plongeur qui avait perdu le contrôle de ses mouvements, bras et jambes lancés à hue et à dia. Le type fut précipité sur un siège et sa nuque *claqua*, tandis que son corps se tordait, avant qu'il fût de nouveau jeté en l'air et qu'il heurtât le plafond... Incroyable ! Sa nuque brisée, et *là*, sur le film !

C'était le film le plus formidable qu'elle eût jamais vu. Et le son ! Fabuleux ! Des gens hurlant de terreur pure, des sons inimitables, des gens criant en chinois, ce qui rendait le drame *très exotique*, et tous ces incroyables *bruits de chocs* tandis que les gens, les sacs et la merde s'écrasaient sur les parois et les plafonds, Seigneur !

C'était une bande fantastique ! Incroyable ! Et elle *durait* une éternité, quarante-cinq secondes, et tout bon ! Parce que même quand la caméra dansait, qu'elle filait et qu'elle était floue, c'était un atout ! On ne pouvait pas payer un cameraman pour faire ça !

— Deborah ! cria-t-elle. Deborah !

Elle était tellement excitée que son cœur battait. Elle avait l'impression qu'il allait jaillir hors de sa peau. Elle faisait à peine attention au type qu'on voyait maintenant sur l'écran, une sorte d'avocat au visage de furet, en train de débiter ses arguments d'attaque ; ce devait être son film. Mais elle savait qu'il le donnerait à *Newsline*, il serait avide de publicité, ce qui signifiait... qu'ils avaient un sujet ! Fantastique ! Quelques garnitures et un montage et voilà !

Deborah entra, congestionnée, agitée. Jennifer dit :

– Donne-moi les coupures sur Norton Aircraft ces cinq dernières années. Fais une recherche Nexis sur le N-22, sur un type qui s'appelle Bradley King et un autre (elle regarda l'écran) Frederick Barker. Tire le tout. Je le veux maintenant !

Vingt minutes plus tard, elle avait les grandes lignes du sujet et les informations sur les personnages clés. Un article du *LA Times* remontant à cinq ans, sur la sortie d'usine, la certification et le vol inaugural pour le premier client du N-22. Avionique de pointe, systèmes de contrôle électronique et pilote automatique de pointe, bla-bla-bla.

Article du *New York Times* sur Bradley King, l'avocat à polémiques, critiqué parce qu'il pressent les familles des victimes d'accidents d'avion avant qu'elles aient été informées par les compagnies de la mort de leurs parents. Un autre article du *LA Times* sur Bradley King, qui vient de gagner un procès collectif après le crash d'Atlanta. *L'Independent Press-Telegram* de Long Beach : « Bradley King, le roi des dommages d'aviation, censuré par le barreau de l'Ohio pour infraction à la déontologie dans son approche des familles des victimes ; King rejette les accusations de manquement à l'éthique. » Article du *New York Times* : « Bradley King est-il allé trop loin ? »

Article du *LA Times* sur le départ controversé de la FAA du « donneur d'alarmes » Frederick Barker. Barker, critique intrépide, dit qu'il est parti en raison d'un désaccord sur le N-22. Son supérieur dit que Barker a été licencié pour indiscrétions en faveur des médias. Barker s'installe dans le privé comme consultant en aviation.

Independent Press-Telegram de Long Beach : « Fred Barker lance une croisade contre le N-22, qu'il présente comme ayant "une histoire inacceptable d'incidents de sécurité". » *Orange County Telegraph-Star* : « Fred Barker fait campagne pour la sécurité des compagnies aériennes. Barker accuse la FAA de manquer d'autorité à l'égard du " dangereux avion de Norton ". » *Orange County Telegraph-Star* : « Barker témoin-clef dans un procès de Bradley King, achevé sur un règlement à l'amiable. »

Jennifer commençait à entrevoir la tournure que prendrait le sujet. À l'évidence, ils devraient se tenir à distance du coureur d'ambulances Bradley King. Mais Barker, un ancien fonctionnaire de la FAA, serait utile. Il serait probablement capable de critiquer les procédures de certification de la FAA.

Et elle remarqua que Jack Rogers, le reporter de *l'Orange County Telegraph-Star*, était particulièrement critique à l'égard de Norton

Aircraft. Elle releva plusieurs articles récents sous la signature de Rogers.

Orange County Telegraph-Star : « Edgarton pressé de réaliser des ventes pour la compagnie en difficulté. Désaccords parmi les directeurs au plus haut niveau. Doutes sur ses chances de réussite. »

Orange County Telegraph-Star : « Drogues et gangs sur la chaîne de montage du bimoteur Norton. »

Orange County Telegraph-Star : « Rumeurs d'agitation syndicale. Les travailleurs s'opposent à la vente à la Chine, dont ils disent qu'elle va ruiner la compagnie. »

Jennifer sourit.

Les perspectives étaient prometteuses.

Elle appela Jack Rogers à son journal.

— J'ai lu vos papiers sur Norton. Ils sont excellents. J'ai l'impression que vous pensez que la compagnie a quelques problèmes.

— Beaucoup de problèmes, corrigea Rogers.

— Vous voulez dire avec les avions ?

— Eh bien oui, mais aussi avec les syndicats.

— Qu'est-ce qui se passe ?

— Ce n'est pas clair. Mais l'agitation règne dans les ateliers et la direction est sans autorité. Le syndicat est mécontent de la vente à la Chine. Il pense qu'elle ne devrait pas se faire.

— Est-ce que vous en parleriez à la télévision ?

— Certainement. Je ne peux pas citer mes sources, mais je peux vous dire ce que je sais.

Bien sûr qu'il le ferait, pensa Jennifer. C'était le rêve de tout journaliste de la presse écrite de passer à la télé d'une manière ou d'une autre. Les types de la presse écrite comprenaient tous que les gros sous ne venaient que si l'on paraissait sur le petit écran. On pouvait être très connu dans la presse, mais on n'était personne à moins de passer à la télé. Une fois que la télé avait établi votre nom, vous pouviez passer dans le circuit lucratif des conférences et gagner cinq ou dix mille dollars rien que pour prendre la parole au cours d'un déjeuner.

— Je serai probablement absente en fin de semaine... Mon bureau se mettra en rapport avec vous.

— Vous n'avez qu'à me dire quand, répondit Rogers.

Elle appela Fred Barker à Los Angeles. Il avait presque l'air d'attendre son coup de téléphone.

— C'est un film assez impressionnant, dit-elle.

— C'est effrayant quand les becs d'un avion se déploient à

presque la vitesse du son, dit Barker. C'est ce qui est arrivé sur le vol TransPacific. C'est le neuvième incident du même genre depuis que l'appareil a pris du service.

– Le *neuvième*?

– Oh oui! Ce n'est pas une nouveauté, madame Malone. Au moins trois autres décès sont imputables à la conception bâclée de Norton, et pourtant la compagnie n'a rien fait.

– Vous avez une liste?

– Donnez-moi votre numéro de fax.

Elle examina la liste. Elle était un peu trop détaillée à son goût, mais quand même probante.

Incidents de déploiement de becs sur le Norton N-22

1. 4 janvier 1992. Les becs se déploient au niveau de vol 350, mach 0,84. Le levier des volets et des becs avait été actionné par inadvertance.

2. 2 avril 1992. Les becs se sont déployés alors que l'appareil était à la vitesse de croisière de mach 0,81. Un cahier de bord serait tombé sur le levier des volets et des becs.

3. 17 juillet 1992. D'abord décrit comme turbulence sévère; on apprit plus tard, toutefois, que les becs s'étaient déployés à la suite d'un mouvement accidentel du levier des volets et des becs. Cinq passagers blessés, trois sérieusement.

4. 20 décembre 1992. Les becs se déploient sans manipulation du levier des volets et des becs dans le cockpit. Deux passagers blessés.

5. 12 mars 1993. L'avion est entré dans une phase initiale de perte de vitesse à mach 0,82. Les becs étaient déployés et le levier n'était pas en position relevée et verrouillée.

6. 4 avril 1993. Le copilote avait posé son bras sur le levier des volets et des becs et l'avait abaissé, déclenchant ainsi le déploiement des becs. Plusieurs passagers blessés.

7. 4 juillet 1993. Le copilote a rapporté que le levier s'était déplacé et que les becs s'étaient déployés à mach 0,81.

8. 10 juin 1994. Les becs se sont déployés alors que l'avion était en vitesse de croisière, sans déplacement du levier des volets et des becs.

Elle saisit son téléphone et rappela Barker.
— Parleriez-vous de ces incidents à la télé ?
— J'ai témoigné au tribunal à ce sujet à diverses occasions, répondit Barker. Je serai heureux de vous faire une déclaration officielle. Je veux que cet avion soit modifié avant que d'autres personnes meurent. Et personne n'a été disposé à le faire, ni la compagnie et ni la FAA. C'est une honte.
— Mais comment pouvez-vous être sûr que sur ce vol, c'était un incident de becs ?
— J'ai une source d'information chez Norton, dit Barker. Un employé mécontent qui en assez de tous ces mensonges. Ma source me dit que ce sont les becs et que la compagnie le dissimule.

Jennifer mit fin à la conversation avec Barker et appuya sur le bouton de l'intercom.
— Deborah ! cria-t-elle. Passe-moi le département voyages !
Puis elle referma la porte de son bureau et s'assit tranquillement. Elle savait qu'elle tenait un sujet.
Un sujet fabuleux.
La question était : quel angle adopter ? Comment monter le tout ?
Sur une émission telle que *Newsline*, le cadrage était prépondérant. Les producteurs les plus anciens de ce programme parlaient de « contexte », ce qui consistait pour eux à placer un sujet dans un plus vaste contexte. Il fallait indiquer la signification du sujet en décrivant ce qui était arrivé auparavant ou en décrivant des événements semblables qui s'étaient produits dans le passé. Les producteurs plus anciens considéraient que c'était une sorte d'obligation morale ou éthique.
Jennifer n'était pas d'accord avec eux. Parce que, lorsqu'on éliminait toutes les conneries moralisatrices, le contexte n'était qu'un démarreur, une façon de gonfler le sujet, et pas la meilleure, parce que le contexte se référait au passé.
Jennifer ne s'intéressait pas au passé ; elle faisait partie de la nouvelle génération, celle qui comprenait que l'emprise de la télévision faisait que c'était *maintenant*, des événements qui se passaient *maintenant*, un flux d'images dans un présent électronique. Par sa nature même, le contexte imposait un élément de plus que *maintenant*, et ses intérêts n'allaient pas au-delà de *maintenant*. Et les intérêts de personne, d'ailleurs, pensait-elle. Le passé était mort et enterré. Qui se souciait de ce qu'il avait mangé la veille ? De ce qu'il avait fait la veille ? Ce qui s'imposait avec force, c'était maintenant.

Et la télévision à son pinacle était *maintenant*.

Donc, un bon cadrage n'avait rien à faire avec le passé. La liste accusatrice d'événements antérieurs établie par Fred Barker posait en fait un problème, parce qu'elle reportait l'attention sur un passé déteint et ennuyeux. Il faudrait qu'elle trouve un moyen de le confirmer, qu'elle le cite au passage.

Ce qu'elle cherchait à présent était une manière de cadrer le sujet de telle sorte qu'il se passât *maintenant*, selon un schéma que le spectateur pouvait suivre. Les cadrages les meilleurs captaient les spectateurs en présentant le sujet comme un conflit entre le bien et le mal, comme une moralité. Parce que l'audience comprenait cela. Si on cadrait ainsi un sujet, on gagnait l'adhésion immédiate. On parlait le langage du spectateur.

Mais étant donné que l'histoire devait se dérouler rapidement, cette moralité devait s'accrocher à une série de points d'ancrage qui n'avaient pas besoin d'explications. Des choses que l'audience savait véridiques. Les spectateurs savaient déjà que les grandes corporations étaient corrompues, que leurs chefs étaient des cochons cupides et sexistes. On n'avait pas à prouver ça, on n'avait qu'à le mentionner. Les spectateurs savaient déjà que les bureaucraties gouvernementales étaient inefficaces et paresseuses. On n'avait pas non plus besoin de le prouver. Et ils savaient que les produits industriels étaient fabriqués avec cynisme, sans souci de la sécurité du consommateur.

À partir de pareils éléments établis, Jennifer devait construire son histoire de moralité.

Une moralité rapide, qui se passait maintenant.

Bien sûr, le cadrage comportait une autre exigence. Avant tout autre chose, elle devait vendre le sujet à Dick Shenk. Elle devait le lui présenter sous un angle qui correspondrait à sa vision du monde. Et ce n'était pas commode : Shenk était plus raffiné que le public. Plus difficile à satisfaire.

Dans les bureaux de *Newsline,* Shenk était surnommé « le Critique », à cause de la brutalité avec laquelle il rejetait les sujets proposés. Quand il se promenait dans les bureaux, Shenk adoptait un air bonhomme, jouant les grands vieux messieurs. Mais il en était tout autrement quand il écoutait une proposition. Il devenait alors dangereux. Dick Shenk avait reçu une bonne instruction et il était malin, très malin. Il pouvait être charmant quand il le voulait, mais au fond, il était cruel. Il était devenu plus cruel avec l'âge, cultivant sa malveillance et la considérant comme une clé du succès.

Maintenant, elle allait lui présenter une proposition. Elle savait que Shenk voudrait un sujet désespérément. Mais aussi qu'il serait irrité à cause de Pacino et de Marty et que sa colère pouvait se retourner contre Jennifer et son sujet.

Pour éviter sa colère et lui vendre son sujet, elle devrait faire preuve de ruse. Elle devrait le présenter sous une forme qui servirait d'exutoire à l'hostilité et à la colère de Shenk et les canaliserait de façon utile.

Elle tendit la main vers un bloc-notes et commença à esquisser les grandes lignes de ce qu'elle dirait.

À l'administration

13 h 04

Casey entra dans l'ascenseur menant à l'administration, Richman à sa suite.

— Je ne comprends pas, dit-il, pourquoi est-ce que tout le monde est tellement furieux contre King ?

— Parce qu'il ment, répondit Casey. Il sait que l'appareil n'est pas arrivé à cinq cents pieds au-dessus de l'océan Pacifique. Tout le monde serait mort si c'était vrai. L'incident s'est produit à trente-sept mille pieds. L'avion est tombé au maximum de trois à quatre mille pieds, ce qui est déjà assez fâcheux.

— Et alors ? Il attire l'attention. Il défend la cause de son client. Il sait ce qu'il fait.

— À coup sûr.

— Est-ce que Norton a traité avec lui à l'amiable dans le passé ?

— Trois fois.

Il ouvrit les mains :

— Si vous êtes dans votre droit, faites-lui un procès.

— Oui, dit Casey, mais les procès sont très coûteux et ils nous valent de la mauvaise publicité. Ça coûte moins cher de s'arranger à l'amiable et d'ajouter le prix de son chantage à celui de l'avion. Les transporteurs paient ce prix et le répercutent sur les passagers. De cette manière, à la fin, chaque passager paie son billet quelques dollars de plus, sous forme d'une taxe occulte. La taxe juridique. La taxe Bradley King. C'est comme ça que ça fonctionne dans la réalité.

Les portes s'ouvrirent, ils étaient arrivés au quatrième étage. Elle pressa le pas le long du corridor vers son département.

— Où allons-nous maintenant ? demanda Richman.

— Prendre quelque chose d'important que j'avais complètement oublié, dit-elle et, le regardant : Et vous aussi.

Newsline

16 h 45

Jennifer Malone se dirigea vers le bureau de Dick Shenk. En chemin, elle passa devant son Mur de la Renommée, mosaïque serrée de photos, de plaques et de récompenses. Les photos montraient des moments d'intimité avec les gens riches et célèbres : Shenk montant à cheval en compagnie de Reagan ; Shenk sur un yacht avec Cronkite ; Shenk jouant au *softball* à Southampton avec Tisch ; Shenk avec Clinton ; Shenk avec Ben Bradlee. Et dans un coin, Shenk absurdement jeune, les cheveux longs, une Arriflex montée sur l'épaule, filmant John Kennedy dans le Bureau ovale.

Dick Shenk avait commencé sa carrière dans les années soixante comme producteur de fortune de documentaires, à l'époque où les divisions des informations étaient des gouffres financiers, mais des éléments de prestige pour les chaînes : elles étaient autonomes, jouissaient de généreux budgets et entretenaient de vastes personnels. C'était l'époque héroïque des *White Papers* de CBS et des *Reports* de NBC. Shenk était alors un gamin qui circulait avec une Arri, mais il collectait du matériel important et sérieux. Avec les années et le succès, l'horizon de Shenk s'était rétréci. Son monde était désormais limité à sa résidence secondaire dans le Connecticut et à sa *brownstone*[1] de New York. S'il allait ailleurs, c'était dans une voiture avec chauffeur. Mais en dépit de son éducation privilégiée, de ses études à Yale, de ses ex-épouses séduisantes, de son aisance et de ses succès mondains, Shenk n'était pas, à soixante ans, content de sa vie. Derrière les vitres de sa limousine, il ne se sentait pas apprécié ; pas assez de reconnaissance sociale, pas assez de respect pour ses réussites. Le gamin anxieux à la caméra s'était changé en un adulte atrabilaire et amer. Estimant

---

1. Type de maisons de ville bourgeoises, généralement de cinq étages, construites sur le même modèle au début de ce siècle, en briques rouge foncé. *(N.d.T.)*

qu'on lui avait manqué de respect, il se mettait à en manquer aux autres et s'était imprégné d'un cynisme diffus à l'égard de son milieu. Et c'était la raison pour laquelle, Jennifer en était certaine, il approuverait sa présentation du sujet Norton.

Elle entra dans l'antichambre et s'arrêta au bureau de Marian.
– Vous allez voir Dick? demanda celle-ci.
– Il est rentré?
Elle hocha la tête.
– Vous avez besoin de compagnie?
– Si j'ai besoin de compagnie? répéta Jennifer, levant les sourcils.
– Oui, dit Marian, il a bu.
– Ça va, je peux le dompter, assura Jennifer.

Dick Shenk l'écouta, les yeux fermés, les mains jointes en clocher. De temps en temps, il hochait à peine la tête pendant qu'elle parlait.

Elle décrivit les points forts du sujet : l'incident de Miami, la certification de la JAA, le vol de la TransPacific, la vente à la Chine compromise. L'ancien expert de la FAA qui disait que l'avion avait une longue histoire d'erreurs de conception non rectifiées. Le journaliste spécialisé dans l'aéronautique qui disait que la compagnie était mal dirigée, avec des histoires de drogues et de gangs dans les ateliers ; une nouveau président controversé essayant de ranimer des ventes défaillantes. Le portrait d'une compagnie jadis triomphante et maintenant en difficulté.

La manière de cadrer l'histoire, dit-elle, était le ver dans le fruit. Elle expliqua : les compagnies mal dirigées fabriquaient des produits défectueux pendant des années. Les gens informés se plaignaient, mais la compagnie ne répondait jamais. La FAA était cul et chemise avec la compagnie et n'interviendrait pas. À la fin, la vérité apparaissait. Les Européens renâclaient devant la certification ; les Chinois avaient les jetons ; l'avion continuait à tuer des passagers comme les critiques l'avaient prédit. Et il y avait le film, fascinant, montrant les souffrances endurées par les passagers et au cours desquelles plusieurs d'entre eux mouraient. En conclusion, il était évident pour tout le monde que le N-22 était un cercueil volant.

Elle se tut. Un moment de silence. Puis Shenk ouvrit les yeux.
– Pas mal, dit-il.
Elle sourit.
– Quelle est la réaction de la compagnie? demanda-t-il d'un ton las.

— Un mur de pierre. L'avion est sûr ; les critiques mentent.
— Exactement ce qu'on attendrait, dit Shenk en secouant la tête. Les produits américains sont tellement merdeux. (Dick avait une BMW ; il aimait les montres suisses, les vins français, les chaussures anglaises.) Tout ce que ce pays fabrique est de la merde.

Il se laissa retomber dans son fauteuil, comme si la seule pensée de tout cela le fatiguait. Sa voix redevint lasse, pensive :

— Mais quelles preuves fournissent-ils ?
— Pas grand-chose, répondit Jennifer. Les incidents de Miami et de la TransPacific font toujours l'objet d'enquêtes.
— Quand attendent-ils les résultats ?
— Pas avant plusieurs semaines.
— Ah ! (Il hocha lentement la tête.) J'aime ça. J'aime beaucoup ça. C'est du journalisme de choc, et ça en foutra un coup à *60 minutes.* Ils ont traité le mois dernier des pièces de rechange d'avion dangereuses. Mais nous, nous parlons d'un avion entier dangereux ! Un cercueil volant. Parfait ! Foutez la trouille à tout le monde.
— Je le pense aussi, dit-elle.

Elle arborait maintenant un grand sourire. Il avait approuvé le sujet !

— Et je serais content de baiser Hewitt, ajouta Shenk.

Hewitt, le légendaire producteur de *60 minutes,* était la bête noire de Shenk. Hewitt avait toujours de meilleures critiques que Shenk, ce qui était exaspérant.

— Ces branleurs... Vous vous rappelez quand ils ont fait leur sujet de choc sur les pros de golf hors saison ?
— En fait, non...
— C'était il y a quelque temps, expliqua-t-il.

Il parut confus un moment, le regard vide, et elle comprit qu'il avait vraiment beaucoup bu au déjeuner.

— N'importe. D'accord, où en étions-nous ? Vous avez le type de la FAA, vous avez le reporter, le film de Miami. L'accroche, c'est la vidéo d'amateur, on commence avec ça.
— Juste, dit-elle, hochant la tête.
— Mais CNN va passer ça jour et nuit.

Il fit pivoter sa chaise, regarda les bandes colorées sur le mur, qui représentaient les sujets en cours de production, là où les présentateurs seraient.

— Et vous avez, euh, Marty. Il fait Bill Gates à Seattle jeudi. On l'enverra à Los Angeles vendredi. Vous l'aurez pour six ou sept heures.

— D'accord.

Il fit pivoter la chaise en sens inverse.

— Allez-y.

— Okay. Merci, Dick.

— Vous êtes sûre que vous allez pouvoir réaliser ça à temps ? Elle commença à ramasser ses notes.

— Comptez sur moi.

Tandis qu'elle traversait le bureau de Marian pour sortir, elle l'entendit crier :

— Mais rappelez-vous, Jennifer, ne revenez pas avec un sujet sur les pièces de rechange ! Je ne veux pas d'une foutue histoire de pièces de rechange !

À l'Assistance Qualité

14 h 21

Casey entra dans le bureau de l'AQ suivie de Richman. Norma revenait de déjeuner et allumait une autre cigarette.

— Norma, demanda Casey, tu as vu une cassette vidéo ici? Une de ces petites bandes de huit millimètres?

— Ouais. Tu l'as laissée sur le bureau l'autre soir. Je l'ai rangée.

Elle fourragea dans son tiroir et l'en sortit. Elle se tourna vers Richman.

— Et vous avez eu deux appels de Marder. Il veut que vous le rappeliez tout de suite.

— Okay, dit Richman, et il traversa le couloir pour aller à son bureau.

Quand il fut parti, Norma dit :

— Tu sais, il a de longues conversations avec Marder. C'est Eileen qui me l'a dit.

— Marder s'acoquine avec la famille Norton?

Norma secoua la tête.

— Il a déjà épousé la fille unique de Charley, pour l'amour de Dieu.

— Qu'est-ce que tu racontes? Richman fait des rapports à Marder?

— Environ trois fois par jour.

— Pourquoi? demanda Casey, fronçant les sourcils.

— Bonne question, ma chère. Je crois qu'on te met en boîte.

— Pourquoi?

— Je n'en sais rien.

— Ça a un rapport avec la vente à la Chine?

Norma haussa les épaules.

— Je n'en sais rien. Mais Marder est le meilleur tacticien de couloir dans l'histoire de la compagnie. Et il sait très bien masquer son jeu. Je me méfierais vraiment du jeunot.

Elle se pencha par-dessus le bureau et baissa la voix.

— Quand je suis revenue de déjeuner, les bureaux étaient vides. Le jeunot garde sa serviette dans son bureau. Alors j'y ai jeté un coup d'œil.

— Et ?

— Richman photocopie tout ce qui traîne. Il a une copie de chacune des notes sur ton bureau. Et il a photocopié ton carnet d'adresses.

— Mon carnet d'adresses ? Pour quoi faire ?

— Je n'en ai pas l'ombre d'une idée, répondit Norma. Mais il y a mieux. J'ai aussi trouvé son passeport. Il a été en Corée cinq fois au cours des deux derniers mois.

— En Corée ? demanda Casey.

— Exactement, ma petite. Séoul. Il y a été presque chaque semaine. De courts séjours. Un, deux jours seulement. Jamais plus.

— Mais...

— Mieux encore, renchérit Norma. Les Coréens apposent des visas d'entrée avec le numéro du vol. Mais les numéros sur le passeport de Richman ne sont pas ceux de lignes régulières. Ce sont des numéros d'avions.

— Il y est allé en jet privé ?

— C'est bien ce qu'il semble.

— Un jet de Norton ?

Norma secoua la tête.

— Non. J'ai parlé à Alice, du département voyages. Aucun des jets de la compagnie n'a été en Corée au cours de l'année écoulée. Ils ont fait des va-et-vient entre ici et Pékin. Mais aucun n'a été en Corée.

Casey fronça les sourcils.

— Attends, ce n'est pas tout, poursuivit Norma. J'ai parlé au Fizer à Séoul. C'est un de mes ex. Tu te rappelles quand Marder a eu un problème dentaire urgent le mois dernier et qu'il a pris trois jours de congé ?

— Ouais...

— Lui et Richman étaient ensemble à Séoul. Le Fizer l'a appris quand ils étaient repartis, et il était contrarié de ne pas être dans la confidence. Il n'a été invité à aucune des entrevues auxquelles il ont assisté. Il l'a pris comme une offense personnelle.

— Quelles entrevues ? demanda Casey.

— Personne ne sait.

Norma la regarda.

— Mais méfie-toi de ce jeunot.

Elle feuilletait dans son bureau la liste des fax les plus récents quand Richman passa la tête dans l'embrasure de la porte.
— Et ensuite ? demanda-t-il d'un ton optimiste.
— Il se passe quelque chose, dit Casey. J'ai besoin que vous alliez au Flight Standards District Office. Allez voir Dan Greene et obtenez les copies du plan de vol et de la liste d'équipage du TPA 545.
— Est-ce que nous ne les avons pas déjà ?
— Non, nous n'avons que les préliminaires. Dan devrait maintenant avoir les listes finales. Je les veux à temps pour la réunion de demain. Les bureaux sont à El Segundo.
— El Segundo ? Mais ça va me prendre le reste de la journée.
— Je sais, mais c'est important.
Il hésita.
— Je crois que je vous serais plus utile si je restais ici...
— Mettez-vous en route, dit-elle. Et téléphonez-moi quand vous les aurez.

Aux Video Imaging Systems

16 h 30

La salle du fond aux Video Imaging Systems était bondée de rangées bourdonnantes de boîtes trapues à rayures pourpres, les ordinateurs de Silicon Graphics Indigo. Scott Harmon, un pied dans un plâtre, sautillait pour éviter les essaims de câbles qui serpentaient au sol.

– Okay, nous devrions l'avoir dans une seconde, dit-il.

Il dirigea Casey vers un des quartiers d'édition. C'était une chambre de taille moyenne, meublée d'un confortable canapé contre un mur, sous des affiches de cinéma, et d'une console d'édition qui s'étendait sur les trois autres murs : trois écrans, deux oscilloscopes et plusieurs claviers. Il commença à tapoter sur les touches et invita Casey à prendre un siège près de lui.

– Quel est le matériau ? demanda-t-il.

– Vidéo d'amateur.

– Du bon super-huit courant ? (Pendant qu'il parlait, il surveillait un oscilloscope.) C'est bien ce dont ça a l'air. Codage Dolby. Camelote standard.

– Je pense...

– Okay. Selon ce que je vois, nous avons neuf quarante sur une cassette de soixante minutes.

L'écran scintilla et Casey vit des pics montagneux nimbés de brume. Image suivante, un Américain dans sa prime trentaine, qui avançait sur une route avec un bébé sur les épaules. Un village se distinguait à l'arrière-plan, avec des toits beiges. Des bambous bordaient les deux côtés de la route.

– Ça se passe où ? demanda Harmon.

– Ça ressemble à la Chine. Vous pouvez accélérer ?

– Sûr.

Les images défilèrent rapidement, rayées par l'électricité statique. Casey aperçut une petite maison dont la porte était ouverte ; une cuisine, des casseroles et des pots noirs ; une valise ouverte sur le lit ; une gare de chemin de fer, une femme qui montait dans un wagon ; un trafic dense dans ce qui semblait être Hong Kong ; la salle d'attente d'un aéroport la nuit, le jeune homme qui tenait le bébé sur ses genoux, le bébé qui pleurait et s'agitait. Puis un portique, un employé qui prenait les billets...

– Arrêtez.

Il appuya sur des boutons et revint à la vitesse de défilement normale.

– C'est ce que vous voulez ?
– Oui.

Elle vit la femme, le bébé dans les bras, monter la rampe d'accès à l'avion. Puis il y eut une coupure et l'image suivante montra le bébé sur les genoux de la femme. Enchaîné, la femme qui bâillait de façon exagérée. C'était dans l'avion, durant le vol ; la cabine était éclairée par les lumières de nuit ; les fenêtres à l'arrière-plan étaient noires. Le bourdonnement continu des moteurs à réaction.

– Tiens donc, dit Casey.

Elle reconnut la femme qu'elle avait interrogée à l'hôpital. Quel était déjà son nom ? Elle l'avait noté.

Près d'elle, à la console, Harmon bougea la jambe et grommela :

– Ça m'apprendra.
– Quoi ?
– À ne pas pédaler dans la semoule.

Casey hocha la tête, les yeux rivés sur l'écran. La caméra était retournée sur le bébé qui dormait, puis l'image se brouilla avant de devenir noire. Harmon expliqua :

– Le type ne pouvait pas éteindre la caméra.

L'image suivante était prise en plein soleil. Le bébé était assis, souriant. Une main apparut en premier plan, s'agitant pour attirer l'attention du bébé. La voix de l'homme dit : « Sarah... Sarah... Fais risette à papa. Ri-sette... »

Le bébé sourit et émit un gargouillement.

– Mignon, le gosse, remarqua Harmon.

Sur l'écran, la voix de l'homme dit : « Tu es contente d'aller en Amérique, Sarah ? Prête à voir d'où viennent tes parents ? »

Le bébé gargouilla derechef et agita les mains, essayant de s'emparer de la caméra.

La femme dit quelque chose qui signifiait que tout le monde avait l'air bizarre et la caméra se focalisa sur elle. « Et toi, Mom ? Tu es contente de rentrer à la maison ? – Oh Tim, dit-elle, détournant la tête. Je t'en prie. – Allons, Em. Qu'est-ce que tu penses ? »

La femme dit : « Bon, ce que je veux vraiment – ce dont j'ai rêvé pendant des mois – est un *cheeseburger*. – Avec de la sauce de fèves forte Xu-xiang ? – Ciel *non*!. Un cheeseburger avec des oignons et des tomates et de la laitue et des cornichons et de la mayonnaise. »

La caméra était revenue à l'enfant, qui se mettait le pied dans la bouche et salivait sur ses orteils. « C'est bon ? demanda l'homme en riant. C'est ton petit déjeuner, Sarah ? Tu n'attends pas l'hôtesse sur ce vol ? »

Brusquement la femme tourna la tête, regardant au-delà de la caméra. « Qu'est-ce que c'était ? » demanda-t-elle d'un ton inquiet. « T'inquiète pas, Em », dit l'homme, toujours riant.

– Arrêtez la bande, dit Casey.

Harmon appuya sur une touche. L'image se figea sur l'expression anxieuse de la femme.

– Revenez en arrière de cinq secondes.

Le compteur d'images s'éclaira en blanc au bas de l'écran. Le film défila à l'envers, une fois de plus rayé.

– Okay. Maintenant montez le son.

Le bébé se suçait les orteils et la dégustation était si bruyante que le bruit évoquait une cataracte. Le bourdonnement à l'intérieur de la cabine se changea en un grondement soutenu. « C'est bon ? demanda l'homme avec un rire homérique, la voix déformée. C'est ton petit déjeuner, Sarah ? Tu n'attends pas l'hôtesse sur ce vol ? »

Casey s'efforça d'écouter le son entre les phrases de l'homme. Les bruits de la cabine, le murmure assourdi des autres voix, le froissement de tissus qui bougeaient, les tintements intermittents de couteaux et de fourchettes à l'avant...

Et maintenant, autre chose.

Un autre son ?

La tête de la femme se tourna brusquement. « Qu'est-ce que c'était ? »

– Zut, s'écria Casey.

Elle ne pouvait pas en être certaine ; le brouhaha ambiant de la cabine couvrait tout le reste. Elle se pencha, tentant de saisir le son.

La voix de l'homme explosa : « T'inquiète pas, Em. »

Le bébé gloussa de nouveau, un bruit assourdissant.

Casey secouait la tête, frustrée. Y avait-il ou non un grondement sourd ? Peut-être devraient-ils revenir en arrière et essayer de nouveau de l'entendre. Elle demanda :

– Pouvez-vous passer ça par un filtre audio ?
Le mari dit : « Nous sommes presque arrivés, chérie. »
– Oh mon Dieu, dit Harmon, les yeux écarquillés.

Sur l'écran, tout semblait chamboulé. Le bébé glissait en avant sur les genoux de la mère ; elle l'agrippait et le serrait contre sa poitrine. La caméra était secouée, malmenée. Des passagers à l'arrière criaient, s'agrippant aux accoudoirs tandis que l'avion piquait.

Puis la caméra sautait de nouveau et tout le monde semblait s'enfoncer dans les sièges, la mère s'écrasant sous la pression de la gravité, ses joues s'affaissant, ses épaules tombant ; le bébé hurlait. Puis l'homme cria : « Qu'est-ce que c'est que ce bordel ? » Et la femme s'éleva en l'air, retenue par la seule ceinture de sécurité.

Puis la caméra vola et il y eut un violent fracas, après lequel l'image tourbillonna. Quand l'image redevint stable, elle montra quelque chose de blanc et de strié. Avant qu'on pût voir ce que c'était, la caméra glissa et Casey vit un accoudoir par en dessous, sur lequel des doigts s'agrippaient. La caméra était tombée dans l'allée et filmait du sol au plafond. Les cris continuaient.

– Mon Dieu, répéta Harmon.

L'image vidéo commença à glisser et accéléra le long des sièges. Casey se rendit compte que la caméra allait vers l'arrière ; l'avion devait être en train de monter de nouveau. Et avant qu'elle se fût stabilisée, la caméra s'éleva en l'air.

En apesanteur, pensa Casey. L'avion devait avoir achevé sa montée et maintenant, il piquait de nouveau, créant un moment d'apesanteur avant que...

L'image s'écrasa et tourneboula rapidement. On entendit un choc, *thunk!* et Casey entrevit une bouche floue, ouverte, des dents. Puis la caméra se remit en mouvement et atterrit apparemment sur un siège. Une vaste chaussure se précipita vers l'objectif et lui donna un coup.

L'image tourbillonna de nouveau, puis se stabilisa. La caméra était dans l'allée, face à l'arrière de l'avion. Brièvement stabilisée, l'image était horrible : des bras et des jambes jaillissant des sièges au travers de l'allée. Les gens criaient, se raccrochant à ce qu'ils pouvaient saisir. La caméra recommença immédiatement à glisser, cette fois vers l'avant.

L'avion piquait.

La caméra glissait de plus en plus vite ; elle heurta l'angle d'une kitchenette et virevolta de telle sorte qu'elle se dirigea vers l'avant. Elle fila vers un corps qui gisait dans l'allée. Une vieille Chinoise ouvrit les yeux juste avant que la caméra la heurtât au front et puis la caméra s'éleva, exécuta des cabrioles erratiques et retomba une fois de plus.

Un gros plan de quelque chose de brillant, peut-être une boucle de ceinture, apparut, puis la caméra glissa vers la cabine avant ; elle heurta une chaussure de femme dans l'allée, valdinguant et allant toujours de l'avant.

Elle parvint à la kitchenette avant, où elle s'immobilisa un moment. Une bouteille de vin roula par terre et carambola sur la caméra, qui bascula plusieurs fois sur elle-même, chahutant l'image pendant qu'elle glissait de la kitchenette au cockpit.

La porte du cockpit était ouverte ; Casey eut une brève image du ciel à travers les pare-brise, d'épaules bleues et d'une casquette, puis dans un nouveau fracas, la caméra se fixa sur un champ gris uniforme. Casey s'avisa au bout d'un moment que la caméra s'était bloquée sous la porte du cockpit, juste là où elle l'avait trouvée ; elle filmait la moquette. Il n'y avait rien d'autre à voir, rien que le gris flou de la moquette, mais on entendait les alarmes dans le cockpit, les avertissements électroniques et les enregistrements qui se succédaient, « Vitesse...Vitesse », et « Décrochage... Décrochage » Encore des enregistrements, des voix affolées qui parlaient chinois.

– Arrêtez, ordonna Casey.

Harmon s'exécuta.

– Seigneur, dit-il.

Elle repassa le film, puis le repassa encore au ralenti. Mais même au ralenti, une grande partie des mouvements étaient indiscernables. Elle répétait :

– Je n'arrive pas à voir, je ne vois pas ce qui se passe.

Harmon, qui s'était habitué aux images, dit :

– Je peux faire pour vous une analyse d'images contrastée.

– Qu'est-ce que c'est ?

– Je peux faire en sorte que les ordinateurs effectuent une interpolation entre les images quand le mouvement est trop rapide.

– Interpolation ?

– L'ordinateur analyse une première image, puis la suivante et synthétise une image intermédiaire entre elles. C'est en fait une décision de repérage. Mais ça ralentira...

– Non. Je ne veux rien qui soit ajouté par les ordinateurs, répondit-elle. Qu'est-ce que vous pouvez faire d'autre ?

– Je peux doubler ou tripler les images. Pour les séquences rapides, ça sera un peu tremblant, mais au moins vous pourrez voir. Voici un exemple. (Il choisit une séquence où la caméra volait, puis la ralentit.) Maintenant, toutes les images sont brouillées, c'est un mouvement de la caméra, pas de l'objet, mais voilà. Vous voyez cette image ? Elle devient lisible.

C'était une vue sur l'arrière de l'appareil. Des passagers qui tombaient par-dessus les sièges, bras et jambes changés en traînées par la vitesse du mouvement.

— Ça devient une image utilisable, dit Harmon.

Elle comprenait où il voulait en venir. Même dans un mouvement rapide, la caméra était assez stable pour offrir une image sur douze environ qui devenait utilisable.

— D'accord. Faites-le.
— On peut faire plus. On peut l'envoyer et...
Elle secoua la tête.
— Ce film ne doit quitter les lieux sous aucun prétexte.
— Okay.
— Je veux que vous me fassiez deux copies de cette bande, dit-elle. Et assurez-vous qu'elles iront jusqu'au bout.

ASI/ Hangar 4

17 h 25

L'équipe des RAMS s'affairait toujours sur l'appareil de la TransPacific dans le hangar 5. Casey alla au hangar voisin et y pénétra. Là, dans un silence presque parfait et dans cet espace de caverne, l'équipe de Mary Ringer faisait une Analyse de Synthèse d'Intérieur.

Sur le sol de béton, des bandes adhésives orange délimitaient les parois intérieures du N-22 de la TransPacific. Des bandes transversales indiquaient les principales cloisons ; des bandes parallèles représentaient les rangées de sièges. Çà et là, des drapeaux blancs fichés dans des blocs de bois indiquaient divers points critiques.

Deux mètres plus haut, d'autres bandes étaient tendues, marquant le plafond et les compartiments à bagages supérieurs. L'effet général était celui d'un schéma orange aux dimensions de la cabine des passagers.

Dans ce squelette, cinq femmes, psychologues et ingénieurs, se déplaçaient précautionneusement et calmement. Elles plaçaient des vêtements, des sacs cabine, des caméras, des jouets et d'autres objets personnels au sol. Parfois, une fine bande bleue indiquait le parcours d'un objet durant l'accident.

Tout autour, sur les murs du hangar, étaient accrochées des photos de l'intérieur de l'avion, prises le lundi. L'équipe travaillait sans bruit, de manière réfléchie, se référant aux photos et aux notes.

L'analyse synthétique d'intérieur était rare. C'était un effort désespéré qui fournissait peu d'informations utiles. Dans le cas du TPA 545, l'équipe de Ringer avait été mobilisée d'emblée, parce que le grand nombre de blessures subies par les passagers impliquait des menaces de poursuites juridiques. Les passagers ne sauraient littéralement pas ce qui leur était advenu ; leurs revendications étaient parfois folles. L'ASI essayait de prêter de la cohérence aux mouvements des passagers et des objets dans la cabine. Mais c'était une entreprise lente et difficile.

Casey repéra Mary Ringer, une femme forte frisant la cinquantaine, à l'arrière de l'avion.

— Mary, demanda-t-elle, où en sommes-nous avec les appareils photo ?

— Je m'étais dit que vous voudriez le savoir. (Mary consulta ses notes.) Nous en avons trouvé treize. Plus six caméras vidéo. De ces treize, cinq étaient cassés, les films exposés. Deux autres n'avaient pas de pellicule. Les films des six qui restaient ont été développés et trois d'entre eux comportaient des photos, toutes prises avant l'accident. Mais nous nous servons des photos pour essayer de replacer les passagers, parce que TransPacific ne nous a pas encore adressé le plan de cabine.

— Et les vidéos ?

— Ah, voyons... (Elle reprit ses notes avec un soupir.) Six caméras vidéo, deux avec des images prises à l'intérieur de l'appareil, aucune durant l'incident. J'ai entendu parler de la vidéo à la télévision. Je ne sais pas d'où elle vient. Le passager doit l'avoir emportée avec lui à Los Angeles.

— Probablement.

— Et l'enregistreur de vol ? Nous en avons vraiment besoin pour...

— Vous et tout le monde, dit Casey. J'y travaille.

Elle jeta un coup d'œil à la cabine arrière, telle qu'elle était dessinée par les bandes. Elle vit la casquette du pilote sur le ciment, dans un coin.

— Il n'y avait pas de nom sur cette casquette ?

— Si, à l'intérieur, répondit Mary. C'est Zen Ching ou quelque chose comme ça. Nous avons fait traduire l'étiquette.

— Qui l'a traduite ?

— Eileen Han, du bureau de Marder. Elle lit et écrit le mandarin, elle nous aide. Pourquoi ?

— Ce n'était qu'une question. Pas d'importance.

Casey se dirigea vers la porte.

— Casey, dit Mary, nous avons besoin de cet enregistreur.

— Je sais, je sais.

Elle appela Norma.

— Qui peut traduire du chinois pour moi ?

— Tu veux dire, à part Eileen ?

— Oui. À part elle.

Elle avait le sentiment qu'elle devait tenir l'affaire isolée du bureau de Marder.
— Laisse-moi réfléchir... Et Ellen Fong, à la comptabilité ? Elle travaillait comme traductrice pour la FAA.
— Est-ce que son mari n'est pas avec Doherty à la Structure ?
— Ouais, mais Ellen est discrète.
— Tu es sûre ?
— Je *sais*, dit Norma, sur un certain ton.

Bâtiment 102/Comptabilité

17 h 50

Elle se rendit à la comptabilité, dans les sous-sols du bâtiment 102 et arriva juste avant six heures. Elle trouva Ellen Fong qui s'apprêtait à rentrer chez elle.
— Ellen, dit-elle, j'ai un service à vous demander.
— Sûr.
Ellen était une femme de quarante ans, mère de trois enfants, toujours de bonne humeur.
— Vous travailliez pour la FAA comme traductrice ?
— Il y a longtemps, répondit Ellen.
— J'ai besoin d'une traduction.
— Casey, vous trouveriez une bien meilleure traductrice...
— Je préfère que ce soit vous qui la fassiez. C'est confidentiel.
Elle tendit la bande à Ellen.
— J'ai besoin des voix pendant les neuf dernières minutes.
— Okay...
— Et je préférerais que vous n'en parliez à personne.
— Même pas à Bill ?
C'était son mari.
Casey hocha la tête.
— Ça vous pose un problème ?
— Pas du tout. (Ellen regarda la bande qu'elle tenait dans sa main.) Quand ?
— Demain ? Vendredi au plus tard ?
— C'est comme si c'était fait, dit Ellen Fong.

Au labo

17 h 55

Casey porta la deuxième copie de la bande au Norton Audio Interpretation Lab, à l'arrière du bâtiment 24. Le NAIL était dirigé par un ancien de la CIA à Omaha, un génie paranoïaque de l'électronique qui s'appelait Jay Ziegler et qui avait construit ses propres filtres audio et son banc de plateaux parce que, disait-il, il ne faisait confiance à personne.

Norton avait conçu ce laboratoire pour aider les agences gouvernementales à interpréter les CVR, les bandes d'enregistrement dans le cockpit. Après un accident, le gouvernement s'emparait des CVR et les analysait à Washington. C'était pour empêcher que le contenu n'en soit communiqué à la presse avant que l'enquête fût achevée. Mais si le personnel des agences était assez expérimenté pour transcrire les bandes, il l'était moins pour interpréter les sons à l'intérieur du cockpit, les alarmes et les avertisseurs électroniques qui se déclenchaient souvent. Ces sons représentaient des systèmes dont Norton était propriétaire et c'est pourquoi Norton avait construit des installations pour les analyser.

La lourde porte était, comme toujours, verrouillée. Casey frappa et après un moment, une voix dans un haut-parleur dit :

– Donnez le mot de passe.

– C'est Casey Singleton, Jay.

– Donnez le mot de passe.

– Jay, pour l'amour de Dieu, ouvrez cette porte.

Il y eut un déclic et un silence. Elle attendit. L'épaisse porte s'entrouvrit à peine. Casey vit Jay Ziegler, les cheveux tombant sur ses épaules et portant des lunettes fumées. Il dit :

– Oh ! Ça va. Entrez, Singleton. Vous avez l'autorisation pour ces locaux.

Il ouvrit d'une fraction de plus et elle se glissa derrière lui dans une chambre obscure. Ziegler claqua immédiatement la porte derrière elle et poussa trois verrous l'un après l'autre.

— Il vaudrait mieux appeler avant, Singleton. Nous avons une ligne protégée ici. Avec un brouilleur à quatre niveaux.

— Je regrette, Jay, mais il s'est passé quelque chose.

— La sécurité est dans l'intérêt de tous.

Elle lui tendit la bobine de la bande magnétique. Il y jeta un coup d'œil.

— C'est du un pouce, Singleton. On ne voit pas souvent ça ici.

— Pouvez-vous la déchiffrer ?

Il hocha la tête.

— Je peux déchiffrer n'importe quoi, Singleton. N'importe quoi.

Il posa la bande sur un tambour magnétique et l'enroula. Puis il jeta un coup d'œil par-dessus son épaule.

— Vous êtes autorisée à faire ça ?

— C'est ma bande, Jay.

— Je demandais.

— Je devrais vous dire que cette bande est...

— Ne me dites rien, Singleton. Ça vaut mieux.

Sur tous les écrans de la pièce, des oscilloscopes sautillèrent, lignes vertes sur fond noir, tandis que la lecture de la bande commençait.

— Euh... okay, nous avons une piste son de super-huit, en Dolby D, ça doit être une caméra d'amateur... dit-il.

Le haut-parleur émit un crachotement rythmé. Ziegler examina ses écrans. Certains d'entre eux produisaient des données étranges, construisant des modèles tridimensionnels du son, qui ressemblaient à des perles brillantes et multicolores sur un fil. Les programmes offraient aussi des échantillons à des intensités différentes.

— Des pas, annonça Ziegler. Des chaussures à semelles de caoutchouc sur l'herbe ou le sol. Campagne, pas de signature urbaine. Les pas sont probablement ceux d'un homme. Et, euh, c'est légèrement dysrythmique, il porte probablement quelque chose. Pas très lourd, mais c'est constamment déséquilibré.

Casey se rappela la première image sur le film : un homme qui avançait sur un sentier, s'éloignant d'un village chinois avec un enfant sur les épaules.

— Vous avez raison, dit-elle, impressionnée.

Il y eut une sorte de sifflement, comme un cri d'oiseau.

— Attendez, attendez, dit Ziegler, appuyant sur des boutons.

Le sifflement revint plusieurs fois de suite, les perles sautaient sur leur fil.

— Huh, fit Ziegler finalement. Ce n'est pas dans mes données de base. Localisation étrangère ?
— Chine.
— Oh ! et puis je ne peux pas tout savoir.
Les pas reprirent. On entendit le vent. Sur la bande, une voix d'homme :
— Elle s'est endormie...
Ziegler annonça :
— Américain, taille un mètre quatre-vingts à quatre-vingt-neuf, trente-cinq ans.
Elle hocha la tête, à nouveau impressionnée.
Il poussa un bouton et l'un des écrans montra l'image vidéo, l'homme qui avançait sur le sentier. La bande s'arrêta.
— Bon. Qu'est-ce que je fais là ?
— Les neuf dernières minutes de la bande ont été tournées sur le vol 545. Cette caméra a enregistré tout l'incident.
— Vraiment ? dit Ziegler en se frottant les mains. Ça devrait être intéressant.
— Je voudrais savoir ce que vous pouvez me dire sur des sons inhabituels dans les instants qui précèdent immédiatement l'incident. J'ai une question...
— Ne me dites pas, coupa-t-il, levant la main. Je ne veux pas savoir. Je veux avoir l'esprit vierge.
— Quand est-ce que vous aurez quelque chose ?
— Dans vingt heures. (Ziegler consulta sa montre.) Demain après-midi.
— Okay. Et Jay, je préférerais que vous gardiez cette bande pour vous.
Ziegler la regarda d'un air vide.
— Quelle bande ?

À l'Assistance Qualité

18 h 10

Casey revint à son bureau peu après six heures du soir. D'autres fax l'attendaient.

DE LA PART DE : S. NIETO, FSR VANCOUVER
À : C. SINGLETON, AQ/EAI

COPI ZAN PING AU VANC GEN HÔPITAL DÉCRIT COMME INCONSCIENT MAIS ÉTAT STABLE À LA SUITE DE COMPLICATIONS CHIRURGICALES. REP TRANSP MIKE LEE ÉTAIT À L'HÔPITAL AUJOURD'HUI. J'ESSAYERAI DE VOIR COPI DEMAIN POUR VÉRIFIER SON ÉTAT ET L'INTERVIEWER SI C'EST POSSIBLE.

– Norma, dit-elle à la cantonade, rappelle-moi de téléphoner à Vancouver demain matin.
– Je note, répondit Norma. À propos, tu as reçu ça.
Elle tendit un fax à Casey.
C'était un simple feuillet qui avait l'air d'une page d'un magazine de bord. Au-dessus d'une photo en tête de page, on lisait : « Employé du mois ». La photo était brouillée, indéchiffrable. Dessous, la légende : « Le commandant John Zhen Chang, pilote confirmé de Transpacific Airlines, est notre employé du mois. Le père du commandant Chang était pilote et John lui-même l'est depuis vingt ans, dont sept passés au service de Trans-Pacific. Quand il n'est pas aux commandes, le commandant Chang aime faire du vélo et du golf. Il est ici saisi dans un moment de détente sur la plage de l'île de Lantan avec sa femme Soon et ses enfants Erica et Tom. »
– Qu'est-ce que c'est que ça ? demanda Casey en fronçant les sourcils.

- Ça me dépasse, répondit Norma.
- D'où ça vient ?

Il y avait un numéro de téléphone au sommet de la page, mais pas de nom.

- Une boutique de photocopie à La Tijera, dit Norma.
- Près de l'aéroport.
- Oui. Ils ont beaucoup de clients et pas la moindre idée de qui l'a envoyé.

Casey considéra la photo.

- C'est tiré d'un magazine de bord ?
- Celui de la TransPacific. Mais pas de ce mois-ci. Le contenu des pochettes de siège, annonces aux passagers, cartes de sécurité, sacs hygiéniques, magazine du mois a été retiré de l'appareil et nous a été envoyé. Cette page n'est pas dans le magazine.
- Est-ce que nous pouvons obtenir les anciens numéros ?
- Je m'en occupe.
- J'aimerais mieux voir cette photo, dit Casey.
- Je le pensais.

Elle examina les autres papiers sur son bureau.
DE : T. Korman, ASSISTANCE PROD
À : C. Singleton, AQ/EAI.

Nous avons mis au point les paramètres d'image de l'Imageur Virtuel Oculaire N-22 (IVO) destiné au personnel de sol dans les stations de réparation nationales et étrangères. Le lecteur de CD-Rom s'accroche maintenant à la ceinture et les viseurs sont plus légers. Le IVO permet au personnel de maintenance de feuilleter les Manuels de Maintenance 12A/102-12A/406, y compris les diagrammes et les écorchés de pièces. Les articles préliminaires seront distribués demain dans l'attente de commentaires. La production commencera le 1/5.

L'IVO s'inscrivait dans l'effort de Norton pour aider les clients à améliorer la maintenance. Les constructeurs s'étaient depuis longtemps avisés du fait que la majorité des problèmes opérationnels découlaient d'une mauvaise maintenance. En principe, un avion convenablement entretenu pouvait voler pendant des décennies ; quelques-uns des vieux Norton N-5 avaient soixante ans et volaient toujours. Mais un avion mal entretenu risquait d'avoir des problèmes et des accidents qui se déclaraient en quelques minutes.

Sous la pression financière consécutive à la dérégulation, les compagnies aériennes réduisaient leur personnel, y compris celui de la maintenance. Et ils raccourcissaient le délai entre les cycles ; le temps qu'un appareil passait au sol était dans certains cas passé de deux heures à moins de vingt minutes. Tout cela soumettait les équipes de maintenance à une pression intense. Norton comme Boeing et Douglas considéraient donc qu'il était de leur intérêt d'aider les équipes à travailler plus efficacement. C'était pourquoi l'IVO, qui projetait le contenu des manuels de réparation sur des verres de lunettes pour les équipes de maintenance, était tellement important.

Elle poursuivit le dépouillement du courrier.

Le document suivant était le résumé hebdomadaire des défaillances de pièces, rédigé pour permettre à la FAA de mieux suivre à la trace les problèmes de pièces de rechange. Aucune des défaillances de la semaine écoulée n'était sérieuse. Un compresseur de moteur était tombé en panne ; un indicateur EGT de moteur aussi ; un voyant de signalisation de colmatage du filtre à huile s'allumait à tort ; un indicateur de température de fuel également.

Puis il y avait d'autres suivis de l'Équipe d'analyse des incidents se rapportant à des accidents antérieurs. Le département de l'Assistance aux produits vérifiait toutes les deux semaines l'état des appareils qui avaient connu des incidents pour s'assurer que les conclusions de l'EAI avaient été correctes et que l'appareil n'avait plus de problèmes. Puis ils rédigeaient leurs propres conclusions comme celles que Casey avait maintenant sous les yeux.

RAPPORT D'INCIDENT D'AVION

Information réservée – Pour usage interne seulement

Rapport n° .1RT-8-2776　　Date du jour 8 avril
Modèle N-20　　　　　　　Date incident 4 mars
Opérateur Jet Atlantic NFA　Fuselage no. 1280
Référence a)　　　　　　　AVN-SVC-08774/ADH

Objet : Défaillance de roue du train d'atterrissage principal durant décollage.

Description de l'événement :

Il a été rapporté que durant la phase au sol de décollage le signal l'alerte « Roue ne tourne pas » s'est allumé et que l'équipage a interrompu le décollage. Les pneus du train d'atterrissage du nez ont explosé et il y a eu un incendie dans la soute du train qui a été éteint par les équipes de pompiers au sol. Passagers et équipage sont sortis par les toboggans d'évacuation. Pas de blessés signalés.

Mesures prises

L'inspection de l'avion a révélé les dommages suivants :

1. Les deux volets ont subi des dommages significatifs
2. Le moteur n° 1 a subi des dommages de suie significatifs.
3. Le boîtier de la charnière du volet près du fuselage a subi des dommages mineurs.
4. La roue n° 2 a été abrasée avec un manque d'environ 30 %. Il n'y a pas eu de dommage à l'axe, ni au piston NLG.

L'analyse des facteurs humains a révélé les faits suivants :

1. Les procédures de la cabine de pilotage exigent plus de surveillance du transporteur.
2. Les procédures de réparation à l'étranger requièrent plus de surveillance du transporteur.

L'appareil est en cours de réparation. Les procédures internes sont révisées par le transporteur.

>David Levine,
>Intégration technique,
>Assistance aux produits,
>Norton Aircraft Company,
>Burbank, CA.

Les résumés de rapports étaient toujours diplomatiques ; dans cet incident-là, elle le savait, la maintenance au sol avait été tellement aberrante que le train d'atterrissage du nez s'était bloqué au décollage, faisant exploser les pneus et causant un incident qui avait failli être sérieux. Mais le rapport ne le disait pas ; il fallait lire entre les lignes. Le problème était de la responsabilité du transporteur, mais le transporteur était aussi un client et il n'eût pas été courtois de le malmener.

À la fin, Casey le savait aussi, le vol 545 de la TransPacific serait pareillement résumé dans un rapport tout aussi diplomatique. Mais avant cela, il y aurait beaucoup à faire.

Norma revint.

– Le bureau de la TransPacific est fermé. Je me procurerai ce magazine demain.

– Okay.

– Petite ?

– Quoi ?

– Rentre chez toi.

Elle soupira.

– Tu as raison, Norma.

– Et repose-toi, n'est-ce pas ?

223

Glendale

21 h 15

Sa fille avait laissé un message disant qu'elle dormirait chez Amy et que Dad avait donné son accord. Casey n'en était pas contente, elle pensait que sa fille ne devrait pas dormir chez des amis en semaine, mais elle n'y pouvait plus rien. Elle se mit au lit, tira la photo de sa fille, sur la table de nuit, pour la regarder, puis se mit au travail. Elle révisa les enregistrements de vol du TPA 545, comparant les coordonnées de chaque tronçon du vol avec les transcriptions radio de l'ARINC de Honolulu et d'Oakland Center. Le téléphone sonna.
— Casey Singleton.
— *Hello*, Casey, c'est John Marder.

Elle s'assit dans le lit. Marder ne l'appelait jamais à la maison. Elle jeta un coup d'œil à la pendulette ; il était neuf heures passées.

Marder s'éclaircit la voix.
— Je viens d'avoir un appel de Benson, aux relations presse. Il a reçu une demande d'une équipe de tournage de la télévision pour filmer à l'intérieur de l'usine. Il l'a refusée.
— Oui...

C'était classique ; les équipes de télé n'étaient jamais admises à l'intérieur de l'usine.
— Puis il a reçu un appel d'une productrice de cette émission qui s'appelle *Newsline*, une nommée Malone. Elle a dit que c'était *Newsline* qui faisait la demande pour avoir accès à l'usine et a insisté pour être admise. Très impérieuse et sûre d'elle-même. Il lui a dit de laisser tomber.
— Oui.
— Il dit qu'il a été courtois.
— Oui.

Elle attendait.

– Cette Malone a dit que *Newsline* faisait un sujet sur le N-22 et qu'elle voulait interviewer le président. Benson lui a dit qu'il était à l'étranger et inaccessible.

– Oui.

– Puis elle a suggéré que nous réexaminions sa requête, parce que le sujet de *Newsline* porterait sur les problèmes de sécurité aérienne, sur le fait que nous avions eu deux problèmes en deux jours, un problème de moteur et un de déploiement de becs, avec plusieurs passagers tués. Elle a dit qu'elle avait parlé aux critiques, sans donner leurs noms, mais je peux les deviner, et qu'elle voulait donner au président la possibilité de répondre.

Casey soupira.

Marder reprit :

– Benson a répondu qu'il pourrait obtenir une interview du président la semaine prochaine, et elle a objecté que cela n'irait pas, *Newsline* passait le sujet ce week-end.

– Ce week-end ?

– C'est bien ça. Ça ne pourrait pas plus mal tomber, dit Marder. C'est la veille de mon départ pour la Chine. L'émission est très populaire. Tout le foutu pays va la voir.

– Oui.

– Puis cette femme a dit qu'elle voulait être objective, que ça faisait toujours mauvais effet quand une compagnie ne répondait pas à des allégations. Alors, si le président ne pouvait pas répondre à *Newsline,* peut-être qu'un autre porte-parole haut placé le pouvait...

– Oui.

– Alors je reçois cette péronnelle demain dans mon bureau à midi, dit Marder.

– Devant les caméras ?

– Non, non. Officieusement seulement. Nous évoquerons l'enquête de l'EAI, alors je crois que vous devriez être présente.

– Bien sûr.

– Apparemment, ils vont faire un sujet épouvantable sur le N-22, dit Marder. C'est cette damnée bande de CNN. C'est ça qui a tout déclenché. Mais nous sommes dans le bain maintenant, Casey. Il faut faire de notre mieux pour gérer ça.

– J'y serai, répondit-elle.

Jeudi

À la marina de l'aéroport

6 h 30

Jennifer Malone s'éveilla au bourdonnement sourd et têtu du réveil-matin. Elle l'arrêta et un coup d'œil sur l'épaule bronzée de l'homme près d'elle lui valut une bouffée de contrariété. C'était un cascadeur d'une série télévisée, qu'elle avait connu quelques mois auparavant. Visage buriné et beau corps musclé, il fonctionnait bien... mais ciel, elle détestait que les types restent pour la nuit. Elle lui avait, après le deuxième assaut, fait une suggestion discrète de départ. Mais il s'était tourné sur le côté et s'était endormi. Et le voilà qui ronflait tout son soûl.

Jennifer n'aimait pas se réveiller avec un type dans la chambre. Elle en rejetait tout, le bruit de la respiration, l'odeur de leur peau, les cheveux gras sur l'oreiller. Même les champions, les célébrités qui lui faisaient chavirer le cœur à la lumière des chandelles ressemblaient le lendemain à des baleines échouées sur la plage.

On aurait cru que ces types n'avaient pas le sens des convenances. Ils venaient ; ils obtenaient ce qu'ils voulaient ; elle obtenait ce qu'elle voulait ; tout le monde était content. Alors pourquoi, foutre ! ne rentraient-ils pas chez eux ?

Elle l'avait appelé de l'avion : salut, j'arrive en ville, qu'est-ce que tu fais ce soir ? Et il avait répondu sans hésitation : je te fais. Ce qui convenait parfaitement à Jennifer. C'était assez drôle d'être assise dans un avion à côté d'une espèce de comptable penché sur son ordinateur portable, tandis qu'une voix vous disait à l'oreille, je te fabrique ce soir, dans chaque pièce de ta suite.

Ce qu'il avait bien fait, il fallait en convenir. Pas futé, le gars, mais plein d'énergie, de cette énergie physique californienne qu'on ne trouvait jamais à New York. Pas de raison de faire de la conversation. On baisait, c'est tout.

Mais là, le soleil filtrait à travers les fenêtres...

Merde.

Elle sortit du lit et sentit l'air conditionné sur sa peau nue. Elle alla chercher dans un placard ses vêtements du jour. Comme elle allait voir des gens conventionnels, elle choisit un jean, un T-shirt Agnès B. et une veste marine Jil Sander. Elle les emporta à la salle de bains et fit couler la douche. Tandis que l'eau devenait chaude, elle appela le cameraman et lui recommanda d'avoir l'équipe prête dans le hall dans l'heure qui suivait.

Sous la douche, elle passa en revue le programme de la journée. D'abord, Barker à neuf heures, elle le filmerait rapidement sur fond d'aviation pour le chauffer, puis ils feraient le reste au bureau.

Ensuite, le journaliste, Rogers. Pas assez de temps pour le filmer dans la salle de rédaction ; elle le filmerait d'abord à Burbank, un autre aéroport, différent. Il parlerait de Norton avec les bâtiments Norton derrière lui.

À midi, elle s'entretiendrait avec le type de Norton. À ce moment-là, elle connaîtrait déjà les arguments des deux précédents et elle essaierait d'effrayer suffisamment Norton pour qu'ils l'autorisent à rencontrer leur président.

Et puis... voyons. Le coureur d'ambulances plus tard dans la journée, brièvement. Quelqu'un de la FAA vendredi, pour équilibrer. Quelqu'un de Norton vendredi aussi. Marty ferait un plan à l'extérieur de Norton. Le texte n'était pas préparé, mais tout ce dont elle avait besoin était une intro et le reste serait en voix off. Il faudrait des plans de passagers embarquant vers leur destin. Des décollages et des atterrissages et puis quelques bonnes images d'accidents.

Et elle en aurait fini.

Le sujet marcherait, pensa-t-elle en sortant de la douche. Il n'y avait qu'une chose qui la contrariait.

Ce foutu mec dans le lit.

Pourquoi est-ce qu'il ne rentrait pas chez lui ?

L'Assistance Qualité

6 h 40

Casey venait de rentrer dans les bureaux de l'AQ lorsque Norma lui lança un regard et lui indiqua l'autre bout du couloir.
Le visage de Casey se rembrunit.
Norma agita son pouce.
— Il était déjà là quand je suis arrivée ce matin. Il a téléphoné pendant une heure entière. M. L'Endormi n'est soudain plus tellement endormi.
Casey emprunta le corridor. Au moment où elle arrivait au bureau de Richman, elle l'entendit dire :
— Absolument pas. Nous sommes certains de la manière dont cela se déroulera. Non. Non. Je suis sûr. Pas un indice. Aucune idée.
Elle passa la tête dans la porte.
Richman téléphonait, renversé dans son fauteuil et les pieds sur la table. Il parut surpris de la voir. Il posa la main sur le combiné.
— J'en ai juste pour une minute.
— Très bien.
Elle retourna à son bureau, fourragea dans ses papiers. Elle ne le voulait pas dans les parages. Il était temps de l'envoyer faire une autre course, pensa-t-elle.
— Bonjour, dit-il en entrant.
Il était de très bonne humeur, avec un grand sourire.
— J'ai obtenu ces documents de la FAA que vous vouliez. Je les ai laissés sur votre bureau.
— Merci, répondit-elle. Aujourd'hui je voudrais que vous alliez au bureau principal de la TransPacific.
— TransPacific ? Ils ne sont pas à l'aéroport ?
— En fait, je pense qu'ils sont dans le centre ville de Los Angeles. Norma vous donnera l'adresse. Je veux que vous récupé-

riez des numéros anciens de leur revue de bord. Au moins une année.

— Mince, dit Richman, nous ne pourrions pas envoyer un coursier pour ça ?

— C'est urgent.

— Mais je manquerai la réunion de l'EAI.

— On n'a pas besoin de vous à l'EAI. Et je veux ces magazines aussi vite que possible.

— Les magazines de bord ? À quoi servent-ils ? demanda-t-il.

— Bob, dit-elle. Allez les chercher.

Il eut un sourire de travers.

— Vous ne seriez pas en train d'essayer de vous débarrasser de moi, non ?

— Allez prendre ces magazines, donnez-les à Norma et appelez-moi.

À la salle d'état-major

7 h 30

John Marder était en retard. Il entra dans la salle à grands pas, l'air contrarié et préoccupé et se laissa tomber dans un siège.

— Très bien. Allons-y. Où en sommes-nous sur le vol 545 ? Enregistreur de vol ?

— Rien encore, dit Casey.

— Nous avons besoin de ces données, faites-les sortir, Casey. Structure ?

— Eh bien, c'est très difficile, vraiment très difficile, dit Doherty d'un ton navré. Je suis toujours inquiet de ce tube de verrouillage défectueux. Je pense que nous devrions être plus prudents...

— Doug, l'interrompit Marder. Je vous l'ai déjà dit. Nous le vérifierons à l'essai en vol. Maintenant, où en est l'hydraulique ?

— L'hydraulique est impeccable.

— Le câblage ?

— Impeccable. Nous sommes à température ambiante. Il faudra passer au froid pour savoir.

— Okay. Nous ferons ça à l'essai en vol. Électricité ?

— Nous avons programmé le test de cycle électrique pour six heures ce soir et toute la nuit, dit Ron. S'il y a un problème, nous le saurons demain matin.

— Des soupçons ?

— Rien que ces senseurs de proximité dans l'aile droite.

— Nous les avons fait fonctionner ?

— Oui, et ils semblent normaux. Bien sûr, pour les vérifier réellement, nous devrions sortir les senseurs de leurs boîtiers et de l'aile, ce qui signifierait...

— Que nous retarderions tout, coupa Marder. Laissez tomber. Les moteurs ?

— Impec, dit Kenny Burne. Les moteurs sont en excellent état.

Quelques embouts sur le système de refroidissement ont été installés à l'envers. Et nous avons un capot d'inverseur qui est une contrefaçon. Mais rien qui puisse causer l'accident.

— Okay. Moteurs éliminés. L'avionique ?

Trung répondit :

— L'avionique est fiable dans les limites normales.

— Et le pilote automatique ? Le commandant de bord qui se battait pour le surmonter ?

— Le PA est parfait.

— Je vois. Marder regarda alentour. Nous n'avons donc rien, c'est ça ? Soixante-douze heures d'enquête et nous n'avons pas une foutue idée de ce qui s'est passé sur le vol 545 ? C'est bien ce que vous me dites ?

Le silence régna autour de la table.

— Nom de Dieu, dit Marder en donnant du poing sur la table. Est-ce que vous ne comprenez pas, les gars ? Je veux que cette *foutue* affaire soit résolue !

Sepulveda Boulevard

10 h 10

Fred Barker résolvait tous ses problèmes.
Pour commencer, Jennifer avait besoin d'une séquence de trajet vers le boulot, pour l'introduction avec Marty en voix off (« Nous avons interrogé Frederick Barker, un ancien fonctionnaire de la FAA, et maintenant un défenseur controversé de la sécurité aérienne »). Barker avait suggéré un point de prise de vue sur Sepulveda, avec un vaste panorama des pistes sud de l'aéroport de Los Angeles. C'était parfait et il avait bien précisé qu'aucune équipe de tournage ne l'avait utilisé auparavant.

Elle avait ensuite besoin d'une séquence au travail, toujours pour voix off (« Depuis qu'il a quitté la FAA, Barker s'est efforcé inlassablement d'informer le public sur les défauts de conception des avions et particulièrement du Norton N-22 »). Barker avait suggéré un coin de son bureau, où, devant des étagères chargées d'épais documents de la FAA, il était assis à une table couverte de brochures d'apparence technique, qu'il feuilletterait pour la caméra.

Après cela, elle aurait besoin de sa bafouille de base, avec le genre de détails que Reardon n'aurait pas le temps de traiter durant l'interview. Barker y était également préparé. Il savait où se trouvaient les commutateurs de la climatisation, du réfrigérateur, des téléphones et de toutes les autres sources de bruit qu'ils auraient besoin d'éliminer pour le tournage. Barker possédait également un écran vidéo en état de marche pour passer le film de la CNN sur le vol 545 pendant qu'il le commenterait. L'appareil était un Trinitron professionnel, installé dans un coin sombre de la pièce, afin qu'ils puissent en tirer une image. Il y avait une prise-V, de telle sorte qu'ils pourraient synchroniser ses commentaires audio. Et le film de Barker était d'un pouce, ce qui faisait que la qualité de l'image était excellente. Il possédait même une grande maquette du N-22, avec des pièces mobiles sur l'aile et la queue, dont il pouvait se servir pour montrer ce qui s'était passé pendant le vol. Le modèle se trouvait sur son bureau et n'avait donc pas l'air d'un accessoire. Et Barker était habillé pour la circonstance, en cravate et manches de chemise, ce qui lui donnait l'allure d'un ingénieur et de l'autorité.

Barker était également bon à l'écran. Il semblait détendu. Il n'utilisait pas de jargon ; ses réponses étaient brèves. Il paraissait comprendre comment le film serait monté, ce qui faisait qu'il ne provoquait pas de blocage. Par exemple, il ne s'emparait pas de la maquette au milieu d'une réponse. Au lieu de cela, il répondait d'abord, puis disait : « À ce point-ci je voudrais me référer au modèle. » Quand elle était d'accord, il répétait la réponse précédente et s'emparait du modèle. Tout ce qu'il faisait était ferme, sans hésitation ni maladresse.

L'expérience de Barker ne se limitait pas à la télévision, mais incluait les tribunaux. Le seul inconvénient était qu'elle n'était pas colorée par une émotion forte, pas de scandale, pas d'indignation. Au contraire, son ton, ses manières, son langage corporel suggéraient une profonde désolation. Il était malheureux que cette situation fût apparue. Il était malheureux qu'on n'eût pas pris de mesures pour remédier au problème. Il était malheureux que les autorités ne l'eussent pas écouté pendant toutes ces années.

— Il y a eu huit incidents précédents causés par les becs sur cet appareil.

Il tenait la maquette en l'air près de son visage, tournée de telle sorte qu'elle ne captât pas de reflets dans les lumières du tournage.

— Voici les becs, dit-il, tirant un panneau coulissant de l'avant de l'aile.

Il retira sa main et demanda :

— Vous avez eu ça en gros plan ?

— J'ai eu un retard, dit le cameraman. Vous pouvez recommencer ?

— Bien sûr. Vous commencez en grand-angle ?

— Deux T, dit le cameraman.

Barker hocha la tête. Il réfléchit et recommença : « Il y a eu huit incidents précédents causés par les becs sur cet appareil. » De nouveau il tint la maquette en l'air et déjà tournée correctement pour qu'elle ne captât pas de reflets. « Voici les becs », et il tira un panneau sur le devant de l'aile. Puis il s'interrompit.

— Cette fois-ci, je l'ai eu, dit le cameraman.

Barker poursuivit :

— Les becs ne sont déployés que pour le décollage et l'atterrissage. Durant le vol, ils sont repliés dans l'aile. Mais sur le Norton N-22, on sait que les becs se sont déployés spontanément durant le vol. C'est une erreur de conception. (Autre pause.) Je vais démontrer ce qui se passe, alors vous voudrez peut-être ouvrir pour prendre tout l'avion.

— Ouvert, dit le cameraman.

Barker attendit patiemment un moment, puis continua :

— La conséquence de cette erreur de conception est que, lorsque les becs se déploient, l'avion monte de cette façon, menaçant de ralentir. (Il inclina légèrement le modèle.) À ce point-là, il est presque impossible à contrôler. Si le pilote essaie de rétablir le niveau de vol, l'avion surcompense et se met à piquer. De nouveau le pilote corrige pour le redresser. L'avion monte. Puis pique. Puis monte de nouveau. C'est ce qui est arrivé au vol 545. C'est pour ça que des gens sont morts.

Barker s'interrompit.

— Maintenant nous en avons fini avec la maquette, indiqua-t-il. Je vais la reposer.

— Okay, dit Jennifer.

Elle avait observé Barker sur l'écran sur le sol, et maintenant elle se disait qu'elle pourrait avoir de la difficulté à enchaîner du grand-angle à l'image où il remettait la maquette à sa place. Ce dont elle avait réellement besoin...

Barker dit : « L'avion pique. Puis monte. Puis pique de nouveau. C'est ce qui est arrivé au vol 545. C'est pourquoi des gens sont morts. » Avec un regard désolé, il remit la maquette à sa place. Bien qu'il l'eût fait doucement, son geste même suggérait l'écrasement.

Jennifer ne se faisait pas d'illusions sur ce qu'elle observait. Ce n'était pas une interview ; c'était une représentation. Mais une attitude professionnelle n'était pas rare par les temps qui couraient. De plus en plus d'interviewés semblaient posséder de bonnes notions des angles de caméra et des séquences d'édition. Elle avait vu des patrons d'industrie arriver tout maquillés pour une interview. D'abord, les gens de la télé s'étaient alarmés de cette évolution. Mais à la fin, ils s'y étaient habitués. Ils n'avaient jamais assez de temps, ils couraient toujours d'un lieu de tournage à l'autre. Un sujet préparé leur facilitait beaucoup le travail.

Mais ce n'était pas parce que Barker était diplomate et la caméra adroite qu'elle allait le laisser s'en sortir sans le mettre un peu sur la sellette. La dernière partie du travail aujourd'hui consistait à couvrir les questions de base, pour le cas où Marty manquerait de temps ou bien serait distrait.

— Monsieur Barker ?
— Oui ?
Il se tourna vers elle.
— Vérifiez l'image, dit-elle au cameraman.
— Grand champ. Rapprochez-vous un peu de la caméra.

Jennifer rapprocha sa chaise de telle sorte qu'elle se trouvât juste derrière l'objectif. Barker se tourna légèrement pour lui faire face.

— Il a une bonne image, maintenant.
— Monsieur Barker, dit Jennifer, vous êtes un ancien employé de la FAA...
— J'ai travaillé pour la FAA, mais j'ai quitté l'agence parce que j'étais en désaccord avec son attitude laxiste à l'égard des constructeurs. L'avion Norton est le résultat de ce laxisme.

Il démontrait de nouveau son savoir-faire ; sa réponse constituait une déclaration complète. Il savait qu'il avait plus de chances de faire passer ses commentaires à la télé s'ils n'étaient pas des réponses à des questions.

Jennifer dit :
— Il y a une controverse au sujet de votre départ.
— Je suis au fait de certaines allégations sur les raisons pour lesquelles j'ai quitté la FAA, dit Barker, qui faisait une nouvelle déclaration. Mais le fait est que mon départ a embarrassé l'agence. J'ai critiqué la manière dont on y travaillait et, quand on a refusé d'y répondre, je suis parti. Je ne suis donc pas surpris qu'on essaie encore de me discréditer.

— La FAA avance que vous avez communiqué des informations à la presse. Elle dit qu'elle vous a licencié pour cela.

— Il n'y a jamais eu aucune preuve des allégations de la FAA à mon sujet. Je n'ai jamais vu un fonctionnaire produire une trace de preuve à l'appui de leurs critiques.

— Vous travaillez pour Bradley King, l'avocat ?
— J'ai été témoin en tant qu'expert en aviation dans un certain nombre de poursuites juridiques. Je pense qu'il est important que quelqu'un de compétent dise ce qu'il pense.

— Vous êtes payé par Bradley King ?
— Tout témoin expert est remboursé de son temps et de ses frais. C'est une coutume établie.

— N'est-il pas vrai que vous êtes employé à plein temps par Bradley King ? Que votre bureau, tout ce que nous voyons dans cette pièce, est payé par King ?

— Je suis subventionné par l'Institut pour la recherche en aviation, à Washington, qui est une organisation non lucrative. Ma tâche est de promouvoir la sécurité dans l'aviation civile. Je fais ce que je peux pour rendre le ciel sûr pour les voyageurs.

— Allons, M. Barker, n'êtes-vous pas un expert mercenaire ?

— J'ai certainement des opinions tranchées en ce qui concerne la sécurité aérienne. Il n'est que naturel que je sois employé par des gens qui partagent mon souci.

— Quelle est votre opinion de la FAA ?

— La FAA est animée de bonnes intentions, mais elle a double mandat, à la fois réglementer la sécurité aérienne et la promouvoir. L'agence a besoin d'une réforme complète. Elle est beaucoup trop indulgente à l'égard des constructeurs.

— Pouvez-vous m'en donner un exemple ?

C'était une perche qu'elle lui tendait, puisqu'elle savait ce qu'il dirait par des conversations antérieures.

De nouveau, Barker fit une déclaration.

— Un bon exemple de cette relation indulgente est la manière dont la FAA traite la certification. Les documents requis pour certifier un nouvel avion ne sont pas archivés par la FAA, mais par les fabricants eux-mêmes. Cela n'est guère convenable. Le renard garde le poulailler.

— Est-ce que la FAA fait du bon travail ?

— Je crains qu'elle ne fasse un travail très médiocre. Des vies d'Américains sont inutilement mises en danger. Franchement, il est temps de la réorganiser. Sinon, je crains que des passagers continuent à mourir, comme ça a été le cas sur cet avion Norton. (Il indiqua d'un geste lent, afin que la caméra pût le suivre, la maquette sur son bureau.) À mon avis, ce qui est arrivé sur cet avion est... une honte.

L'interview prit fin. Tandis que l'équipe ramassait son matériel, Barker alla vers Jennifer.

— Qui d'autre verrez-vous ?

— Jack Rogers ensuite.

— C'est quelqu'un de bien.

— Et quelqu'un de Norton. (Elle consulta ses notes.) Un certain John Marder.

— Ah !

— Qu'est-ce que ça veut dire ?

— Eh bien, Marder est un beau parleur. Il vous tiendra beaucoup de discours à double fond sur les consignes de navigabilité. Beaucoup de jargon de la FAA. Mais le fait est qu'il a été directeur de programme du N-22. Il a supervisé le développement de cet appareil. Il sait qu'il y a un problème : il en fait partie.

À l'extérieur de Norton

11 h 10

Après la magistrale prestation de Barker, le reporter, Jack Rogers, était un peu décevant. Il arriva vêtu d'une veste de sport vert citron, et sa cravate à carreaux sautillait sur l'écran. Il ressemblait à un pro de golf, fringué pour une interview de boulot.

Jennifer ne dit d'abord rien ; elle se contenta de le remercier d'être venu et le plaça devant l'enceinte en chaîne maillée, avec Norton Aircraft en arrière-plan. Elle lui posa des questions ; il lui donna des réponses partielles, il était excité, soucieux de plaire.

— Mince, il fait chaud, dit-elle. (Elle se tourna vers le cameraman.) Tu es prêt, George ?

— Dans une seconde.

Elle se tourna vers Rogers. Le type du son lui déboutonna la chemise pour fixer le microphone à son col. Tandis que les préparatifs se poursuivaient, Rogers commença à transpirer. Jennifer appela la maquilleuse pour le sécher. Il parut soulagé. Puis, prétextant la chaleur, elle le convainquit d'enlever sa veste et de l'accrocher à son épaule. Elle expliqua que cela lui donnerait l'air d'un journaliste au travail. Il accepta avec gratitude. Elle lui suggéra de desserrer sa cravate, ce qu'il fit également.

— Comment c'est ? demanda-t-elle au cameraman.

— C'est mieux sans la veste. Mais la cravate est un cauchemar.

Elle se tourna souriante vers Rogers.

— Ça marche très bien, dit-elle. Et si vous enleviez la cravate et retroussiez vos manches de chemise ?

— Oh, je ne le fais jamais, répondit Rogers. Je ne retrousse jamais mes manches de chemise.

— Ça vous donnerait un air costaud, mais à l'aise. Vous savez, les manches retroussées, prêt à se battre. Un journaliste de choc. Quelque chose comme ça.

— Je ne retrousse jamais mes manches de chemise.

Elle fronça les sourcils.

— Jamais ?

— Non. Jamais.

— Bon, ce n'est que d'un style qu'il s'agit ici. Votre image à l'écran serait renforcée. Plus éloquente, plus puissante.

— Je regrette.

Elle se demanda : qu'est-ce que c'est que ça ? La plupart des gens feraient n'importe quoi pour passer à *Newsline*. Ils feraient l'interview en sous-vêtements si elle le leur demandait. Plusieurs l'avaient fait. Et ce fichu journaliste de la presse écrite, qu'est-ce qu'il gagnait, d'ailleurs ? Trente mille par an ? Moins que la note de frais mensuelle de Jennifer.

— Je, euh, ne peux pas, expliqua Rogers, parce que, euh, j'ai du psoriasis.

— Aucun problème. Maquillage !

Jack Rogers répondit donc à ses questions la veste sur l'épaule, sans cravate et les manches de chemise retroussées. Il était diffus, parlant pendant trente ou quarante secondes. Si elle lui posait deux fois la même question, dans l'espoir d'avoir une réponse plus courte, il se mettait à transpirer et répondait encore plus longuement.

Ils s'interrompaient souvent pour permettre à la maquilleuse de lui éponger le visage. Jennifer devait le rassurer sans arrêt et lui dire qu'il s'en tirait bien, très bien. Qu'il lui donnait des informations vraiment bonnes.

Et c'était vrai, mais il ne savait pas les rendre percutantes. Il n'avait pas l'air de comprendre qu'elle réalisait un assemblage, que le plan moyen durerait moins de trois secondes et qu'ils feraient un découpage pour une phrase ou un fragment de phrase avant de passer à autre chose. Rogers était sérieux, il essayait d'être coopératif, mais il la noyait sous des détails qu'elle ne pourrait pas utiliser et un historique dont elle n'avait rien à faire.

À la fin, elle commença à craindre qu'il n'y eût rien d'utilisable dans l'interview et qu'elle perdît son temps. Elle recourut donc à sa procédure ordinaire dans une pareille situation.

— Tout ça c'est très bien, dit-elle. Maintenant, nous arrivons à la conclusion. Nous avons besoin de quelque chose de percutant (elle montra le poing) pour terminer. Je vais donc vous poser une série de questions et vous demander de répondre par une seule phrase percutante.

241

— D'accord.
— Monsieur Rogers, est-ce que le N-22 pourrait coûter à Norton la vente à la Chine ?
— Étant donné la fréquence des incidents concernant...
— Je regrette, interrompit-elle. J'ai besoin d'une seule phrase simple. Est-ce que le N-22 pourrait coûter à Norton la vente à la Chine ?
— Oui, c'est possible.
— Je regrette, dit-elle de nouveau. Jack, j'ai besoin d'une réponse comme : « Le N-22 pourrait coûter à Norton la vente à la Chine. »
— Oh ! D'accord. Il ravala sa salive.
— Est-ce que le N-22 pourrait coûter à Norton la vente à la Chine ?
— Oui, je crains de devoir dire qu'il pourrait coûter la vente à la Chine.

Seigneur, pensa-t-elle.

— Jack, j'ai besoin que vous disiez « Norton » dans la phrase. Sans quoi nous ne saurons pas de quoi vous parlez.
— Oh.
— Allez-y.
— Le N-22 pourrait très bien coûter à Norton la vente à la Chine, à mon avis.

Elle soupira. C'était sec. Sans force d'émotion. Il aurait aussi bien pu parler de sa facture de téléphone. Mais le temps commençait à faire défaut.

— Excellent, dit Jennifer. Très bien. Continuons. Dites-moi : est-ce que Norton est une compagnie qui a des problèmes ?
— Absolument, dit-il hochant la tête et ravalant sa salive.

Elle soupira.

— Jack.
— Oh. Pardon. Il inspira et puis il dit : Je pense que...
— Attendez. Mettez votre poids sur le pied droit. De telle sorte que vous vous penchiez vers la caméra.
— Comme ça ?

Il déplaça l'appui de son corps et se tourna légèrement.

— Ouais, ça va. Parfait. Maintenant allez-y.

Debout devant la barrière qui entourait Norton Aircraft, tenant son veston sur l'épaule et les bras de chemise retroussés, Jack Rogers dit :

— Je crois qu'il n'y a pas de doute que Norton Aircraft est une compagnie en sérieuse difficulté.

Puis il s'arrêta. Il la regarda.

Jennifer sourit.

— Merci beaucoup. Vous étiez formidable.

242

À l'administration de Norton

11 h 55

Casey entra dans le bureau de Marder quelques minutes avant midi et le trouva rajustant sa cravate et rabattant ses manches de chemise.

– J'ai pensé que nous nous assoirions là, dit-il, indiquant une table basse et des fauteuils dans un coin de son bureau. Vous êtes parée pour ce qui va suivre ?

– Je crois.

– Laissez-moi commencer. Je ferai appel à vous si nécessaire.

– Okay.

Il se mit à faire les cent pas.

– La sécurité signale qu'il y avait une équipe de tournage devant la barrière sud, grommela-t-il. Ils faisaient une interview de Jack Rogers.

– Mouais, dit Casey.

– Cet imbécile ! Seigneur. Je peux imaginer ce qu'il avait à dire.

– Est-ce que vous lui avez jamais parlé ? demanda Casey.

L'intercom grésilla. Eileen dit : « Mme Malone est ici, monsieur Marder. »

– Faites-la entrer, répondit Marder.

Il alla à la porte pour l'accueillir.

Casey fut choquée par la femme qui entra. Jennifer Malone était une gamine, à peine plus âgée que Richman. Elle ne pouvait avoir plus de vingt-huit ou vingt-neuf ans, pensa Casey. Elle était blonde et assez jolie, d'une manière un peu pointue, new-yorkaise. Elle avait des cheveux courts, qui atténuaient sa sensualité et elle était habillée de manière très décontractée : jean et un T-shirt blanc, avec un blazer bleu au col bizarre. Le style branché hollywoodien.

Casey se sentit mal à l'aise rien qu'à la voir. Mais Marder se tournait vers elle et disait :

— Madame Malone, je voudrais vous présenter Casey Singleton, spécialiste de l'Assurance qualité dans l'Équipe d'analyse des incidents.

La jeune blonde fit un sourire.

Casey lui serra la main.

Ils charrient, pensa Jennifer Malone. Ça c'est un commandant d'industrie ? Ce type énervé avec les cheveux coiffés en arrière et un costume de confection ? Et qui était cette femme sortie d'un catalogue Talbot ? Singleton était plus grande que Jennifer, ce qui agaçait cette dernière, et séduisante dans une manière saine, *midwestern*. Elle avait l'air d'une sportive et elle semblait en assez bonne forme, bien qu'elle ne fût plus d'âge à s'en tirer avec le peu de maquillage qu'elle portait. Et ses traits étaient tirés, tendus. Sous pression.

Jennifer fut déçue. Elle s'était préparée toute la journée à cette entrevue, affinant ses arguments. Mais elle avait imaginé un adversaire bien plus dominateur. Au lieu de cela, elle se retrouvait à l'université avec l'assistant du recteur et une bibliothécaire timide. De petites gens sans style.

Et ce bureau ! Exigu, avec des murs gris, des meubles utilitaires. Sans caractère. Heureusement qu'elle ne filmerait pas là, parce qu'on ne pourrait rien tirer de cette pièce. Est-ce que le bureau du président était aussi dans ce genre ? Si c'était le cas, il faudrait filmer son interview ailleurs. Dehors, ou sur la chaîne de montage. Parce que ces minables petits bureaux ne pouvaient tout simplement pas passer à l'écran. Les avions étaient grands et puissants. Le public ne croirait pas qu'ils étaient fabriqués par des minables dans des bureaux mornes.

Marder la guida vers un coin salon. Il le fit avec de grands gestes, comme s'il la conduisait à un banquet. Étant donné qu'il lui laissait le choix du siège, elle en prit un qui tournait le dos à la fenêtre, de telle sorte que le soleil serait dans leurs yeux à eux.

Elle sortit ses notes et les feuilleta. Marder demanda :

— Voulez-vous boire quelque chose ? Un café ?

— Un café serait très bien.

— Comment le prenez-vous ?

— Noir, dit Jennifer.

Casey observait Jennifer arranger ses notes.

— Je serai franche, commença Malone. Nous avons obtenu des critiques du matériel très compromettantes pour le N-22. Et sur la manière dont cette compagnie fonctionne. Mais il y a deux aspects à toute affaire. Et vous voulons inclure votre réponse aux critiques.

Marder se contenta de hocher la tête. Il était assis les jambes croisées avec un bloc sur les genoux.

— D'abord, nous savons ce qui s'est passé sur le vol TransPacific.

Vraiment? pensa Casey. Parce que nous, nous ne le savons pas.

— Les becs sont sortis, se sont déployés en plein vol, et l'appareil est devenu instable, montant et descendant et tuant des passagers. Tout le monde a vu le film de cet incident tragique. Nous savons que des passagers ont intenté des procès à la compagnie. Nous savons que le N-22 a un long historique de problèmes avec les becs, que ni la FAA ni la compagnie n'ont été disposés à régler. Et cela en dépit de neuf incidents distincts au cours des dernières années.

Malone s'interrompit un moment, puis reprit.

— Nous savons que la politique régulatrice de la FAA est tellement laxiste qu'elle n'exige même pas la soumission des documents de certification. La FAA a autorisé Norton à garder les documents de la certification chez elle.

Seigneur, pensa Casey. Elle ne comprend *rien*.

— Laissez-moi répondre d'abord à votre dernier point, dit Marder. La FAA n'a la disposition matérielle des documents de certification d'aucun constructeur. Pas Boeing, pas Douglas, pas Airbus, pas nous. Franchement, nous préférerions que ce soit la FAA qui assume l'archivage. Mais ce n'est pas possible, parce que ces documents contiennent des informations exclusives. S'ils étaient en possession de la FAA, nos rivaux pourraient obtenir ces informations en vertu de la loi sur la liberté de l'information. Certains de nos concurrents en seraient ravis. Airbus, par exemple, a fait du lobbying pour un changement de la politique de la FAA, pour les raisons que je viens d'expliquer. Je suppose donc que vous avez pris cette idée sur la FAA chez quelqu'un d'Airbus.

Casey vit Malone hésiter et consulter ses papiers. C'était vrai, pensa-t-elle. Marder avait débusqué sa source. Airbus avait communiqué cet argument à Malone, probablement par l'entremise de son antenne publicitaire, l'Institut pour la recherche aéronautique. Est-ce que Malone se rendait compte que cet institut était une façade d'Airbus?

— Mais vous êtes bien d'avis, dit Malone froidement, que c'est un arrangement un peu trop commode que d'autoriser Norton à archiver ses propres documents?

— Madame Malone, reprit Marder, je vous ai déjà dit que nous

245

préférerions que ce soit la FAA qui assume cet archivage. Mais ce n'est pas nous qui avons rédigé la loi sur la liberté de l'information. Nous ne faisons pas les lois. Mais nous pensons que si nous dépensons des milliards de dollars à développer une conception qui nous est propre, elle ne devrait pas être offerte gratis à nos concurrents. Telle que je la comprends, la loi en question n'a pas été votée pour permettre à des concurrents étrangers de piller la technologie américaine.

— Vous vous opposez donc à la loi sur la liberté de l'information ?

— Pas du tout. Je dis simplement qu'elle n'a jamais été conçue pour faciliter l'espionnage industriel. (Marder remua dans son fauteuil.) Maintenant, vous avez cité le vol 545.

— Oui.

— Tout d'abord, nous ne sommes pas du tout d'accord sur le fait que l'accident ait été le résultat d'un déploiement de becs.

Oh-oh, se dit Casey, Marder prend des risques. Ce qu'il disait n'était pas vrai et il se pouvait très bien...

— Nous enquêtons actuellement sur ce point, poursuivit Marder, et bien qu'il soit pour moi prématuré de commenter les résultats de notre enquête, je pense que vous avez été mal informée sur la situation. Je présume que vous avez obtenu cette information sur les becs de Fred Barker.

— Nous interrogeons Fred Barker parmi d'autres...

— Avez-vous parlé à la FAA de M. Barker ? demanda Marder.

— Nous savons qu'il est discuté...

— Pour le moins. Disons simplement qu'il a adopté une attitude polémique basée sur des données inexactes..

— Que vous *croyez* inexactes.

— Non, madame Malone. Elles sont inexactes, insista Marder sur un ton de défi. (Il montra les papiers que Malone avait disposés sur la table.) Je n'ai pas pu m'empêcher de remarquer votre liste des incidents de becs. Est-ce que vous l'avez obtenue de Barker ?

Malone hésita un instant.

— Oui.

— Puis-je la voir ?

— Bien sûr.

Elle tendit le papier à Marder, qui le parcourut.

Elle demanda :

— Les faits sont-ils faux, monsieur Marder ?

— Non, mais ils sont incomplets et tendancieux. Cette liste est basée sur nos propres documents, mais elle est incomplète. Est-ce que vous êtes au fait des consignes de navigabilité, madame Malone ?

– Consignes de navigabilité ?

Marder se leva et alla à son bureau.

– Chaque fois qu'un incident se produit en vol sur l'un de nos appareils, nous l'analysons entièrement pour savoir ce qui s'est passé et pourquoi. S'il y a un problème avec l'appareil, nous publions un bulletin de service ; si la FAA pense qu'il est nécessaire d'appliquer notre bulletin, elle publie alors une consigne de navigabilité. Après que le N-22 a pris du service, nous avons découvert un problème de becs. Les transporteurs nationaux sont requis par la loi de modifier leurs avions pour éviter que ces incidents se reproduisent.

Il revint avec une autre feuille qu'il tendit à Malone.

– Voici une liste complète des incidents.

Incidents de déploiement de becs sur le Norton N-22

1. 4 janvier 1992. (TN) Les becs se déploient au niveau de vol 350, mach 0,84. Le levier des volets et des becs avait été actionné par inadvertance. <u>CN 44-8 publiée à la suite de cet incident.</u>

2. 2 avril 1992. (TN) Les becs se sont déployés alors que l'appareil était à la vitesse de croisière de mach 0,81. Un cahier de bord serait tombé sur le levier des volets et des becs. <u>CN 44-8 n'avait pas été appliquée, mais aurait prévenu cet incident.</u>

3. 17 juillet 1992. (TN) D'abord décrit comme turbulence sévère ; on apprit plus tard, toutefois, que les becs s'étaient déployés à la suite d'un mouvement accidentel du levier des volets et des becs. Cinq passagers blessés, trois sérieusement. <u>CN 44-8 n'avait pas été appliquée et aurait évité cet incident.</u>

4. 20 décembre 1992. (TN) Les becs se déploient sans manipulation du levier des volets et des becs dans le cockpit. Deux passagers blessés. <u>CN 51-29 a été publiée à la suite de cet incident.</u>

5. 12 mars 1993. (TE) L'avion est entré dans une phase initiale de perte de vitesse à mach 0,82. Les becs étaient déployés et le levier n'était pas en position relevée et verrouillée. <u>CN 51-29 n'avait pas été appliquée et aurait évité cet incident.</u>

6. 4 avril 1993. (TE) Le copilote avait posé son bras sur le levier des volets et des becs et l'avait ainsi abaissé, déclenchant ainsi le déploiement des becs. Plusieurs passagers blessés. <u>CN 44-8 n'avait pas été appliquée et aurait évité cet incident.</u>

7. 4 juillet 1993. (TE) Le pilote a rapporté que le levier s'était déplacé et que les becs s'étaient déployés à mach 0,81. <u>CN 44-8 n'avait pas été appliquée et aurait évité cet incident.</u>

8. 10 juin 1994. (TE) Les becs se sont déployés alors que l'avion était en vitesse de croisière, sans déplacement du levier des volets et des becs. <u>CN 51-29 n'avait pas été appliquée et aurait évité cet incident.</u>

— Les phrases soulignées, dit Marder, sont celles que M. Barker a omises dans le document qu'il vous a donné. Après le premier incident de becs, la FAA a publié une consigne de navigabilité pour changer les commandes dans le cockpit. Les compagnies aériennes avaient un an pour l'appliquer. Quelques-unes l'ont fait immédiatement, d'autres pas. Comme vous pouvez le voir, tous les incidents qui s'en sont suivis ont eu lieu sur des appareils qui n'avaient pas encore effectué le changement.

— Eh bien, pas tout à fait...

— S'il vous plaît, laissez-moi finir. En décembre 1992, nous avons découvert un second problème. Les câbles qui commandaient les becs se relâchaient parfois. Les équipes de maintenance n'étaient pas au fait du problème. Nous avons donc publié un second bulletin de service et ajouté un appareil de mesure de tension. Ainsi les équipes au sol pouvaient vérifier plus facilement si le câblage correspondait aux spécifications. Cela a réglé le problème. En décembre même, tout était au point.

— Visiblement pas, monsieur Marder, dit Malone, indiquant la liste. Vous avez eu d'autres incidents en 1993 et en 1994.

— Seulement sur des transporteurs étrangers, répondit Marder. Vous voyez ces lettres TN et TE ? Elles désignent les transporteurs nationaux et les transporteurs étrangers. Les transporteurs nationaux sont tenus d'effectuer les modifications demandées par les directives de la FAA. Les transporteurs étrangers ne sont pas sous la juridiction de la FAA. Et ils n'effectuent pas toujours les modifications. Depuis 1992, tous les incidents sont survenus chez des transporteurs étrangers qui n'avaient pas installé les équipements requis.

Malone parcourut la liste.

— Donc vous laissez sciemment des transporteurs utiliser des avions qui ne sont pas sûrs ? Vous êtes là assis et vous laissez faire, c'est ça que vous me dites ?

Marder retint son souffle. Casey pensa qu'il allait exploser, mais il ne le fit pas.

— Madame Malone, nous construisons des avions, nous ne

les exploitons pas. Si Air Indonesia ou Pakistani ne veulent pas suivre les consignes de navigabilité, nous ne pouvons pas les y obliger.

– Très bien, si vous construisez des avions, parlons de la façon dont vous le faites. Regardez cette liste ici. Combien de changements avez-vous effectué sur les becs ? Huit ?

Casey pensa, elle ne comprend pas. Elle n'écoute pas. Elle ne saisit pas ce qu'on lui dit.

– Non. Deux équipements additionnels, corrigea Marder.

– Mais il y a eu huit incidents ici. Vous êtes d'accord que...

– Oui, dit Marder d'un ton irrité, mais nous ne parlons pas d'incidents, nous parlons de consignes de navigabilité et il n'y en a que deux.

Il commençait à être en colère et son visage était rouge.

– Je vois. Donc Norton a eu deux problèmes de conception avec les becs pour cet appareil.

– Il y a eu deux modifications, la reprit Marder.

– Deux modifications de concept originel erroné, dit Malone. Et ça ce n'est que pour les becs. Nous n'avons abordé ni les volets, ni la gouverne de direction, ni les réservoirs et le reste de l'avion. Rien que dans ce petit système, il y a eu deux modifications. N'avez-vous pas mis cet avion à l'essai avant de le vendre à des clients sans méfiance ?

– Bien sûr que nous l'avons testé, siffla Marder à travers ses dents serrées. Mais vous devez vous rendre compte...

– Ce dont je me rends compte, c'est que des gens sont morts à cause de vos erreurs de conception, monsieur Marder. Cet avion est un cercueil volant. Et vous n'avez pas l'air de vous en soucier du tout.

– *Oh nom de putain de Dieu !* Marder leva les bras et bondit hors de son fauteuil. Il fit le tour de la pièce à grands pas.

– Je ne peux foutrement pas croire ça !

C'était presque trop facile, pensa Jennifer. En fait, *c'était* trop facile. Elle ne croyait pas vraiment à cette explosion théâtrale. Durant l'interview, elle avait changé d'idée sur cet homme. Il n'était pas l'assistant principal, il était beaucoup plus intelligent que cela. Elle s'en était avisée en regardant ses yeux. La plupart des gens faisaient des mouvements d'yeux involontaires quand on leur posait une question. Ils les levaient ou les baissaient ou les détournaient. Mais le regard de Marder était droit et calme. Il se contrôlait parfaitement.

Et elle le soupçonnait de se contrôler parfaitement à ce moment-là : il avait délibérément perdu patience. Pourquoi ?

Cela ne l'intéressait pas vraiment. Son but depuis le début avait été de faire exploser ces gens. De les inquiéter assez pour qu'ils la missent en rapport avec le président. Jennifer voulait que Marty Reardon interviewe le président.

C'était essentiel pour son sujet. Cela compromettrait son histoire si *Newsline* portait des accusations graves contre le N-22 et que la compagnie ne lui opposait que les réponses d'un pékin de demi-calibre ou d'une andouille de presse. Mais si elle pouvait filmer le président, le sujet accédait à une tout autre crédibilité.

Elle voulait le président.

Les choses allaient bien.

Marder dit :

— Expliquez-lui, vous, Casey.

Casey avait été consternée par l'explosion de Marder. Le mauvais caractère de celui-ci était notoire, mais c'était une erreur tactique de première grandeur que de perdre le contrôle de soi devant un journaliste. Là, toujours congestionné et haletant derrière son bureau, Marder répéta :

— Expliquez-lui, vous, Casey.

Elle se tourna pour affronter Malone.

— Madame Malone, je pense que tout le monde ici est profondément attaché à la sécurité en vol. (Elle espérait que cette déclaration excuserait le débordement de Marder.) Nous sommes dévoués à la sécurité des produits et le N-22 a un excellent palmarès de sécurité. Et si quelque chose advenait sur l'un de nos avions...

— Quelque chose est advenu, dit Malone, regardant posément Casey.

— Oui, et nous enquêtons actuellement sur cet incident. J'appartiens à l'équipe qui mène cette enquête, et nous travaillons sans relâche pour comprendre ce qui s'est passé.

— Vous voulez dire pourquoi les becs se sont déployés ? Mais vous devez le savoir. C'est arrivé tellement de fois auparavant.

— À ce point-ci...

— Écoutez, coupa Marder, ce n'étaient pas les foutus becs. Frederick Barker est un alcoolique invétéré et un menteur stipendié qui travaille pour un avocat marron. Personne de sensé ne prêterait d'attention à ses propos.

Casey se mordit la lèvre. Elle ne devrait pas contredire Marder devant un reporter, mais...

Malone dit :

— Si ce n'était pas les becs...

– Ce n'était pas les becs, asséna Marder avec force. Nous publierons un rapport préliminaire dans les prochaines vingt-quatre heures qui le démontrera formellement.

Quoi ? pensa Casey. Qu'est-ce qu'il racontait ? Il n'existait rien qui ressemble à un rapport préliminaire.

– Vraiment, dit Malone, doucement.

– Exactement. Casey Singleton est l'attachée de presse de l'EAI. Nous nous mettrons en rapport avec vous, madame Malone.

Malone parut s'aviser que Marder mettait fin à l'entretien ; elle protesta :

– Mais il y a bien d'autres sujets que nous devons aborder, monsieur Marder. Il y a aussi l'explosion de rotor de Miami. Et l'opposition du syndicat à la vente à la Chine...

– Oh, allons, rétorqua Marder.

– Étant donné la gravité de ces accusations, poursuivit-elle, je pense que vous pourriez accorder de l'attention à notre proposition de donner à votre président, M. Edgarton, l'opportunité de répondre.

– Ça ne se fera pas.

– C'est dans votre propre intérêt. Si nous devons dire que le président a refusé de nous parler, cela paraîtra...

– Écoutez, dit Marder. Arrêtons ces conneries. Sans la Trans-Pacific, vous n'avez pas de sujet. Et nous allons publier un rapport préliminaire sur la TransPacific demain. Vous serez informée de l'heure. C'est tout pour le moment, madame Malone. Merci d'être venue.

L'interview était terminée.

À l'administration Norton

12 h 43

— Cette femme n'est pas croyable, dit Marder, quand Malone fut partie. Elle ne s'intéresse pas aux faits. Elle ne s'intéresse pas à la FAA. Elle ne s'intéresse pas à la façon dont nous construisons des avions. Elle fait seulement de la démolition. Est-ce qu'elle travaille pour Airbus ? C'est ce que je voudrais savoir.

— John, à propos de ce communiqué préliminaire...

— Laissez tomber, dit Marder sèchement. Je m'en occupe. Vous retournez à votre travail. J'irai voir le dixième étage, nous mettrons quelques informations et arrangerons quelques détails. On en parlera plus tard dans la journée.

— Mais John, insista Casey, vous lui avez dit que ce n'étaient pas les becs.

— C'est mon problème. Retournez à votre travail.

Quand Casey fut sortie, Marder appela Edgarton.

— Mon avion est dans une heure, dit celui-ci. Je vais à Hong Kong, exprimer mes regrets aux familles des victimes en leur rendant personnellement visite. Parler au transporteur, témoigner de ma sympathie aux parents.

— Bonne idée, Hal, dit Marder.

— Quand est-ce que nous passons dans cette histoire de médias ?

— Bon, c'est bien ce que je soupçonnais. *Newsline* monte un sujet extrêmement critique contre le N-22.

— Pouvez-vous l'arrêter ?

— Absolument. Sans problème, répondit Marder.

— Comment ? demanda Edgarton.

— Nous publierons un rapport préliminaire disant que ce

n'étaient pas les becs. Ce rapport dira que l'accident a été causé par un capot d'inverseur de contrefaçon.

— Il y a un mauvais capot sur l'avion ?

— Oui. Mais il n'a pas causé l'accident.

— C'est parfait. Une pièce de contrefaçon est parfaite. Tant que ce n'est pas un problème Norton.

— Juste, dit Marder.

— Et la fille va dire ça ?

— Oui.

— Elle ferait mieux, parce que ça peut être risqué de parler à ces emmerdeurs.

— Reardon, précisa Marder. C'est Marty Reardon.

— Peu importe. Elle sait quoi dire ?

— Oui.

— Vous l'avez chapitrée ?

— Oui. Et je vais le refaire.

— Okay. Et je veux aussi qu'elle voie cette conseillère en communication.

— Je ne sais pas, Hal, est-ce que vous croyez...

— Oui, je crois, coupa Edgarton. Et vous aussi. Singleton devra être pleinement préparée à l'interview.

— D'accord, fit Marder.

— Rappelez-vous bien, dit Edgarton. Vous ratez ça et vous êtes mort.

Et il raccrocha.

À l'extérieur de l'administration Norton

13 h 04

À l'extérieur de l'immeuble de l'administration, Jennifer Malone monta dans sa voiture, plus contrariée qu'elle ne voulait l'admettre. Il était improbable, elle le devinait, que la compagnie la laissât voir le président. Et elle était préoccupée par le fait que Norton fît de Singleton son porte-parole.

Cela pouvait altérer la teneur émotionnelle du sujet. L'audience voulait voir sanctionner des chefs d'industrie sanguins et arrogants. Or, une femme intelligente, sérieuse et séduisante ne répondrait pas à cette attente. Étaient-ils assez malins pour l'avoir compris ?

Et bien sûr, Marty harcèlerait Singleton.

Ça ne ferait pas très bon effet non plus.

Rien que d'imaginer leur face-à-face donnait la chair de poule à Jennifer. Singleton était brillante, avec une personnalité ouverte, sympathique. Marty attaquerait une jeune mère et, par là même, les valeurs traditionnelles. Et il était impossible de brider Marty. Il visait la jugulaire.

De plus, Jennifer commençait à trouver que toute l'histoire était mal ficelée. Barker avait été tellement convaincant lorsqu'elle l'avait interviewé ; elle s'en était trouvée réconfortée. Mais si ces deux adjoints étaient sincères, la compagnie tenait bon. Elle commençait à s'inquiéter aussi de la personnalité de Barker. Si la FAA le tenait à l'œil, sa crédibilité ne valait pas cher. *Newsline* aurait l'air débile de lui avoir donné la parole.

Le reporter, Jack Je-ne-sais-qui, était décevant. Il n'était pas bon à l'écran et ses arguments ne pesaient pas lourd. Parce que, en fin de compte, tout le monde se foutait de ce qu'on consommât de la drogue à l'atelier. Toutes les entreprises américaines avaient des problèmes de drogue. Ce n'était pas neuf. Et ça ne prouvait pas que l'avion était mauvais, ce qui était son objectif. Elle avait besoin d'images fortes et convaincantes pour prouver que l'avion était un cercueil volant.

Elle ne les avait pas.

Tout ce qu'elle avait jusqu'ici était le film de CNN, qui était du déjà-vu, et l'explosion du compresseur à Miami, qui n'était pas bouleversante. De la fumée sortant de sous une aile.

La belle jambe !

Pis que tout, si la compagnie publiait réellement un rapport préliminaire qui contredisait Barker...

Son téléphone cellulaire sonna.

— Racontez-moi, commanda Dick Shenk.

— Salut, Dick, dit-elle.

— Alors ? Où en sommes-nous ? demanda Shenk. Je regarde l'agenda en ce moment même. Marty en aura fini avec Bill Gates dans deux heures.

Une partie d'elle voulait dire : « Laisse tomber. L'histoire est chancelante. Elle ne prend pas forme. J'ai été débile de croire que je pouvais monter ça en deux jours. »

— Jennifer ? Je l'envoie ou pas ?

Mais elle ne pouvait pas dire non. Elle ne pouvait pas admettre qu'elle avait eu tort. Shenk la tuerait si elle faisait machine arrière. Tout dans la façon dont elle avait formulé sa proposition et dans la désinvolture avec laquelle elle avait quitté le bureau de Shenk lui forçait à présent la main. Il ne restait qu'une seule réponse possible.

— Oui, Dick. Il me le faut.

— Vous aurez l'ensemble samedi ?

— Oui, Dick.

— Et ce n'est pas une histoire de pièces de rechange ?

— Non, Dick.

— Parce que je ne veux pas arriver minablement à la traîne de *60 minutes,* Jennifer. Il vaut mieux que ce ne soit pas une histoire de pièces de rechange.

— Ce ne l'est pas, Dick.

— Vous n'avez pas l'air sûre de vous, dit-il.

— Si, Dick. Je suis simplement fatiguée.

— Okay. Marty quitte Seattle à quatre heures. Il sera à l'hôtel vers huit heures. Ayez le programme de tournage prêt pour son arrivée et faxez-le-moi à la maison. Vous aurez Marty pour toute la journée de demain.

— Okay, Dick.

— Mords-y l'œil, poupée, et il raccrocha.

Elle ferma le téléphone et soupira.

Elle mit le contact et passa en marche arrière.

Casey vit Malone sortir du parking : une Lexus noire, comme Jim. Malone ne la vit pas et ça valait mieux. Casey en avait gros sur le cœur.

Elle essayait toujours de comprendre ce que faisait Marder. Il avait pété les plombs devant la journaliste, il lui avait dit que ce n'était pas un incident de becs et qu'il y aurait un rapport préliminaire de l'EAI. Comment pouvait-il dire ça ? Marder était certainement un champion de l'esbroufe, mais là, il se plantait. Elle ne comprenait pas, ce comportement ne pouvait que nuire à la compagnie. Ou à lui-même.

Et John Marder, elle le savait, ne se nuisait jamais.

À l'Assistance Qualité

14 h 10

Norma écouta Casey pendant plusieurs minutes sans l'interrompre. À la fin, elle demanda :
— Et quelle est ta question ?
— Je pense que Marder va faire de moi le porte-parole de la compagnie.
— C'était couru, dit Norma. Les grands pontes cherchent toujours à se protéger. Edgarton ne parlera jamais à la presse. Et Marder non plus. Tu es le porte-parole pour la presse de l'EAI. Et tu es une vice-présidente de Norton Aircraft. C'est ce qu'on lira au bas de l'écran.

Casey resta sans mot dire.
Norma la regarda.
— Quelle est ta question ? demanda-t-elle de nouveau.
— Marder a dit à la journaliste que l'incident du TPA 545 n'était pas une affaire de becs, répondit-elle, et que nous publierions d'ici demain un rapport préliminaire.
— Mouais.
— Ce n'est pas vrai.
— Mouais.
— Pourquoi est-ce que Marder fait cela ? demanda Casey. Pourquoi est-ce qu'il me met en avant comme ça ?
— Il sauve sa peau, dit Norma. Il évite probablement un problème qu'il connaît et que tu ne connais pas.
— Quel problème ?

Norma secoua la tête.
— Mon intuition me dit que ça concerne l'avion. Marder était directeur de programme sur le N-22. Il en sait plus sur cet avion que n'importe qui d'autre dans la compagnie. Peut-être veut-il dissimuler quelque chose.

– Et il annonce une fausse nouvelle ?
– C'est ce que je suppose.
– Et c'est moi qui fais les frais ?
– C'est ce qu'il semble.

Casey resta silencieuse.

– Qu'est-ce que je dois faire ?
– Trouve la vérité, dit Norma, clignant les yeux à travers la fumée de sa cigarette.
– Je n'ai pas le temps...

Norma haussa les épaules.

– Trouve ce qui est arrivé sur ce vol. Parce que ta tête est en jeu, ma chère. C'est comme ça que Marder l'a organisé.

Dans le corridor, Casey rencontra Richman.

– Hé, salut...
– Plus tard, dit-elle.

Elle entra dans son bureau et ferma la porte. Elle s'empara d'une photo de sa fille et la considéra. Allison y sortait de la piscine d'une voisine. Elle était en compagnie d'une fillette de son âge et toutes deux étaient en maillot et ruisselaient. Des corps jeunes et minces, aux sourires édentés, insouciants et innocents.

Casey mit la photo de côté, ouvrit une grande boîte sur son bureau et en sortit un lecteur de CD, noir avec une lanière de néoprène. Des fils étaient reliés à une paire de lunettes bizarres. Elles étaient démesurées et ressemblaient à un masque de soudeur, à cette différence près qu'elles n'enveloppaient pas la tête. Et la face interne des lentilles était enduite d'une substance étrange, qui luisait à la lumière. Ça, c'était l'imageur virtuel oculaire. Une carte de Tom Korman tomba de la boîte, ainsi libellée : « Premier test de l'IVO. Amusez-vous ! »

Amusez-vous.

Elle mit les lunettes de côté et examina d'autres papiers sur son bureau. La transcription des conversations dans le cockpit était finalement arrivée. Elle trouva aussi un exemplaire du magazine TransPacific Airlines, avec un post-it sur une page.

Elle l'ouvrit et tomba sur la photo de John Chang, employé du mois. La photo n'était pas celle qu'avait laissé deviner le fax. John Chang était dans sa quarantaine et très bien conservé. Plus forte que lui, sa femme se tenait à ses côtés, souriante. Et les enfants, aux pieds de leurs parents, n'étaient plus des gamins : la fille arrivait à la fin de son adolescence et le fils devait avoir vingt-cinq ans ; il ressemblait à son père, mais en plus moderne, avec les cheveux coupés très court et un petit bouton d'or à l'oreille.

La légende disait : « Il se détend ici sur la plage de l'île de Lantan avec son épouse Soon et leurs enfants, Erica et Tom. »

Une serviette de plage bleue était déployée sur le sable ; à proximité, un panier de pique-nique dont sortait un bout de chiffon bleu. Image banale et sans intérêt.

Pourquoi lui avait-on faxé cela ?

Elle vérifia la date du magazine : janvier, donc trois mois plus tôt.

Mais quelqu'un avait eu un exemplaire de ce magazine et l'avait faxé à Casey. Qui ? Un employé de la compagnie ? Un passager ? Qui ?

Au labo

15 h 05

— Alors, Singleton, dit Ziegler, l'invitant du geste à s'asseoir.

Après avoir frappé pendant cinq minutes à la porte, elle avait finalement été admise dans le laboratoire audio.

— Je crois que nous avons trouvé ce que vous cherchez.

Sur l'écran devant elle, elle reconnut un plan fixe du bébé qui souriait sur les genoux de sa mère.

— Vous vouliez la période juste avant l'incident, reprit Ziegler. Ici, nous sommes à environ dix-huit secondes avant. Je vais commencer avec la bande entière et puis j'introduirai les filtres. Prête ?

Ziegler enclencha la bande. À fort volume, la déglutition du bébé ressemblait à une source jaillissante. Le bourdonnement à l'intérieur de la cabine était constant. « C'est bon ? » demanda au bébé la voix de l'homme, très forte.

— J'entre, dit Ziegler. Filtrage général des aigus.

Le son devint plus sourd.

— Filtrage de l'ambiance cabine.

La déglutition prit soudain du relief sur un arrière-fond silencieux, sans les bruits de la cabine.

— Filtrage delta-V supérieur.

La déglutition perdit du relief. Ce que Casey entendit alors fut surtout des bruits d'arrière-plan, des couverts qui tintaient, des froissements de tissus.

L'homme dit : « C'est – t – tit – dé – ner – arah ? » Sa voix apparaissait et disparaissait.

— Le filtrage delta-V n'est pas bon pour la voix humaine, expliqua Ziegler. Mais ça vous est égal, n'est-ce pas ?

— Oui.

L'homme dit : « Tu n'at – pas – tesse – sur – ce – ol ? »

Quand l'homme eut fini, le silence régna, à l'exception de quelques bruits lointains.

— Maintenant, indiqua Ziegler. Ça commence.

Un compteur apparut sur l'écran. Des chiffres rouges défilèrent rapidement, décomptant des dixièmes et des centièmes de seconde.

La femme détourna la tête. « Qu'est– ce – que c'é – ? »

— Peste, dit Casey.

Elle pouvait l'entendre, maintenant. Un grondement bas, une vibration de basse fréquence caractérisée.

— Il a été affiné par le filtrage, dit Ziegler. Un grondement profond et bas. Dans la gamme des deux à cinq hertz. Presque une vibration.

Pas de doute, pensa Casey. Grâce aux filtres, elle pouvait l'entendre. C'était bien là.

La voix de l'homme intervint sur un rire explosif : « T' – fais – pas – Em. »

Le bébé gloussa de nouveau, un vacarme assourdissant.

Le mari dit : « – ous – om – esque – rivés – rie. »

Le grondement sourd cessa.

— Arrêtez ! cria Casey.

Les chiffres rouges s'immobilisèrent. Ils apparurent en grand sur l'écran : 11 :59 :32.

Près de douze secondes, pensa-t-elle. Et douze secondes, c'était le délai nécessaire au déploiement complet des becs.

Les becs s'étaient déployés sur le vol 545.

Le film montrait le piqué abrupt, le bébé qui glissait sur les genoux de sa mère et celle-ci, affolée, qui l'enserrait dans ses bras. Les passagers angoissés à l'arrière-plan. Avec les filtres, leurs cris produisaient des sons entrecoupés, comme de l'électricité statique.

Ziegler arrêta la bande.

— Voilà vos données, Singleton. Sans aucune équivoque, dirais-je.

— Les becs se sont déployés.

— C'est bien ce qu'il semble. C'est une signature sonore presque unique.

— Pourquoi ?

L'avion était en vitesse de croisière. Pourquoi les becs se déploieraient-ils ? Est-ce que ç'avait été un déploiement spontané, ou bien commandé par le pilote ? Casey souhaita une fois de plus disposer de l'enregistreur de données en vol. Toutes ces questions trouveraient leurs réponses en quelques minutes s'ils avaient ces données. Mais cela progressait très lentement.

— Vous avez examiné le reste du film ?
— Bon, l'autre point intéressant est les alarmes dans le cockpit. Une fois que la caméra s'est coincée dans la porte, je peux écouter le son et reconstituer une séquence de ce que l'avion disait au pilote. Mais cela me prendra un jour de plus.
— Continuez, dit-elle, je veux tout ce que vous pouvez me donner.

Puis sa messagerie de poche sonna. Elle la décrocha de sa ceinture et consulta l'écran.

***JM ADMIN AVQP MTROCC

John Marder voulait la voir. Dans son bureau. Maintenant.

À l'administration Norton

17 h

John Marder était dans son humeur calme, celle qui laissait présager le danger.

— Juste un petit entretien, dit-il. Dix, quinze minutes au plus. Vous n'aurez pas le temps d'entrer dans les détails. Mais en tant que chef de l'EAI, vous serez dans la position idéale pour expliquer l'engagement de la compagnie en matière de sécurité. Le soin que nous mettons à analyser les accidents. Notre dévotion au support de production. Puis vous expliquerez que notre rapport préliminaire montre que l'accident a été causé par un capot de contrefaçon sur les inverseurs de poussée, installé dans un atelier de réparation étranger, et que ce ne peut donc pas avoir été un incident de becs. Et vous pourrez fusiller Barker. Fusiller *Newsline*.

— John, dit Casey, je viens du département audio. Il n'y a pas de doute, les becs se sont déployés.

— Bon, le son est tout au plus circonstanciel. Ziegler est timbré. Il nous faut attendre l'enregistreur de données en vol pour savoir exactement ce qui s'est passé. Entre-temps, l'EAI a fait une découverte préliminaire qui exclut les becs.

Comme si elle s'entendait de loin, elle dit :

— John, cela me gêne.

— Nous parlons de l'avenir, Casey.

— Je comprends, mais...

— La vente à la Chine sauvera la compagnie. Afflux d'argent, extension du développement, nouvel avion, futur brillant. C'est ce dont nous parlons ici, Casey. Des milliers d'emplois.

— Je comprends, John, mais...

— Permettez-moi de vous poser une question, Casey. Croyez-vous qu'il y ait quelque chose de défectueux dans le N-22 ?

— Absolument pas.

— Vous pensez que c'est un cercueil volant ?

— Non.

— Et la compagnie ? Vous pensez que c'est une bonne compagnie ?

— Bien sûr.

Il la considéra et secoua la tête. À la fin, il dit :

— Il y a quelqu'un avec qui je voudrais que vous parliez.

Edward Fuller était le chef du département juridique. C'était un quadragénaire maigre et gauche. Il s'assit mal à l'aise dans un fauteuil du bureau de Marder.

— Edward, dit Marder, nous avons un problème. *Newsline* va passer un reportage sur le N-22 ce week-end en heure de grande écoute, et il sera très défavorable.

— Défavorable jusqu'à quel point ?

— Ils qualifient le N-22 de cercueil volant.

— Mince, dit Fuller. C'est très malheureux.

— En effet. Je vous ai fait venir parce que je veux savoir ce que je peux faire à ce sujet.

— Faire à ce sujet ? demanda Fuller en fronçant les sourcils.

— Oui. Nous estimons que *Newsline* fait du sensationnalisme grossier. Nous considérons leur reportage comme erroné et préjudiciable à notre produit. Nous pensons qu'ils nous diffament de manière délibérée et téméraire.

— Je vois.

— Donc, reprit Marder, qu'est-ce que nous pouvons faire ? Est-ce que nous pouvons les empêcher de passer leur reportage ?

— Non.

— Pouvons-nous obtenir un jugement qui les en empêche ?

— Non. C'est une action anticipée. Et pour la publicité, c'est maladroit.

— Vous voulez dire que nos perspectives sont sombres ?

— Une tentative de museler la presse ? Une violation du Premier amendement [1] ? Cela suggérerait que vous avez quelque chose à cacher.

— En d'autres termes, dit Marder, ils peuvent passer le reportage et nous sommes impuissants.

— Oui.

— D'accord. Mais je pense que l'information de *Newsline* est inexacte et biaisée. Est-ce que nous pouvons demander qu'ils nous accordent un temps de réponse égal pour soumettre nos preuves ?

— Non, répondit Fuller. Le principe d'objectivité, qui accordait

---

1. Le premier amendement de la Constitution américaine garantit le droit de tout citoyen à exprimer librement son opinion. *(N.d.T.)*

un temps égal, a été supprimé sous Reagan. Les programmes d'informations télévisées ne sont soumis à aucune obligation de présenter tous les aspects d'un problème.

— Ils peuvent donc dire tout ce qu'ils veulent ? Quelle qu'en soit l'inexactitude ?

— C'est cela.

— Cela ne paraît pas convenable.

— C'est la loi, dit Fuller avec un haussement d'épaules.

— Bon. Maintenant, cette histoire va être diffusée à un moment très délicat pour notre compagnie. Une contre-publicité peut nous coûter la vente à la Chine.

— Oui, c'est possible.

— Supposons que nous perdions un marché à cause de leur émission. Si vous pouvez démontrer que *Newsline* a présenté une image fausse et dont nous leur aurons dit que c'est une image fausse, pouvons-nous les poursuivre pour dommages ?

— En fait, non. Il nous faudrait probablement démontrer qu'ils ont fait preuve de « mépris téméraire » pour des faits qu'ils connaissaient. En jurisprudence, cela a été extrêmement difficile à démontrer.

— Donc *Newsline* ne peut pas être poursuivi en dommages ?

— Non.

— Ils peuvent dire ce qu'ils veulent et s'ils nous mettent sur la paille, c'est la faute à pas-de-chance ?

— C'est cela.

— Est-ce qu'il n'y a *aucune* manière de les brider ?

— Eh bien... (Fuller remua sur son siège.) S'ils présentent la compagnie sous un jour faux, on pourrait les poursuivre. Mais dans ce cas-ci, nous avons une action en justice intentée par un passager du 545. Donc, *Newsline* pourrait arguer qu'ils ne font que rapporter les faits : c'est qu'un avocat a formulé telles et telles accusations contre nous.

— Je comprends. Mais une plainte en justice ne connaît qu'une publicité limitée. *Newsline* va présenter ses folles allégations à quarante millions de téléspectateurs. Parallèlement, ils vont automatiquement valider les accusations, rien qu'en les reprenant à la télévision. Le dommage que nous subissons procède de leur divulgation, non des accusations originelles.

— Je comprends votre point de vue, dit Fuller. Mais ce n'est pas celui de la loi. *Newsline* a le droit de rapporter un procès.

— *Newsline* n'a aucune responsabilité de vérification indépendante des revendications légales, aussi outrancières que soient celles-ci ? Si l'avocat disait, par exemple, que nous employons des pédophiles, *Newsline* pourrait rapporter cela sans encourir de risques légaux ?

— C'est exact.

— Admettons que nous allions en justice et que nous gagnions. Il est clair que *Newsline* a présenté une image fausse de notre produit, basée sur les allégations de l'avocat qui ont été rejetées par le tribunal. Est-ce que *Newsline* est obligé de rétracter les déclarations qu'il a faites devant quarante millions de téléspectateurs ?

— Non. Ils ne sont astreints à aucune obligation de ce genre.

— Pourquoi ?

— *Newsline* peut décider de ce qui mérite d'être rapporté. S'ils estiment que l'issue du procès ne le mérite pas, ils ne sont pas tenus de le faire. C'est de leur ressort.

— Et entre-temps, la compagnie est en faillite, dit Marder. Trente mille employés perdent leur emploi, leur maison, leur sécurité sociale, et ils commencent de nouvelles carrières dans les Burger Kings. Et cinquante autres mille perdent leur emploi quand nos fournisseurs jettent l'éponge en Géorgie, dans l'Ohio, le Texas et le Connecticut. Tous ces gens de valeur qui ont consacré leur vie à concevoir, construire et entretenir la meilleure cellule d'avion de cette industrie reçoivent une ferme poignée de main et un coup de pied au cul. C'est comme ça que ça marche ?

Fuller leva les bras.

— C'est comme ça que le système fonctionne, oui.

— Je dirais que le système est véreux.

— Le système est le système, conclut Fuller.

Marder jeta un coup d'œil à Casey, puis se tourna de nouveau vers Fuller.

— Ed, cette situation paraît terriblement bancale. Nous fabriquons un produit superbe et toutes les mesures objectives de ses performances montrent qu'il est sûr et fiable. Nous avons passé des années à le développer et à le tester. Nous avons un dossier irréfutable. Mais vous dites qu'une équipe de télévision peut arriver, rôder dans les parages un jour ou deux et démolir ce produit sur notre télé nationale. Et que lorsqu'ils le font, ils n'encourent pas de responsabilité pour leurs actions et que nous n'avons aucun moyen de récupérer des dommages.

Fuller hocha la tête.

— Vraiment bancal, dit Marder.

Fuller s'éclaircit la voix.

— Bien, il n'en a pas toujours été ainsi. Mais depuis trente ans, depuis Sullivan en 1964, le Premier amendement a été invoqué dans des affaires de diffamation. La presse a maintenant beaucoup de latitude.

— Y compris pour nuire, observa Marder.

Fuller haussa les épaules.

— Les nuisances de la presse sont un vieux refrain. Peu d'années après que le Premier amendement a été voté, Thomas Jefferson s'est plaint de l'inexactitude de la presse, de sa partialité...

— Mais Ed, coupa Marder, nous ne parlons pas d'il y a deux cents ans. Et nous ne parlons pas de quelques méchants éditoriaux dans des journaux coloniaux. Nous parlons d'une émission de télé avec des images puissantes qui vont directement à quarante, cinquante millions de personnes, un pourcentage appréciable de notre population, et qui *assassine* notre réputation. L'assassine. Sans justification. C'est de cette situation que je vous parle. Alors, qu'est-ce que vous nous conseillez de faire, Ed?

— Bien, répondit Fuller en s'éclaircissant de nouveau la voix. Je conseille toujours à mes clients de dire la vérité.

— Très bien, Ed. C'est un conseil sage. Mais qu'est-ce que nous faisons?

— Il vaudrait mieux que vous vous disposiez à expliquer ce qui s'est passé sur le vol 545, dit Fuller.

— C'est arrivé il y a quatre jours. Nous n'avons pas encore d'indice.

— Il vaudrait mieux que vous en ayez.

Après que Fuller fut parti, Marder se tourna vers Casey. Il ne dit rien. Il la regarda simplement.

Casey demeura ainsi un moment. Elle comprit ce que Marder et l'avocat avaient fait. Ç'avait été une démonstration très efficace. Mais l'avocat avait aussi raison, pensa-t-elle. Il vaudrait mieux qu'ils puissent dire la vérité et expliquer le vol. En l'écoutant, elle avait commencé à penser qu'elle pourrait trouver une manière de dire la vérité d'une certaine façon, ou tout au moins une partie de la vérité, pour que cela fût utile. Il y avait assez de questions en suspens et d'incertitudes pour qu'elle pût les assembler en une histoire cohérente.

— Très bien, John, je ferai l'interview.

— C'est parfait, dit Marder, souriant et se frottant les mains. Je savais que vous le feriez, Casey. *Newsline* a programmé une amorce demain à quatre heures de l'après-midi. Entre-temps, je voudrais que vous travailliez un peu avec une consultante de médias, quelqu'un d'extérieur à la compagnie...

— John, je le ferai à ma manière, répondit-elle.

— C'est une femme très agréable et...
— Je regrette, je n'ai pas le temps.
— Elle peut vous aider, Casey. Vous indiquer quelques astuces.
— John, j'ai du travail.
Et elle quitta la pièce.

Au Centre de données digitales

18 h 15

Elle n'avait pas promis de dire ce que Marder voulait ; elle n'avait promis que de faire l'interview. Il lui restait moins de vingt-quatre heures pour avancer de manière déterminante dans l'enquête. Elle n'était pas assez naïve pour imaginer qu'elle pouvait déterminer dans ce délai ce qui s'était passé. Mais elle pouvait trouver quelque chose à dire au journaliste.

Il restait tellement de pistes qui n'avaient pas abouti : le problème possible avec le tube de verrouillage. Celui avec le senseur de proximité. L'entrevue éventuelle avec le copilote à Vancouver. La bande vidéo qui se trouvait à l'imagerie vidéo. La traduction que faisait Ellen Fong. Le fait que les becs s'étaient déployés, mais avaient été immédiatement rétractés – qu'est-ce que cela signifiait exactement ?

Il y avait encore tant de choses à vérifier.

– Je sais que vous avez besoin des données, dit Rob Wong, pivotant dans son fauteuil. Je le sais, croyez-moi. (Il se trouvait dans la salle d'affichage digital, devant des écrans couverts de données.) Mais qu'est-ce que vous voulez que je fasse ?

– Rob, les becs se sont déployés. Je dois savoir pourquoi et tout ce qui s'est passé sur ce vol. Je ne peux pas le déterminer sans l'enregistreur de données en vol.

– Dans ce cas, répondit Wong, vous feriez mieux de considérer les faits. Nous avons recalibré la totalité des cent vingt heures de données. Les premières quatre-vingt-dix-sept heures sont normales. Les dernières vingt-trois heures sont anormales.

– Je ne m'intéresse qu'aux trois dernières heures.

– Je comprends, dit Wong. Mais pour recalibrer ces trois heures, il nous faut retrouver le point où l'entraîneur a pété et travailler en aval. Et il faut deux minutes par cadre pour recalibrer.

— Qu'est-ce que ça veut dire? demanda-t-elle en fronçant les sourcils. Mais elle faisait déjà un calcul mental.

— Deux minutes par cadre signifie que ça nous prendra au moins soixante-cinq semaines.

— Plus d'un an!

— Et en travaillant vingt-quatre heures par jour. En réalité, il nous faudrait trois ans pour produire les données.

— Rob, nous en avons besoin maintenant.

— Ce n'est tout simplement pas faisable, Casey. Vous allez devoir travailler sans ces données. Je regrette, Casey, mais c'est comme ça.

Elle appela la comptabilité.

— Est-ce qu'Ellen Fong est là?

— Elle n'est pas venue aujourd'hui. Elle a dit qu'elle travaillait chez elle.

— Est-ce que vous avez son numéro?

— Bien sûr. Mais elle ne sera pas chez elle. Elle a dû aller à un dîner officiel. Une soirée de charité avec son mari.

— Dites-lui que j'ai appelé.

Elle appela à Glendale l'Imagerie vidéo, la compagnie qui travaillait pour elle sur la bande vidéo. Elle demanda Scott Harmon.

— Scott est parti. Il sera ici demain matin à neuf heures.

Elle appela Steve Nieto, le Fizer à Vancouver, et tomba sur sa secrétaire.

— Steve n'est pas là, dit celle-ci. Il a dû partir tôt. Mais je sais qu'il voulait vous parler. Il a dit qu'il avait de mauvaises nouvelles.

Casey soupira. C'étaient apparemment les seules nouvelles qu'elle obtenait.

— Pouvez-vous le joindre?

— Pas jusqu'à demain.

— Dites-lui que j'ai appelé.

Son téléphone cellulaire sonna.

— Dieu, ce Benson est déplaisant, dit Richman. Quel est son problème? J'ai cru qu'il allait me battre. Vous voulez que je vienne?

— Non, répondit Casey. Il est six heures passées. Vous avez fini votre journée.

— Mais...
— À demain, Bob.
Elle raccrocha.

Passant devant le hangar 5, elle aperçut les équipes des électriciens qui branchaient le TPA 545 pour le Test de Cycle Électrique de cette nuit-là. L'appareil entier avait été surélevé de trois mètres et reposait sur d'épais supports de métal peints en bleu, sous chaque aile et à l'avant et l'arrière du fuselage. Les équipes avaient disposé des filets de sécurité sous l'appareil, à quelque sept mètres au-dessus du sol. Tout le long du fuselage, les portes et les panneaux des accessoires étaient ouverts et des électriciens debout sur les filets raccordaient des câbles et des boîtes de jonction à la console principale du TCE, une caisse de deux mètres carrés placée sur le sol, à côté de l'appareil.

Le TCE consistait à envoyer des impulsions à tous les éléments du système électrique de l'appareil. Les uns après les autres, tous les composants étaient rapidement testés, tout, de l'éclairage de la cabine aux lampes de lecture, aux cadrans du cockpit, à la mise en route des moteurs et aux trains d'atterrissage. Le cycle complet durait deux heures. Il était répété une douzaine de fois dans la nuit.

En passant devant la console, elle aperçut Teddy Rawley. Il lui adressa un salut, mais ne vint pas lui parler. Il était occupé ; à l'évidence, il avait appris que le vol d'essai aurait lieu trois jours plus tard et il voulait être sûr que le test était correctement conduit.

Elle lui fit un signe de la main, mais il s'était déjà détourné.

Casey retourna à son bureau.

Dehors, la nuit tombait et le ciel se peignait d'un bleu profond. Elle retourna à l'administration, écoutant le bruit lointain des décollages à l'aéroport de Burbank. En chemin, elle rencontra Amos Peters, qui se dirigeait vers sa voiture avec une liasse de papiers sous le bras. Il se retourna et l'aperçut.

— Salut, Casey.
— Bonjour, Amos.

Il laissa tomber ses papiers bruyamment sur le toit de sa voiture et se pencha pour mettre la clef dans la portière.

— J'apprends qu'ils vous serrent le kiki.
— Ouais.

Elle n'était pas surprise qu'il fût au courant. À l'heure présente, toute l'usine l'était probablement. C'était l'une des premières choses qu'elle avait apprises à Norton. Tout le monde savait tout en quelques minutes.

— Vous allez faire l'interview ?
— J'ai dit que je la ferais.
— Vous allez dire ce qu'ils veulent que vous disiez ?
Elle haussa les épaules.
— Ne le prenez pas de haut, dit-il. Ce sont des gens de la télévision. Sur l'échelle de l'évolution, ils se situent au-dessous des bactéries des étangs primitifs. Mentez. Au diable !
— On verra.
Il soupira.
— Vous êtes assez grande pour savoir comment ça marche. Vous rentrez chez vous ?
— Pas avant un moment.
— Je ne traînerais pas autour de l'usine la nuit, Casey.
— Pourquoi pas ?
— Les gens sont mécontents, répondit Amos. Dans les jours prochains, il vaudra mieux rentrer tôt à la maison. Vous voyez ce que je veux dire ?
— Je me le rappellerai.
— Faites-le, Casey. Je suis sérieux.
Il monta dans sa voiture et démarra.

À l'Assistance Qualité

19 h 20

Norma était partie. Les bureaux de l'AQ étaient déserts. Les équipes de nettoyage étaient déjà au travail dans ceux du fond ; elle entendit une petite radio portative diffuser « Run, baby, run ».

Casey alla à la machine à café, se versa une tasse refroidie et l'emporta dans son bureau. Elle alluma les lumières et considéra le tas de papiers qui l'attendaient.

Elle s'assit et tenta de résister au découragement. Il ne lui restait que vingt heures avant l'interview et toutes ses pistes se brouillaient.

Mentez. Au diable!

Elle soupira. Peut-être qu'Amos avait raison.

Elle considéra de nouveau les papiers et repoussa la photo de John Chang et de sa souriante famille. Elle ne savait que faire, sinon trier ces papiers. Et vérifier.

Elle en revint aux graphiques du plan de vol. Ils la titillèrent de nouveau. Elle se rappela qu'elle avait eu une idée, la nuit précédente, juste avant que Marder l'appelât. Elle avait une intuition... mais de quoi ?

Quoi que ce fût, c'était perdu. Elle mit le plan de vol de côté, y compris la déclaration générale (aller/retour) qui avait été jointe, et qui donnait la liste de l'équipage.

John Zhen Chang, commandant de bord	7/5/51	M
Leu Zan Ping, copilote	11/3/59	M
Richard Yong, copilote	9/9/61	M
Gerhard Reimann, copilote	23/7/49	M
Henri Marchand, ingénieur navigant	25/4/69	M
Thomas Chang, ingénieur navigant	29/6/70	M
Robert Cheng, ingénieur navigant	13/6/62	M

Harriet Chang, pers. cabine	12/5/77	F
Linda Ching, pers. cabine	18/5/76	F
Nancy Morley, pers. cabine	19/7/75	F
Kay Liang, pers. cabine	4/6/67	F
John White, pers. cabine	30/1/70	M
M.V. Chang, pers. cabine	1/4/77	F
Sha Yan Hao, pers. cabine	13/3/73	F
Yee Jiao, pers. cabine	18/11/76	F
Harriet King, pers. cabine	10/10/75	F
B. Choi, pers. cabine	18/11/76	F
Yee Chang, pers. cabine	8/1/74	F

Elle fit une pause, sirota son café froid. Il y avait quelque chose de bizarre dans cette liste, pensa-t-elle, mais elle ne parvenait pas à le définir.

Elle mit la liste de côté.

Venait ensuite une transcription des communications de la tour de contrôle de Californie du Sud. Comme d'habitude, elle était rédigée sans ponctuation, les communications avec le 545 mélangées à celles qui avaient eu lieu avec d'autres appareils.

0543:12 UAH198   trois six cinq approche niveau trois cinq zéro

0543:17 USA2585   sur fréquence de nouveau changé de radio excusez

0543:15 ATAC   un neuf huit copiez

0543:19 AAL001   carburant restant quatre deux zéro un

0543:22 ATAC   pour deux cinq huit cinq pas de problème nous vous recevons maintenant

0543:23 TPA545   ici transpacific cinq quatre cinq nous avons une urgence

0543:26 ATAC   affirmatif zéro zéro un

0543:29 ATAC   parlez cinq quatre cinq

0543:31 TPA545   demandons autorisation prioritaire atterrissage d'urgence à los angeles

0543:32	AAL001	descendons à niveau deux neuf zéro
0543:35	ATAC	okay cinq quatre cinq recevons demande prioritaire atterrissage d'urgence
0543:40	TPA545	affirmatif
0543:41	ATAC	spécifiez nature de votre urgence
0543:42	UAH198	trois deux un approche niveau trois un zéro
0543:55	AAL001	maintenons cap deux six zéro
O544:05	TPA545	nous avons une urgence passagers nous avons besoin d'ambulances au sol je dirais trente ou quarante ambulances peut être plus
0544:10	ATAC	tpa cinq quatre cinq répétez vous demandez quarante ambulances
0544:27	UAH 198	passons fréquence cent vingt quatre point neuf
0544:35	TPA545	affirmatif nous avons affronté turbulences sévères durant le vol nous avons dommages passagers et équipage
0544:48	ATAC	affirmatif un neuf huit au revoir
0544:50	ATAC	transpacific je confirme votre demande pour quarante ambulances
0544:52	UAH198	merci

Casey fut déconcertée par ces échanges. Parce qu'ils suggéraient un comportement très aberrant du pilote.

Par exemple, l'incident sur le TransPacific était survenu peu après cinq heures du matin. À ce moment-là, l'avion était toujours en contact avec la station ARINC de Honolulu. Avec autant de blessés, l'avion aurait pu signaler une urgence à Honolulu.

Mais il ne l'avait pas fait.

Pourquoi ?

Au lieu de cela, le pilote avait continué en direction de Los Angeles. Et il avait attendu presque jusqu'au moment d'atterrir avant de signaler une urgence.

Pourquoi avait-il attendu si longtemps?

Et pourquoi avait-il dit que l'incident avait été causé par des turbulences? Il savait que ce n'était pas vrai. Le commandant avait dit à l'hôtesse que les becs s'étaient déployés. Et elle savait, d'après la bande audio de Ziegler, que les becs s'étaient vraiment déployés. Alors, pourquoi le pilote ne l'avait-il pas déclaré? Pourquoi mentir en approchant la tour de contrôle?

Tout le monde admettait que John Chang était un bon pilote. Quelle était donc l'explication de son comportement? Était-il en état de choc? Même les meilleurs pilotes se comportaient parfois de façon bizarre durant une crise. Mais il semblait que là, il y eût un schéma, presque un plan. Elle poursuivit sa lecture.

0544: 59 ATAC   avez vous besoin aussi de personnel médical quelle est la nature des blessures à bord

0545:10 TPA545   je ne suis pas sûr

0545:20 ATAC   pouvez vous nous fournir une estimation

0545:30 TPA545   je regrette pas d'estimation possible

0545:32 AAL001   deux un neuf clair

0545:35 ATAC   est ce que quelqu'un est inconscient

0545:40 TPA545   je ne crois pas mais il y a deux morts

Le commandant semblait avoir rapporté les deux morts après coup. Qu'est-ce qui se passait réellement?

0545:43 ATAC   copiez zéro zéro un

0545:51 ATAC   tpa cinq quatre cinq quel est l'état de votre avion

0545:58 TPA545   nous avons des dommages à la cabine passagers des dommages mineurs seulement

Des dommages mineurs seulement ? pensa Casey. Cette cabine avait subi pour des millions de dollars de dommages. Le commandant n'était-il donc pas allé voir ? Ne connaissait-il pas l'étendue des dommages ? Pourquoi disait-il ça ?

0546:12 ATAC   quel est l'état du poste de pilotage

0546:22 TPA545 le poste de pilotage est opérationnel fdau est normal

0546:38 ATAC   copiez ceci cinq quatre cinq quel est l'état de l'équipage

0546:38 TPA545 commandant et copilote en bonne santé

À ce moment-là, un des copilotes était ensanglanté. Là encore, le commandant ne le savait-il pas ? Elle parcourut le reste de la transcription, puis la poussa de côté. Elle la montrerait le lendemain à Félix et lui demanderait son opinion.

Elle poursuivit, passant en revue le rapport de structure, le rapport de l'intérieur de la cabine, le procès-verbal PMA de rigueur pour le tube de verrouillage et le capot d'inverseur de contrefaçon. Obstinément, patiemment, elle travaillait pendant que la nuit avançait.

Il était plus de vingt-deux heures quand elle revint à la transcription des défaillances du vol 545. Elle avait espéré pouvoir la sauter et recourir à la place à l'enregistreur de vol. Mais il n'y avait rien d'autre à faire que de patauger là-dedans.

Elle était fatiguée et elle bâillait, elle considérait les colonnes de chiffres sur la première page :

TEST A/S PWR	00000010000
SERVO ORD AIL	00001001000
INV AOA	10200010001
DEF SENS CFDS	00000010000
CRZ CMD MON INV	10000020100
SERVO ORD EL	00000000010
PER/N1 TRA-1	00000010000
INV VIT FMS	00000040000
INV PRESS ALT	00000030000
ANG VIT G/S	00000010000
SORT BECS T/O	00000000000
INV DEV G/S	00100050001

INV VIT SOL	00000021000
INV TAS	00001010000
INV TAT	00000010000
AUX 1	00000000000
AUX 2	00000000000
AUX 3	00000000000
AUX COA	01000000000
A/S ROX-P	00000010000
RDR PROX-1	00001001000
AOA BTA	10200000001
FDS RG	00000010000
F-CDM MON	10000020100

Elle en avait assez. Elle n'avait pas encore dîné et elle savait qu'elle devrait se nourrir. De toute manière, les seules questions que lui posaient ces listes de défaillances se référaient aux enregistrements AUX. Elle avait posé la question à Ron et il lui avait répondu que le premier se référait à l'unité de puissance auxiliaire, que le deuxième et le troisième n'étaient pas utilisés et que le quatrième, AUX COA, était une ligne installée par le client. Mais il n'y avait rien sur ces lignes, avait dit Ron, parce qu'un enregistrement zéro était normal. C'était la lecture des défaillances.

Elle en avait donc vraiment fini avec cette liste.

Elle en avait fini.

Casey se leva de son bureau, s'étira et consulta sa montre. Il était vingt-deux heures quinze. Elle ferait bien de dormir un peu, pensa-t-elle. Après tout, elle passait le lendemain à la télévision. Elle ne voulait pas que sa mère l'appelle plus tard pour lui dire : « Ma chérie, tu avais l'air si *fatiguée...* »

Elle replia les transcriptions et les rangea.

Zéro, se dit-elle, constituait la valeur de défaillances parfaite. Parce que c'était le résultat de cette soirée de travail.

Un grand zéro.

Rien.

Elle ne voulait pas penser à ce que cela représentait : que le temps filait, que son projet de faire avancer l'enquête avait échoué et qu'elle allait se retrouver le lendemain après-midi devant une caméra de télé, avec le fameux Marty Reardon l'interrogeant, et qu'elle n'aurait pas de réponses à lui fournir. Sauf celles que John Marder voulait qu'elle donne.

Mentez. Au diable !

Peut-être que c'était ainsi que cela allait se passer.

Vous êtes assez grande pour savoir comment ça marche.

Casey éteignit les lumières et se dirigea vers la porte.

Elle souhaita bonne nuit à Esther, la femme du nettoyage, et se trouva dans le corridor. Elle entra dans l'ascenseur et appuya sur le bouton pour descendre au rez-de-chaussée.

Le bouton s'alluma quand elle le toucha.

Un 1 lumineux.

Elle bâilla tandis que les portes se refermaient. Elle était vraiment très fatiguée. Elle avait tort de travailler si tard. Cela l'exposait à des bévues et à des négligences.

Elle regarda le bouton.

Et ce fut alors qu'elle eut le choc.

– Oublié quelque chose ? demanda Esther quand Casey revint dans le bureau.

– Non.

Elle fouilla dans les papiers sur son bureau. Vite. Jetant les papiers dans tous les sens. Les laissant tomber par terre.

Ron avait dit qu'il y avait zéro défaillance et que lorsqu'on avait un zéro, on ne savait pas si la ligne était utilisée ou non. Mais s'il y avait un 1... cela signifierait... Elle trouva la liste et laissa son doigt courir le long des colonnes de chiffres :

```
AUX 1       00000000000
AUX 2       00000000000
AUX 3       00000000000
AUX COA     01000000000
```

Il y avait un chiffre 1 ! AUX COA avait enregistré une défaillance sur le deuxième segment du trajet. Cela signifiait que la ligne AUX COA était utilisée par l'appareil.

Mais à quel usage ?

Elle retint son souffle.

Elle n'osait espérer.

Ron avait dit que AUX COA était une ligne pour les options additionnelles de la clientèle. Le client les utilisait pour des installations telles qu'un Quick Access Recorder.

Le QAR ou Quick Access Recorder était un autre enregistreur de données en vol installé pour aider les équipes de maintenance. Il enregistrait plusieurs des mêmes paramètres qu'un DFDR ordinaire. S'il y avait un QAR installé sur cet avion, il pouvait résoudre tous les problèmes de Casey.

Mais Ron avait assuré qu'il n'y avait pas de QAR sur cet appareil.

Il avait dit qu'il avait cherché dans la queue, la partie où on l'installait d'habitude sur un N-22. Et qu'il n'y en avait pas là.

Avait-il cherché ailleurs ?

Avait-il réellement fouillé l'avion ?

Parce que, et Casey le savait, une option telle que le QAR n'était pas soumise au règlement de la FAA. Elle pouvait être installée dans n'importe quelle partie de l'appareil, dans le compartiment avant des accessoires, dans la soute à bagages ou dans le bloc radio sous le cockpit... Il pouvait se trouver n'importe où.

Ron avait-il réellement cherché ?

Elle décida de le vérifier par elle-même.

Elle passa les dix minutes suivantes à feuilleter les épais manuels de réparations, en vain. Ces manuels ne mentionnaient pas du tout le QAR ou, en tout cas, elle n'en trouvait aucune référence. Cependant, les manuels qu'elle conservait dans son bureau étaient des exemplaires personnels ; Casey n'était pas directement intéressée par la maintenance et elle ne disposait pas des versions les plus récentes. La plupart de ses manuels dataient de son entrée dans la compagnie, cinq ans auparavant.

Ce fut alors qu'elle aperçut l'imageur virtuel oculaire sur son bureau.

Minute, papillon, se dit-elle. Elle saisit les lunettes et les chaussa sur son nez. Elle les connecta au lecteur de CD. Elle appuya sur la manette de puissance.

Rien.

Elle tripota l'équipement un moment avant de s'aviser qu'il n'y avait pas de CD-ROM dans le lecteur. Elle fouilla dans la boîte en carton, trouva un disque argenté et l'inséra dans la fente. Elle appuya de nouveau sur la manette de puissance.

Les lentilles de ses lunettes s'illuminèrent. Elle regardait la première page d'un manuel de maintenance, projeté à l'intérieur des verres. Elle n'était pas sûre de la manière dont le système fonctionnait, parce que les verres n'étaient qu'à quelque trois centimètres de ses yeux, mais la page projetée semblait flotter dans l'espace, à une soixantaine de centimètres d'elle. La page était presque transparente et Casey pouvait lire au travers.

Korman se plaisait à dire que la réalité virtuelle était virtuellement inutile, sauf pour quelques applications spécialisées. L'une de celles-ci était la maintenance. Des gens occupés dans des environnements techniques, des gens qui avaient les mains prises ou couvertes de graisse n'avaient ni le temps ni l'envie de feuilleter d'épais manuels. Si l'on se trouvait à dix mètres en l'air en train de réparer un moteur de jet, on ne pouvait pas se promener avec une pile de manuels pesant deux kilos et demi chacun. Les imageurs virtuels s'adaptaient donc parfaitement à ces situations. Et Korman en avait fabriqué un.

En appuyant sur des boutons du lecteur de CD, Casey trouva comment feuilleter les manuels. Il existait une fonction recherche qui projetait un clavier dans l'espace ; si elle appuyait plusieurs fois de suite sur un autre bouton, elle déplaçait un curseur de la lettre Q à la lettre A, puis à R. C'était malaisé.

Mais ça marchait.

Après des bourdonnements qui durèrent un moment, une page apparut dans l'air devant elle.

N-22
QUICK ACCESS RECORDER (QAR)
EMPLACEMENTS RECOMMANDÉS

Appuyant sur d'autres boutons, elle passa en revue une succession de diagrammes montrant de façon détaillée où le QAR pouvait être installé sur un N-22.

Il y avait trente emplacements au total.

Casey attacha le lecteur à sa ceinture et se dirigea vers la porte.

À la marina de l'aéroport

22 h 20

Marty Reardon était encore à Seattle.

Son interview avec Gates s'était prolongée et il avait manqué son avion. Il n'arriverait que le lendemain matin. Jennifer devait réviser son emploi du temps.

Elle se rendit compte que ce serait une journée difficile. Elle avait espéré commencer à neuf heures. Or, elle ne commencerait pas avant dix heures au plus tôt. Elle s'installa dans sa chambre d'hôtel avec son ordinateur portable, essayant de réorganiser son agenda.

9 h – 10 h	Transfert de l'aéroport de Los Angeles
10 h – 10 h 45	Barker à l'OFC
11 h – 11 h 30	King à l'aéroport
11 h 30 – 12 h	FAA à l'aéroport
12 h 15 – 1 h 45	Transfert à Burbank
14 h – 14 h 30	Rogers à Burbank
14 h 30 – 15 h 30	Tournage devant Norton
16 h – 16 h 30	Singleton à Norton
16 h 30 – 18 h	Transfert à l'aéroport de Los Angeles.

Trop serré. Pas de temps pour déjeuner, pour les embouteillages, pour les pépins ordinaires de production. Et le lendemain était un vendredi ; Marty voudrait attraper l'avion de six heures pour New York. Marty avait une nouvelle fiancée et il tenait à passer le week-end avec elle. Marty serait chiant s'il manquait l'avion.

Et il allait le manquer à coup sûr.

Le problème était que, lorsque Marty aurait fini son interview avec Singleton, l'heure de pointe aurait commencé. Il n'attraperait jamais son avion. Il devait réellement quitter Burbank à quatorze heures trente. Ce qui signifiait qu'il fallait déplacer Singleton et tenir l'avocat en suspens. Elle craignait de perdre le type de la FAA si elle changeait le rendez-vous à la dernière minute. Mais l'avocat serait plus souple. Il attendrait jusqu'à minuit si elle le lui demandait.

Elle s'était entretenue avec lui auparavant. King était un hâbleur, mais il était crédible à petites doses. Cinq, dix secondes. Agressif. Valait le coup.

9 h – 10 h	Transfert de l'aéroport de Los Angeles
10 h – 10 h 45	Barker à l'OFC
11 h – 11 h 30	FAA à l'aéroport
11 h 30 – 12 h 30	Transfert à Burbank
12 h 30 – 13 h	Rogers à Burbank
13 h – 14 h	Tournage devant Norton
14 h – 14 h 30	Singleton à Norton
14 h 30 – 16 h	Transfert à l'aéroport de Los Angeles
16 h – 16 h 30	King à l'aéroport
17 h – 18 h	Repos.

Ça pouvait marcher. Elle passa mentalement en revue ses points forts. Si le type de la FAA était bon (Jennifer ne l'avait pas encore rencontré, elle ne lui avait parlé qu'au téléphone), alors Marty pourrait l'interroger. Si le trajet vers Burbank était trop long, elle annulerait Rogers, qui était faiblard de toute façon, et irait droit à l'interlocuteur de Marty. Singleton serait rapide ; Jennifer voulait que ce fût lui qui allât la voir, de telle sorte qu'il ne l'attaquât pas trop. Un horaire serré y contribuerait.

Retour à Los Angeles, fini avec King, Marty partirait à six heures et Jennifer aurait son film. Elle irait l'éditer à l'O and O, monterait le sujet et rentrerait à New York cette nuit-là. Elle appellerait Dick samedi matin pour avoir ses commentaires, réviserait le sujet et le remonterait vers midi. Il y aurait largement assez de temps pour passer à l'antenne.

Elle nota d'appeler Norton le matin et de leur demander d'avancer Singleton de deux heures.

À la fin, elle se pencha sur la liasse d'informations de base que Norton avait faxées à son bureau pour servir les recherches de Deborah. Jennifer ne s'y était jamais intéressée et n'allait pas s'en soucier maintenant, sauf qu'elle n'avait rien de mieux à faire. Elle les feuilleta rapidement. C'était ce à quoi elle s'attendait, des textes d'auto-justification disant que le N-22 était sûr, qu'il avait un excellent palmarès...

Sautant d'une page à l'autre, elle s'arrêta soudain.

Elle concentra son attention.

– Ils plaisantent, dit-elle.

Et elle ferma le dossier.

Hangar 5

22 h 30

La nuit, les usines Norton paraissaient désertes, les parkings presque vides, les immeubles périphériques silencieux. Mais elles étaient fortement éclairées. Les services de sécurité gardaient des projecteurs allumés toute la nuit. Et des écrans de vidéo guettaient aux angles de tous les bâtiments. En allant de l'administration au hangar 5, elle entendait ses talons résonner sur l'asphalte.

Les grandes portes du hangar 5 étaient fermées et verrouillées. Elle reconnut Teddy Rawley, à l'extérieur, en conversation avec l'un des électriciens. Elle se dirigea vers la porte latérale.

– Hey, poupée, toujours là, hein ? demanda Teddy
– Ouais, répondit-elle.

Elle franchissait la porte quand l'électricien dit :

– Le bâtiment est fermé. Personne n'est admis. Nous sommes en train de faire le test de cycle électrique.
– Ça va, dit-elle.
– Je regrette, vous ne pouvez pas. Ron Smith a donné des ordres formels. Personne ne doit entrer. Si vous touchez à quoi que ce soit sur l'avion...
– Je ferai attention.

Teddy la regarda et alla vers elle.

– Tu auras quand même besoin de ceci. (Il lui tendit une lourde torche électrique, longue d'un mètre.) Il fait sombre là-dedans, tu sais.

Et l'électricien ajouta :

– Et vous ne pouvez pas allumer les lampes, nous ne pouvons pas avoir de changement dans le flux électrique...
– Je comprends.

L'équipement de test était sensible ; si l'on allumait les lampes fluorescentes du plafond, cela risquait d'influencer les résultats.

L'électricien s'agitait toujours.

— Peut-être que je devrais appeler Ron et lui dire que vous entrez.

— Appelez qui vous voulez.

— Et ne touchez pas les rambardes, parce que...

— Je ne les toucherai pas. Pour l'amour de Dieu, je sais ce que je fais.

Elle entra dans le hangar.

Teddy avait raison ; c'était sombre. Elle sentit, plutôt qu'elle ne le vit, le vaste espace autour d'elle. Elle pouvait à peine distinguer les contours de l'avion, au-dessus d'elle ; toutes les portes et tous les compartiments étaient ouverts ; des câbles pendaient de partout. Sous la queue, la caisse de test baignait dans une mare de vague clarté bleuâtre. L'écran palpitait, au gré des activations de systèmes. Puis les lumières de la cabine avant rayonnèrent brillamment à dix mètres au-dessus d'elle. Et l'obscurité revint. Un instant plus tard, les feux de position scintillèrent à l'extrémité des ailes et de la queue, diffusant de puissants faisceaux de lumière blanche à travers le hangar. Et de nouveau l'obscurité.

Soudain les feux avant brillèrent fortement au bord d'attaque des ailes et le train d'atterrissage commença à se rétracter. Étant donné que l'avion était monté au-dessus du sol, le train pouvait se rétracter et se déplier sans encombre ; il le ferait une douzaine de fois cette nuit-là.

Elle entendit l'électricien à l'extérieur du hangar parler d'un ton mécontent. Teddy se mit à rire et l'électricien changea de sujet.

Casey alluma sa torche et avança. La torche était puissante. Elle en tourna la bague pour obtenir un faisceau plus large.

Maintenant, le train d'atterrissage était entièrement rétracté. Puis les portes de sa soute s'écartèrent et le train d'atterrissage recommença à se déplier, les grandes roues de caoutchouc, qui étaient descendues couchées, se mirent à la verticale dans un grondement hydraulique. Un instant plus tard, la lumière des enseignes s'alluma à la gouverne de direction, éclairant tout l'empennage. Puis elle s'éteignit.

Casey se dirigea vers le compartiment des accessoires à l'arrière. Ron avait bien dit qu'il n'y avait pas trouvé de QAR, mais elle crut devoir le vérifier. Elle gravit les larges marches accrochées à l'arrière de l'appareil, prenant garde de ne pas toucher les rambardes. Des câbles électriques y étaient attachés ; elle ne voulait ni les déplacer, ni causer de la main des fluctuations de champ.

Le compartiment des accessoires, dans la partie relevée de la queue, se trouvait directement au-dessus d'elle. Les portes étaient ouvertes. Elle y dirigea le faisceau de sa torche. Le haut du compartiment était occupé par l'UPA, la génératrice qui servait d'unité de puissance auxiliaire : un fouillis de tuyaux semi-circulaires et de couples blancs s'étendait sur l'unité principale. Au-dessous se trouvait un ensemble compact de cadrans, de crémaillères et de boîtes noires de FCS, chacune avec ses ailettes crénelées pour le transfert de chaleur. S'il y avait là un QAR aussi, elle risquait de ne pas le voir, car c'était une boîte d'une vingtaine de centimètres de côté.

Elle s'arrêta pour chausser ses lunettes et mit le lecteur de CD en marche. Immédiatement, un diagramme du compartiment d'accessoires arrière se présenta dans l'espace devant elle. Elle pouvait voir à travers le diagramme le compartiment réel. Le bloc rectangulaire désignant le QAR était dessiné en rouge sur le diagramme. Dans le compartiment réel, l'emplacement était occupé par une jauge supplémentaire : une mesure de la pression hydraulique pour un système de contrôle en vol.

Ron avait raison.

Il n'y avait pas de QAR ici.

Casey redescendit au sol et passa sous l'avion, se dirigeant vers le compartiment d'accessoires avant, qui se trouvait juste devant la béquille d'atterrissage sous le nez. Ce compartiment aussi était ouvert. Elle y projeta le faisceau de sa lampe et chercha la page correspondante du manuel. Une nouvelle image flotta dans l'air. Elle montrait le QAR logé dans l'ensemble électrique antérieur droit, près des relais d'activation hydrauliques.

Il n'était pas là. L'emplacement était vide, le plot de connexion visible à l'arrière, avec ses broches métalliques qui brillaient.

Il devait être quelque part dans l'avion.

Elle se dirigea vers la droite, où une échelle rétractable montait jusqu'à la porte des passagers, à dix mètres au-dessus, juste derrière le cockpit. Ses pieds résonnèrent sur le métal au moment où elle pénétra dans l'avion.

Il faisait sombre ; elle dirigea sa torche vers l'avant, éclairant la cabine au passage. Celle-ci semblait en plus mauvais état qu'avant ; en plusieurs endroits, le faisceau révéla les plaques isolantes argentées. Les électriciens avaient arraché les panneaux intérieurs autour des hublots, pour atteindre les boîtes de jonction tout au long des parois. Elle nota une persistante trace d'odeur de vomi, que quelqu'un avait essayé de masquer avec un désodorisant floral.

Derrière elle, le cockpit s'éclaira soudain. Les lampes de lecture de cartes s'éclairèrent à leur tour, illuminant les deux sièges ; puis la rangée des écrans vidéo, les loupiotes scintillantes du panneau supérieur. L'imprimante du FDAU sur le socle bourdonna, cracha deux lignes de résultats et se tut. Toutes les lumières du cockpit s'éteignirent.

De nouveau dans l'obscurité.

Les cycles.

Immédiatement, les lumières de la kitchenette avant, tout près de Casey, s'allumèrent ; les voyants des fours et des micro-ondes palpitèrent ; les alarmes de surcuisson et du minutage pépièrent. Puis tout s'arrêta. Silence.

De nouveau l'obscurité.

Casey se tenait dans l'embrasure de la porte, maniant le lecteur de CD à sa ceinture, quand elle crut entendre des pas. Elle s'arrêta pour écouter.

Il était difficile de se prononcer ; tandis que les cycles électriques se succédaient, il se produisait des bourdonnements sourds et des déclics provenant des relais et des solénoïdes dans les installations autour d'elle. Elle tendit l'oreille.

Oui, maintenant elle en était sûre.

Des pas.

Quelqu'un marchait lentement et régulièrement dans le hangar.

Effrayée, elle se pencha à la porte et cria :

— Teddy, c'est toi ?

Elle écouta.

Plus de pas.

Le silence.

Le déclic des relais.

Au diable, décida-t-elle. Elle était là, seule dans cet avion démantelé et ça lui tapait sur les nerfs. Elle était fatiguée. Elle s'imaginait des choses.

Elle contourna la kitchenette pour aller sur la gauche, où les diagrammes montraient un logement supplémentaire pour des installations électriques, près du sol. Le panneau qui le recouvrait avait été déposé. Elle l'examina à travers le diagramme transparent. L'espace était occupé par des boîtes secondaires d'avionique et il restait peu de place...

Pas de QAR.

Elle descendit le long de l'avion, vers le quartier du personnel de bord. Il y avait là un petit compartiment, installé dans le corps de l'habitacle, juste au-dessous d'une étagère pour magazines. Il aurait été absurde d'y installer un QAR, se dit-elle, et elle ne fut pas surprise de ne pas le trouver.

Quatre emplacements explorés. Vingt-six restants.

Elle alla donc vers la queue, vers le compartiment intérieur arrière. C'était un endroit plus plausible : un panneau de service carré juste à gauche de la porte de sortie arrière. Le panneau n'était pas vissé ; il se relevait sur des charnières, ce qui le rendait plus accessible à des équipages pressés.

Elle arriva à la porte, qui était ouverte. Elle sentit une brise fraîche. Dehors, le noir : elle ne pouvait pas voir le sol, treize mètres plus bas. Le panneau était déjà ouvert. Elle y chercha, toujours à travers un diagramme. Si le QAR était là, il se trouverait dans le coin inférieur droit, près des commutateurs pour les lumières de la cabine et l'Intercom de l'équipage.

Il n'y était pas.

Les lumières aux extrémités des ailes se rallumèrent, émettant des faisceaux intermittents et réguliers. Par la porte ouverte et les rangées de hublots, elles jetèrent dans l'intérieur de la cabine des ombres brutales. Puis elles s'éteignirent.

Clink.

Elle s'immobilisa.

Le son était venu des environs du cockpit. Un son métallique, comme celui d'un pied qui heurte un outil.

Elle écouta de nouveau. Elle entendit un pas feutré, un craquement.

Il y avait quelqu'un dans la cabine.

Elle retira les lunettes et les laissa pendre autour de son cou. Silencieusement, elle glissa vers la droite, s'accroupissant derrière une rangée de sièges à l'arrière de l'avion.

Elle entendit les pas se rapprocher. Un schéma de sons compliqués. Un murmure. Y avait-il plus d'une personne ?

Elle retint son souffle.

Les lumières de la cabine revinrent, d'abord à l'avant, puis au centre et enfin à l'arrière. Mais la plupart venaient de lampes pendues au plafond et qui créaient des ombres bizarres avant de s'éteindre de nouveau.

Elle serra dans sa main la torche électrique. Son poids lui parut rassurant. Elle tourna la tête à droite, pour voir entre les sièges.

Elle entendit les pas de nouveau, mais ne pouvait rien voir.

Puis les phares d'atterrissage se rallumèrent et dans leur clarté, une série d'ovales lumineux se dessina sur le plafond, provenant des hublots. Puis l'un après l'autre, ces ovales disparurent.

Quelqu'un marchait dans l'allée.

Pas bon, pensa-t-elle.

Que pouvait-elle faire ? Elle tenait la torche en main, mais ne se faisait pas d'illusions sur sa capacité à se défendre. Elle avait son téléphone cellulaire. Sa messagerie. Sa...

Elle se pencha et éteignit la messagerie..

L'homme était tout proche. Elle se pencha jusqu'à s'en tordre le cou et le vit. Il était presque à l'arrière de l'avion, regardant dans toutes les directions. Elle ne pouvait pas voir son visage, mais dans le reflet des phares, elle pouvait distinguer sa chemise rouge à carreaux.

Les phares s'éteignirent.

La cabine fut plongée dans le noir.

Elle respirait à peine.

Elle entendit le bruit d'un relais, venant de l'avant. Elle savait que c'était un bruit électrique, mais ce n'était apparemment pas le cas de l'homme à la chemise rouge. Il poussa un grommellement étouffé, comme s'il était surpris, et s'en alla rapidement vers l'avant.

Elle attendit.

Après un moment, il lui sembla qu'on descendait l'échelle métallique. Elle n'en était pas certaine, c'était une impression.

L'avion était silencieux.

Prudemment, elle sortit de sa cachette. Il était temps, pensa-t-elle, de se tirer de là. Elle alla à la porte ouverte. Pas de doute, les pas s'éloignaient, leur bruit s'affaiblissait. Les lumières du nez s'allumèrent et elle vit une ombre qui s'allongeait. Un homme.

Qui s'éloignait.

Une voix en elle dit *Sors d'ici*, mais elle sentait les lunettes autour de son cou et elle hésitait. Elle devrait laisser à l'homme assez de temps pour quitter le hangar, parce qu'elle ne voulait pas descendre et se trouver nez à nez avec lui au sol. Elle décida donc de chercher dans un autre compartiment. Elle chaussa de nouveau les lunettes et appuya sur le bouton du lecteur. Elle vit apparaître la page suivante.

Il y avait un compartiment proche, juste à l'extérieur de la porte arrière près de laquelle elle se trouvait. Elle se pencha et, se retenant de la main droite, constata qu'elle pouvait facilement regarder dedans. Il y avait trois rangées de relais électriques, qui contrôlaient probablement les deux portes arrière ; c'étaient des relais indépendants. En bas...

Oui.

Le Quick Access Recorder.

Il était vert, avec une bande blanche autour du couvercle. En caractères au pochoir : MAINT QAR 041/B MAINT. Une boîte de métal d'une vingtaine de centimètres de côté, avec une prise extérieure. Casey se pencha, saisit la boîte et tira doucement. Elle la dégagea dans un déclic métallique du couplage intérieur. Et elle la tenait dans sa main.

Parfait !

Elle fit un pas en arrière, dans la porte, serrant la boîte à deux mains. Elle était tellement émue qu'elle en tremblait. Cela changeait tout !

Elle était tellement émue qu'elle n'entendit les pas qui se pressaient vers elle que lorsque ce fut trop tard. De fortes mains la poussèrent, elle perdit l'équilibre et bascula par la porte, dans l'espace.

Elle tomba.

Vers le sol, dix mètres plus bas.

Trop vite, beaucoup trop vite, elle ressentit une vive douleur sur la joue et puis son corps atterrit, mais il y avait quelque chose d'anormal. Elle ressentait de curieux points de pression sur tout son corps. Et elle ne tombait pas, elle rebondissait. C'était comme un hamac géant.

Le filet de sécurité.

Elle était tombée dans le filet.

Dans l'obscurité, elle ne pouvait pas le voir, mais comme il était tendu sous l'avion, elle y était tombée. Elle roula sur le dos et vit une silhouette dans la porte. Celle-ci se retira et courut tout le long de l'avion. Elle parvint à se mettre debout, mais il était difficile de garder l'équilibre. Le filet ondulait doucement.

Elle avança vers la vaste et mate surface de l'aile. Elle entendit des pas précipités sur l'échelle métallique, à l'avant. L'homme arrivait.

Casey devait sortir de là.

Elle devait se dégager du filet avant que l'homme la coince. Elle se rapprocha de l'aile et puis entendit quelqu'un tousser. C'était à l'extrémité de l'aile, quelque part à la gauche de Casey.

Il y avait quelqu'un d'autre.

Au sol.

Qui l'attendait.

Elle s'arrêta, éprouvant le flottement moelleux du filet. Dans un moment, elle le savait, des lampes s'allumeraient. Elle pourrait alors voir où l'homme se trouvait.

Soudain, les projecteurs au-dessus de la queue clignotèrent rapidement. Ils étaient si puissants qu'ils éclairèrent tout le hangar.

Maintenant elle pouvait voir qui avait toussé.

C'était Richman.

Il portait un blouson bleu marine et un pantalon foncé. L'allure collégienne et flemmarde avait disparu. Il se tenait près de l'aile, tendu, alerte. Il regardait soigneusement à droite et à gauche, balayant le sol du regard.

Brusquement, les phares s'éteignirent et le hangar fut plongé dans le noir. Casey avança, sentant le filet craquer sous son poids. Richman l'entendrait-il ? Pouvait-il la localiser ?

Elle parvint à l'aile, s'avançant dans l'obscurité.

Elle l'attrapa de la main et se déplaça vers le bout de l'aile. Tôt ou tard, elle le savait, elle atteindrait le bord du filet. Son pied heurta une grosse corde ; elle se pencha et identifia des nœuds.

Casey s'allongea sur le filet, saisit le bord de ses deux mains et roula sur le côté, tombant. Pendant un instant, elle resta suspendue par un bras, tandis que le filet cédait sous son poids. Elle baignait dans le noir. Elle ne savait pas à quelle distance elle se trouvait du sol : deux mètres ? Trois ?

Un pas de course.

Elle lâcha le filet et tomba.

Elle tomba sur le sol à genoux. Une douleur aiguë dans les genoux quand ils heurtèrent le béton. Elle entendit Richman tousser de nouveau. Il était très proche, sur sa gauche. Elle se releva et courut vers la porte de secours. Les phares d'atterrissage s'allumèrent de nouveau, puissants, aveuglants. Dans leur éclat, elle vit Richman lever les mains pour se protéger les yeux.

Elle savait qu'il serait aveuglé pendant plusieurs secondes. Pas très longtemps.

Mais peut-être assez.

Où était l'autre homme ?

Elle courut.

Elle heurta le mur du hangar dans un bruit métallique sourd. Quelqu'un derrière elle cria : « Eh ! » Elle rampa le long du mur, cherchant la porte. Elle entendit quelqu'un courir.

Où ? Où ?

Toujours derrière elle, un pas de course.

Sa main toucha du bois, des montants verticaux, encore du bois, puis une barre de métal. L'ouverture de la porte. Elle poussa.

L'air frais.

Elle était dehors.

Teddy se retourna.

— Alors, poupée, dit-il souriant. Ça va ?

Elle tomba à genoux, à bout de souffle. Teddy et l'électricien se précipitèrent.

— Qu'est-ce qu'il y a ? Qu'est-ce qui se passe ?

Ils se tenaient près d'elle, tendant la main, pleins de sollicitude. Elle essaya de reprendre son souffle. Elle parvint à articuler :

- Appelez la sécurité !
- Quoi ?
- Appelez la sécurité ! Il y a quelqu'un à l'intérieur !

L'électricien courut au téléphone. Teddy resta avec elle. Puis elle se rappela le QAR. Elle éprouva une panique soudaine. Où était-il ?

Elle se leva.

- Oh non, dit-elle, je l'ai laissé tomber.
- Tomber quoi, poupée ?
- Cette boîte...

Elle se retourna, vers le hangar. Il lui faudrait les persuader d'y retourner pour...

- Tu veux dire celle que tu as dans la main ? demanda Teddy.

Elle regarda sa main gauche.

Le QAR y était et elle le tenait si fort que ses doigts en étaient blancs.

Glendale

23 h 30

— Allons, maintenant, dit Teddy, l'enlaçant et l'accompagnant à sa chambre à coucher. Tout va bien.
— Teddy, je ne sais pas pourquoi...
— Nous le saurons demain, répondit-il d'un ton conciliant.
— Mais qu'est-ce qu'il faisait...
— Demain.

Il ne la laissait pas finir ses phrases. Elle s'assit sur le lit, soudain consciente de son épuisement, dévastée de fatigue.

— Je dormirai sur le canapé. Je ne veux pas que tu restes seule cette nuit. (Il la regarda, lui releva le menton.) Ne te fais aucun souci.

Il se pencha et lui retira le QAR des mains. Elle se laissa faire à regret.

— Nous mettrons ça ici, dit-il, posant l'appareil sur la table de nuit.

Il lui parlait comme si elle était une enfant.

— Teddy, c'est important...
— Je sais. Je serai là quand tu t'éveilleras, d'accord ?
— D'accord.
— Appelle-moi si tu as besoin de quelque chose.

Il sortit et ferma la porte derrière lui.

Elle regarda l'oreiller. Il lui fallait se déshabiller, se préparer à se mettre au lit. Son visage lui faisait mal ; elle ne savait pas ce qui lui était arrivé. Elle avait besoin de se regarder dans une glace.

Elle prit le QAR et le poussa sous l'oreiller. Elle regarda de nouveau l'oreiller, puis s'étendit et ferma les yeux.

Rien qu'un moment, pensa-t-elle.

Vendredi

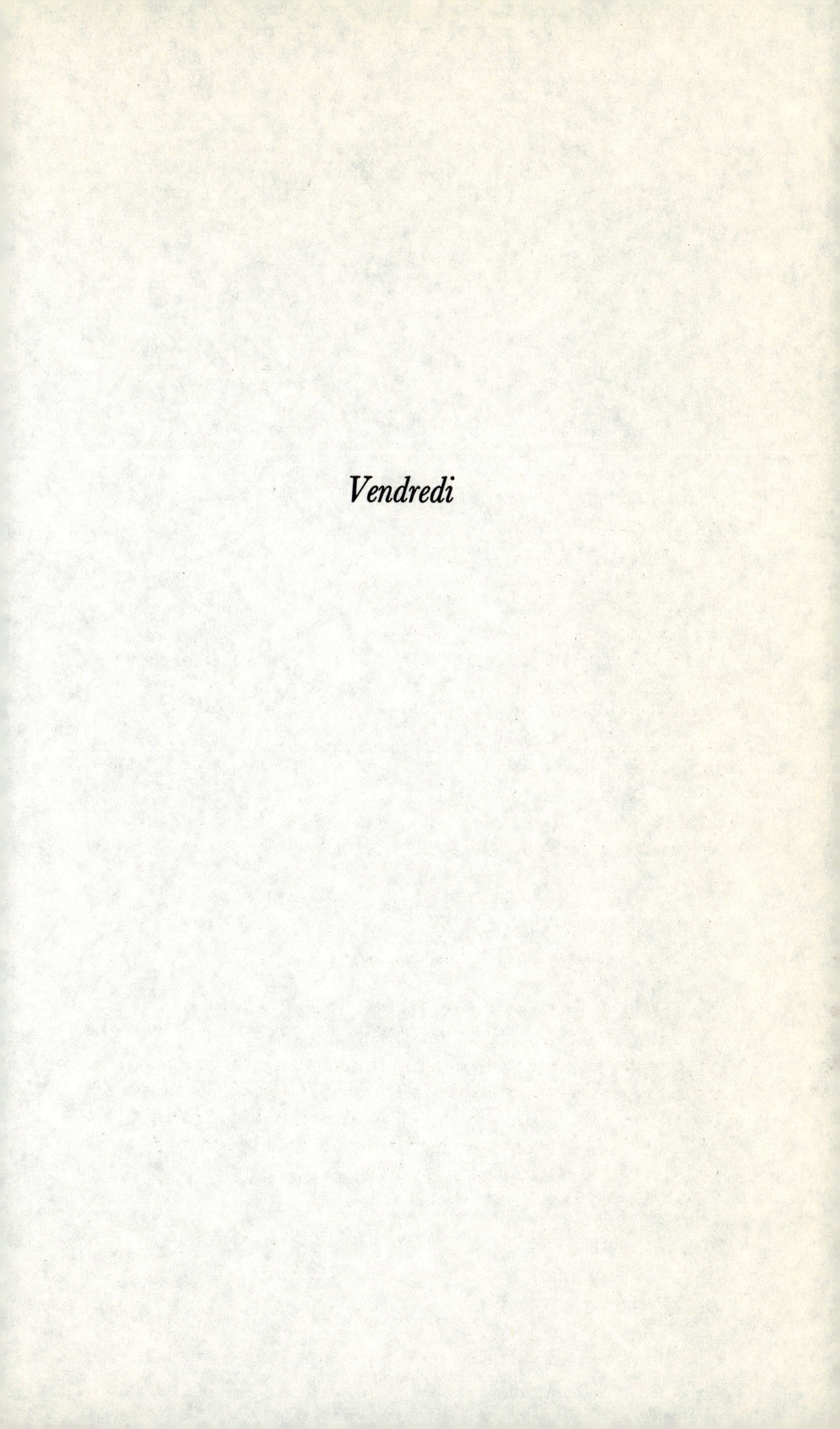

Glendale

6 h 30

Il y avait quelque chose d'anormal.

Casey s'assit brusquement. Son corps lui faisait mal ; elle haleta. Son visage brûlait. Elle se toucha la joue et fit une grimace.

Le soleil se déversait par la fenêtre jusqu'au pied de son lit. Elle aperçut deux demi-cercles graisseux sur le couvre-lit. Elle portait toujours ses chaussures. Et ses vêtements.

Elle s'était allongée tout habillée sur le couvre-lit.

Gémissant, elle déporta son corps sur le côté et mit les pieds par terre. Tout lui faisait mal. Elle regarda la table de nuit ; la pendulette affichait six heures trente.

Elle glissa la main sous l'oreiller et tira la boîte de métal verte avec une bande blanche.

Le QAR.

Elle sentit l'odeur du café.

La porte s'ouvrit et Teddy entra en caleçon, portant une tasse.

– Comment ça va?

– J'ai mal partout.

– C'est ce que je pensais. (Il lui tendit la tasse.) Tu peux la tenir?

Elle hocha la tête et saisit la tasse avec bonheur. Ses épaules lui firent mal quand elle leva la tasse à ses lèvres. Le café était chaud et fort.

– Le visage n'est pas trop abîmé, dit-il en l'examinant. C'est surtout sur le côté. Je pense que c'est lorsque tu es tombée dans le filet...

Elle se rappela soudain l'interview.

– Mon Dieu.

Elle se leva, gémissant de nouveau.

– Trois aspirines et un bain très chaud, conseilla Teddy.

— Je n'ai pas le temps.
— Trouve le temps. Et aussi chaud que tu peux.

Elle alla à la salle de bains et tourna le robinet de la douche. Elle se regarda dans le miroir. Son visage était maculé de traînées de saleté. Et une ecchymose pourpre courait de l'oreille à la nuque. Ses cheveux la couvriraient, pensa-t-elle. Ça ne se verrait pas.

Elle avala une autre gorgée de café, se déshabilla et passa sous la douche. Elle avait des ecchymoses sur le coude, la hanche et les genoux. Elle ne pouvait pas se rappeler comment elle se les était faites. Le jet d'eau chaude lui fit du bien.

Quand elle sortit de la douche, le téléphone sonnait. Elle ouvrit la porte.

— Ne réponds pas, dit Casey.
— Tu es sûre ?
— Je n'ai pas le temps. Pas aujourd'hui.

Elle passa dans la chambre pour s'habiller.

Il ne lui restait que dix heures avant l'interview avec Marty Reardon. D'ici là, elle ne voulait faire qu'une chose.

Expliquer le vol 545.

Au Centre de données digitales

7 h 40

Rob Wong plaça la boîte verte sur la table, y brancha un câble et appuya sur une touche de sa console. Une petite loupiote rouge s'alluma à l'arrière du QAR.

— Il y a du jus.

Il se rassit et regarda Casey.

— Prête à mettre ça à l'essai?
— Prête.
— Touchez du bois, dit Wong.

Il appuya sur une touche de son clavier. La lumière rouge du QAR commença à clignoter rapidement.

Casey, alarmée, demanda :

— Est-ce que...
— Ça va. C'est la transcription...

Après quelques secondes, la lumière de la loupiote se stabilisa.

— Et maintenant?
— C'est fini. Voyons les données.

L'écran commença à aligner des colonnes de chiffres. Wong se pencha pour les examiner de près.

— Euh... ça a l'air très bon, Casey. C'est sans doute votre jour de chance.

Il pianota sur son clavier pendant plusieurs secondes, puis se rassit.

— Maintenant, voyons si c'est vraiment bon.

Un squelette d'avion apparut sur l'écran, puis s'habilla et devint une image en trois dimensions. Un fond de ciel bleu apparut. Un avion argenté, vu de profil, à l'horizontale. Le train d'atterrissage déployé.

Wong pianota sur d'autres touches et fit pivoter l'avion, de telle sorte qu'il se présente par la queue. Il ajouta un champ vert à l'horizon et une piste grise. C'était schématique, mais convaincant. L'appareil se mit en mouvement et s'élança sur la piste. Il changea de position, le nez s'éleva et le train d'atterrissage se replia dans les ailes.

— Vous venez de décoller, dit Wong. Il souriait.

L'avion montait toujours. Wong appuya sur une touche et un rectangle s'ouvrit à droite de l'écran. Une file de chiffres apparut, changeant rapidement.

— Ce n'est pas un DFDR, mais c'est suffisant. Toutes les principales données sont là. Altitude, vitesse, direction, carburant, deltas sur les gouvernes de surface, volets, becs, ailerons, gouvernails de profondeur et de direction. Tout ce dont on a besoin. Et les données sont stables, Casey.

L'avion montait toujours. Wong appuya sur un bouton et des nuages apparurent. L'avion poursuivit son ascension au travers.

— Je suppose que vous n'avez pas besoin des horaires précis. Vous savez à quelle heure l'accident est advenu ?

— Oui, répondit-elle. C'était à environ neuf quarante du vol.

— Neuf quarante écoulées ?

— C'est ça.

— Ça vient.

Sur l'écran, l'appareil était horizontal et les chiffres, dans le rectangle à droite, stables. Puis une lumière rouge commença à papilloter parmi les chiffres.

— Qu'est-ce que c'est que ça ?

— Enregistrement de discordance. C'est, euh, une discordance sur les becs.

Elle regarda l'avion. Rien n'avait changé.

— Les becs se sont déployés ?

— Non, répondit Wong. Ce n'est qu'une discordance.

Elle regarda encore l'avion ; il était toujours horizontal. Cinq secondes passèrent. Puis les becs émergèrent du bord d'attaque.

— Les becs se déploient, dit Wong, regardant les chiffres. Et puis : Les becs sont entièrement déployés.

— Il y a donc eu d'abord une discordance ? Et puis les becs se sont déployés ?

— C'est ça.

— Déploiement spontané ?

— Non. Commandé. Maintenant l'avion monte et, oh oh, dépasse la vitesse de buffting... Voici maintenant l'avertisseur de décrochage, et...

Sur l'écran, l'appareil entama un piqué raide. Les nuages défilèrent de plus en plus rapidement. Des alarmes résonnèrent, scintillant sur l'écran.

— Qu'est-ce que c'est que ça ? demanda Casey.

— L'avion dépasse la limite de facteur de charge. Seigneur, regardez-le !

L'avion sortit de son piqué et entama une montée raide.

— Il monte à seize... dix-huit... vingt et un degrés, s'exclama Wong, secouant la tête. Vingt et un degrés !

Sur les vols commerciaux, un angle standard de montée variait entre trois et cinq degrés. Dix degrés représentant un angle raide, utilisé seulement pour les décollages. À vingt et un degrés, les passagers avaient l'impression que l'avion montait à la verticale.

D'autres alarmes.

— Dépassements, indiqua Wong d'une voix inexpressive. Il met la structure effroyablement à l'épreuve. Elle n'est pas construite pour encaisser ça. Vous avez fait une inspection de structure ?

Sous leurs yeux, l'avion entama un autre piqué.

— Je ne peux pas le croire, dit Wong. Le pilote automatique est censé prévenir ça...

— Il était sur manuel.

— Même alors, ces oscillations folles le déclencheraient. (Wong indiqua les données à droite.) Ouais, le voilà. Le PA essaie de prendre les commandes. Le pilote essaie de le ramener en manuel. C'est dingue.

Une autre montée.

Un autre piqué.

Ils assistèrent consternés à six cycles en tout de montées et de piqués jusqu'à ce que, soudain, l'appareil revînt à une position stable.

— Qu'est-ce qui est arrivé ? demanda Casey.

— Le pilote automatique a repris le dessus. Enfin.

Rob Wong poussa un long soupir.

— Bon, je dirais qu'on sait ce qui est arrivé à cet avion, Casey. Mais je ne sais fichtrement pas *pourquoi*.

La salle d'état-major

9 h

L'équipe de nettoyage s'affairait dans la salle d'état-major. Elle lavait les grandes fenêtres dominant le sol de l'atelier, essuyait les chaises et la table de Formica. Dans un coin, une femme passait l'aspirateur sur la moquette.

Doherty et Ron Smith, près de la porte, regardaient un texte.

– Qu'est-ce qui se passe? demanda Casey.

– Pas de réunion EAI aujourd'hui, dit Doherty. Marder l'a annulée.

– Comment se fait-il que personne ne m'ait prévenue?

Et puis elle se rappela. Elle avait arrêté sa messagerie la veille. Elle se pencha et la remit en marche.

– Le test de cycle électrique de la nuit dernière était presque parfait, dit Ron. Comme nous l'avons soutenu depuis le début, c'est un excellent avion. Nous n'avons eu que deux défaillances répétées. L'une caractérisée sur l'AUX COA, qui a commencé après cinq cycles vers dix heures trente; je ne sais pas ce qui s'est passé.

Il la regarda, attendant une réponse. Il devait avoir entendu dire qu'elle se trouvait la veille dans le hangar à peu près à cette heure-là.

Mais elle n'allait pas le lui expliquer. Du moins pas tout de suite. Elle demanda:

– Et le senseur de proximité?

– C'était l'autre erreur, répondit Smith. Sur les vingt-deux cycles que nous avons effectués durant la nuit, le senseur de proximité de l'aile a cafouillé six fois. Il est définitivement défectueux.

– Et si ce senseur de proximité a fait défaut durant le vol...

– Vous obtenez une discordance sur les becs dans le cockpit.

Elle se prépara à partir.

– Eh, l'arrêta Doherty, où allez-vous ?
– J'ai une vidéo à voir.
– Casey, est-ce que vous savez ce qui se passe ?
– Vous serez le premier à le savoir.
Et elle s'en fut.

Casey sentit que l'enquête reprenait forme aussi vite qu'elle était tombée en panne la veille. Le QAR en avait été l'élément clé. Elle pouvait enfin reconstituer la séquence des événements sur le vol 545. Et dès lors, les pièces du puzzle se mettaient en place.

En allant vers sa voiture, elle appela Norma sur son téléphone cellulaire.

– Norma, j'ai besoin de l'itinéraire de vol de la TransPacific.
– Je l'ai ici, dit Norma. Il est arrivé dans le paquet de la FAA. Qu'est-ce que tu veux vérifier ?
– L'itinéraire vers Honolulu.
– Je vérifie. (Il y eut une pause.) Ils ne vont pas à Honolulu, répondit Norma. Ils ne vont qu'à...
– Laisse tomber. C'est tout ce que je voulais savoir.
C'était la réponse qu'elle attendait.
– Dis-moi, reprit Norma, Marder t'a déjà appelée trois fois. Il dit que ta messagerie ne répond pas.
– Dis-lui que tu ne peux pas me joindre.
– Et Richman a essayé de...
– Tu ne peux pas me joindre.
Elle raccrocha et se pressa vers sa voiture.

De la voiture, elle appela Ellen Fong à la comptabilité. La secrétaire répondit que ce jour-là aussi, Ellen travaillait chez elle. Casey obtint le numéro privé d'Ellen et l'appela.

– Ellen, c'est Casey Singleton.
– Oh oui, Casey.
La voix était froide. Prudente.
– Vous avez fait la traduction ?
– Oui.
Plate. Inexpressive.
– L'avez-vous terminée ?
– Oui. Je l'ai terminée.
– Pouvez-vous me la faxer ? demanda Casey.
Il y eut un silence.
– Je ne pense pas que ce soit indiqué, dit Ellen.
– Très bien...
– Vous savez pourquoi ? demanda Ellen Fong.

- Je peux le deviner.
- Je peux vous l'apporter au bureau. Deux heures ?
- Très bien.

Les pièces s'assemblaient donc. Et vite.
Casey était maintenant à peu près sûre de ce qui s'était passé sur le vol 545. Elle pouvait établir la chaîne entière des causes et des effets. Avec de la chance, l'imagerie vidéo fournirait la confirmation finale.
Il ne restait plus qu'une question.
Qu'est-ce qu'elle allait en faire ?

Sepulveda Boulevard

10 h 45

Fred Barker était en nage. La climatisation était arrêtée dans son bureau et là, sous les questions insistantes de Marty Reardon, la sueur coulait le long de ses joues, ruisselait sur sa barbe et trempait sa chemise.

— Monsieur Barker, dit Marty, en se penchant en avant.

Marty avait quarante-cinq ans, un bel homme aux lèvres minces et aux yeux perçants, l'air d'un avocat général blasé, d'un homme expérimenté qui en avait vu de toutes les couleurs. Il parlait lentement, parfois de façon brève, sur un ton apparemment raisonnable. Il offrait au témoin toutes les chances possibles. Et son ton préféré était celui du désappointement. Les sourcils noirs relevés : comment cela était-il possible ?

— Monsieur Barker, vous avez évoqué des « problèmes » avec le Norton N-22. Mais la compagnie dit que des consignes de navigabilité ont été publiées et qu'elles ont réglé ces problèmes. A-t-elle raison ?

— Non.

Soumis à l'interrogatoire de Marty, Barker avait renoncé aux phrases complètes. Il en disait désormais le moins possible.

— Les consignes n'ont pas marché ?

— Eh bien, il y a eu un autre incident, non ? Concernant les becs.

— Norton nous a dit que ce n'étaient pas les becs.

— Je pense que vous découvrirez que si.

— Donc Norton Aircraft ment ?

— Ils font ce qu'ils ont toujours fait. Ils fournissent une explication compliquée qui dissimule le vrai problème.

— Une explication compliquée, répéta Marty. Mais les avions ne sont-ils pas compliqués ?

305

— Pas dans ce cas. L'accident résulte de ce qu'ils n'ont pas corrigé une erreur de conception ancienne.

— Vous en êtes certain.

— Oui.

— Comment pouvez-vous en être certain ? Êtes-vous ingénieur ?

— Non.

— Vous avez un diplôme d'aviation ?

— Non.

— Quel a été votre domaine d'études à l'université ?

— C'était il y a longtemps...

— N'était-ce pas la musique, monsieur Barker ? N'avez-vous pas été diplômé en musique ?

— Eh bien, oui, mais, euh...

Jennifer observait l'attaque de Marty avec un sentiment mitigé. Il était toujours amusant de voir un interviewé mis sur la sellette et le public aimait assister à la remise en place d'un expert pompeux. Mais l'attaque de Marty menaçait de démolir tout son sujet. Si Marty détruisait la crédibilité de Barker...

Bien sûr, pensa-t-elle, elle pouvait toujours y remédier. Elle n'avait pas besoin de s'en servir.

— Licencié. En musique, dit Marty, de son ton égal. Monsieur Barker, croyez-vous que cela vous qualifie pour juger d'un avion ?

— Pas en soi, mais...

— Vous avez d'autres diplômes ?

— Non.

— Vous avez une expérience quelconque en science ou en ingénierie ?

Barker passa un doigt dans le col de sa chemise.

— Eh bien, j'ai travaillé pour la FAA...

— Est-ce que la FAA vous a donné une formation scientifique ou mécanique ? Est-ce qu'elle vous a instruit, par exemple, en mécanique des fluides ?

— Non.

— En aérodynamique ?

— Bien, j'ai beaucoup d'expérience...

— J'en suis sûr. Mais avez-vous suivi une formation officielle en aérodynamique, en calcul, en métallurgie, en analyse structurelle ou dans n'importe quel autre des domaines en jeu dans la fabrication d'un avion ?

— Non, pas officiellement.

— Officieusement ?

— Oui, certainement, une longue expérience.

— Bien. C'est parfait. Maintenant, je remarque ces ouvrages

derrière vous et sur votre bureau. (Reardon se pencha et toucha l'un des volumes ouverts.) En voici un. Il s'intitule *Méthodes avancées d'intégrité structurelle pour la durabilité des structures et la tolérance aux dommages.* Assez difficile. Vous comprenez ce livre ?

— La plus grande partie, oui.

— Par exemple, et Reardon indiqua la page ouverte et la tourna vers lui pour lire : Ici, page 807, je lis : « Leevers et Radon ont introduit un paramètre B de biaxialité qui définit la magnitude du stress T comme dans l'équation 5. » Vous voyez cela ?

— Oui.

Barker avala sa salive.

— Qu'est-ce que c'est qu'un « paramètre de biaxialité » ?

— Euh, bon, c'est assez difficile à expliquer en peu de mots...

Marty demanda brusquement :

— Qui sont Leevers et Radon ?

— Ce sont des chercheurs dans ce domaine.

— Vous les connaissez ?

— Pas personnellement.

— Mais vous connaissez leurs travaux ?

— Je connais leurs noms.

— Savez-vous quelque chose d'eux ?

— Pas personnellement, non.

— Sont-ils des chercheurs importants dans leur domaine ?

— J'ai dit que je ne sais pas.

Barker tira de nouveau sur son col.

Jennifer se rendit compte qu'elle devait arrêter Marty. Il se livrait à son numéro de chien d'assaut, retroussant les babines quand il sentait la peur. Jennifer ne pouvait rien utiliser de tout cela ; le fait significatif était que Barker menait une croisade depuis des années, qu'il avait une réputation et qu'il était engagé dans la bataille. De toute façon, elle disposait déjà de son explication de la veille sur les becs, et elle avait des réponses générales aux questions qu'elle s'était elle-même posées. Elle toucha l'épaule de Marty.

— Nous sommes en retard.

Marty réagit instantanément ; il s'ennuyait. Il eut un geste vif.

— Je regrette, monsieur Barker, nous devons abréger. Nous vous remercions de nous avoir accordé de votre temps. Vous avez été très coopératif.

Barker semblait en état de choc. Il marmonna quelque chose. La maquilleuse arriva avec des mouchoirs en main et dit :

— Je vais vous aider à enlever le maquillage...

Marty Reardon se tourna vers Jennifer. D'une voix basse, il lui dit :

— Qu'est-ce que vous fabriquez ?
— Marty, répondit-elle sur le même ton, le film de CNN est de la dynamite. Le sujet est de la dynamite. Le public a peur de prendre l'avion. Nous exposons la controverse. Nous rendons un service public.
— Certainement pas avec ce clown. C'est un homme de paille pour plaideur professionnel. Il ne peut servir que dans des règlements à l'amiable. Il ne sait fichtrement pas de quoi il parle.
— Marty. Que vous aimiez ce type ou pas, l'avion a un historique de problèmes. Et le film est fabuleux.
— Oui, et tout le monde a vu le film, rétorqua Reardon. Mais quel est le *sujet* ? Vous feriez mieux de me montrer quelque chose, Jennifer.
— Je le ferai, Marty.
— Vous avez intérêt.
Le reste de la menace n'avait pas été formulé : ou bien j'appelle Dick Shenk et je débranche.

Sur Aviation Highway

11 h 15

Pour changer de décor, ils filmèrent le type de la FAA sur la voie publique, avec l'aéroport en arrière-plan. Il était maigre et portait des lunettes. Il clignait sans cesse des yeux au soleil. Il paraissait faible et incolore. C'était une telle non-entité que Jennifer ne pouvait même pas se rappeler son nom. Elle était sûre qu'il ne ferait pas bonne figure.

Malheureusement, il fut dévastateur en ce qui concernait Barker.

– La FAA traite beaucoup d'informations délicates. Certaines appartiennent aux entreprises, d'autres sont techniques, certaines intéressent l'industrie et d'autres des firmes. Étant donné que la probité de toutes les parties est essentielle à notre fonction, nous appliquons des règles très strictes à la diffusion de ces informations. M. Barker a violé ces règles. Il semblait avoir un grand désir de se voir à la télévision et que son nom soit dans les journaux.

– Il dit que c'est faux, objecta Marty. Il dit que la FAA ne faisait pas son travail et qu'il a dû parler.

– Aux avocats?

– Avocats? répéta Marty.

– Oui, répondit l'employé de la FAA. La plupart de ses fuites ont fini chez des avocats qui plaidaient contre les transporteurs. Il a communiqué des informations confidentielles aux avocats, des informations incomplètes sur des enquêtes en cours. Et ça, c'est illégal.

– L'avez-vous poursuivi?

– Nous ne sommes pas habilités à poursuivre. Nous n'avons pas cette faculté. Mais il était évident pour nous qu'il était payé en dessous-de-table par des avocats pour leur fournir des informations. Nous avons soumis son cas au ministère de la Justice, qui ne l'a pas diligenté. Cela nous a pas mal contrariés. Nous pensions qu'il aurait dû aller en prison et les avocats avec lui.

— Pourquoi cela ne s'est-il pas fait?

— Il faudra demander à la justice. Mais le ministère de la Justice est constitué d'avocats. Et les avocats n'aiment pas envoyer des collègues en prison. C'est une forme de courtoisie professionnelle. Barker travaillait pour des avocats et ils l'ont tiré d'affaire. Il travaille toujours pour eux. Tous ses propos sont destinés à soutenir ou à provoquer des actions en justice infondées. Il ne s'intéresse pas vraiment à la sécurité aérienne. Si c'était le cas, il travaillerait toujours pour nous. Il essaierait de servir le public au lieu d'essayer de faire beaucoup d'argent.

Marty dit :

— Vous savez que la FAA est actuellement sur la sellette...

Jennifer pensa qu'il était temps d'arrêter Marty. Cela ne servait à rien de continuer. Elle prévoyait déjà de laisser tomber la plus grande partie de l'interview. Elle n'en utiliserait que le début, là où le type de la FAA disait que Barker voulait de la publicité. C'était le commentaire le moins dommageable et il constituerait un élément d'équilibre dans le sujet.

Parce qu'elle avait besoin de Barker.

— Marty, je regrette, mais nous devons traverser la ville.

Marty hocha la tête, remercia l'autre immédiatement, ce qui était un signe de son manque d'intérêt, signa un autographe pour son fils et monta dans la limousine avant Jennifer.

— Seigneur, s'écria Marty tandis que la limousine démarrait.

Il salua le type de la FAA par la portière et lui adressa un sourire. Puis il se laissa tomber dans son siège.

— Je ne comprends pas, Jennifer, dit-il d'un ton menaçant. Dites-moi si j'ai tort. Mais vous n'avez pas de sujet. Vous avez quelques allégations vaseuses d'avocats et de leurs hommes de paille. Mais vous n'avez rien de substantiel.

— Nous avons un sujet. Vous verrez.

Elle s'efforça d'avoir l'air assuré.

Marty grogna sans enthousiasme.

La voiture s'élança et se dirigea vers la vallée, vers Norton Aircraft.

À l'imagerie vidéo

11 h 17

— Le film arrive, dit Harmon. Il tambourina sur la console.

Casey remua sur son siège, éprouvant des élancements de douleur. Plusieurs heures la séparaient encore de l'interview. Et elle se demandait comment elle s'en sortirait.

La bande vidéo commença à défiler.

Harmon avait triplé le nombre d'images, ce qui faisait un ralenti saccadé. Ce changement rendait le film encore plus horrible. Elle regarda en silence les corps chamboulés et la caméra tournoyer et tomber jusqu'à ce qu'elle se fût arrêtée à la porte du cockpit.

— Revenez en arrière.
— Jusqu'où ?
— Aussi lentement que vous pouvez.
— Une image à la fois ?
— Oui.

Les images défilèrent à l'envers. Le tapis gris. Le brouillage tandis que la caméra s'éloignait de la porte. La lumière aveuglante des fenêtres du cockpit, les épaules des deux pilotes de part et d'autre du piédestal, le commandant de bord à gauche, le copilote à droite.

Le commandant se penchant vers le piédestal.

— Arrêtez.

Elle examina l'image. Le commandant se penchait, sans casquette, le visage du copilote était tourné vers l'avant.

Le commandant tendit la main.

Casey avança sa chaise jusqu'à la console et détailla l'image. Puis elle se leva et se pencha très près de l'écran, si près qu'elle distinguait les lignes de balayage.

Voilà, pensa-t-elle. En couleurs.

Mais qu'est-ce qu'elle allait en faire ?

Rien, comprit-elle. Elle ne pouvait rien faire. Elle avait maintenant l'information, mais elle ne pouvait pas la diffuser et garder son poste. Mais elle se rendit aussi compte qu'elle allait probablement perdre ce poste de toute façon. Marder et Edgarton l'avaient désignée pour affronter la presse. Si elle mentait, comme le voulait Marder, ou si elle disait la vérité, elle était en péril. Il n'y avait pas d'issue.

La seule solution que pouvait entrevoir Casey était de ne pas faire l'interview. Mais elle devait la faire. Elle était prise entre le marteau et l'enclume.

— Okay, dit-elle avec un soupir. J'en ai assez vu.
— Qu'est-ce que vous voulez faire ?
— Tirer une autre copie.

Harmon appuya sur un bouton de la console. Il changea de position sur son siège, l'air mal à l'aise.

— Madame Singleton, commença-t-il, je crois que je dois vous dire quelque chose. Les gens qui travaillent ici ont vu ce film et ils sont assez bouleversés.
— Je peux l'imaginer, dit Casey.
— Ils ont tous vu ce type à la télé, cet avocat qui dit que vous dissimulez la cause réelle de l'accident...
— Oui.
— Et une personne en particulier, une femme à la réception, pense que nous devrions communiquer ce film aux autorités ou aux stations de télévision. Je veux dire, c'est comme l'affaire Rodney King. Nous sommes assis sur une bombe. Il y a des vies de passagers en péril.

Casey soupira. Elle n'était pas vraiment surprise. Mais cela posait un nouveau problème.

— Est-ce que c'est déjà fait ? C'est ça que vous me dites ?
— Non, répondit Harmon. Pas encore.
— Mais il y a des gens tourmentés.
— Oui.
— Et vous ? Qu'est-ce que vous pensez ?
— Pour vous dire la vérité, je suis également tourmenté, répondit Harmon. Je veux dire, vous travaillez pour la compagnie, vous êtes tenue par vos engagements. Je comprends. Mais s'il y a réellement quelque chose de défectueux dans cet avion et que des gens sont morts à cause de cela...

L'esprit de Casey s'activa rapidement à évaluer la situation. Il n'y avait pas moyen de savoir combien de copies du film avaient déjà été faites. Il n'y avait désormais plus de moyen de contrôler la

situation. Et elle était lasse de l'intrigue, du transporteur, des ingénieurs, du syndicat, de Marder, de Richman. De toutes ces machinations qui s'affrontaient, avec elle au milieu, essayant de tenir la situation en main.
Et maintenant cette foutue compagnie de vidéo !
Elle demanda :
— Quel est le nom de la femme à la réception ?
— Christine Barron.
— Est-ce qu'elle sait que votre compagnie a signé avec nous un accord de confidentialité ?
— Ouais, mais... Je crois que sa conscience a pris le dessus.
— Je dois téléphoner, dit Casey. Sur une ligne privée.

Il l'emmena dans un bureau vide. Elle passa deux appels. Quand elle revint, elle dit à Harmon :
— Le film est la propriété de la Norton Company. Il ne doit être communiqué à personne sans notre autorisation. Et vous avez signé avec nous un accord de confidentialité.
— Votre conscience ne vous gêne pas ? demanda Harmon.
— Non. Nous enquêtons sur cette affaire et nous parviendrons au fond. Tout ce que vous faites est de parler de choses que vous ne comprenez pas. Si vous divulguez ce film, vous aiderez un avocat-requin à nous demander des dommages. Vous avez signé cet accord avec nous. Si vous le violez, vous n'avez plus de travail. Mettez-vous bien ça dans la tête.
Elle prit sa copie du film et quitta la pièce.

À l'Assistance Qualité

11 h 50

Frustrée et contrariée, Casey déboula dans son bureau à l'AQ. Une dame âgée l'attendait, qui se présenta comme Martha Gershon, dans la « formation médias ». Elle ressemblait à une aimable grand-mère : les cheveux gris, en chignon, et une robe beige à col montant.
Casey dit :
— Pardonnez-moi, je suis très occupée. Je sais que Marder vous a demandé de me voir, mais je crains que...
— Oh, je sais combien vous êtes prise, la devança Martha Gershon. Sa voix était calme et rassurante. Vous n'avez pas de temps pour moi, surtout aujourd'hui. Et vous ne voulez pas vraiment me voir, n'est-ce pas ? Parce que vous ne portez pas beaucoup d'amitié à John Marder.
Casey ne dit rien.
Elle considéra cette dame agréable debout dans son bureau et souriante.
— Vous devez avoir le sentiment que vous êtes manipulée par M. Marder. Je comprends. Maintenant que je l'ai rencontré, je dois dire qu'il ne me donne pas un fort sentiment d'intégrité. Et vous ?
— Non.
— Et je ne crois pas qu'il aime beaucoup les femmes, poursuivit Gershon. Et je soupçonne qu'il a organisé votre passage à la télévision dans l'espoir que vous échouiez. Mon Dieu, je détesterais que ça se passe de la sorte.
Casey la regarda.
— Asseyez-vous, je vous en prie, dit-elle.
— Merci, ma chère.
La femme s'assit sur le canapé, sa robe beige étalée de part et

d'autre. Elle joignit les mains sur ses genoux. Elle était parfaitement calme.

— Je ne serai pas longue. Mais peut-être seriez-vous plus à l'aise si vous vous asseyiez aussi.

Casey s'assit.

— Il y a un certain nombre de choses que je voudrais vous rappeler avant votre interview, dit Gershon. Vous savez que vous aurez Marty Reardon comme interlocuteur.

— Non, je ne savais pas.

— Oui, ce qui signifie que vous aurez affaire à son style particulier d'interview. Ça facilitera les choses.

— J'espère que vous avez raison.

— J'ai raison, ma chère. Êtes-vous à l'aise, là ?

— Je pense.

— J'aimerais que vous vous adossiez à votre fauteuil. Voilà. En arrière. Quand vous vous penchez, vous avez l'air trop impatiente et votre corps est tendu. Adossez-vous, de façon à pouvoir écouter ce qu'on vous dit en étant détendue. Cela pourrait vous être utile au cours de l'interview. De vous adosser, je veux dire. Et d'être détendue.

— Très bien, dit Casey, s'adossant.

— Détendue, maintenant ?

— Je crois.

— Est-ce que vous serrez d'habitude vos mains sur le bureau comme vous le faites ? Je voudrais savoir ce qui se passe quand vous tenez vos mains écartées. Oui. Reposez-les sur le bureau, comme vous le faites maintenant. Si vous nouez les mains, cela vous donne l'air tendu. C'est tellement mieux quand vous les tenez ouvertes. Bien. Est-ce que cela vous semble naturel ?

— Je crois.

— Vous devez être soumise à une lourde pression en ce moment, dit Gershon avec un sourire de sympathie. Mais je connais Marty Reardon depuis qu'il était jeune reporter. Cronkite[1] ne l'aimait pas. Il pensait que Martin était arrogant et sans substance. Je crains que ce jugement ne se soit vérifié. Martin est tout en trucs, sans substance. Il ne vous causera aucun problème, Katherine. Pas à une femme de votre intelligence. Pas de problème du tout.

Casey dit :

— Vous me donnez un grand réconfort.

— Je vous dis simplement les choses comme elles sont, dit Gershon d'un ton désinvolte. La chose importante à vous rappeler en

---

1. Walter Cronkite, célèbre présentateur de télévision américain. *(N.d.T.)*

présence de Reardon est que vous en savez plus que lui. Vous avez travaillé dans ce secteur pendant des années. Reardon vient de débarquer. Il a probablement atterri ce matin et il décollera ce soir. Il est brillant, facile et il a l'esprit d'à-propos, mais il n'a pas la profondeur de votre savoir. Rappelez-vous cela : vous en savez plus que lui.

— D'accord.

— Maintenant, étant donné que Reardon ne dispose de presque aucune information, son principal talent est de déformer celle que vous lui donnez. Reardon a la réputation d'un tueur, mais si vous observez son comportement, il n'a qu'un truc. Et son truc est le suivant. Il vous fait admettre une série de déclarations, et vous êtes là à hocher la tête, oui, oui, et puis il vous attaque soudain en traître. Reardon a fait ça toute sa vie. C'est extraordinaire que personne ne l'ait pigé.

« Il dira, par exemple, vous êtes une femme. Oui. Vous vivez en Californie. Oui. Vous avez un bon travail. Oui. Vous êtes contente de votre vie. Oui. Alors pourquoi avez-vous volé l'argent ? Vous étiez d'accord tout au long et, là, vous êtes prise au dépourvu, désarçonnée, et il a obtenu une réaction dont il peut se servir.

« Rappelez-vous, tout ce qu'il attend est cette repartie d'une phrase. S'il ne l'obtient pas, il fait demi-tour et pose la question d'une autre manière. Il reviendra inlassablement à la même question. S'il s'obstine à parler de la même chose, vous saurez qu'il n'a pas obtenu ce qu'il veut.

— D'accord.

— Martin a un autre truc. Il fera une déclaration provocatrice et puis il s'arrêtera, attendant que vous remplissiez les blancs. Il dira, Casey, vous fabriquez des avions, vous devez donc *savoir* que les avions sont dangereux... Et il attendra votre réaction. Mais remarquez qu'il n'a pas posé de questions.

Casey hocha la tête.

— Ou bien il répétera ce que vous avez dit, avec un air incrédule.

— Je comprends.

— Vous *comprenez* ? dit Gershon, étonnée, levant les sourcils dans une assez bonne imitation de Reardon. Vous voyez ce que je veux dire. Vous serez contrainte de vous défendre. Mais ce n'est pas nécessaire. Si Martin ne pose pas de questions, ne dites rien.

Casey hocha la tête. Ne rien dire.

— Très bien, approuva Gershon en souriant. Vous vous en tirerez très bien. Rappelez-vous de prendre tout le temps qu'il vous faut. L'interview est enregistrée, ils couperont donc toutes les pauses. Si vous ne comprenez pas une question, dites-lui de la clarifier. Martin est très fort pour poser des questions vagues qui provoquent des réponses spécifiques. Rappelez-vous : il ne sait pas vraiment de quoi il parle. Il est là pour la journée.

– Je comprends.

– Voilà. Si vous pouvez le regarder sans embarras, faites-le. Sinon, choisissez un point près de sa tête, le dossier d'une chaise ou un tableau sur le mur derrière lui. Et regardez plutôt cela. La caméra ne le décèlera pas. Faites juste ce qu'il vous faut pour garder votre concentration.

Casey essaya le truc, regardant au-delà de l'oreille de Gershon.

– C'est cela. Vous vous en tirerez. Il y a encore une chose que je veux vous dire, Katherine. Vous travaillez dans un métier complexe. Si vous essayez d'exposer cette complexité à Martin, vous serez frustrée. Vous sentirez qu'il n'est pas intéressé. Il vous coupera probablement. Parce que *ça ne l'intéresse pas*. Beaucoup de gens se plaignent de ce que la télévision soit superficielle. Mais c'est la nature de ce support. La télévision ne donne pas du tout de l'information. L'information est active, elle engage. La télévision est passive. L'information est désintéressée et objective. La télévision est émotionnelle. C'est du divertissement. Quoi qu'il dise et qu'il fasse, Martin ne s'intéresse en fait pas à vous, à votre compagnie, à vos avions. Il est payé pour exercer son seul réel talent : provoquer les gens, les pousser à des explosions émotionnelles, à perdre le contrôle d'eux-mêmes, à dire quelque chose de scandaleux. Il n'a pas vraiment envie de s'informer sur les avions. Il veut un moment médiatique. Et si vous comprenez cela, vous pouvez le mater.

Et elle sourit, de son sourire de grand-mère.

– Je sais que vous en tirerez bien, Casey.

Casey demanda :

– Vous serez présente ? À l'interview ?

– Oh non, répondit Gershon en souriant. Martin et moi avons une longue histoire. Nous ne nous portons pas beaucoup de sympathie. Les rares fois où nous nous retrouvons au même endroit, je crains que nous ayons tendance à cracher.

À l'administration

13 h

Assis à son bureau, John Marder classait les documents – les accessoires – que Casey utiliserait dans son interview. Il les voulait complets et en ordre. D'abord, ceux qui se rapportaient au capot de contrefaçon de l'inverseur de poussée dans le moteur numéro deux. La découverte de cette pièce avait été un coup de chance. Kenny Burne, en dépit de ses jérémiades, avait bien joué. Un capot d'inverseur était un gros morceau, quelque chose qui frapperait tout un chacun. Et c'était sans conteste une pièce de contrefaçon. Pratt and Whitney pousserait les hauts cris en le voyant : le fameux aigle de la marque avait été estampé à l'envers. Plus important encore, la présence d'une pièce de contrefaçon déporterait toute l'affaire dans cette direction et réduirait la pression sur...

Son téléphone privé sonna.

Il souleva le combiné.

– Marder.

Il reconnut les parasites d'un téléphone par satellite. Hal Edgarton appelant de l'avion de la compagnie en route pour Hong Kong. Edgarton demanda :

– C'est commencé ?

– Pas encore, Hal. Dans une heure.

– Appelez-moi dès que c'est fini.

– Je le ferai, Hal.

– Et que ce soient de bonnes nouvelles, dit Edgarton, et il raccrocha.

Burbank

13 h 15

Jennifer s'agitait. Il fallait qu'elle laisse Marty seul pendant un moment. Et ce n'était jamais une bonne idée de laisser Marty seul durant un tournage : c'était un personnage impatient, plein d'énergie, et il avait tout le temps besoin qu'on s'occupe de lui. Quelqu'un devait lui tenir la main et être à ses petits soins. Marty était comme toutes les vedettes de l'écran à *Newsline*; ils auraient jadis pu être des reporters, maintenant c'étaient des acteurs et ils en présentaient tous les traits. Égocentriques, vains, exigeants. C'étaient des casse-pieds, pour dire ce qui était.

Elle savait aussi que Marty, nonobstant ses récriminations sur le sujet Norton, était au fond simplement inquiet des apparences. Il savait que le sujet avait été monté rapidement. Il savait aussi que ce sujet était malveillant et boueux. Et il avait peur, lorsque le montage serait terminé, de se trouver contraint de présenter une émission faiblarde. Il craignait que ses amis ne fissent des commentaires acides sur le sujet, pendant qu'ils déjeunaient aux Quatre Saisons[1]. Ce n'étaient pas les responsabilités journalistiques qui le tracassaient, mais seulement les apparences.

Et la pièce à conviction, Jennifer le savait, se trouvait dans ses mains à elle. Elle ne s'était absentée que vingt minutes, mais, tandis que sa voiture fonçait vers le lieu de tournage, elle aperçut Marty qui faisait les cent pas, tête baissée.

Du Marty tout craché.

Elle descendit de la voiture, il alla droit vers elle, commença à se plaindre et à dire qu'ils devraient abandonner le sujet, appeler Dick, lui dire que ça ne marchait pas... Elle le coupa.

— Marty. Regardez ça.

---

[1]. Restaurant huppé de New York. *(N.d.T.)*

Elle tendit au cameraman la bande vidéo qu'elle portait et lui dit de la projeter. Le cameraman la glissa dans sa caméra et elle alla au petit écran de play-back posé sur l'herbe.

— Qu'est-ce que c'est ? demanda Marty, debout devant l'écran.
— Regardez.

Le film commença à se dérouler. Cela commençait par un bébé sur les genoux de sa mère. Goo-goo, ga-ga. Le bébé qui se suçait les orteils.

Marty regarda Jennifer. Il leva ses sourcils sombres.

Elle ne dit rien.

La bande se déroulait toujours.

À cause de la réflexion du soleil sur l'écran, il était difficile de saisir les détails, mais l'évidence s'imposait. Des corps qui déboulaient soudain dans l'air. Marty retint son souffle pendant qu'il regardait, excité.

— Où avez-vous obtenu ça ?
— Un employé mécontent.
— Un employé de ?...
— Une boîte de vidéo qui travaille pour Norton Aircraft. Une citoyenne responsable qui pensait que ça devait être diffusé. Elle m'a appelé.
— C'est une bande de Norton ?
— Ils l'ont trouvée dans l'avion.
— Incroyable, dit Marty, les yeux rivés sur l'écran. In-cro-yable. (Toujours des corps en désordre, la caméra qui valdinguait.) C'est choquant.
— N'est-ce pas fabuleux ?

Et le film continuait. Il était bon. Tout était bon et même meilleur que le film CNN, plus dynamique, plus radical. Comme la caméra était libre et se heurtait çà et là, le film donnait un sens plus aigu de ce qui avait dû se passer sur le vol.

— Qui d'autre a ça ? demanda Marty.
— Personne.
— Mais votre employée mécontente pourrait...
— Non, répondit Jennifer. J'ai promis de payer ses frais juridiques à la condition qu'elle ne donne ça à personne d'autre. Elle restera coite.
— C'est donc notre exclusivité.
— Exact.
— Un film *réel* de *l'intérieur* de Norton Aircraft.
— Exact.
— Alors, nous avons là une histoire fabuleuse, dit Marty.

Jennifer pensa qu'elle revenait d'entre les morts tandis qu'elle observait Marty aller à la barrière grillagée et commencer à se préparer pour le tournage. Le sujet était sauvé !

Elle savait qu'elle pouvait compter sur Marty pour abréger le bavardage. Certes, le nouveau film n'ajoutait rien à l'information déjà enregistrée. Mais Marty était un pro. Il savait que les sujets vivaient et mouraient selon leur contenu visuel. Si le visuel marchait, rien d'autre ne comptait.

Et ce film vous prenait au collet.

Marty était donc de bonne humeur, il allait et venait et regardait Norton Aircraft à travers le grillage. La situation entière lui convenait, un film de l'intérieur de la compagnie, avec toutes les implications de dissimulation et de tromperie. Marty pouvait tirer de cela son pesant d'or.

Pendant que la maquilleuse lui retouchait le cou, Marty dit :

— Nous devrions probablement expédier cette vidéo à Dick. Pour qu'il puisse la faire valoir.

— C'est fait, dit Jennifer en montrant une voiture qui s'éloignait sur la route.

Dick l'aurait dans une heure. Et il mousserait quand il la verrait.

Bien sûr qu'il la ferait valoir. Il en utiliserait des amorces pour annoncer l'émission de samedi. « Un nouveau film bouleversant sur le désastre Norton ! Des images terrifiantes de la mort en plein ciel ! Sur *Newsline* en exclusivité, samedi à dix heures ! »

Ils projetteraient cette amorce toutes les dix minutes jusqu'à l'heure de l'émission. Samedi soir, le pays entier serait devant sa télé.

Marty improvisa son remplissage et il le fit avec talent. Maintenant, ils étaient dans l'auto, se dirigeant vers la grille d'entrée de Norton. Ils avaient même quelques minutes d'avance sur l'horaire.

— Qui est le contact de la compagnie ?

— Une femme qui s'appelle Singleton.

— Une femme ? Les sourcils se levèrent de nouveau. Quelle est la raison ?

— C'est une vice-présidente. Fin de trentaine. Et elle appartient à l'équipe d'enquêteurs.

Marty tendit la main.

— Donnez-moi le dossier et les notes.

Il commença à les parcourir dans l'auto.

— Parce que vous vous rendez compte de ce que nous devons faire maintenant, n'est-ce pas, Jennifer ? Tous les segments sont déplacés. Ce film dure peut-être quatre, quatre trente. Et vous pouvez en montrer certains passages deux fois, c'est ce que je ferais. Donc, vous n'aurez pas beaucoup de temps pour Barker et les autres. Ça sera le film et cette femme porte-parole de Norton. C'est le cœur du sujet. Nous n'avons donc pas le choix. Il nous faut démolir cette femme tout net.

Jennifer ne dit rien. Elle attendait, pendant que Marty feuilletait le dossier.

— Attendez un peu, s'exclama Marty. Il considérait le dossier. Vous vous moquez de moi ?
— Non.
— Ça, c'est de la dynamite. Où l'avez-vous obtenu ?
— Norton me l'a adressé dans un dossier de presse, il y a trois jours, par inadvertance.
— Malheureuse inadvertance, surtout pour Mme Singleton.

La salle d'état-major

14 h 15

Casey traversait l'usine en direction de l'IAA, quand son téléphone cellulaire sonna. C'était Steve Nieto, le Fizer à Vancouver.

— Mauvaises nouvelles, dit Nieto. J'ai été hier à l'hôpital. Il est mort. Œdème cérébral. Mike Lee n'était pas joignable, alors ils m'ont demandé si je pouvais identifier le corps et...

— Steve, coupa-t-elle, pas au téléphone. Envoyez-moi un télex.

— D'accord.

— Mais ne l'envoyez pas ici. Envoyez-le au centre d'essais en vol à Yuma.

— Vraiment ?

— Oui.

— D'accord.

Elle raccrocha et entra dans le hangar 4, là où les bandes adhésives étaient appliquées au sol. Elle voulait parler à Ringer de la casquette de pilote qu'ils avaient trouvée. Il apparaissait désormais à Casey que cette casquette était essentielle à l'affaire.

Elle eut une idée et appela Norma.

— Écoute, je pense que je sais d'où venait ce fax du magazine de bord.

— Ça a un intérêt ?

— Oui. Appelle le Centinela Hospital à l'aéroport. Retrouve une hôtesse qui s'appelle Kay Liang. Et voici ce que je veux que tu lui demandes. Il vaudrait mieux le noter par écrit.

Elle parla à Norma pendant plusieurs minutes, puis raccrocha. Immédiatement après, son téléphone sonna.

— Casey Singleton.

Marder cria :

— Où êtes-vous, nom de Dieu ?

— Hangar 4, répondit-elle, j'essaie de...

— Vous êtes censée être ici, cria encore Marder. Pour l'interview.

— L'interview est à seize heures.

— Ils l'ont avancée. Ils sont ici *maintenant*.

— Maintenant ?

— Oui, ils sont tous ici, l'équipe, tout le monde, ils installent. Ils vous attendent tous. C'est *maintenant*, Casey.

Ce fut ainsi qu'elle se retrouva dans la salle d'état-major, avec une maquilleuse qui lui enduisait le visage. La salle était pleine de gens, des types qui montaient de grandes lampes sur des pieds et qui scotchaient des cartons sur le plafond. D'autres qui fixaient des microphones à la table et aux murs. Il y avait deux équipes de cameramen qui procédaient aux installations, chacune avec deux caméras, ce qui faisait quatre caméras en tout orientées dans des directions opposées. Deux fauteuils avaient été disposés de part et d'autre de la table, l'un pour elle, l'autre pour l'intervieweur.

Elle pensa par-devers elle qu'il était anormal qu'ils fissent l'enregistrement dans cette salle ; elle ne savait pas pourquoi Marder y avait consenti. Elle pensait que c'était un manque de respect pour ce lieu où ils travaillaient, discutaient et s'efforçaient de comprendre ce qui arrivait aux avions ; on l'avait transformé en théâtre d'une émission de télévision. Et elle n'appréciait pas ça.

Casey était désorientée ; tout se passait trop vite. La maquilleuse lui demandait sans cesse de garder la tête immobile, de fermer les yeux, puis de les ouvrir. Eileen, la secrétaire de Marder, arriva et lui remit une chemise brune.

— John voulait s'assurer que vous ayez ça.

Casey essaya de regarder la chemise.

— Je vous en prie, dit la maquilleuse. J'ai besoin que vous leviez la tête une minute. Rien qu'une minute et puis c'est fini.

Jennifer Malone, la productrice, arriva avec un sourire rayonnant.

— Comment ça va aujourd'hui, madame Singleton ?

— Très bien, je vous remercie.

Casey regardait toujours en l'air pour satisfaire la maquilleuse.

— Barbara, dit Malone à la maquilleuse, assurez-vous que vous ayez le, euh...

Et elle fit un geste vague en direction de Casey.

— J'y pense.

— Que vous ayez le quoi ? demanda Casey.

— Une retouche, dit la maquilleuse. Rien.

Malone enchaîna :

— Je vous donne une minute pour finir, et puis Marty devrait arriver pour vous rencontrer, et nous survolerons les questions générales que nous traiterons, avant de commencer.

— Okay.

Malone s'éloigna. La maquilleuse, Barbara, continuait de fignoler le visage de Casey.

— Je vais mettre une touche sous les yeux, pour que vous n'ayez pas l'air si fatigué.

— Madame Singleton?

Casey reconnut la voix d'emblée, une voix qu'elle entendait depuis des années. La maquilleuse sursauta et Casey vit Marty Reardon qui se tenait devant elle. Reardon était en manches de chemise et cravate, avec un mouchoir de cellulose autour du cou. Il tendit la main.

— Marty Reardon. Heureux de vous rencontrer.

— Bonjour, répondit-elle.

— Merci de collaborer avec nous. Nous essayerons d'être le moins dérangeants possible.

— Okay...

— Vous savez bien sûr que nous enregistrons, dit Reardon. Si vous avez donc un bafouillage ou quelque chose, ne vous inquiétez pas ; nous couperons. Si à un moment ou à un autre vous voulez reformuler une réponse, allez-y, faites-le. Vous pouvez dire exactement ce que vous voulez dire.

— D'accord.

— Nous commencerons par parler du vol TransPacific. Mais il faudra que j'aborde aussi d'autres points. À un moment ou à un autre, je parlerai de la vente à la Chine. Et il y aura probablement des questions sur la réaction du syndicat, si nous en avons le temps. Mais je ne veux pas réellement approfondir ces questions. J'entends traiter surtout de TransPacific. Vous faites partie de l'équipe d'enquête.

— Oui.

— Très bien, c'est parfait. J'ai une tendance à passer du coq-à-l'âne dans mes questions. Ne vous laissez pas troubler. Nous sommes réellement ici pour comprendre la situation le mieux possible.

— Okay.

— Je vous verrai plus tard, donc, dit Reardon. Il s'en alla sur un sourire.

La maquilleuse revint.

— Levez la tête.

Casey regarda le plafond.

— Il est charmant, dit la maquilleuse. Sous ses apparences, c'est un brave type. Il adore les enfants.

Elle entendit Malone demander à la cantonade :
— Dans combien de temps, les gars ?
Quelqu'un répondit :
— Cinq minutes.
— Le son ?
— Prêt. Donnez-nous les victimes.

La maquilleuse commença à poudrer le cou de Casey. Casey fit la grimace, car cela réveillait la douleur.

— Vous savez, dit la femme, je connais un numéro de téléphone que vous pouvez appeler.

— Pourquoi ?

— C'est une excellente organisation, des gens très bien... Surtout des psychologues. Et extrêmement discrets. Ils peuvent vous aider.

— À quoi ?

— Regardez à gauche, s'il vous plaît. Il doit vous avoir frappée assez fort.

Casey rectifia :

— Je suis tombée.

— Oui, je comprends. Je vous laisserai ma carte, au cas où vous changeriez d'avis, dit la maquilleuse, qui se servait alors de la houppette. Hmm. Je ferais mieux de mettre un peu de fond de teint dessus, pour masquer le bleu.

Elle se pencha sur sa boîte et y pêcha une petite éponge enduite de fond de teint. Elle tamponna le cou de Casey.

— Je ne peux pas vous dire combien j'en vois dans mon travail et la femme nie toujours. Mais les violences conjugales doivent cesser.

— Je vis seule, assura Casey.

— Je sais, je sais, s'obstina la maquilleuse. Les hommes comptent sur votre silence. Mon propre mari, mince, il ne voulait pas aller chez un conseiller conjugal. Je suis finalement partie avec les enfants.

Casey dit :

— Vous ne comprenez pas.

— Je comprends que lorsque cette violence se déchaîne, vous pensez que vous ne pouvez rien faire. Ça fait partie de la dépression, du désespoir. Mais tôt ou tard, nous affrontons toutes la vérité.

Malone vint.

— Est-ce que Marty vous a informée ? Nous nous concentrerons surtout sur l'accident et il commencera probablement avec ça. Mais il se peut qu'il mentionne la vente à la Chine et les syndicats. Prenez votre temps et ne vous inquiétez pas s'il saute d'un sujet à l'autre. C'est son habitude.

— Regardez à droite, dit la maquilleuse. C'est le microphone. Je vous aiderai à le fixer dans un instant.

Le téléphone cellulaire de Casey sonna, dans son sac au pied du fauteuil.

— Coupez ça ! cria quelqu'un.

Casey le saisit et le brancha.

— C'est le mien.

— Oh pardon.

Elle porta le téléphone à l'oreille. John Marder demanda :

— Avez-vous reçu le dossier d'Eileen ?

— Oui.

— L'avez-vous regardé ?

— Pas encore.

— Relevez un peu le menton, dit la femme.

Au téléphone, Marder poursuivit :

— Le dossier contient des documents sur tout ce dont nous avons parlé. Le rapport sur le capot d'inverseur, tout. Tout est là.

— Euh-euh... d'accord.

— Je voulais juste m'assurer que tout est paré.

— Je suis prête.

— Bien, nous comptons sur vous.

Elle ferma le téléphone et le déconnecta.

— Levez le menton, dit la maquilleuse. Voilà.

Quand le maquillage fut fini, Casey se leva ; la femme lui brossa les épaules et lui vaporisa une bouffée de laque dans les cheveux. Puis elle emmena Casey aux toilettes et lui montra comment passer le micro sous la blouse et le soutien-gorge et l'attacher au revers. Le fil descendait sous la jupe et allait à la boîte radio. La femme accrocha cette dernière à la ceinture de la jupe de Casey et ouvrit le courant.

— Rappelez-vous, dit-elle. Désormais, vous êtes branchée. Ils peuvent entendre tout ce que vous dites.

— D'accord.

Casey rajusta ses vêtements. Elle sentait la boîte qui tirait à la hanche et le fil contre la peau de son torse. Elle se trouvait engoncée et mal à l'aise. La maquilleuse la ramena dans la salle d'état-major en la tenant par le coude. Casey avait l'impression d'être un gladiateur qu'on introduit dans l'arène.

Dans la salle, la lumière était éblouissante. Il faisait très chaud. On la conduisit à sa place à la table en lui recommandant de ne pas trébucher sur les câbles des caméras et on l'aida à s'asseoir. Deux caméras étaient postées dans son dos. Un cameraman derrière elle lui demanda de déplacer son siège de quelques centimètres à droite. Elle obéit. Un homme vint ajuster le microphone, parce qu'il disait qu'on entendait des froissements de tissu.

De l'autre côté, Reardon accrochait son micro sans aide, bavardant avec le cameraman. Puis il s'installa dans son fauteuil avec aisance. Il paraissait détendu, désinvolte. Il lui fit face et lui sourit.

— Pas de quoi s'inquiéter. Une lettre à la poste.

— Allons-y, les gars, ils sont installés, lança Malone. Il fait chaud ici.

— Caméra A prête.
— Caméra B prête.
— Son prêt.
— Les lumières, dit Malone.

Casey avait pensé que les lampes étaient déjà allumées, mais soudain d'autres projecteurs se braquèrent brutalement sur elle, de toutes les directions. Elle eut l'impression d'être au milieu d'une fournaise aveuglante.

— Vérifiez la caméra.
— Prêt ici.
— Nous sommes prêts.
— D'accord. On tourne.

L'interview commença.

La salle d'état-major

14 h 33

Marty Reardon capta son regard, sourit et désigna la pièce.
— Donc, c'est ici que tout se passe.
Casey hocha la tête.
— C'est ici que les spécialistes de Norton se réunissent pour analyser les accidents d'avion.
— Oui.
— Et vous faites partie de cette équipe.
— Oui.
— Vous êtes vice-présidente de l'Assistance qualité chez Norton Aircraft.
— Oui.
— Vous appartenez à la compagnie depuis cinq ans.
— Oui.
— On appelle cet endroit la salle d'état-major, non ?
— Certains l'appellent comme ça, oui.
— Pourquoi ?

Elle réfléchit. Elle ne pouvait trouver aucune manière de décrire les discussions dans cette pièce, les moments de colère, les éclats qui accompagnaient toute tentative d'expliquer un accident, sans dire quelque chose qui risquait d'être pris hors de son contexte. Elle dit :
— C'est juste un surnom.
— La salle d'état-major, commenta Reardon. Des cartes, des graphiques, des plans de bataille, de la pression. La tension de l'état de siège. Votre compagnie, Norton Aircraft, est actuellement en état de siège, non ?
— Je ne sais pas à quoi vous faites allusion.
Reardon leva les sourcils.
— La JAA, la Joint Aviation Authority européenne, refuse de

certifier l'un de vos avions, le N-22, parce qu'elle dit qu'il n'est pas sûr.

— En fait, l'avion est déjà certifié, mais...

— Et vous êtes sur le point de vendre cinquante N-22 à la Chine. Mais à présent les Chinois aussi s'inquiètent de la sécurité de l'avion.

Elle ne s'irrita pas du sous-entendu ; elle fixa son regard sur Reardon. Le reste de la pièce sembla se brouiller.

— Je ne suis pas informée de réserves des Chinois.

— Mais vous êtes informée des motifs d'inquiétude sur la sécurité. Au début de cette semaine un accident très sérieux. Concernant un avion N-22.

— Oui.

— Le vol TransPacific 545. Un accident en plein vol, au-dessus de l'océan Pacifique.

— Oui.

— Trois personnes sont mortes. Et combien de blessés ?

— Cinquante-six, je crois.

Elle savait que cela faisait très mauvais effet, de quelque manière qu'elle le dît.

— Cinquante-six blessés, répéta Reardon. Des nuques brisées. Des membres brisés. Des chocs. Des lésions cérébrales. Deux personnes paralysées à vie...

Reardon laissa traîner la phrase, regardant Casey.

Il n'avait pas posé de question. Elle ne dit rien. Elle attendait, dans la lumière aveuglante.

— Quel est votre sentiment ?

— Je pense, répondit-elle, que tout le monde à Norton est extrêmement soucieux de la sécurité aérienne. C'est pour cela que nous testons nos avions pour qu'ils durent trois fois plus que prévu...

— Vous êtes extrêmement soucieux. Croyez-vous que ce soit une réponse adéquate ?

Casey hésita. Qu'est-ce que ça signifiait ?

— Je regrette, dit-elle, je crains de ne pas comprendre...

— Est-ce que la compagnie n'est pas dans l'obligation de construire des avions sûrs ?

— Bien sûr. Et nous le faisons.

— Tout le monde n'est pas de cet avis, remarqua Reardon. La JAA ne l'est pas. Les Chinois pourraient ne pas être d'accord non plus... Est-ce que la compagnie n'a pas l'obligation de corriger la conception d'un avion dont elle sait qu'il n'est pas sûr ?

— Que voulez-vous dire ?

– Je veux dire que ce qui est arrivé au vol 545 est déjà arrivé. Plusieurs fois auparavant. Sur d'autres N-22. N'est-ce pas vrai ?
– Non.
– Non ?
Les sourcils de Reardon se levèrent d'un coup.
– Non, redit Casey avec fermeté.
C'était le grand moment, se dit-elle. Elle se jetait dans le vide.
– C'est la première fois ?
– Oui.
– Alors, peut-être pouvez-vous expliquer cette liste. (Reardon produisit une feuille et la tint verticalement. Elle savait à distance ce que c'était.) C'est une liste des incidents de becs sur le N-22, qui remonte à 1992, juste après que l'avion a été lancé. Huit incidents. Huit incidents distincts. TransPacific est le neuvième.
– Ce n'est pas exact.
– Dites-moi pourquoi.
Casey expliqua, le plus brièvement qu'elle put, la façon dont les consignes de navigabilité fonctionnaient. Pourquoi elles avaient été publiées pour le N-22. Comment le problème avait été résolu, sauf pour les transporteurs étrangers qui ne s'y étaient pas conformés. Et la raison pour laquelle il n'y avait pas eu un seul incident sur les lignes nationales depuis 1992.
Reardon écouta, les sourcils continuellement levés, comme s'il n'avait jamais rien entendu d'aussi absurde.
– Voyons donc si je comprends bien, reprit-il. Selon vous, la compagnie a suivi les règles. En publiant ces consignes qui sont censées régler le problème.
– Non, corrigea Casey. La compagnie a réglé le problème.
– Vraiment ? On nous dit que les déploiements de becs sont la raison pour laquelle des gens sont morts sur le vol 545.
– C'est inexact, rétorqua-t-elle.
Elle dansait là sur la corde raide, une corde de considérations techniques ténues, et elle le savait. S'il lui demandait : « Les becs se sont-ils déployés ? », elle serait en difficulté. Elle attendit la question suivante en retenant son souffle.
– Les gens qui nous ont dit que les becs se sont déployés ont tort ? demanda Reardon.
– Je ne vois pas comment ils le sauraient, dit Casey. (Elle décida d'être plus affirmative.) Oui, ils ont tort.
– Fred Barker, ancien enquêteur de la FAA, a tort.
– Oui.
– La JAA a tort.

— Bon, comme vous le savez, la JAA retarde la certification pour des raisons de niveau sonore et...

— Restons sur ce point un moment, coupa Reardon.

Elle se rappela ce que Gershon avait dit : « L'information ne l'intéresse pas. »

— La JAA a tort ? répéta-t-il.

Ceci appelait une réponse complexe, pensa-t-elle. Comment pourrait-elle la résumer ?

— Ils ont tort de dire que l'avion n'est pas sûr.

— Selon vous, il n'y a absolument aucune substance dans ces critiques du N-22 ?

— C'est exact. C'est un excellent avion.

— Un avion bien conçu.

— Oui.

— Un avion sûr.

— Absolument.

— Vous voleriez dedans.

— Chaque fois que possible.

— Votre famille, vos amis...

— Absolument.

— Sans aucune hésitation ?

— C'est exact.

— Quelle a donc été votre réaction quand vous avez vu le film à la télévision sur le vol 545 ?

Il vous fera dire oui, puis il vous attaquera en traître.

Mais Casey s'y était préparée.

— Nous tous ici savons que c'est un accident affreux. Quand j'ai vu le film, j'ai été bouleversée en pensant aux gens qui y étaient.

— Vous avez été triste.

— Oui.

— Est-ce que cela n'a pas ébranlé vos convictions sur l'avion ? Posé des questions sur le N-22 ?

— Non.

— Pourquoi pas ?

— Parce que le N-22 a un superbe palmarès de sécurité. L'un des meilleurs de l'industrie.

— L'un des meilleurs de *l'industrie*... dit Reardon d'un ton sarcastique.

— Oui, monsieur Reardon. Que je vous pose une question. L'année dernière, quarante-trois mille Américains sont morts dans des accidents d'auto. Quatre mille de noyade. Deux mille se sont étranglés en mangeant. Savez-vous combien sont morts dans des transports commerciaux nationaux ?

Reardon se figea. Il eut un petit rire.

— Je dois admettre que vous avez confondu le jury.

— C'est une question loyale, monsieur Reardon. Combien sont morts l'année dernière dans des avions commerciaux ?

Reardon fronça les sourcils.

— Je dirais... Je dirais un millier.

— Cinquante, corrigea Casey. Cinquante personnes sont mortes. Savez-vous combien étaient mortes l'année précédente ? Seize. Moins que de morts dans des accidents de bicyclette.

— Et combien de ceux-là sont morts sur le N-22 ? demanda Reardon, les yeux plissés, tentant un rétablissement.

— Aucun.

— Votre conclusion est donc que...

— Nous sommes dans un pays où quarante-trois mille personnes meurent chaque année dans des accidents d'auto et personne ne s'en soucie. Les gens prennent le volant quand ils sont soûls, quand ils sont fatigués, sans en faire cas. Mais ces mêmes personnes sont paniquées à l'idée de monter dans un avion. Et la raison, dit Casey, est que la télévision exagère obstinément les dangers réels. Ce film fera que les gens auront peur de prendre l'avion. Et sans raison valable.

— Vous pensez que ce film n'aurait pas dû être projeté ?

— Ce n'est pas ce que j'ai dit.

— Mais vous avez dit qu'il fera peur aux gens, sans raison valable.

— Exact.

— Est-ce qu'à votre avis des films tels que celui-ci ne devraient pas être projetés ?

Elle pensa : où veut-il en venir ? Pourquoi dit-il cela ?

— Je n'ai pas dit cela.

— Je vous le demande maintenant.

— J'ai dit, répliqua Casey, que ces films créent une idée inexacte des dangers du voyage en avion.

— Y compris le danger du N-22 ?

— J'ai déjà dit que je pense que le N-22 est sûr.

— Alors vous ne pensez pas que de tels films devraient être montrés au public.

Mais que diable faisait-il ? Elle n'arrivait pas à le comprendre. Elle ne lui répondit pas ; elle réfléchissait intensément. Essayant de voir où il voulait en venir. Elle eut le pressentiment qu'elle le savait.

— À votre avis, madame Singleton, de tels films devraient être interdits ?

— Non, dit Casey.

— Ils ne devraient pas être interdits.
— Non.
— Est-ce que Norton Aircraft a jamais censuré des films ?

Oh oh, pensa-t-elle. Elle se demanda combien de gens connaissaient le film. Un tas, conclut-elle. Ellen Fong, Ziegler, les gens de Video Imaging. Peut-être une douzaine, peut-être plus...

— Madame Singleton, demanda Reardon, est-ce que vous êtes personnellement au courant de l'existence d'un autre film de cet accident ?

Mentez, c'est tout, avait dit Amos.

— Oui, répondit-elle, je connais un autre film.
— Et vous avez vu ce film ?
— Je l'ai vu.

Reardon demanda :

— Il est bouleversant. Horrifiant. Non ?

Elle pensa : ils l'ont. Ils avaient le film. Il lui faudrait avancer avec beaucoup de prudence à partir de là.

— Il est tragique, dit Casey. Ce qui est arrivé sur le vol 545 est une tragédie.

Elle était lasse. Ses épaules lui faisaient mal à force de tension.

— Madame Singleton, permettez-moi de vous poser directement la question : est-ce que Norton Aircraft a censuré ce film ?

— Non.

Sourcils levés, expression de surprise.

— Mais vous ne l'avez certes pas diffusé, n'est-ce pas ?
— Non.
— Pourquoi pas ?
— Ce film a été trouvé sur l'avion et il est utilisé dans l'enquête en cours. Nous n'avons pas jugé opportun de le diffuser avant la fin de l'enquête.
— Vous n'étiez pas en train de dissimuler les défauts bien connus du N-22 ?
— Non.
— Tout le monde n'est pas d'accord avec vous sur ce point, madame Singleton. Parce que *Newsline* a obtenu une copie de ce film donnée par une employée de Norton que sa conscience tourmentait et qui pensait que Norton dissimulait en fait la vérité. Et qui jugeait que le film devait être rendu public.

Casey ne broncha pas.

— Êtes-vous surprise ? demanda Reardon, la bouche en cul de poule.

Elle ne répondit pas. Elle réfléchissait de manière suractive. Elle devait calculer le coup suivant.

Reardon souriait, condescendant. Dégustant l'instant. Maintenant.

— Avez-vous vu ce film vous-même, monsieur Reardon ?

Elle posa la question sur un ton laissant entendre que ce film pouvait ne pas exister et que Reardon bluffait.

— Oh oui, dit Reardon d'un ton solennel. J'ai vu le film. Il est difficile, pénible à regarder. C'est un témoignage terrible, accusateur, de ce qui s'est passé sur l'avion N-22.

— Vous l'avez vu en entier ?

— Bien sûr. Tout comme mes associés à New York.

Le film était donc déjà parti pour New York, pensa-t-elle. Prudence.

Prudence.

— Madame Singleton, est-ce que Norton avait l'intention de jamais diffuser ce film ?

— Ce n'est pas à nous de le diffuser. Nous l'aurions retourné à ses propriétaires après la fin de l'enquête. Ç'aurait été aux propriétaires de décider ce qu'ils voulaient en faire.

— Après la fin de l'enquête... (Reardon secouait la tête.) Excusez-moi, mais pour une compagnie dont vous dites qu'elle est dévouée à la sécurité aérienne, il semble qu'il y ait là un schéma évident de dissimulations.

— Dissimulations ?

— Madame Singleton, s'il y avait un problème avec cet avion, un problème grave, actuel, un problème que la compagnie connaîtrait, est-ce que vous nous le diriez ?

— Mais il n'y a pas de problème.

— Non ? (Reardon baissait les yeux sur les papiers en face de lui.) Si le N-22 est aussi sûr que vous le dites, madame Singleton, comment expliquez-vous ceci ?

Et il lui tendit une feuille.

Elle la prit et jeta un coup d'œil dessus.

— Nom de Dieu, dit-elle.

Reardon avait obtenu son moment médiatique. Il avait capté sa réaction alors qu'elle avait baissé sa garde et perdu l'équilibre. Elle savait que ça ferait mauvais effet. Elle savait qu'il n'y avait pas de moyen de s'en remettre, quoi qu'elle dît désormais. Mais elle se concentrait sur le papier en face d'elle, abasourdie de le retrouver là.

C'était une photocopie de la première page d'un rapport vieux de trois ans.

Information réservée – Pour usage interne seulement
NORTON AIRCRAFT
COMITÉ D'ACTION DE RÉVISION
RÉSUMÉ ADMINISTRATIF
CARACTÉRISTIQUES D'INSTABILITÉ EN VOL DU N-22

Suivait la liste des membres du comité. À commencer par son nom, puisqu'elle avait présidé le comité.

Casey savait qu'il n'y avait rien de négatif dans l'étude, rien d'alarmant dans ses conclusions. Mais tout en elle, et jusqu'au titre, « caractéristiques d'instabilité en vol », paraissait accusateur. Ce serait très difficile pour elle à expliquer.

Il ne s'intéresse pas à l'information.

Et c'était un rapport interne de la compagnie, pensa-t-elle. Il n'aurait jamais dû être diffusé. Il datait de trois ans auparavant et peu de gens se souvenaient même qu'il existait. Comment Reardon l'avait-il obtenu ?

Elle jeta un coup d'œil au haut de la page, vit un numéro de fax et le nom du bureau d'émission, AQ NORTON.

Il venait de son propre bureau.

Comment ?

Qui avait fait ça ?

Richman, pensa-t-elle sombrement.

Richman avait placé ce rapport dans le dossier de presse sur son bureau, celui que Casey avait dit à Norma de faxer à *Newsline*.

Comment Richman en avait-il appris l'existence ?

Marder.

Marder connaissait tout de cette étude. Il avait été directeur de programme sur le N-22 ; il avait commandé ce rapport. Et c'est lui qui avait manigancé sa divulgation au moment où elle passait à la télévision, parce que...

— Madame Singleton ? dit Reardon.

Elle leva les yeux, de retour dans les lumières.

— Oui ?

— Reconnaissez-vous ce rapport ?

— Oui.

— Est-ce votre nom, au bas ?

— Oui.

Reardon lui tendit les trois autres feuillets, le reste du résumé administratif.

— En fait, vous présidiez un comité secret à l'intérieur de Norton, qui enquêtait sur les « instabilités en vol » du N-22. N'est-ce pas exact ?

Comment allait-elle s'en tirer ? se demanda-t-elle.
L'information ne l'intéresse pas.
— Ce n'était pas un secret, dit-elle. C'est le genre d'études que nous effectuons fréquemment sur les aspects opérationnels de nos avions, une fois qu'ils sont en service.
— Vous l'admettez donc, c'est une étude sur les instabilités en vol.
— Écoutez, se lança-t-elle, cette étude est salutaire.
— Salutaire ?
Sourcils levés, étonné.
— Oui, affirma Casey. Après les premiers incidents de becs, il y a quatre ans, la question s'est posée de savoir si l'avion présentait des caractéristiques de maniement instable dans certaines configurations. Nous n'avons pas éludé cette question. Nous ne l'avons pas ignorée. Nous l'avons attaquée bille en tête en formant un comité, en testant l'appareil dans diverses conditions et en voyant si c'était vrai. Et nous avons conclu...
— Permettez-moi de lire des extraits de votre propre rapport, l'interrompit Reardon. « L'appareil dépend d'ordinateurs pour sa stabilisation de base. »
— Oui, tous les avions modernes utilisent...
— « L'appareil a démontré une sensibilité marquée au pilotage manuel durant les changements d'attitude. »
Casey regardait les pages pour suivre les citations de Reardon.
— Oui, mais si vous lisez le reste de la phrase, vous verrez...
Reardon coupa :
— « Les pilotes ont rapporté que l'appareil ne peut pas être contrôlé. »
— Mais vous citez tout cela hors contexte.
— Vraiment ? (Sourcils levés.) Ce sont des affirmations de votre propre rapport. Un rapport secret de Norton.
— Je croyais que vous vouliez entendre ce que j'avais à dire.
Elle commençait à être en colère. Elle savait que ça se voyait et elle s'en fichait.
Reardon s'adossa à son siège et écarta les mains. L'image même de la raison.
— Je vous en prie, madame Singleton.
— Alors laissez-moi expliquer. Cette étude a été entreprise pour savoir si le N-22 avait un problème de stabilité. Nous avons conclu qu'il n'en avait pas et...
— C'est ce que vous dites.
— Je croyais que je pouvais parler.
— Bien sûr.

— Alors, laissez-moi replacer vos citations dans leur contexte. Le rapport dit que le N-22 dépend d'ordinateurs pour la stabilisation en vol. Tous les avions modernes dépendent d'ordinateurs pour la stabilisation en vol. Ce n'est pas parce qu'ils ne peuvent pas être pilotés par des hommes. Ils le peuvent. Cela ne pose aucun problème. Mais les transporteurs demandent maintenant un avion extrêmement efficace du point de vue de la consommation de carburant. L'efficacité carburant maximale procède d'une traînée minimale quand l'avion est en vol.

Reardon agita la main dans un geste éliminatoire.

— Je regrette, mais tout cela est à côté...

— Pour réduire la traînée, poursuivit Casey, l'avion doit tenir une attitude ou position dans l'air très précise. La position la plus efficace est le nez légèrement relevé. Les ordinateurs tiennent l'avion dans cette position durant les vols ordinaires. Rien ne de tout cela n'est anormal.

— Rien d'anormal ? Des instabilités en vol ?

Il changeait constamment de sujet, ne la laissant jamais poursuivre.

— J'y arrive.

— Nous sommes impatients de l'entendre.

Sarcasme caractérisé. Elle fit un effort pour garder son calme. Aussi difficile que fût la partie, ce serait pire si elle perdait le contrôle de ses nerfs.

— Vous avez lu une phrase tout à l'heure, reprit Casey. Laissez-moi la finir. « L'appareil a marqué une sensibilité marquée au pilotage manuel durant les changements d'attitude, *mais cette sensibilité est entièrement inscrite dans les paramètres de conception et ne présente pas de difficulté pour des pilotes dûment certifiés.* ». C'est le reste de la phrase.

— Mais vous avez admis qu'il y a une sensibilité au pilotage. N'est-ce pas là un autre mot pour instabilité ?

— Non, rétorqua-t-elle. Sensible ne veut pas dire instable.

— L'avion ne peut pas être contrôlé, dit Reardon, secouant la tête.

— Bien sûr que si.

— Vous avez fait une étude parce que vous étiez inquiets.

— Nous avons fait une étude parce que c'est notre métier que de vérifier que l'avion est sûr.

— Une étude secrète.

— Elle n'était pas secrète.

— Jamais diffusée. Jamais montrée au public.

— C'était un rapport interne.

— Vous n'avez rien à cacher ?
— Non.
— Alors pourquoi ne nous avez-vous pas dit la vérité sur le vol TransPacific 545 ?
— La vérité ?
— On nous dit que votre équipe a déjà établi des conclusions préliminaires sur la cause probable. N'est-ce pas vrai ?
— Nous approchons.
— Approchons... Madame Singleton, vous avez une conclusion ou pas ?

Casey regarda Reardon. La question demeura sans réponse.

— Je suis tout à fait navré, dit le cameraman, mais nous devons recharger.
— On recharge !

Reardon eut l'air d'avoir été giflé. Mais il se reprit presque immédiatement.

— À continuer, dit-il en souriant à Casey.

Il était détendu ; il savait qu'il l'avait battue. Il se leva et lui tourna le dos. Les grands projecteurs s'éteignirent ; la salle parut soudain presque obscure. Quelqu'un remit la climatisation en marche.

Casey se leva aussi. Elle détacha le micro de sa taille. La maquilleuse accourut, tenant une houppette. Casey repoussa sa main.

— Dans une minute, dit-elle.

Dans la pénombre, elle avait vu Richman se diriger vers la porte.

Elle courut après lui.

Bâtiment 64

15 h 01

Elle le rattrapa dans le corridor, le saisit par le bras et le fit pivoter.
— Espèce de fils de pute.
— Hey, calmez-vous, dit Richman.

Il sourit et fit un signe à quelqu'un derrière elle. S'étant retournée, elle aperçut le technicien du son et l'un des cameramen qui arrivaient dans le corridor.

Dans sa colère, Casey poussa Richman et le fit entrer à reculons dans les toilettes des dames. Richman se mit à rire.
— Mince, Casey, je ne savais pas que vous preniez tellement à cœur...

Quand ils furent dans les toilettes, elle le poussa cette fois contre la rangée de lavabos.
— Petite ordure, siffla-t-elle. Je ne sais pas ce que vous manigancez, mais vous avez diffusé ce rapport et je vais...
— Vous n'allez rien faire du tout, dit Richman, la voix soudain froide.

Il repoussa les mains de Casey.
— Vous ne comprenez toujours pas, non ? C'est fini, Casey. Vous venez de torpiller la vente à la Chine. Vous êtes foutue.

Elle le regarda sans comprendre. Il était fort, plein d'assurance. Une autre personne.
— Edgarton est foutu. La vente à la Chine est foutue. Et vous êtes foutue.

Il sourit.
— Exactement comme l'avait prédit John.

Marder, pensa-t-elle. Marder était derrière tout ça.
— Si la vente à la Chine ne se fait pas, Marder partira aussi. Edgarton y veillera.

Richman secoua la tête d'un air condescendant.

— Non, il ne partira pas. Edgarton est assis sur son cul à Hong Kong, il ne saura jamais ce qui l'a assommé. Dimanche à midi, Marder sera le nouveau président de Norton Aircraft. Il lui suffira de dix minutes avec le conseil d'administration. Parce que nous avons conclu un accord beaucoup plus grand avec la Corée. Cent dix avions ferme et une option sur trente-cinq autres. Seize millions de dollars. Le conseil sera fou de joie.

— La Corée...

Casey essayait de rassembler les fragments. Parce que c'était une commande gigantesque, la plus grosse dans l'histoire de la compagnie.

— Mais pourquoi...

— Parce qu'il leur a donné l'aile, dit Richman. Et en retour, ils seront plus que contents d'acheter cent dix appareils. Ils se fichent de la presse à sensation américaine. Ils savent que l'avion est sûr.

— Il leur donne l'aile ?

— Sûr. C'est un contrat de seigneur.

— Ouais, il saigne la compagnie à mort.

— Économie globale, dit Richman. Suivez le programme.

— Mais vous dépecez la compagnie.

— Seize millions de dollars, dit Richman. À la minute où on l'annoncera, les actions Norton crèveront le plafond. Tout le monde sera content.

Tout le monde sauf les gens de la compagnie, pensa-t-elle.

— C'est une affaire conclue. Nous avions simplement besoin que quelqu'un démolisse publiquement le N-22. Et c'est exactement ce que vous avez fait.

Casey soupira. Ses épaules en tombèrent.

Par-dessus le reflet de Richman, elle vit le sien dans le miroir. Le maquillage s'était caillé autour de son cou et maintenant il se craquelait. Elle avait les yeux cernés. Elle avait l'air hagard, épuisé. Défait.

— Je suggère donc, poursuivit Richman, que vous me demandiez, très poliment, ce que vous devriez faire ensuite. Parce que vous n'avez pas d'autre choix que d'obéir aux ordres. Faites ce qu'on vous dit, soyez une gentille fille et peut-être que John vous donnera des indemnités. Par exemple, trois mois. Autrement, vous êtes sur votre foutu cul.

Il se pencha vers elle.

— Est-ce que vous comprenez ce que je dis ?

— Oui, répondit Casey.

— J'attends. Demandez poliment.

Aussi épuisée qu'elle fût, son esprit n'en fonctionnait pas moins à grande vitesse, examinant les options, essayant de trouver une issue. Mais elle n'en voyait pas. *Newsline* passerait son sujet. Le plan de Marder réussirait. Elle était vaincue. Elle avait été vaincue depuis le début. Depuis le jour où Richman était apparu.

— J'attends.

Elle considéra son visage lisse, sentit les effluves de son eau de Cologne. Le petit maquereau dégustait son triomphe. Et dans un accès de fureur, de profonde vexation, elle vit soudain une autre possibilité.

Depuis le début, elle s'était si ardemment efforcée de faire ce qu'il fallait, de résoudre le problème du 545. Elle avait été honnête, elle avait été droite, et cela ne lui avait valu que des ennuis. Mais s'il en était autrement ?

— Il vous faut affronter les faits, reprit Richman. C'est fini. Vous ne pouvez rien faire.

Elle s'écarta du lavabo.

— Vous allez voir, dit-elle.

Et elle gagna la porte.

La salle d'état-major

15 h 15

Casey s'installa dans son fauteuil. Le technicien du son vint raccrocher la boîte radio à sa taille.

— Dites quelques mots, voulez-vous ? Juste pour le niveau sonore.

— Tester, tester, je suis fatiguée, dit-elle.

— C'est parfait, merci.

Elle vit Richman se faufiler dans la pièce et aller s'adosser au mur le plus éloigné. Il souriait finement. Il n'avait pas l'air inquiet. Il était persuadé qu'elle ne pouvait rien faire. Marder avait conclu un marché énorme, il expédiait l'aile, il dépeçait la compagnie et il s'était servi de Casey pour le faire

Reardon se laissa tomber dans le fauteuil en face d'elle, il déploya ses épaules et ajusta sa cravate. Il sourit à Casey.

— Vous tenez ?

— Ça va.

— Il fait chaud ici, vous ne trouvez pas ? demanda-t-il. (Il consulta sa montre.) Nous avons presque fini.

Malone vint chuchoter quelque chose à l'oreille de Reardon. Cela dura un moment. Reardon dit : « Vraiment ? », et ses sourcils se relevèrent et il hocha la tête plusieurs fois. À la fin, il dit : « Pigé. » Il commença à feuilleter ses papiers, dans le dossier devant lui.

Malone demanda :

— Les gars ? On est prêts ?

— Caméra A prête.

— Caméra B prête.

— Son prêt.

— On tourne.

Nous y voici, pensa Casey. Elle respira profondément et adressa à Reardon un regard d'expectative.

Reardon lui sourit.

— Vous êtes un cadre dirigeant à Norton Aircraft.

— Oui.

— Vous y êtes depuis cinq ans.

— Oui.

— Vous êtes un cadre supérieur, auquel on fait confiance.

Elle hocha la tête. S'il savait !

— Or, il y a un incident, le vol 545. Survenu sur un appareil que vous dites parfaitement sûr.

— Exact.

— Pourtant trois personnes sont mortes et il y a plus de cinquante blessés.

— Oui.

— Le film que nous avons tous vu est effroyable. Votre équipe d'analyse des incidents a travaillé sans relâche. Et nous apprenons que vous êtes parvenus à une conclusion.

— Oui.

— Vous savez ce qui est arrivé sur ce vol.

Prudence.

Elle devait procéder très, très prudemment. Parce que, à la vérité, elle ne savait pas ; elle n'avait que de très forts soupçons. Il restait à reconstituer le déroulement des événements et à vérifier leur enchaînement : la chaîne de causalité. Ils n'étaient pas certains.

— Nous sommes proches d'une conclusion.

— Cela va sans dire, nous sommes impatients de l'entendre.

— Nous l'annoncerons demain.

Elle vit Richman sursauter derrière les projecteurs. Il ne s'y attendait pas. Ce petit maquereau essayait de savoir ce qu'elle préparait.

Qu'il essaie.

De l'autre côté de la table, Reardon se tourna et Malone chuchota quelque chose à son oreille.

— Madame Singleton, si vous savez quelque chose maintenant, pourquoi attendre ?

— Parce que c'était un accident grave, comme vous l'avez dit vous-même. Il y a déjà eu beaucoup d'hypothèses sans fondement avancées par diverses sources. Norton Aircraft estime qu'il est important d'agir de manière responsable. Avant de rien annoncer publiquement, nous devons confirmer nos conclusions lors de l'essai en vol, en nous servant du même appareil que celui qui a été mis en jeu dans l'accident.

— Quand est votre vol d'essai ?
— Demain matin.
— Ah, dit Reardon avec un soupir de regret. Mais c'est trop tard pour notre émission. Vous comprenez que vous refusez à votre compagnie la chance de répondre à des accusations graves.

Casey tenait sa réponse prête.

— Nous avons programmé le vol d'essai pour cinq heures du matin. Nous tiendrons une conférence de presse immédiatement après, demain à midi.

— Midi, répéta Reardon.

Son visage n'exprimait rien, mais elle voyait bien qu'il réfléchissait. Midi à Los Angeles, c'était trois heures de l'après-midi à New York. Cela laissait largement assez de temps pour passer dans le journal du soir à New York, comme à Los Angeles. Le rapport préliminaire de Norton serait largement repris dans les bulletins locaux et nationaux. Et *Newsline*, qui passait à dix heures du soir le samedi, serait déjà dépassé. Selon ce qu'annoncerait la conférence de presse, le sujet de *Newsline*, édité la veille, serait devenu de l'histoire ancienne. Cela risquait même d'être embarrassant.

Reardon soupira.

— Par ailleurs, je voudrais être loyal à votre égard.
— Naturellement, dit Casey.

À l'administration Norton

16 h 15

— Qu'elle aille se faire foutre, dit Marder à Richman. Ce qu'elle fera désormais ne changera rien.
— Mais si elle programme un vol d'essai...
— On s'en moque.
— Et je pense qu'elle va laisser les équipes de télé le filmer.
— Et alors ? Le vol d'essai ne fera qu'aggraver l'histoire. Elle n'a aucune idée de ce qui a causé l'accident. Elle n'a aucune idée non plus de ce qui se passera si elle fait voler cet avion de la TransPacific. Ils ne pourront probablement pas reproduire l'incident. Et il y aura peut-être des problèmes que personne ne soupçonne.
— Comme quoi ?
— Cet avion a subi un nombre de G [1] extrêmement sévère, dit Marder. Il peut avoir souffert de dommages de structure inaperçus. Il peut se passer n'importe quoi durant le vol. (Marder fit un geste méprisant.) Ça ne changera rien. *Newsline* passe de dix à onze heures le samedi soir. Tôt dans la soirée de samedi, j'avertirai le conseil que nous allons affronter de la publicité négative et que nous devons organiser une réunion d'urgence le dimanche matin. Hal ne peut pas revenir de Hong Kong à temps. Et ses amis au conseil le laisseront tomber quand ils apprendront l'existence de ce marché de seize millions de dollars. Ils ont tous des actions. Ils comprendront l'effet de l'annonce sur leurs actions. Je suis le futur président de cette compagnie et personne ne peut rien faire pour l'empêcher. Pas Hal Edgarton. Et certainement pas Casey Singleton.
— Je ne sais pas, dit Richman. Je crois qu'elle prépare quelque chose. Elle est assez maligne, John.
— Pas assez, répondit Marder.

---

1. Mesure d'accélération gravifique. Une cellule d'avion est conçue pour supporter une force maximale au-delà de laquelle elle risque de se désintégrer. *(N.d.T.)*

La salle d'état-major

16 h 20

Les caméras avaient été remballées; les feuilles de mousse blanche détachées du plafond, les microphones décrochés, les boîtes électriques et les caisses des caméras remportées. Mais les négociations, elles, traînaient en longueur. Le maigre Ed Fuller, chef du département juridique, était là; Teddy Rawley le pilote aussi; et deux ingénieurs qui travaillaient aux essais en vol étaient également là pour répondre aux questions techniques.

C'était Malone qui s'exprimait seule pour le compte de *Newsline*; Reardon faisait les cent pas dans le fond, s'arrêtant à l'occasion pour lui murmurer quelque chose à l'oreille. Son impressionnante présence semblait s'être éteinte avec les projecteurs; il paraissait fatigué, nerveux et impatient.

Malone commença par dire que, puisque *Newsline* consacrait un sujet entier au Norton N-22, il était dans l'intérêt de la compagnie de laisser *Newsline* filmer le vol d'essai.

Casey assura que cela ne faisait pas de difficulté. Les vols d'essai étaient enregistrés par des douzaines de caméras vidéo montées à l'intérieur et à l'extérieur de l'appareil; les gens de *Newsline* pourraient observer tout le test au sol sur des écrans. Ils pourraient disposer ensuite du film pour leur émission.

Non, objectait Malone. Cela ne suffirait pas. Les équipes de *Newsline* devraient être aussi dans l'avion.

Casey répondit que c'était impossible, aucun constructeur d'avions n'ayant jamais autorisé une équipe étrangère à participer à un vol d'essai. Elle faisait déjà une concession en autorisant *Newsline* à observer les vidéos au sol.

Ce n'est pas assez, insistait Malone.

Ed Fuller intervint pour expliquer que c'était une question de responsabilité civile. Norton ne pouvait tout simplement pas admettre à l'essai des non-employés qui n'étaient pas assurés.

— Vous vous rendez compte, bien sûr, qu'il y a un danger inhérent au vol d'essai. C'est simplement inévitable.

Selon Malone, *Newsline* acceptait tous les risques et signerait des papiers admettant sa responsabilité.

Ed Fuller dit qu'il devrait alors rédiger ces actes, mais que ceux-ci devraient être approuvés par les avocats de *Newsline* et qu'on n'en avait pas le temps.

Malone répliqua qu'elle pouvait obtenir les approbations des avocats de *Newsline* en une heure. Et à n'importe quelle heure du jour ou de la nuit.

Fuller changea de terrain. Il dit que, si Norton laissait *Newsline* assister au vol d'essai, il voulait s'assurer que les résultats de ce test seraient correctement rapportés. Il dit qu'il voulait approuver le film une fois monté.

Malone dit que la déontologie journalistique l'interdisait et que, de toute façon, il n'y avait pas assez de temps pour ça non plus. Si le vol se terminait vers midi, elle devrait monter le film dans le camion et le transmettre sur-le-champ à New York.

Fuller dit que le problème restait le même pour la compagnie. Il voulait que le vol d'essai fût rapporté correctement.

Ils n'en finissaient pas de débattre. À la fin, Malone dit qu'elle inclurait trente secondes de commentaires sur les résultats du vol par un porte-parole de Norton. Ce passage serait tiré de la conférence de presse.

Fuller demanda un passage d'une minute.

Ils transigèrent sur quarante secondes.

— Nous avons un autre problème, déclara Fuller. Si nous vous laissons filmer le vol d'essai, nous ne voulons pas que vous utilisiez le film que vous avez obtenu aujourd'hui, montrant l'accident même.

Pas question, refusa Malone. Ce film serait diffusé.

— Vous avez déclaré que le film avait été obtenu d'une employée de Norton, dit Fuller. C'est inexact. Nous voulons que la provenance soit dûment spécifiée.

— Eh bien, nous l'avons certainement obtenu de quelqu'un qui travaille pour Norton.

— Non, rétorqua Fuller, ce n'est pas vrai.

— C'est l'un de vos sous-traitants.

— Non, ce n'est pas vrai. Je peux vous fournir la définition d'un sous-traitant selon les Impôts, si vous voulez.

— C'est un point spécieux...

– Nous avons déjà obtenu une déclaration sous serment de Christine Barron, la réceptionniste. Elle n'est pas employée par Norton Aircraft. Elle n'est pas non plus employée par Video Imaging. C'est une intérimaire envoyée par une agence.

Malone haussa les épaules.

– Comme je l'ai dit, c'est une distinction spécieuse.

– Et alors, quel est le problème ?

Malone réfléchit une minute puis dit :

– D'accord.

Fuller posa un papier sur la table.

– Ce bref document formalise cet accord. Signez-le.

Malone consulta Reardon du regard ; il haussa les épaules. Malone signa.

– Je ne comprends pas pourquoi toutes ces histoires.

Elle allait rendre le document à Fuller, puis se ravisa.

– Deux équipes sur l'avion durant le vol d'essai. C'est bien notre accord ?

– Non, dit Fuller. Ça n'a jamais été admis. Vos équipes observeront le vol au sol.

– Ça ne nous convient pas.

Casey dit que l'équipe de *Newsline* pouvait pénétrer dans la zone d'essais ; elle pourrait filmer les préparatifs, le décollage et l'atterrissage. Mais elle ne pourrait pas se trouver dans l'avion durant le vol.

– Je regrette, dit Malone.

Teddy Rawley s'éclaircit la voix.

– Je ne crois pas que vous compreniez la situation, madame Malone. Vous ne pouvez pas vous déplacer dans l'avion pour filmer durant un vol d'essai. Tout le monde à bord doit être attaché dans des sangles à quatre points. Vous ne pouvez même pas aller pisser. Et vous ne pouvez avoir ni lumières, ni batteries, parce qu'elles produisent des champs magnétiques qui peuvent déranger nos enregistrements.

– Nous n'avons pas besoin de lumières. Nous pouvons filmer à la lumière ambiante.

– Vous ne comprenez pas, dit Rawley. Ça peut être assez effrayant là-haut.

– C'est pourquoi il faut que nous soyons là, rétorqua Malone.

Ed Fuller intervint de nouveau.

– Soyons bien clairs, madame Malone. Cette compagnie n'autorisera en aucun cas votre équipe à filmer à bord de l'avion. C'est absolument hors de question.

Le visage de Malone était rigide et tendu.

— Madame, reprit Rawley, vous devez le comprendre, il y a une raison pour laquelle nous faisons notre test au-dessus du désert. Au-dessus de grandes zones inhabitées.

— Vous voulez dire que l'avion pourrait s'écraser.

— Je veux dire que nous ne savons pas ce qu'il pourrait advenir. Faites-moi confiance : il est préférable d'être au sol.

Malone secoua la tête.

— Non. Nous devons avoir nos équipes à bord.

— Madame, il y aura de grosses accélérations...

Casey dit :

— Trente caméras seront montées dans tout l'avion. Elles couvriront tous les angles possibles, le cockpit, les ailes, la cabine des passagers, tout. Vous obtenez l'utilisation exclusive du film. Personne ne saura que ce ne sont pas vos caméras qui filment.

Malone parut furieuse, mais Casey savait qu'elle avait eu gain de cause. Cette femme ne s'intéressait qu'aux images.

— Je veux placer les caméras, exigea Malone.

— Mouais, dit Rawley.

— Je dois pouvoir dire que nos caméras sont à bord. Je dois pouvoir le dire.

À la fin, Casey forgea un compromis. *Newsline* serait autorisé à installer deux caméras fixes n'importe où dans l'avion pour couvrir le vol d'essai. *Newsline* se servirait directement des films de ces caméras et, de plus, pourrait utiliser des séquences des autres caméras montées à l'intérieur. Enfin, *Newsline* aurait la permission de tourner avec Marty Reardon à l'extérieur du bâtiment 64 où se trouvait la chaîne de montage.

Norton assumerait plus tard dans la journée le transport des équipes de *Newsline* à la station de test en Arizona ; les installerait dans un motel local ; les transporterait le matin à la station de test ; et les ramènerait à Los Angeles l'après-midi.

Malone renvoya le papier à Fuller.

— Accord conclu.

Reardon consultait sa montre avec agitation quand il partit avec Malone pour filmer le remplissage. Casey se retrouva seule avec Rawley et Fuller dans la salle d'état-major.

Fuller soupira.

— J'espère que nous avons pris la bonne décision. (Il se tourna vers Casey.) J'ai fait ce que vous m'avez demandé quand vous m'avez appelé il y a quelques heures de la compagnie de vidéo.

— Oui, Ed, vous avez été parfait.

— Mais j'ai vu le film. Il est épouvantable. Je crains que, quoi que montre le vol d'essai, le film sera la seule chose que les gens se rappelleront.

— Si quelqu'un le voit jamais, ce film, dit Casey.

— J'ai peur que *Newsline* diffuse ce film quoi qu'il advienne.

— Je pense qu'ils ne le diffuseront pas. Pas quand nous en aurons fini avec eux.

Fuller soupira.

— J'espère que vous avez raison. Les enjeux sont élevés.

— Oui, répéta-t-elle. Les enjeux sont élevés.

Teddy dit :

— Vous devriez leur conseiller de prendre des vêtements chauds. Toi aussi, poupée. Et autre chose : j'ai regardé cette femme. Elle pense qu'elle va monter dans l'avion demain.

— Ouais, probablement.

— Et toi aussi, non ? demanda Teddy.

— Peut-être, répondit Casey.

— Il faudrait y réfléchir sérieusement. Parce que tu as vu la vidéo du QAR, Casey. Cet appareil a dépassé de cent soixante pour cent sa tolérance en accélération. Ce type a soumis la cellule à des forces pour lesquelles elle n'avait jamais été conçue. Et demain, je vais monter et refaire ça.

Elle haussa les épaules.

— Doherty a vérifié le fuselage, ils l'ont radiographié et...

— Ouais, il l'a vérifié. Mais pas à fond. Normalement, nous travaillerions sur ce fuselage pendant un mois avant de le remettre dans le service actif. Nous radiographierions tous les joints sur l'avion. Ça n'a pas été fait.

— Qu'est-ce que tu es en train de dire ?

— Je dis que lorsque je soumettrai cet avion au même nombre de G, répondit Teddy, il y a un risque de défaillance de la cellule.

— Tu essaies de me faire peur ? demanda Casey.

— Non, je t'informe. C'est sérieux, Casey. On est dans la réalité, là. Ça peut arriver.

À l'extérieur du bâtiment 64

16 h 55

— Aucun constructeur d'avions dans l'histoire, dit Reardon, n'a jamais autorisé une équipe de télévision sur un vol d'essai. Mais ce test est si important pour l'avenir de Norton Aircraft, ils sont tellement certains de ses résultats qu'ils ont autorisé nos équipes à le filmer. Donc, aujourd'hui, pour la première fois, nous allons voir des images de l'avion même qui a été le théâtre du vol 545, l'avion controversé Norton N-22. Les critiques disent que c'est un cercueil volant. La compagnie dit qu'il est sûr. Le vol d'essai dira qui des deux a raison.

Reardon s'arrêta.

— C'est fait, dit Jennifer.
— Vous avez besoin de quelque chose pour la coupure ?
— Ouais.
— Où est-ce qu'ils feront le test, à propos ?
— Yuma.
— Okay.

Debout dans le soleil de l'après-midi, devant le bâtiment 64, il regarda ses chaussures et dit d'une voix basse, confidentielle :

— Nous sommes ici, à l'installation de vols d'essai de Norton, à Yuma, en Arizona. Il est cinq heures du matin et l'équipe de Norton fait les derniers préparatifs avant la répétition du vol 545.

Il leva la tête.

— À quelle heure est l'aube ?
— J'en sais foutrement rien, dit Jennifer. Passe au bleu.
— D'accord.

Il regarda de nouveau ses chaussures et déclara :

— Dans les moments qui précèdent l'aube, la tension monte. Dans l'obscurité qui précède l'aube, la tension monte. Tandis que l'aube se lève, la tension monte.

— Ça devrait aller, dit Jennifer.
— Comment vous voulez emballer la conclusion ? demanda-t-il.
— Il faut la couvrir dans les deux sens, Marty.
— Je veux dire, on gagne ou quoi ?
— Il faut faire les deux conclusions, pour être sûr.

Reardon baissa une fois de plus les yeux sur ses chaussures.
— Tandis que l'appareil atterrit, l'équipe est triomphale. Tout le monde a l'air content. Le vol a été un succès. Norton a fait ses preuves. Du moins pour le moment. (Il inspira.) Tandis que l'appareil atterrit, l'équipe est silencieuse. Norton est consterné. La mortelle controverse sur le N-22 va se poursuivre.

Il leva les yeux.
— Ça suffit ?
— Vous devriez me donner un plan caméra sur la controverse qui fait toujours rage. Nous pouvons fermer sur ça.
— Bonne idée.

Marty pensait toujours que c'était une bonne idée qu'il apparût sur l'écran. Il se tint droit, serra les mâchoires et fit face à la caméra.
— Ici, dans ce bâtiment où le N-22 est construit, non...Derrière moi se trouve le bâtiment où... Non. Attendez.

Il secoua la tête et fit de nouveau face à la caméra.
— Et pourtant, la violente controverse sur le N-22 n'est pas éteinte. Ici, dans ce bâtiment où l'on fabrique cet avion, les travailleurs sont persuadés que c'est un appareil sûr et fiable. Mais les critiques du N-22 ne sont pas convaincus. Y aura-t-il une autre série de morts dans les cieux ? Le temps seul le dira. Ici Marty Reardon pour *Newsline* à Burbank, Californie.

Il cligna des yeux.
— Trop tartiné ? Trop sensass ?
— Parfait, Marty.

Il décrochait déjà son micro et détachait la boîte radio de sa ceinture. Il fit un bisou à Jennifer sur la joue.
— Je file, dit-il, et il sauta dans la voiture qui l'attendait.

Jennifer se tourna vers l'équipe.
— On remballe, les gars. On va en Arizona.

Samedi

Station d'essais Norton à Yuma, Arizona

4 h 45

Une fine traînée rougeâtre se dessinait derrière la chaîne aplatie des monts Gila, à l'est. Le ciel était indigo et quelques étoiles y restaient visibles. Il faisait très froid ; Casey voyait son haleine se condenser en vapeur. Elle remonta la fermeture Éclair de son blouson et tapa des pieds pour se tenir chaud.

Sur la piste, des lumières éclairaient le gros porteur de la Trans-Pacific pendant que l'équipe des essais en vol installait les caméras vidéo. Il y en avait sur les ailes, près des moteurs, du train d'atterrissage.

L'équipe de *Newsline* était déjà là pour filmer les préparatifs. Malone se tenait près de Casey, les observant.

– Seigneur, il fait froid, dit-elle.

Casey entra dans la station d'essais, une maison basse de style hispano-mauresque derrière la tour de contrôle. La salle était remplie d'écrans qui affichaient chacun les images d'une caméra distincte. La plupart étaient affectées à des éléments spécifiques, et Casey repéra celle qui était dirigée sur le tube de verrouillage droit ; la salle présentait donc une apparence technique et industrielle. Ce n'était guère stimulant.

– Ce n'était pas ce que j'avais imaginé, dit Malone.

Casey balaya la pièce de son index.

– Voici le cockpit. Montage orienté vers le bas. Le cockpit, en face du pilote. Vous voyez Rawley, là, dans son siège. L'intérieur de la cabine vers l'arrière. L'intérieur de la cabine vers l'avant. La vue de l'aile droite. De l'aile gauche. Ce sont vos principales vues. Et nous aurons aussi l'avion de surveillance.

– L'avion de surveillance ?

– Un chasseur F-14 suivra l'appareil tout au long du vol et nous aurons donc ses caméras aussi.

Malone fronça les sourcils.

— Je ne sais pas, dit-elle d'un ton déçu. J'avais pensé que ce serait plus, vous savez, sensationnel.

— Nous sommes toujours au sol.

Malone semblait toujours boudeuse et contrariée.

— Ces angles sur la cabine, qui sera là-haut durant le vol ?

— Personne.

— Vous voulez dire que les sièges seront vides ?

— Exact. C'est un vol d'essai.

— Ça ne va pas rendre très bien.

— Mais c'est comme ça que ça se passe sur un vol d'essai, répondit Casey. C'est comme ça.

— Mais ça ne rend pas bien, insista Malone. Ce n'est pas convaincant. Il devrait y avoir des gens dans les sièges. Du moins dans quelques-uns d'entre eux. Est-ce que nous ne pouvons pas faire monter quelques personnes ? Est-ce que je ne peux pas monter ?

Casey secoua la tête.

— C'est un vol dangereux. La cellule a été gravement éprouvée par l'accident. Nous ne savons pas ce qui se produira.

Malone ricana.

— Allons. Il n'y a pas d'avocats ici. Si on le faisait ?

Casey lui lança un regard. C'était une jeune écervelée qui ne savait rien du monde, qui était seulement intéressée par un angle, qui vivait pour les apparences et effleurait la surface des choses. Elle savait qu'elle devrait refuser la demande de Malone.

Au lieu de cela, elle s'entendit répondre :

— Vous n'aimeriez pas ça.

— Vous voulez dire que c'est dangereux ?

— Je vous dis que vous n'aimerez pas ça.

— J'y vais, dit Malone. (Elle regarda Casey avec une expression de défi ouvert.) Alors, et vous ?

Casey pouvait imaginer la voix de Reardon : « En dépit de ses assurances répétées que le N-22 est un avion sûr, le porte-parole même de Norton, Casey Singleton, a refusé de monter dans l'avion pour le vol d'essai. Elle a dit que la raison en était que... »

Quoi ?

Casey n'avait pas de réponse, du moins de réponse qui convaincrait à la télé. Pas de réponse qui fonctionnerait. Et soudain, les jours de tension, les efforts pour essayer de comprendre l'incident, pour essayer de faire bonne figure à la télévision, pour s'assurer qu'elle ne dirait pas une seule phrase qui pouvait être extraite de son contexte, la distorsion de toute sa vie par cette intrusion indési-

rable de la télévision, tout cela la rendit furieuse. Elle savait exactement ce qui allait se passer. Malone avait vu les vidéos, mais elle n'avait pas compris que c'était la réalité.
— Okay, dit Casey, Allons-y.
Elles se dirigèrent vers l'avion.

À bord du TPA 545

5 h 05

Jennifer frissonna : il faisait froid dans l'avion et les longues rangées de sièges déserts et les allées vides sous les lumières fluorescentes semblaient accroître le froid. Elle fut un peu choquée de reconnaître à certains endroits les dommages qu'elle avait vus sur le film vidéo. C'était là que ça s'était passé, pensa-t-elle. C'était l'avion. Il restait des traces de pieds sanglantes sur le plafond. Des casiers à bagages cassés. Des panneaux de fibre de verre écornés. Et une odeur persistante. Pis, dans certains endroits, les panneaux autour des fenêtres avaient été arrachés, mettant à nu les isolants argentés, les paquets de câbles. Il devint soudain trop évident qu'elle se trouvait dans une grande machine métallique. Elle se demanda si elle avait fait une erreur, mais ce fut alors que Singleton lui fit signe de s'asseoir, juste au premier rang du centre de la cabine centrale, en face d'une caméra dirigée vers le bas.

Jennifer s'assit à côté de Singleton et attendit que l'un des techniciens de Norton, en bleu de travail, vînt attacher le harnais autour de ses épaules. C'était un harnais pareil à ceux que les hôtesses portaient sur les vols réguliers. Deux brides de toile verte croisées sur l'estomac enserraient les épaules. Une bride plus large enserrait ses cuisses. De fortes boucles verrouillaient le tout. Ça paraissait sérieux.

L'homme en bleu tira sur les brides en soufflant.

— Seigneur, dit Jennifer, est-ce que ça doit être tellement serré ?

— Madame, vous avez besoin que ça soit aussi serré que vous pouvez le supporter, répondit l'homme. Si vous pouvez respirer, ce n'est pas assez serré. Pouvez-vous sentir comment c'est, maintenant ?

— Oui.

— Ça devra être pareil quand vous l'attacherez. Maintenant, voici votre déverrouillage... (Il le lui indiqua.) Tirez là.
— Pourquoi est-ce que je dois...
— En cas d'urgence. Tirez s'il vous plaît.

Elle tira sur le déverrouillage. Les brides sautèrent et relâchèrent la pression.

— Et refaites-le toute seule, si vous voulez bien.

Jennifer rajusta les brides comme elles étaient. Ce n'était pas difficile. Ces gens faisaient beaucoup de bruit pour rien.

— Maintenant, serrez-le s'il vous plaît, madame.

Elle tira les brides.

— Plus serré.

— Si j'ai besoin que ce soit plus serré, je tirerai dessus plus tard.

— Madame, quand vous vous rendrez compte qu'il faut serrer plus fort, ce sera trop tard. Faites-le maintenant, s'il vous plaît.

Près d'elle, Singleton ajustait calmement son harnais, le serrant brutalement. Les bandes s'enfoncèrent dans ses cuisses et tirèrent fortement sur ses épaules. Elle soupira et s'adossa.

— Je crois que vous êtes prêtes, mesdames, dit l'homme. Je vous souhaite un agréable vol.

Il s'en fut vers la porte. Le pilote, ce type qui s'appelait Rawley, sortit du cockpit et vint vers elles en secouant la tête.

— Mesdames, je vous demande de ne pas faire ça.

Il regardait surtout Singleton. Il semblait presque en colère contre elle.

Singleton dit :

— Fais voler cet avion, Teddy.

— C'est ta dernière offre ?

— La dernière et la meilleure.

Il disparut. L'Intercom cliqueta.

— Préparez-vous à fermer, s'il vous plaît.

Les portes se refermèrent et se verrouillèrent. *Thunk, thunk.* Il faisait toujours froid. Jennifer frissonnait dans son harnais.

Elle regarda par-dessus son épaule les rangées de sièges vides. Puis elle regarda Singleton.

Celle-ci regardait droit devant elle.

Jennifer entendit le gémissement des réacteurs qui se mettaient en route, un sifflement d'abord bas, qui gagnait en intensité. L'Intercom cliqueta. Le pilote dit : « Tour de contrôle ici Norton zéro un, demande autorisation de rouler. »

Click. « Roger zéro un, roulez point d'attente piste deux, contactez cent vingt point six. »

Click. « Roger, la tour. »

L'appareil commença à avancer. Par les fenêtres, Jennifer vit que le ciel s'éclaircissait. Après quelques instants, l'appareil s'arrêta.

— Qu'est-ce qu'ils font ? demanda-t-elle.

— Ils le pèsent, répondit Singleton. Ils le pèsent avant et après, pour garantir que nous avons simulé des conditions ordinaires de vol.

— Sur une sorte de balance ?

— Construite dans le béton ;

Click. « Teddy. Besoin, euh, deux pieds de plus sur le nez. »

Click. « Restez là. »

Le bruit des moteurs croissait. Jennifer sentait l'appareil avancer lentement. Puis il s'arrêta.

Click. « Merci. Je l'ai. Vous êtes à cinquante-sept GW et le CG est de trente-deux pour cent MAC. Exactement ce qu'il vous faut. »

Click. « Salut les gars. » *Click.* « Tour zéro un demande autorisation décollage. »

Click. « Piste trois libre contactez le centre d'essai cent vingt-six trois après décollage. »

Click. « Roger. »

L'avion avança, le bruit des moteurs passant du gémissement à un grondement plein et profond, jusqu'à ce qu'il fût devenu plus fort qu'aucun des moteurs que Jennifer avait entendus auparavant. Elle sentit le passage des roues sur les joints de la piste. Et soudain, ils avaient décollé, l'avion montait et le ciel qu'on voyait par les hublots était bleu.

Ils avaient décollé.

Click. « Okay, mesdames, nous allons monter au niveau trois sept zéro, c'est-à-dire trente-sept mille pieds, et nous allons décrire là un cercle entre la station de Yuma et Carstairs, Nevada, pendant cette excursion. Tout le monde est à l'aise ? Si vous regardez à votre gauche, vous verrez notre avion d'escorte. »

Jennifer aperçut un chasseur argenté qui étincelait dans la lumière du matin. Il était très proche de l'avion, assez proche pour qu'on pût voir le pilote faire un salut. Puis soudain il se laissa distancer.

Click. « Vous ne le verrez probablement plus, il restera derrière et au-dessus de nous, hors de notre traînée, ce qui est beaucoup plus sûr. Là, nous montons à douze mille pieds et il se peut que vous veuilliez avaler votre salive, madame Malone, parce que nous ne rampons pas comme les vols de ligne. »

Jennifer suivit le conseil et entendit une nette détonation dans ses oreilles.

— Pourquoi montons-nous si vite ? demanda-t-elle.

— Il veut être en altitude assez vite pour baigner l'avion dans le froid.

— Baigner dans le froid ?

— À trente-sept mille pieds, la température est de moins cinquante. L'avion est moins froid pour l'instant, et les différentes parties se refroidiront à des taux différents, mais en fait sur un long vol, tel qu'une traversée du Pacifique, toutes les parties de l'avion descendront à cette température. L'une des questions qui se posent à l'EAI est de savoir si les câbles se comportent différemment quand ils sont refroidis. Baigner l'avion dans le froid signifie le maintenir en altitude assez longtemps pour que sa température générale baisse. C'est alors que nous commencerons le test.

— Combien de temps attendrons-nous ? demanda Jennifer.

— En moyenne il faut deux heures.

— Nous allons rester comme ça pendant deux heures ?

Singleton la regarda.

— Vous vouliez venir.

Click. « Oh, nous allons essayer de vous amuser, madame Malone, dit le pilote. Nous sommes maintenant à vingt-deux mille pieds et nous montons. Dans quelques minutes, nous atteindrons notre altitude de croisière. Notre vitesse est de deux cent quatre-vingt-sept nœuds indiqués. Nous sommes à deux quatre-vingt sept KIAS et nous nous stabiliserons à trois cent quarante KIAS, ce qui représente mach zéro huit, quatre-vingts pour cent de la vitesse du son. C'est la vitesse de croisière habituelle des avions de ligne. Tout le monde est à l'aise ?

Jennifer demanda :

— Vous pouvez nous entendre ?

— Je peux vous entendre et vous voir. Et si vous tournez la tête à droite, vous pouvez aussi me voir.

Un écran en face d'elles s'alluma. Jennifer vit l'épaule du pilote, sa tête, la rangée de commandes devant lui. Une lumière intense dans le pare-brise.

Maintenant l'altitude était telle que le soleil pénétrait directement par les hublots. Mais l'intérieur de l'avion restait froid. Étant donné qu'elle était assise au centre de la cabine, Jennifer ne pouvait pas voir la terre par les hublots de part et d'autre.

Elle regarda Singleton.

Singleton souriait.

Click. « Ah, okay, nous sommes maintenant à l'altitude trois sept zéro, Doppler clair, pas de turbulence, une belle journée dans les parages. Voudriez-vous, mesdames, défaire vos ceintures et venir dans le cockpit ? »

Quoi ? se dit Jennifer. Mais Singleton avait déjà détaché la sienne et elle était debout dans la cabine.

– Je pensais que nous ne pouvions pas nous déplacer.
– Ça va pour le moment.

Jennifer se dégagea donc de son harnais et toutes deux traversèrent la première classe pour aller vers le cockpit. Elle sentit sous ses pieds la légère vibration de l'avion. Mais il était assez stable. La porte du cockpit était ouverte. Elle y trouva Rawley avec un autre homme qu'il ne présenta pas et un autre encore qui travaillait sur des instruments. Jennifer se tint avec Singleton juste à l'entrée du cockpit, regardant à l'intérieur.

– Alors, madame Malone, dit Rawley, vous avez interviewé monsieur Barker, n'est-ce pas ?
– Oui.
– Qu'a-t-il désigné comme cause de l'accident ?
– Il a dit que les becs se sont déployés.
– Mouais. Bon, regardez bien, je vous prie. Ça c'est le levier des becs et des volets. Nous sommes en altitude et à la vitesse de croisière. Je vais maintenant déployer les becs.

Il tendit la main vers le levier entre les sièges.

– Attendez un peu ! Laissez-moi aller m'attacher !
– Vous êtes tout à fait en sécurité, madame Malone.
– Je veux m'asseoir, au moins.
– Alors asseyez-vous.

Jennifer s'apprêtait à retourner à son siège quand elle s'avisa que Singleton était toujours debout près de la porte du cockpit. La regardant. Se sentant ridicule, Jennifer revint sur ses pas et se tint près de Singleton.

– Je déploie les becs maintenant.

Rawley poussa le levier. Elle entendit un léger grondement qui dura quelques secondes. Rien d'autre. Le nez s'inclina, puis se redressa.

– Les becs sont déployés. Rawley montra le panneau des instruments. Vous voyez la vitesse ? Vous voyez l'altitude ? Et vous voyez l'indicateur qui affiche BECS ? Nous venons de réaliser les conditions exactes dont M. Barker dit qu'elles auraient causé la mort de trois personnes, sur cet avion même. Comme vous le voyez, rien n'est arrivé. L'attitude de l'avion est solide comme le roc. Vous voulez essayer de nouveau ?

— Oui.

Elle ne savait pas quoi dire d'autre.

— Okay. Je replie les becs. Cette fois, vous voudriez peut-être le faire vous-même, madame Malone. Ou peut-être que vous voudriez aller regarder les ailes et voir ce qui se passe quand les becs sont déployés. C'est assez visible.

Rawley appuya sur un bouton.

— Station Norton, ici zéro un, puis-je avoir une vérification sur écrans ? (Il attendit un moment.) Parfait. Madame Malone, voulez-vous vous avancer un peu, que vos amis puissent vous voir sur la caméra qui est là. (Il désigna celle qui était au plafond de l'avion.) Faites-leur un salut.

Jennifer fit un salut, se sentant ridicule.

— Madame Malone, combien de fois voulez-vous que je déploie et rétracte les becs pour le bénéfice de vos caméras ?

— Bien, je ne sais pas...

Elle se sentait de plus en plus ridicule. Ce vol d'essai commençait à ressembler à un piège. Le film ridiculiserait Barker. Il rendrait tout le sujet ridicule. Il allait...

— Nous pouvons faire ça toute la journée, si vous voulez, dit Rawley. C'est toute l'affaire. Il n'y aucun problème si l'on déploie les becs à la vitesse de croisière sur le N-22. L'avion le supporte très bien.

— Essayez encore une fois, dit-elle, tendue.

— Voilà le levier, là. Relevez ce petit capot de métal et tirez le levier de deux centimètres.

Elle savait ce qu'il faisait ; il la mettait dans le point de mire de la caméra.

— Je pense que vous devriez le faire vous.

— Oui madame. Comme vous voulez.

Rawley abaissa le levier. Le grondement se fit à nouveau entendre. Le nez se releva un peu. Exactement comme la première fois.

— Maintenant, dit Rawley, nous avons l'avion d'escorte qui filme pour vous l'extension des becs, ce qui fait que vous aurez des images extérieures montrant toute l'action. D'accord ? Les becs se rétractent.

Elle observait avec agacement.

— Bon, si ce ne sont pas les becs qui ont causé l'accident, qu'est-ce qui l'a causé ? demanda-t-elle.

Singleton prit la parole pour la première fois :

— Ça fait combien de temps, maintenant, Teddy ?

— Nous sommes en l'air depuis vingt-trois minutes.

— C'est assez ?
— Peut-être. Ça peut se produire à n'importe quel moment, désormais.
— Qu'est-ce qui peut se produire ? demanda Jennifer.
— La première partie de l'enchaînement qui a causé l'accident, répondit Singleton.
— La première partie de l'enchaînement ?
— Oui. Presque tous les accidents d'avion résultent d'un enchaînement d'événements. Nous appelons ça une cascade. Ce n'est jamais une seule cause. C'est une succession d'événements. Sur cet appareil, nous pensons que l'événement déclenchant a été un affichage erroné causé par une pièce défectueuse.

Ce fut avec anxiété que Jennifer répéta :
— Une pièce défectueuse ?

Elle se mit sur-le-champ à remonter mentalement son sujet. Contournant ce point dérangeant. Singleton disait que ç'avait été l'événement déclenchant. Il n'était pas nécessaire de souligner ça, surtout si ce n'était qu'un maillon dans l'enchaînement des événements. Le maillon suivant était également important, probablement plus important. Après tout, ce qui s'était passé sur le 545 était terrifiant et spectaculaire, ça mettait tout l'appareil en péril et il était certainement déraisonnable de reporter la faute sur une pièce défectueuse.

— Vous avez dit que c'était un enchaînement d'événements...
— C'est exact, dit Singleton. Plusieurs événements dans une séquence dont nous croyons qu'elle a abouti au désastre final.

Les épaules de Jennifer en tombèrent.

Ils attendirent.

Rien ne se passa.

Cinq minutes passèrent. Jennifer avait froid. Elle regardait sa montre.

— Qu'est-ce que nous attendons exactement ?
— Patience, répondit Singleton.

Puis un déclic électronique se fit entendre et Jennifer vit des mots en lettres orangées palpiter sur le tableau de bord : DISCORDANCE BECS.

— Voilà, dit Rawley.
— Voilà quoi ?
— Une indication selon laquelle le FDAU pense que les becs ne sont pas là où ils sont censés être. Comme vous voyez, le levier des becs est levé, donc les becs devraient être rétractés. Et nous savons qu'ils le sont. Mais l'appareil reçoit un message disant qu'ils ne

sont pas rétractés. Dans ce cas-ci, nous savons que ce message provient d'un senseur de proximité défectueux dans l'aile droite. Ce senseur devrait voir que les becs sont bien rétractés. Mais il a été endommagé. Et quand le senseur est froid, il se comporte de façon désordonnée. Il dit au pilote que les becs sont déployés alors qu'ils ne le sont pas.

Jennifer secouait la tête.

— Senseur de proximité... je ne saisis pas. Qu'est-ce que ça a à voir avec le vol 545 ?

Singleton répondit :

— Le cockpit du 545 a reçu un message selon lequel il y avait un dysfonctionnement des becs. Des avertissements de ce genre sont assez fréquents. Le pilote ne sait pas s'il y a vraiment un dysfonctionnement ou bien si le senseur réagit pour rien. Il essaie donc de se débarrasser de l'avertissement : il déploie les becs et les rétracte.

— Donc le pilote du 545 a déployé les becs pour éliminer le signal ?

— Oui.

— Mais le déploiement des becs n'a pas causé l'accident...

— Non. Nous l'avons démontré.

— Qu'est-ce qui a causé l'accident alors ?

Rawley dit :

— Mesdames, si vous voulez regagner vos sièges, s'il vous plaît, nous allons maintenant essayer de reproduire l'incident.

À bord du TPA 545

6 h 25

Assise au centre de la cabine passagers, Casey tira les brides de son harnais sur ses épaules et les boucla serré. Elle regarda Malone, pâle et suante.

— Plus serré, dit Casey.
— J'ai déjà...

Casey se pencha, saisit la bride qui tenait la taille et tira dessus aussi fort qu'elle pouvait.

— Hé, pour l'amour de Dieu... protesta Malone.
— Je ne vous aime pas beaucoup, dit Casey, mais je ne voudrais pas que votre petit cul soit esquinté sous ma responsabilité.

Malone s'essuya le front du revers de la main. Bien que la cabine fût froide, la sueur ruisselait sur son visage.

Casey saisit un sac de papier blanc et le poussa sous la cuisse de Malone.

— Et je ne veux pas que vous vomissiez sur moi, ajouta-t-elle.
— Vous croyez que nous allons avoir besoin de ça?
— Je vous le garantis.

Les yeux de Malone roulaient de part et d'autre.

— Écoutez, dit-elle, peut-être que nous devrions annuler ceci.
— Zapper?
— Écoutez, peut-être que je me suis trompée.
— Sur quoi?
— Nous n'aurions pas dû monter dans l'avion. Nous aurions dû regarder au sol.
— C'est trop tard maintenant.

Casey savait que si elle était dure avec Malone, c'est qu'elle-même avait peur. Elle ne pensait pas que Teddy avait raison en ce qui concernait les fissures de la cellule; elle ne croyait pas qu'il était assez imprudent pour monter dans un avion qui n'avait pas été contrôlé à fond. Il avait été présent à chaque minute du test, durant les vérifications de structure, durant le test de cycle électrique, parce qu'il savait qu'il allait piloter l'avion peu après. Teddy n'était pas stupide.

Mais c'était un pilote d'essai, pensa-t-elle.

Et tous les pilotes d'essai étaient fous.

Click. « D'accord, mesdames, nous commençons la séquence. Tout le monde est bien attaché ? »

– Oui, répondit Casey.

Malone ne dit rien ; sa bouche remuait, mais aucun son n'en sortait.

Click. « À escorte alpha, ici zéro un, nous commençons maintenant les oscillations de tangage. »

Click. « Roger zéro un. Nous vous avons. Commencez à vos marques. »

Click. « Norton sol, ici zéro un. Contrôle écrans. »

Click. « Confirmons contrôle. Un à trente. »

Click. « On y va, les gars. Marquez. »

Casey surveillait l'écran où l'on voyait Teddy dans le cockpit. Ses gestes étaient calmes, assurés. Sa voix détendue.

Click. « Mesdames, j'ai reçu mon avertissement de dysfonctionnement des becs et je vais maintenant déployer les becs pour éliminer l'avertissement. Les becs sont maintenant déployés. Je suis maintenant sans pilote automatique. L'avion monte, la vitesse décroît... et maintenant, j'ai un décrochage... »

Casey entendit les violentes alarmes électroniques, qui n'en finissaient pas de sonner. Puis l'avertissement enregistré, voix plate et insistante : « Décrochage... Décrochage... Décrochage... »

Click. « Je vais piquer pour éviter le décrochage... »

L'avion piqua et commença à plonger.

C'étaient comme s'ils tombaient.

À l'extérieur, le bruit des moteurs devint un hurlement. Le corps de Casey était fortement comprimé par les brides du harnais. Près d'elle, Jennifer Malone commença à crier, la bouche ouverte, un long cri sans modulation qui se fondait dans le hurlement des moteurs.

Casey eut le vertige. Elle tenta de compter le temps qui passait. Cinq... six... sept... huit secondes... Combien de temps avait duré la descente initiale ?

Peu à peu, l'avion commença à se redresser et à quitter la position de piqué. Le hurlement des moteurs s'atténua et passa à un registre plus bas. Casey sentit son corps s'alourdir, puis s'alourdir encore et devenir extraordinairement lourd, les joues tombantes, les bras s'enfonçant dans les accoudoirs. Les G. Ils étaient à plus de deux G. Casey pesait maintenant cent vingt-cinq kilos. Elle s'enfonça encore dans son siège, comme pressée par une main gigantesque.

Près d'elle, Jennifer avait cessé de crier et émettait un gémissement sourd ininterrompu.

La sensation de pesanteur décrut tandis que l'avion recommençait à monter. D'abord, la montée fut raisonnable puis inconfortable, et puis il sembla qu'ils montaient à la verticale. Les moteurs hurlaient. Jennifer criait de nouveau.

Casey essaya de compter les secondes, mais n'y parvint pas. Elle n'avait pas assez d'énergie pour se concentrer.

Et soudain elle sentit son estomac qui commençait à se révulser, et la nausée qui suivait, et elle vit l'écran se soulever un moment au-dessus du sol, tenu en place par des brides. Au sommet de l'ascension, tout fut en apesanteur. Jennifer se mit la main sur la bouche. Puis l'avion bondit et commença de nouveau à descendre...

Click. « Deuxième oscillation de tangage... »

Une autre plongée en piqué. Jennifer détacha sa main de sa bouche et se remit à crier, beaucoup plus fort qu'auparavant. Casey essaya de s'accrocher aux accoudoirs, d'occuper son esprit. Elle avait oublié de compter, de...

Le poids, de nouveau.

L'enfoncement. L'écrasement.

Elle rentrait dans le fauteuil.

Casey ne pouvait plus bouger. Même pas tourner la tête.

Puis ils remontèrent, à un angle plus aigu qu'auparavant, avec le hurlement des moteurs dans les oreilles, et Casey sentit Jennifer qui essayait de la toucher, qui lui saisissait le bras. Casey la regarda et Jennifer, livide, les yeux grand ouverts, criait : « Arrêtez! Arrêtez! *Arrêtez!* »

L'avion arrivait au sommet de sa montée. L'estomac se soulevait, sensation affreuse. Jennifer, sonnée, la main collée à la bouche. Les vomissures qui lui filtraient des doigts.

L'avion bondissant.

Une autre plongée.

Click. « J'ouvre les casiers à bagages. Ça vous donnera une idée de ce que c'était. »

Dans les deux allées, les casiers s'ouvrirent soudain et des blocs blancs en jaillirent. Des blocs inoffensifs de mousse de polyuréthane d'une soixantaine de centimètres de long, qui bondissaient dans la cabine comme une avalanche. Casey les sentit heurter son visage et l'arrière de sa tête.

Jennifer vomissait de nouveau, essayant de tirer le sac de papier de sous sa cuisse. Les blocs dévalaient dans la cabine vers le cockpit. Ils bouchaient la vue de tous les côtés jusqu'au moment où ils retombèrent, roulèrent sur le sol et s'immobilisèrent. Le bruit des moteurs changea.

La sensation de pesanteur accrue.

L'avion montait.

Le pilote du F-14 d'escorte observait le gros porteur Norton traverser les nuages à un angle de vingt et un degrés.

— Teddy, demanda-t-il par radio, qu'est-ce que tu fais ?

— Je reproduis ce qui est inscrit sur l'enregistreur de vol.

— Seigneur, dit le pilote.

L'énorme jet coupa à travers la barrière de nuages à trente et un mille pieds. Il monta de mille pieds, avant de perdre de la vitesse. Il approchait le point mort.

Puis il plongea de nouveau.

Jennifer vomit dans le sac de manière explosive. Cela se répandit sur ses mains et dégoutta sur ses genoux. Elle se tourna vers Casey, le visage vert, épuisée, défigurée.

— Arrêtez, *s'il vous plaît...*

Casey la regarda.

— Vous ne voulez pas reproduire tout l'incident pour vos caméras ? Des images formidables. Encore deux cycles.

— Non ! Non...

L'avion plongeait en piqué. Regardant toujours Jennifer, Casey dit :

— Teddy ! Teddy, enlève tes mains des commandes !

Les yeux de Jennifer s'agrandirent. Horrifiés.

Click. « Roger, je lève mes mains maintenant. »

Aussitôt, l'avion se remit à niveau. En douceur, en souplesse. Les cris des moteurs se réduisirent à un grondement régulier. Les blocs de mousse retombèrent sur le sol pour de bon.

Niveau de vol horizontal.

Le soleil passait par les hublots.

Jennifer essuya le vomi de sa bouche du revers de la main. Elle regarda autour de la cabine, étourdie.

— Qu'est-ce... qu'est-ce qui s'est passé ?

— Le pilote a enlevé ses mains des commandes.

Jennifer secoua la tête, ne comprenant pas. Ses yeux étaient vitreux. Elle demanda d'une voix faible :
— Il a levé les mains ?
— C'est exact, dit Casey.
— Et alors...
— Le pilote automatique est en charge.

Malone se laissa tomber dans son siège et rejeta la tête en arrière. Elle ferma les yeux.
— Je ne comprends pas, dit-elle.
— Pour mettre fin à l'incident sur le vol 545, tout ce que le pilote devait faire, c'était de lever les mains du manche. S'il l'avait fait, tout se serait immédiatement arrêté.
— Pourquoi ne l'a-t-il pas fait ? demanda Jennifer dans un soupir.

Casey ne répondit pas. Elle se tourna vers l'écran.
— Teddy, rentrons.

À la station d'essais de Yuma

9 h 45

De retour au sol, Casey traversa la salle principale de la station d'essais et passa dans la salle des pilotes. C'était un vieux salon boisé pour les pilotes d'essai, datant de l'époque où Norton faisait encore des avions militaires. Un canapé bosselé vert, décoloré par le soleil. Deux sièges d'avion près d'une table de Formica rayée. Le seul objet nouveau dans la pièce était une petite télévision avec magnétoscope incorporé. Il se trouvait près d'un distributeur de Coke sur lequel était collé un carton annonçant HORS D'USAGE. Dans la fenêtre, un climatiseur essoufflé. Il faisait déjà une chaleur d'enfer sur la piste et la pièce était trop chaude.

Casey observa par la fenêtre l'équipe de *Newsline* qui tournait autour du 545 immobile et le filmait. L'avion luisait dans le grand soleil du désert. L'équipe semblait perdue, ne sachant quoi faire. Ils braquaient leurs caméras comme s'ils cadraient un angle, puis les rabaissaient. Ils semblaient attendre quelque chose.

Casey ouvrit le dossier qu'elle avait apporté avec elle et consulta les papiers qu'il contenait. Les photocopies en couleurs qu'elle avait demandées à Norma étaient assez bonnes. Et les télex étaient satisfaisants. Tout était en ordre.

Elle alla jusqu'à la télévision qu'elle avait commandée pour la circonstance. Elle glissa une cassette dans le lecteur et attendit.

Elle attendit Malone.

Casey était fatiguée. Puis elle se rappela les médicaments. Elle releva sa manche et arracha quatre pansements circulaires sur son bras. Des pastilles transcutanées de Scopolamine pour le mal de l'air. C'était pourquoi elle n'avait pas vomi dans l'avion. Elle savait ce qui l'attendait. Pas Malone.

Casey n'avait pas de sympathie pour elle. Elle voulait simplement en finir. C'était la dernière étape. La fin de l'histoire.

La seule personne à Norton qui savait ce qu'elle faisait était Fuller. Il avait immédiatement compris quand Casey l'avait appelé de Video Imaging. Fuller avait deviné les conséquences de la cession du film à *Newsline*. Il avait compris l'effet que cela leur ferait et comment ils pourraient être piégés.

Le vol d'essai avait réussi.

Elle attendit Malone.

Cinq minutes plus tard, Jennifer Malone entra, claqua la porte derrière elle. Elle portait un survêtement de vol d'essai. Elle s'était lavé le visage et avait tiré ses cheveux en arrière.

Et elle était très en colère.

– Je ne sais pas ce que vous croyez avoir prouvé. Vous vous êtes amusée. Vous avez filmé le spectacle. Vous m'avez fichu une trouille d'enfer. J'espère que vous avez pris votre pied, parce que ça ne va pas changer une foutue ligne de notre sujet. Barker a raison. Votre avion a un problème de becs comme il l'a dit. La seule chose qu'il n'ait pas vue, c'est que le problème se produit quand le pilote automatique est débranché. C'est tout ce que votre petit exercice a démontré aujourd'hui. Mais notre sujet reste le même. Votre avion est un cercueil volant. Et quand nous aurons diffusé notre émission, vous ne pourrez pas vendre un seul de ces appareils sur la planète Mars. Nous allons enterrer votre merde de petit avion et nous allons vous enterrer avec.

Casey ne dit rien. Elle pensa : elle est jeune. Jeune et stupide. La violence de son propre jugement la surprit. Peut-être avait-elle appris quelque chose des vieux durs à cuire de l'usine. Des gens qui connaissaient le pouvoir, pas la pose et la gesticulation.

Elle laissa Malone déblatérer pendant un moment, puis elle dit :

– En fait, vous n'allez rien faire de tout cela.

– Vous allez voir.

– La seule chose que vous puissiez faire est de rapporter ce qui s'est réellement passé sur le vol 545. Il est possible que vous ne le veuilliez pas.

– Vous allez voir, répéta Malone, sifflant de fureur. Vous allez foutrement voir. C'est un foutu cercueil volant.

Casey soupira.

– Asseyez-vous.

– Que je sois pendue si je...

– Vous ne vous êtes jamais demandé, dit Casey, comment une

secrétaire dans une maison de vidéo à Glendale a su que vous prépariez un sujet sur Norton ? Comment elle avait votre numéro de téléphone cellulaire et connaissait votre nom ?

Malone fut silencieuse.

— Vous ne vous êtes pas demandé, poursuivit Casey, comment l'avocat de Norton pouvait avoir compris si rapidement que vous aviez le film ? Et puis avoir obtenu une déclaration sous serment de la réceptionniste qui vous l'avait donné ?

Malone était toujours silencieuse.

— Ed Fuller a franchi le seuil de Video Imaging juste quelques minutes après que vous en êtes partie, madame Malone. Il avait peur de vous rencontrer.

Malone fronça les sourcils.

— Qu'est-ce que c'est que tout ça ?

— Vous ne vous êtes jamais demandé, dit encore Casey, pourquoi Ed Fuller a tellement insisté pour que vous signiez un document certifiant que vous n'aviez pas obtenu le film d'un employé de Norton ?

— C'est évident. Le film est compromettant. Il ne veut pas que la compagnie soit blâmée.

— Blâmée par qui ?

— Par... je ne sais pas. Le public.

— Vous feriez mieux de vous asseoir.

Casey ouvrit le dossier. Malone s'assit à regret. Elle fronça de nouveau les sourcils.

— Attendez un peu, dit-elle. Vous dites que ce n'est pas la secrétaire qui m'a appelée, à propos du film ?

Casey la regarda.

— Et alors, qui m'a appelée ? demanda Malone.

Casey ne répondit pas.

— C'était *vous* ?

Casey hocha la tête.

— Vous *vouliez* que j'aie ce film ?

— Oui.

— Pourquoi ?

Casey sourit.

Elle tendit à Malone la première feuille.

— C'est un rapport d'inspection de pièces, contresigné par un PMI à la FAA hier, pour le senseur de proximité du bec numéro deux du vol 545. Cette pièce est définie comme fissurée et défectueuse. La fissure est vieille.

— Je ne fais pas un sujet sur les pièces, dit Malone.

— Non. En effet. Parce que le vol d'essai vous a montré que n'importe quel pilote compétent aurait su régler l'avertissement sur les becs déclenché par une pièce défectueuse. Tout ce qu'il avait à faire était de laisser l'avion sur le pilote automatique. Mais sur le vol 545, il ne l'a pas fait.

Malone répondit :

— Nous avons déjà vérifié ça. Le commandant de bord du 545 était un pilote émérite.

— C'est exact, dit Casey.

Elle lui passa la feuille suivante.

— Ceci est la liste d'équipage soumise avec le plan de vol à la FAA le jour du départ du vol 545.

John Zhen Chang, commandant de bord	7/5/51 M
Leu Zan Ping, copilote	11/3/59 M
Richard Yong, copilote	9/9/61 M
Gerhard Reimann, copilote	23/7/49 M
Thomas Chang, copilote	29/6/70 M
Henri Marchand, ingénieur navigant	25/4/69 M
Robert Cheng, ingénieur navigant	13/6/62 M

Malone y jeta un coup d'œil et la repoussa.

— Et ceci est la liste d'équipage que nous avons reçue de Trans-Pacific le jour suivant l'incident.

JOHN ZHEN CHANG, COMMANDANT DE BORD	7/5/51 M
LEU ZAN PING, COPILOTE	11/3/59 M
RICHARD YONG, COPILOTE	9/9/61 M
GERHARD REIMANN, COPILOTE	23/7/49 M
HENRI MARCHAND, INGÉNIEUR NAVIGANT	25/4/69 M
THOMAS CHANG, INGÉNIEUR NAVIGANT	29/6/70 M
ROBERT CHENG, INGÉNIEUR NAVIGANT	13/6/62 M

Malone la parcourut et haussa les épaules.

— C'est la même.

— Non, ce ne l'est pas. Dans l'une, Thomas Chang est désigné comme copilote. Dans la seconde, comme ingénieur navigant.

Malone dit :

— Une erreur administrative.

— Non, dit Casey en secouant la tête.

Elle produisit un autre document.

— Ceci est une page du magazine de bord de la TransPacific, montrant le commandant John Chang et sa famille. Elle nous a été adressée par une hôtesse de TransPacific qui voulait que nous sachions la véritable histoire. Vous noterez que ses enfants sont Erica et Thomas Chang. Thomas Chang est le fils du pilote. Il appartenait à l'équipe de vol du 545.

Malone parut soucieuse.

– Les Chang sont une famille de pilotes. Thomas Chang est un pilote certifié pour divers court-courriers. Il n'était pas certifié pour piloter le N-22.

– Je n'arrive pas à croire ça, dit Malone.

– Au moment de l'incident, poursuivit Casey, le commandant John Chang avait quitté le cockpit et était allé à l'arrière de l'appareil pour prendre un café. Il était à l'arrière quand l'accident s'est produit et il a été grièvement blessé. Il a subi une intervention chirurgicale au cerveau à Vancouver il y a deux jours. L'hôpital a d'abord cru que c'était le copilote, mais son identité a bien été confirmée comme celle de John Zhen Chang.

Malone secouait la tête.

Casey lui tendit un fax.

DE LA PART DE : S. NIETO, FSR VANC
À : C. SINGLETON, STAT ESSAI YUMA

TRÈS CONFIDENTIEL

LES AUTORITÉS CONFIRMENT À PRÉSENT L'IDENTIFICATION POST-MORTEM DU MEMBRE D'ÉQUIPAGE BLESSÉ, À L'HÔPITAL DE VANCOUVER, JOHN ZHEN CHANG, LE COMMANDANT DU VOL TRANSPACIFIC 545.

– Chang n'était pas dans le cockpit, dit Casey. Il était à l'arrière de l'avion. Sa casquette a été trouvée là. Donc il y avait quelqu'un d'autre dans son siège quand l'incident s'est produit.

Casey alluma la télé et engagea la cassette.

– Voici les derniers moments du film vidéo que vous avez obtenu de la réceptionniste. Vous voyez la caméra tomber vers l'avant de l'avion et se bloquer à la fin sous la porte du cockpit. Mais avant cela... voici ! (Elle immobilisa l'image.) Vous pouvez voir le poste de pilotage.

– Je ne peux pas voir grand-chose, dit Malone. Ils regardent tous les deux de côté.

– Vous pouvez voir que le pilote a les cheveux coupés très court. Regardez la photo, Thomas Chang a les cheveux coupés court.

Malone secouait la tête avec force.

— Ce n'est pas crédible. Cette image n'est pas assez nette. Vous avez un profil de trois quarts, il ne permet pas d'identification, il ne signifie rien.

— Thomas Chang porte une petite boucle d'or à l'oreille. Vous pouvez la voir sur la photo du magazine. Et sur la vidéo, vous voyez la même boucle qui accroche la lumière, là.

Malone ne disait mot.

Casey poussa un autre document sous ses yeux.

— Ceci est une transcription des communications vocales en chinois dans le cockpit, enregistrées sur le film que vous avez. Une grande partie en est rendue inintelligible par les alarmes dans le cockpit. Mais le passage significatif a été marqué pour vous.

0544:59	ALM	décrochage décrochage décrochage
0545:00	COPI	qu'est-ce que (inintelligible)
0545:01	CDB	suis (inintelligible) corriger le
0545:02	ALM	décrochage décrochage décrochage
0545:03	COPI	tom lâche le (inintelligible)
0545:04	CDB	qu'est-ce que (inintelligible)
0545:11	COPI	tommy (inintelligible) quand (inintelligible) dois (intelligible) le

Casey reprit le document :

— Vous ne pouvez pas garder ceci, ni vous y référer publiquement. Mais cela confirme le film vidéo que vous avez.

Malone dit d'une voix abasourdie :

— Il a laissé son fils piloter l'avion ?

— Oui, confirma Casey. John Chang a autorisé un pilote qui n'était pas qualifié pour le N-22 à le piloter. Le résultat est que cinquante-six personnes ont été blessées et que quatre personnes sont mortes, y compris John Chang lui-même. Nous pensons que l'appareil était sur pilote automatique et que Chang a momentanément confié à son fils la responsabilité du vol. C'est alors que l'alarme de dysfonctionnement s'est déclenchée, et le fils a déployé les becs pour y mettre fin. Mais le fils a paniqué, a surcorrigé et l'avion a marsouiné. Nous pensons que Thomas Chang a été assommé par les mouvements brutaux de l'avion et que le PA a repris le contrôle.

Malone demanda :

— Un type a laissé son foutu gosse piloter un avion de ligne ?

— Oui, répondit Casey.

— C'est ça, la vérité ?

— Oui, et vous avez en votre possession le film qui le prouve.

Vous êtes donc informée des faits. M. Reardon a déclaré devant la caméra que lui et ses collègues à New York ont regardé ce film dans sa totalité. Vous avez donc vu cette image dans le cockpit. Je vous ai informée de ce que cette image représente. Nous vous avons fourni des preuves qui le confirment, pas toutes, il y en a d'autres. Nous avons aussi démontré dans un vol d'essai qu'il n'y a aucun problème avec l'avion même.

— Tout le monde n'est pas de cet avis... commença Malone.

— Ce n'est plus une affaire d'opinion, madame Malone. C'est une affaire de faits. Vous êtes indéniablement en possession des faits. Si *Newsline* ne rapporte pas ces faits, dont vous êtes informée, et s'il sous-entend moindrement que quelque chose ne va pas avec le N-22, nous vous poursuivrons en justice pour méconnaissance téméraire et intention de nuire. Ed Fuller est très modéré, mais il pense que nous gagnerons certainement. Parce que vous avez acquis le film qui démontre la vérité. Maintenant, voulez-vous que M. Fuller appelle M. Shenk et lui explique la situation, ou bien préférez-vous le faire vous-même ?

Malone resta muette.

— Madame Malone ?

— Où puis-je trouver un téléphone ?

— Il y en a un dans ce coin.

Malone se leva et alla au téléphone. Casey, elle, se dirigea vers la porte.

— Nom de Dieu, dit Malone en secouant la tête. Ce type laisse son fiston piloter un avion plein de gens ? Je veux dire, comment est-ce possible ?

Casey haussa les épaules.

— Il aimait son fils. Nous pensons qu'il l'a laissé piloter en d'autres occasions. Mais il existe une raison pour laquelle les pilotes commerciaux sont tenus de suivre un entraînement extensif sur un équipement spécifique, pour être qualifiés pour un type d'avion. Il ne savait pas ce qu'il faisait et il a été attrapé.

Casey ferma la porte et pensa : *et toi aussi.*

Yuma

10 h 05

— Nom de nom, s'écria Dick Shenk. J'ai dans mon émission un trou de la taille de l'Afghanistan et vous me dites que vous avez un sujet sur des pièces défectueuses ? Avec en prime le Péril des Pilotes Jaunes ? C'est ça que vous me dites, Jennifer ? Parce que je ne vais pas le passer. Je serais écrabouillé. Je ne vais pas être le Pat Buchanan [1] des ondes. Merde avec ce bruit.

— Dick. Ce n'est pas le sujet. C'est une tragédie familiale, le type aimait son fils et...

— Mais je ne peux pas m'en servir, coupa Shenk. Il est chinois. Je ne peux même pas y faire allusion.

— Le fiston a tué quatre personnes et blessé cinquante-six...

— Quelle différence ? Je suis très déçu par vous, Jennifer. Très, très déçu. Est-ce que vous vous rendez de ce que ça signifie ? Que je vais devoir passer le sujet sur les petits footballeurs infirmes.

— Dick, je n'ai pas causé l'accident. Je ne fais que rapporter les faits...

— Une seconde. Qu'est-ce que c'est que ces nouvelles conneries ?

— Dick, je...

— Vous rapportez votre idiotie, c'est ça que vous rapportez, dit Shenk. Vous vous êtes plantée, Jennifer. Vous aviez une histoire brûlante, une histoire que je voulais, une histoire sur un produit américain merdeux, et deux jours plus tard vous revenez avec des foutaises sur un bidouillage. Ce n'est pas l'avion, c'est le pilote. Et la maintenance. Et des pièces défectueuses.

---

1. Personnalité du Parti républicain célèbre pour ses diatribes xénophobes. *(N.d.T.)*

— Dick...
— Je vous avais avertie que je ne voulais pas de pièces défectueuses. Vous avez bousillé ce sujet à mort, Jennifer. Nous en parlerons lundi.

Et il raccrocha.

Glendale

23 h

Le générique de *Newsline* s'achevait lorsque le téléphone de Casey sonna. Une voix peu familière, rude, demanda :
— Casey Singleton ?
— Elle-même.
— Ici Hal Edgarton.
— Bonsoir, monsieur.
— Je suis à Hong Kong, et l'un des membres de mon conseil vient de m'informer que *Newsline* n'a pas passé ce soir le sujet sur Norton.
— C'est exact, monsieur.
— Je suis très content. Je me demande pourquoi ils ne l'ont pas passé ?
— Je n'en ai aucune idée, dit Casey.
— Bon, quoi que vous ayez fait, ça a été visiblement efficace, dit Edgarton. Je m'envole pour Pékin dans quelques heures pour signer le protocole de vente. John Marder était censé me retrouver ici, mais j'apprends que pour une raison ou pour une autre il n'a pas quitté la Californie.
— Je n'en suis pas informée.
— Bien. Je suis content de l'apprendre. Nous ferons quelques changements à Norton dans les jours qui viennent. Entre-temps, je veux vous féliciter, Casey. Vous avez été soumise à beaucoup de pressions. Vous avez fait un travail remarquable.
— Merci, monsieur.
— Hal.
— Merci, Hal.
— Ma secrétaire vous appellera pour que nous déjeunions ensemble à mon retour, dit-il. Continuez à bien travailler.

Edgarton raccrocha et puis il y eut d'autres appels. De Mike

Lee, qui la félicitait en termes mesurés. Et lui demandait comment elle avait fait pour tuer le sujet. Elle dit qu'elle n'y était pour rien et que *Newsline* avait décidé de ne pas le passer pour un motif quelconque.

Puis il y eut d'autres appels, de Doherty, de Burne, de Ron Smith. Et de Norma, qui lui déclara : « Ma chérie, je suis fière de toi. » Et finalement de Teddy Rawley, qui était de passage et demandait ce qu'elle faisait.

— Je suis vraiment fatiguée, dit Casey. Une autre fois, d'accord ?
— Hou, ma poulette. C'était un grand jour. Ton jour.
— Ouais, Teddy. Mais je suis vraiment fatiguée.

Elle débrancha son téléphone et se mit au lit.

Glendale

Dimanche, 17 h 45

Le ciel était limpide. Elle se tenait à l'extérieur de son bungalow, dans le crépuscule, lorsque Amos arriva. Son chien vint lui lécher la main.

— Alors, dit Amos, vous avez senti le vent du boulet.

— Oui, je crois, répondit-elle.

— Toute l'usine en parle. Tout le monde dit que vous avez tenu tête à Marder. Vous ne vouliez pas mentir sur le 545. C'est vrai ?

— Plus ou moins.

— Alors vous avez été stupide. Vous auriez dû mentir. Ils mentent, eux. Ce qui compte, c'est les mensonges qui seront diffusés.

— Amos...

— Votre père était un journaliste ; vous pensez qu'il y a une certaine vérité qu'il faut dire. Il n'y en a pas. Il n'y en a pas eu depuis des années, petite. J'ai observé ces raclures rapporter l'incident d'Aloha. Tout ce qu'ils voulaient, c'étaient les détails atroces. L'hôtesse a été aspirée hors de l'avion, est-elle morte avant de tomber à l'eau ? Était-elle encore vivante ? C'est tout ce qu'ils voulaient savoir.

— Amos...

Elle souhaitait qu'il se tût.

— Je sais, dit-il, c'est ça, l'information. Mais je vous le dis, Casey. Vous avez eu de la chance cette fois-ci. Vous pourriez ne pas en avoir la prochaine fois. Alors, ne prenez pas le pli. Rappelez-vous : c'est eux qui dictent les règles. Et les enjeux n'ont rien à voir avec la précision, les faits ou la réalité. Ce n'est qu'un cirque.

Elle n'allait pas discuter avec lui ; elle caressa le chien.

— Le fait est, reprit Amos, que tout change. Autrefois, au bon vieux temps, ce que racontait la presse correspondait à peu près à la réalité. Mais maintenant, c'est tout le contraire. C'est l'image des médias qui est la réalité et, en comparaison, la vie quotidienne semble morne. Alors cette vie quotidienne est fausse et l'image des médias est vraie. Quelquefois, je regarde mon living, et la chose plus réelle qui s'y trouve est la télévision. Elle est claire et vive et le reste de ma vie a l'air morne. Alors j'éteins cette foutue chose. Et c'est chaque fois la même chose. Je récupère ma vie.

Casey continua à caresser le chien. Elle vit des phares dans l'obscurité qui tombait prendre le tournant de la rue et se diriger vers eux. Elle alla vers le bord du trottoir.

— Bon, je radote, dit Amos.
— Bonne nuit, Amos, lui dit-elle.

La voiture s'arrêta et la portière s'ouvrit d'un coup.

— Mom !

Sa fille sauta dans ses bras, enlaçant ses jambes avec les siennes.

— Oh, mom, tu m'as manqué !
— Toi aussi, ma chérie. Toi aussi.

Jim sortit de la voiture et tendit à Casey le sac d'Allison. Dans la pénombre, elle ne pouvait distinguer son visage.

— Bonne nuit.
— Bonne nuit, Jim.

Sa fille lui prit la main. Elles se dirigèrent vers la maison. La fraîcheur tombait avec la nuit. Quand elle leva les yeux, Casey aperçut le sillage tout droit d'un jet. Il était si haut qu'il volait encore dans la lumière, une fine traînée blanche sur le ciel qui s'assombrissait.

5ᵉ histoire du niveau 1 imprimée en format plein
COPYRIGHT *TELEGRAPH-STAR*, INC.

TITRE : NORTON VEND 5O GROS PORTEURS À LA CHINE
LES EMPENNAGES SERONT FABRIQUÉS À SHANGHAI
L'APPORT DE CAPITAUX PERMETTRA LE DÉVELOPPEMENT DU FUTUR JET
LES CHEFS DU SYNDICAT DÉPLORENT LA PERTE D'EMPLOIS
SIGNATURE : JACK ROGERS

TEXTE :
Norton Aircraft a annoncé aujourd'hui la vente à la République populaire de Chine de cinquante gros porteurs N-22 pour huit milliards de dollars.

Le président de Norton, Hal Edgarton, a déclaré que l'accord signé hier à Pékin spécifie que les appareils seront livrés à la Chine au cours des quatre prochaines années. L'accord inclut un « export » de fabrication à la Chine, requérant la fabrication des empennages à Shanghai.

Cette vente représente un succès pour le constructeur de Burbank, qui était en difficulté, et une amère défaite pour Airbus, dont le lobby s'activait fortement à la fois à Pékin et à Washington pour l'obtention de ce marché. Edgarton a déclaré que les cinquante jets chinois, auxquels s'ajouteraient douze N-22 commandés par TransPacific Airlines, assureront à Norton le flux de capitaux nécessaire au développement du futur gros porteur N-XX, son grand projet pour le XXIe siècle.

La nouvelle de l'accord d'export a suscité le mécontentement dans certains secteurs de la compagnie de Burbank. Le président de la section locale 1214 de l'UAW, Don Brull, a critiqué l'accord d'export dans ces termes : « Nous perdons des milliers d'emplois chaque année. Norton exporte les emplois de travailleurs américains pour emporter des ventes à l'étranger. Je ne crois pas que ce soit bien pour notre avenir. »

Interrogé sur la perte éventuelle d'emplois, Edgarton a répondu que « les exports de technologie sont une réalité de la vie dans notre industrie et ils l'ont été depuis plusieurs années. Le fait est que, si nous n'acceptons pas ces termes, Boeing ou Airbus les accepteront. Je crois qu'il est important de se tourner vers l'avenir et les nouveaux emplois qui seront créés par le gros porteur N-XX. »

Edgarton a également souligné que la Chine a signé une option pour l'achat de trente jets de plus. L'usine de Shanghai commencera à fonctionner en janvier prochain.

La nouvelle de ce marché met fin aux spéculations dans l'industrie selon lesquelles des incidents récents survenus au N-22, et qui ont fait couler beaucoup d'encre, pourraient annuler l'achat de la Chine. Edgarton a noté : « Le N-22 est un avion réputé, qui jouit d'un excellent niveau de sécurité. Je crois que son achat par la Chine est un hommage rendu à ce palmarès. »

DOCUMENT ID : C/LEX 40/DL/NORTON

TRANSPACIFIC ACHÈTE DES JETS NORTON
TransPacific Airlines, le transporteur dont le siège est à Hong Kong, a commandé aujourd'hui douze jets Norton gros porteurs N-22, fournissant une preuve supplémentaire que le marché asiatique représente le domaine de croissance de l'industrie aéronautique.

UN EXPERT MORD LA MAIN QUI NE L'A PAS NOURRI
L'expert aéronautique controversé Frederick « Fred » Barker a intenté une action en justice à Bradley King pour non-paiement d'« honoraires juridiques » pour ses témoignages anticipés au tribunal. Nous n'avons pas pu joindre King pour obtenir ses commentaires.

AIRBUS ENVISAGE UN PARTENARIAT AVEC LA CORÉE

Songking Industries, le groupe industriel dont le siège se trouve à Séoul, a annoncé que des négociations sont en cours avec Airbus Industries à Toulouse, pour la fabrication d'éléments majeurs du préassemblage du nouvel A-340B allongé. Des hypothèses récentes portent sur les efforts soutenus de Songking pour établir une présence dans les marchés aéronautiques internationaux, après l'échec apparent des négociations secrètes avec Norton Aircraft de Burbank, qui avaient fait l'objet de rumeurs persistantes.

HONNEURS HUMANITAIRES POUR SHENK

Richard Shenk, producteur de *Newsline*, a été nommé Producteur humanitaire de l'année par le Conseil interconfessionnel américain. Le Conseil vise à faire avancer « la compréhension humaine entre les peuples du monde » dans les médias contemporains. Shenk, dont on salue « l'engagement exceptionnel de toute sa vie en faveur de la tolérance », sera l'hôte d'honneur d'un banquet donné au Waldorf Astoria. On y attend toutes les célébrités de l'industrie.

LA JAA CERTIFIE LE GROS PORTEUR N-22

La JAA a accordé aujourd'hui la certification au gros porteur commercial Norton N-22. Un porte-parole de la JAA a déclaré que les rumeurs selon lesquelles la certification avait été retardée pour raisons politiques étaient « sans fondement ».

MARDER CHOISIT UN POSTE DE CONSULTANT

Décision inattendue, John Marder, 46 ans, a quitté Norton Aircraft pour diriger l'Aviation Institute, une firme de consultants en aéronautique étroitement liée aux transporteurs européens. Marder occupera immédiatement ses nouvelles fonctions. Ses collègues à Norton rendent hommage à Marder, défini comme « un chef d'une profonde intégrité ».

L'EXPORTATION D'EMPLOIS AMÉRICAINS : UNE TENDANCE ALARMANTE ?

En réaction à la vente de cinquante jets Norton à la Chine, William Campbell a déclaré que les compagnies américaines exporteront 250 000 emplois au cours des cinq prochaines années. Étant donné qu'une grande partie de ces exportations est financée par l'Ex-Im Bank du Département du commerce, il déclare : « C'est inconcevable. Les travailleurs américains ne paient pas des impôts pour voir le gouvernement aider des compagnies américaines à supprimer des emplois. » Campbell cite en exemple le sens de la responsabilité des conglomérats japonais à l'égard de leurs travailleurs, radicalement différent de l'attitude des multinationales américaines.

RICHMAN ARRÊTÉ À SINGAPOUR

Un jeune membre du clan Norton a été arrêté aujourd'hui à Singapour pour possession de narcotiques. Bob Richman, 28 ans, a été placé en garde à vue en attendant son inculpation. S'il est jugé coupable, il risque la peine de mort, en raison des lois draconiennes du pays sur la répression des drogues.

SINGLETON DIRIGERA UNE DIVISION

Harold Edgarton a nommé aujourd'hui Katherine C. Singleton à la tête de la Division des relations avec les médias de Norton Aircraft. Singleton était précédemment vice-présidente de l'Assistance à la qualité de Norton, dont le siège se trouve à Burbank.

MALONE SE JOINT À L'ÉQUIPE DE *HARD COPY*

Il a été annoncé aujourd'hui que la productrice émérite de télévision Jennifer Malone, 29 ans, a mis fin à une collaboration de quatre ans avec *Newsline* pour rejoindre l'équipe de *Hard Copy*. Le départ de Malone a été attribué à un désaccord sur les termes de son contrat. Malone a déclaré : « *Hard Copy* est en pointe et je suis simplement enthousiaste d'y être. »

RAPPORT D'INCIDENT D'AVION

Information réservée – Pour usage interne seulement

RAPPORT N°	IRT-96-42	DATE	18 AVRIL
MODÈLE	N-22	DATE INC.	08 AVRIL
TRANSPORTEUR	TransPacific	FUSE.	N° 271
RAPPORTÉ PAR	R. Rakoski	LIEU :	Pacific Oc
RÉFÉRENCE	a) AVN-SVC-0876/AAC		

OBJET : sévères oscillations de tangage en vol

DESCRIPTION DE L'INCIDENT

Durant un vol commercial un avertissement « Dysfonctionnement des becs » est apparu dans le poste de pilotage et un membre de l'équipage a déployé les becs afin d'y mettre fin. Par la suite, l'appareil a subi de sévères oscillations de tangage et a perdu 6 000 pieds d'altitude avant que le pilote automatique ait repris le contrôle. Quatre personnes sont mortes et cinquante-six ont été blessées.

MESURES PRISES

L'inspection de l'appareil a révélé les dommages suivants :
1. L'intérieur de la cabine a subi des dommages importants.
2. Le senseur de proximité des becs numéro 2 IB était défectueux.
3. Le tube de verrouillage des becs numéro 2 a été trouvé non conforme.
4. Le capot d'inverseur de poussée du moteur numéro 1 a été trouvé non conforme.
5. Plusieurs autres pièces non conformes ont été repérées et répertoriées pour remplacement.

Une étude des facteurs humains a révélé ce qui suit :
1. Les procédures dans le poste de pilotage exigent une surveillance accrue du transporteur.
2. Les procédures de réparation à l'étranger exigent une surveillance accrue du transporteur.

L'appareil est en cours de réparation. Les procédures internes sont en cours de révision par le transporteur.

David Levine
Intégration technique
Assistance au produit
Norton Aircraft Company
Burbank CA.

Cet ouvrage a été réalisé par la
SOCIÉTÉ NOUVELLE FIRMIN-DIDOT
Mesnil-sur-l'Estrée
pour le compte des Éditions Robert Laffont
en avril 1997

Imprimé en France
Dépôt légal : avril 1997
N° d'édition : 37918 – N° d'impression : 38038